T. D. Reda

Zibulla – Nix für ungut!

W0222990

Figuren und Handlung dieses Romans sind frei erfunden. Ähnlichkeiten mit lebenden Personen sind rein zufällig und nicht beabsichtigt.

Bibliografische Information der Deutschen Nationalbibliothek
Die Deutsche Nationalbibliothek verzeichnet diese Publikation in der Deutschen Nationalbibliografie; detaillierte bibliografische Daten sind im Internet über http://dnb.d-nb.de abrufbar.

© 2015 Droste Verlag GmbH, Düsseldorf
Umschlaggestaltung: Guido Klütsch, Köln, unter Verwendung einer Abbildung von ZWEISAM / photocase.de
Druck und Bindung: GGP Media GmbH, Pößneck
ISBN 978-3-7700-1545-0

www.drosteverlag.de
www.facebook.com/DrosteVerlag

T. D. Reda

Zibulla – Nix für ungut!
Ruhrstadts härtester Ermittler

Kriminalroman

Droste Verlag

Ruhrstadt

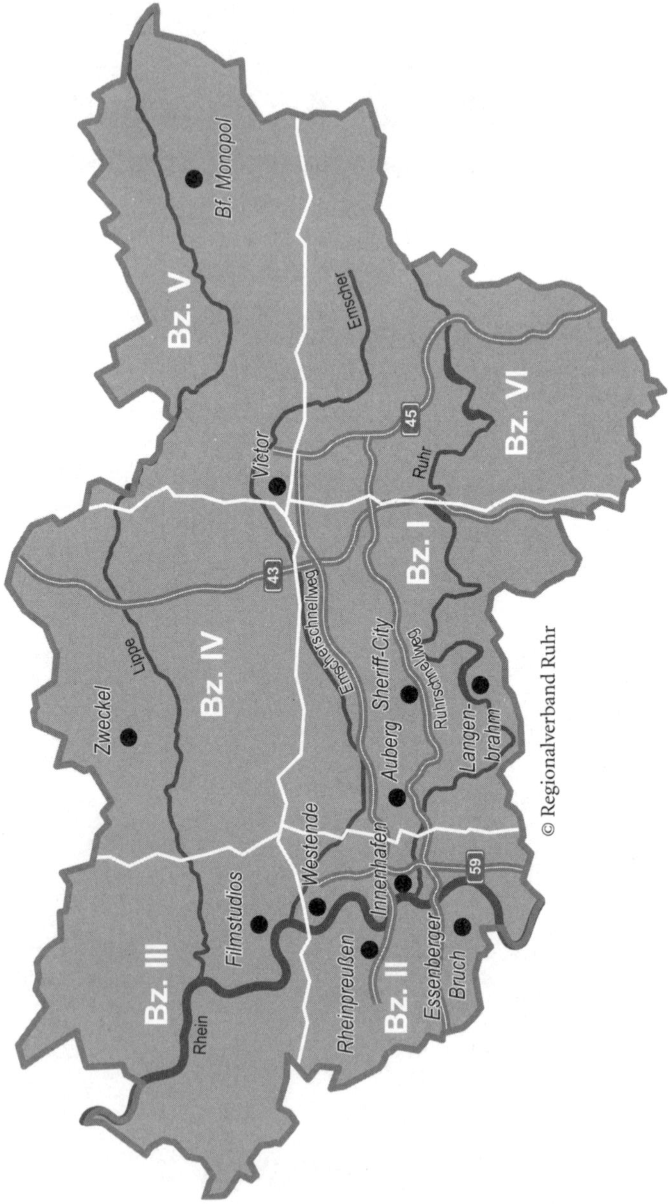

© Regionalverband Ruhr

Für meinen Vater
Dieter „Roger“ Reda

„One, two – one, two, three ... Ah!“

James Brown: Cold sweat

Kapitel 1

Wahrscheinlich war ich wirklich der letzte Kerl in ganz Ruhrstadt, der keinen blassen Schimmer hatte, wer die Blondine war, die zufällig vor mir über den Portsmouth-Damm lief. Ihr scharfes Fahrgestell war mir sofort aufgefallen, und auch, wie sich ihr tailliertes Kostüm aus anthrazitfarbener Seide an ihre prallen Rundungen schmiegte. Aber dass mir das alles überhaupt auffiel, war mehr meiner Berufskrankheit geschuldet als wahrem Interesse an dem Leckerbissen. Mir schwirrten gerade ganz andere Gedanken im Kopf herum. Ich hatte den ganzen Morgen in meinem Büro gesessen und online Rechnungen überwiesen, was meiner Laune nie sonderlich zuträglich war. Neben den Mieten für Wohnung und Büro, der SUV-Leasingrate, der Krankenkasse und der Riesterrente war dieses Mal auch noch eine richtig fette Umsatzsteuernachzahlung fällig gewesen. Zwar mühte ich mich redlich, nicht zu vergessen, dass die Nachzahlung nur deshalb so bescheuerte Ausmaße angenommen hatte, weil das erste Quartal für mich bombig gelaufen war – immerhin konnte ich mir letzten Monat gleich zwei megageile Cerruti-Spitzfassonanzüge im Lugano-Style auf meinen Astralleib schneidern lassen –, aber viel nützte mir der Gedanke nicht wirklich. Ich kam mir trotz neuer Tapeten vor wie einer, der gerade nach allen Regeln der Kunst kielgeholt wurde.

Die bittere Pille lag mir so quer im Magen, dass ich mir beim Anblick der Blondine vor mir nicht einmal die übliche Frage stellte: „Hält die Lady von vorn, was sie von hinten verspricht?“ Stattdessen dachte ich Sachen wie: „Da rackert man sich ab, hat Arbeitszeiten wie ein chinesischer Arbeitssklave in einer Kupfermine, und die ziehen einem die sauer verdiente Kohle mir nichts, dir nichts wieder aus der Tasche. Diese Blutsauger!“

Ich hatte also gedanklich gerade nicht wirklich Blondinen mit scharfem Fahrgestell auf dem Schirm, als ich so gegen elf Uhr am Vormittag mein Büro in der Faktorei 21 am Innenhafen hinter mir abschloss, um in einem der Cafés rund ums Hafenbecken ein ordentliches Männerfrühstück zu verspachteln. Das sollte eine Art emotionale Entschädigung auf Futterbasis werden. Mein Ziel war das „Mezzomar“ drüben am Nordufer. Bei denen gab es für sieben fuffzig ein ordentliches Büfett, inklusive Kaffee-Flat. Damit standen sie in der Rangliste für Frühstück-Büfetts im Zweiten Bezirk ganz weit oben. Außerdem schien auf deren Seite um diese Zeit bereits die Sonne.

Ich wollte mir von Vatter Staat nicht den ganzen Tag versauen lassen. Am Abend hatte ich schließlich noch Großes vor, dafür musste ich in einer Topverfassung sein. Ich versuchte mich auf die schönen Dinge im Leben zu konzentrieren. Die Sonne schien, ihr Licht brach sich glitzernd auf dem ruhig vor sich hinplätschernden Hafenbecken wie kleine, hüpfende Juwelen. Auf der Westseite des Damms lagen die fünf verspiegelten Bürotürme des Jachthafens Five Boats zwar noch im Schatten, aber dafür wehte von dort eine Brise Rheinluft direkt um meine Nase. In etwa einer Viertelstunde würden die Türme im Sonnenlicht glitzern wie Discokugeln. Ich musste immer lächeln, wenn ich Five Boats sah. Das lag daran, dass ich den Betreibern im Jahr zuvor ein sündhaft teures Überwachungssystem verkauft hatte. „Einmal alles", so hatte der Auftrag gelautet. Selbst die Videoüberwachung des Parkplatzes durfte keine toten Winkel aufweisen. Aber selbst an diesem wunderschönen Frühlingstag kam mir nur wieder in den Sinn, wer sich damals auch den meisten Reibach daran gekrallt hatte. Ja, genau! Das verdammte Finanzamt.

Gute zwanzig Schritte vor mir stöckelte die Blondine auf ihren Pfennigabsätzen über den Damm. Nur am Rande nahm ich wahr, dass fast alle Autofahrer, die an ihr vorbeikamen, vom Gas gingen und sich die Hälse nach ihr verdrehten. Einige hupten und winkten ihr, aber sie zeigte null Reaktion. Das ganze Gehupe und Gewinke ging eindeutig über die üblichen Wertschätzungen für eine vorbeilaufende Blondine hinaus. Das automatische Ablagesystem in meinem Kopf stufte die Lady zunächst als vermutlich berühmten und extrem heißen Feger ein. Was mich wiederum kurz an Anna erinnerte, von der ich in meiner Gedankenschublade für extrem heiße Feger einen Querverweis fand. Anna war das Große, was ich an jenem Abend noch vorhatte und für das ich all meine Sinne benötigen würde. Das letzte Treffen mit meiner Herzdame war genau zwölf Tage her, und das war ziemlich unrühmlich für mich gelaufen. Achtkantig rausgeworfen hatte sie mich, weil ich ihr nie zuhörte, ihr nur auf der Pelle klebte, ich niemals von meinem Beruf erzählte, immer nur den geheimnisvollen Wichtigtuer gäbe und nie Interesse für irgendwas, was sie betraf, zeigte. Außer natürlich fürs Poppen mit ihr. Das stimmte so nicht! Aber trotzdem war mein Arsch auf der Straße gelandet. Für acht Uhr war ich bei ihr zum Abendessen eingeladen. Ein wenig reumütig hatte sie schon am Telefon geklungen. Das machte mir Hoffnung.

Während sich so langsam die düsteren Wolken aus meinem Bewusstsein verabschiedeten, machte plötzlich mitten auf dem Damm ein Golf Cabrio mit vier Bürschchen darin eine Vollbremsung. Mit gezückten Smartphones johlten und hüpften sie auf ihren Sitzen herum. Sie hatten die Lady offenbar erkannt. Einer sprang vom Rücksitz auf den Gehweg und lief ihr entgegen. Seine Kumpels feuerten ihn an mit mutmachenden Parolen wie: „Mach sie klar, Alter!" und „Los, Digger, besorg's ihr!" Der Bengel sprach sie an, aber sie wimmelte ihn ab, ohne dafür extra stehen zu bleiben, indem sie auf ihre Uhr zeigte und den Kopf schüttelte. Dafür buhten die drei anderen im Cabrio sie lautstark aus. Die Lady legte wirklich Klasse an den Tag, als sie den Wagen passierte und den drei Idioten darin Kusshände zuwarf.

Digger war keine zehn Schritte mehr von mir entfernt. Alle waren so auf die Lady fixiert, dass keiner von ihnen meine Anwesenheit überhaupt bemerkte. Er stand mit dem Rücken zu mir, sah ihr hinterher und ließ sich zu etwas hinreißen, was er in meinem Beisein besser gelassen hätte. Der kleine Penner stellte sich doch tatsächlich breitbeinig auf den Bürgersteig und machte mit seinem Becken sehr unanständige Gesten in Richtung der Lady. Dann schrie er ihr hinterher: „Ey, Ficki-Vicky! Komm her und lutsch mir den Schwanz! Das kannst du doch so gut!"

Er hatte sein Becken ganz nach vorn geschoben und hielt mit beiden Armen einen riesigen, imaginären Kopf fest. Für mich war sofort klar, der Spacko brauchte ganz dringend eine Abkühlung. Ein paar schnelle Schritte, dann packte ich ihn im Schritt und im Nacken. Mit vollem Schwung warf ich ihn über die Brüstung ins Hafenbecken. Der Portsmouth-Damm war auf der Ostseite kaum höher als ein Dixi-Klo und das Innenhafenbecken nicht sehr tief. Digger schnappte mehr vor Schreck nach Luft, als er ins Wasser klatschte.

Die drei im Cabrio hatten das natürlich mitbekommen, und ihr bescheuertes Gackern blieb ihnen vor Schreck in den Hälsen stecken. Die Jungs überlegten noch, was für sie wohl das Beste sein mochte, lieber abhauen oder doch dem Kumpel helfen. Sie überlegten zu lange. Während Digger im Wasser planschte, legte ich noch ein paar schnelle Schritte ein und stand in voller Größe vor ihnen, bevor sie sich entschieden hatten. Ich stützte mich auf die Beifahrertür und tat das, was ich am besten konnte, wozu ich dank meiner Erscheinung wie gemacht war und wofür einige meiner Mandanten mir ein kleines Vermögen zahlten: Ich machte ihnen Angst.

„Motor aus!“, befahl ich und gab jedem Einzelnen von ihnen mit einem Blick zu verstehen, dass ich ein böser Mann war, der jetzt ein Hühnchen mit ihnen rupfen würde.

Der Fahrer gehorchte. Allen dreien ging da schon die Düse. Meine Stimme war kalt wie Eis. Mein Gesicht starr. „Eure Ausweise! Sofort!“

Da sie sich eine Sekunde lang nur fragend ansahen, wurde ich deutlicher: „Eins, zwei, ...!“

„Sind Sie Polizist?“, traute sich der Fahrer zu fragen.

„Nennst du mich einen Bullen, du kleiner Hosenscheißer? Bist du nicht ganz dicht?“

„Aber, wenn Sie kein ..., ich mein, wenn Sie nicht von der Polizei sind, müssen wir Ihnen auch nicht unsere Ausweise zeigen.“

„Drei.“

Ich öffnete die Wagentür, schnappte mir den Beifahrer und warf ihn ebenfalls ins Wasser. Der war ein wenig schwerer als der andere und zappelte auch mehr. Aber letztlich konnte ich ihn doch relativ reibungslos über das Geländer wuchten. Während ich mich wieder zum Wagen orientierte und mitbekam, wie der Fahrer nach dem Zündschlüssel fingerte, bemerkte ich, dass die Blondine inzwischen stehen geblieben war und mir zusah. Was allerdings auf mein weiteres Vorgehen keinerlei Einfluss hatte. Dafür war ich Profi genug.

„Noch jemand in dieser Karre, der mir nicht seinen Ausweis zeigen will? Und Finger weg von der Zündung, Freundchen!“

Die beiden reichten mir zitternd ihre Ausweise, und ich fotografierte sie mit meinem Smartphone. Dann lief ich zum Heck des Wagens und machte noch ein Foto vom Kennzeichen. Mehr aus Jux machte ich noch ein Foto von der Lady, die wieder zurückgestöckelt kam, vermutlich aus Neugier. Meine beiden Spezis im Cabrio bemerkten an mir nicht den Hauch von Humor, geschweige denn von Jux, als ich ihnen erklärte: „Ich hab euch am Arsch, ihr Luftpumpen! Ich weiß, wer ihr seid und wo ihr wohnt. In Zukunft werde ich ein Auge auf euch Schwanzlutscher haben. Wenn ihr Scheiß baut, habt ihr mich im Nacken. Und ihr wollt mich nicht im Nacken haben, glaubt das besser. Der Innenhafen ist ab sofort für euch tabu. Jetzt verpisst euch, bevor ich doch noch ausraste."

Ich schmiss ihre Ausweise verächtlich ins Innere des Wagens und schloss die Beifahrertür ohne übertriebene Heftigkeit. Ich wollte ihnen zeigen, dass auf meiner Skala fürs Ausrasten noch jede Menge Luft nach oben war. Dann winkte ich sie weg. Sie düsten los und sammelten am Ende des Dammes ihre nassen Kumpels ein. Auch die Lady sah ihnen nach. Erst als der Golf im weiten Linksbogen hinter Five Boats außer Sicht war, drehte sie sich zu mir. Sie hatte diesen Blick, den Was-denkst-du-dir-eigentlich-Blick. Nicht so einen von der wütenden Sorte, mehr erstaunt, ein bisschen belustigt, aber dennoch um Ernsthaftigkeit bemüht. Ich hielt ihrem Blick locker stand und konterte mit meinem freundlichsten Lächeln, schon um ihr zu zeigen, dass ich nicht verrückt war.

„Was sollte das?", fragte sie mit genau demselben Tonfall, den schon ihr Blick hatte.

„Wie heißt es so schön?", flötete ich zurück. „Kurze Hosen sind schnell gebügelt."

Oh, ich mochte sie schon, bevor sie mir ihren Namen verriet. Ich mochte, wie alle Ernsthaftigkeit aus ihrem hübschen, aber ein wenig zu stark geschminkten Gesicht abfiel. Wie sich ihr Körper entspannte, dabei ihr Mordsvorbau um mindestens eine Handbreit absackte, nur weil sie die Schultern hängen ließ. Und ich mochte besonders, wie sie ihre knallroten Lippen öffnete und strahlend weiße Zähne zum Vorschein kamen, die ein Lachen unterstrichen, das wahrlich bezaubernd war. Ich schaute ihr geschmeichelt zu. Nach einer Weile sagte sie dann: „Ihre Einstellung gefällt mir, junger Mann! Kann man Sie buchen? Ich mein, so als Ausbügler für alle Fälle?"

„Gestatten Sie, dass ich mich vorstelle. Mein Name ist Tibor Zibulla. Geboren und aufgewachsen im Fünften Bezirk von Funky Town, wie ich unser nettes, kleines Ruhrstädtchen zu nennen pflege."

Ich reichte ihr eine Visitenkarte. Sie warf einen flüchtigen Blick darauf und dann noch einen.

„Fünfter Bezirk? Na, das erklärt so einiges", bemerkte sie beiläufig mit einem wissenden Kopfnicken. „Sie sind also ein Privatdetektiv?"

„Der beste!"

Sie musterte mich abschätzend. Offensichtlich sah sie an mir Dinge, die dafür sprachen, dass ich als Detektiv was draufhaben könnte, und Dinge, die meine selbstbewusste Aussage eher in Richtung großkotzig lenkten. Es hatte eine Menge Charme, wie sie ganz ohne Worte einerseits Zweifel an meinen Worten durchblicken ließ, gleichzeitig aber meine Visitenkarte in ihrer Louis-Vuitton-Tasche verstaute. Sie lächelte ertappt. Richtig süß, von einem Ohr zum anderen. Oh ja, ich mochte sie sofort.

„Wie ist Ihr Name?", fragte ich unverbindlich.

„Wollen Sie mir weismachen, dass Sie nicht wissen, wer ich bin?"

„Es tut mir leid. Sollte ich?"

„Nein. Mein Name ist ... Man kennt mich unter dem Namen Vicky De Winter!"

„Schauspielerin?"

„Ich bin ein Pornostar. Und Sie wahrscheinlich der letzte Kerl in ganz Ruhrstadt, der keinen blassen Schimmer hat, wer ich bin."

„Tja, tut mir leid, Vicky, aber Schmuddelfilme sind nicht gerade mein Spezialgebiet. Aber ich wette, Sie sind eine Granate in Ihrem Job."

„Die beste!“

Ich hatte daran keine Zweifel. Sie wollte gehen, tat es aber nicht. Ich dachte, sie wollte sich noch verabschieden, mir vielleicht für meine Heldentat die Hände schütteln, aber das war es nicht. „Hören Sie, Herr Zibulla.“

„Tibor. Für Sie einfach Tibor.“

„Also gut, Tibor. Ich habe jetzt einen Termin bei meinem Anwalt. Aber vielleicht hätten Sie später einen Augenblick Zeit für mich?“

„Beruflich oder privat?“

„Beruflich.“

„In einer Stunde in meinem Büro?“

„Schön! Wir sehen uns dann. Bis gleich, Tibor.“

Kapitel 2

Ich war schon ein bisschen stolz auf mein schickes Büro in der Faktorei 21. Ganz abgesehen davon, dass man mit der Adresse an sich schon gut protzen konnte, hatte ich mich bei der Einrichtung des Büros selbst übertroffen. Ich hatte einen Schreibtisch, der war größer als ein Doppelbett; und darauf stand nur ein Hightechcomputer von Apple, so ein Ding, das nur aus einem superflachen Designermonitor besteht. Das Teil sah echt affenscharf aus. In der Ecke, in meinem Loungebereich, stand ein Chesterfield-Sofa aus bordeauxrotem Ziegenleder, das farblich perfekt zu dem dunklen Nussparkett auf dem Boden passte. Meine Aktenschränke waren allesamt nicht höher als ein Meter zwanzig, sodass ich noch genug Platz an den Wänden hatte, um ein paar hochwertig gerahmte und absolut inspirierende Bilder vom schwerstarbeitenden Mann im Showbusiness aufzuhängen: von Mister James Joseph Brown Jr., dem Gottvater des Soul. Dem einzigen Soulman, der verstanden hatte, dass Soul erst durch eine Dosis Funk so richtig sexy wurde. Oder war es andersherum? Dass Soul erst durch James Browns Sexappeal so richtig funky wurde? Wie auch immer, zwar stammte die Innenausstattung meines Büros fast komplett aus einer Insolvenzmasse – was man ihr natürlich nicht ansah – und außerdem war die Miete für die paar Quadratmeter bescheuert hoch, aber ich fand doch, dass mein schickes Büro ausgezeichnet zu mir passte. Ein wenig ein Blender, aber absolut seriös.

Die, wie ich inzwischen auf Google herausgefunden hatte, wirklich berühmte Vicky De Winter saß mir am Schreibtisch gegenüber und fuchtelte nervös an ihrer Handtasche herum. Sie hatte die Beine übereinandergeschlagen und sah sich um. Ich gab ihr ein paar Augenblicke, um sich von meinem Büro beeindrucken zu lassen, dann versuchte ich das Eis zu brechen. „Verrückte Geschichte, vorhin auf dem Damm, was?“

„Ja! Das können Sie laut sagen.“

Sie hörte auf, an ihrer Handtasche herumzufingern, und atmete einmal tief durch, dann kam sie direkt zur Sache. „Ich glaube, ich habe einen Stalker. Ich weiß es nicht genau, aber ich habe immer öfter das Gefühl, beobachtet zu werden. Und letztens, als ich nach Hause kam, war mir, als wenn jemand da gewesen wäre. Aber es gab keine Beweise dafür. Nichts fehlte, alles war, wie ich es verlassen hatte. Es war nur so ein Gefühl, verstehen Sie? Wie ein Schauer, der einem über den Rücken läuft.“

Sie schlängelte ihren Oberkörper, um mir zu demonstrieren, wie ihr der Schauer über den Rücken gelaufen war. Dabei schwankte ihre Oberweite leicht wogend hin und her, was mich kurz vom Thema abbrachte. Aber ich fing mich schnell wieder. „Wie lange haben Sie dieses Gefühl schon?“

„Seit ein paar Wochen. Es ist echt unheimlich.“

„Haben Sie in dieser Zeit Anrufe bekommen, und

dann war keiner dran? Oder häufig E-Mails empfangen, deren Absender Sie nicht kennen? Klingelt es öfter an Ihrer Haustür?“

„Nein.“

„Sie leben allein?“

„Zurzeit ja.“

„Haben Sie jemanden in Verdacht?“

„Alle und keinen.“

„Hört sich für mich erst mal so an, als würde Ihnen einer Ihrer Fans auf die Pelle rücken.“

„Ein Verrückter, meinen Sie?“

„Könnte sein. Aber wenn ich Sie richtig verstanden habe, sind Sie sich gar nicht sicher, ob Sie tatsächlich einen Stalker haben. Stehen Sie unter Stress?“

„Was? Nein! Das heißt, nicht mehr als sonst. Aber deswegen bin ich ja hier. Ich brauche jemanden, der herausfindet, ob ich spinne oder ob ich womöglich in Gefahr bin.“

„Das sehe ich genauso. Dürfte ein Kinderspiel werden, das herauszufinden.“

„Und wie wollen Sie das anstellen?“

„Ich hab da meine Methoden.“

Ohne den Hauch eines Zweifels in meinen Augen erwiderte ich ihren forschenden Blick. Auf dem Damm hatte sie bereits eine Kostprobe davon bekommen, wie effektiv meine Methoden waren. Allein damit hatte ich sie schon an der Angel. Blieb nur noch das Geschäftliche zu regeln, bevor ich den Fang an Land zog. Ich nahm einen Standarddienstleistungsvertrag aus der Schublade und legte ihn ihr vor die Nase. „Auf Seite zwei stehen meine Preise.“

Sie sah sich das Ding aufmerksam an. Auf der ersten

Seite des Vertrags ging es nur um Haftungsausschlüsse und Verschwiegenheitschwüre meinerseits. Als sie das Blatt umdrehte und zu dem Passus mit meinem Tageshonorar kam, zuckten ihre Augenbrauen merklich nach oben. „Und was glauben Sie, wie viele Tage das dauern wird?"

„Das ist schwer zu sagen. Kommt hauptsächlich darauf an, wie clever Ihr Stalker ist."

„Und wenn es gar keinen gibt?"

„So wie ich das sehe, gibt es nur zwei Lösungen für Ihr Problem. Entweder ein Psychiater, der Ihnen eine 1a-Paranoia attestiert, oder Sie unterschreiben zweimal und ich erledige das für Sie. So oder so brauchen Sie Hilfe. Und gute Psychiater und gute Detektive haben eines gemeinsam: Sie kosten!"

Ich gab ihr einen Moment, um das zu verarbeiten. Dann machte ich ihr mein Angebot. „Ich denke, allerhöchstens drei Tage, um handfeste Fakten zu schaffen. Und auch nur dann so lange, wenn Ihr Stalker ein Genie ist. Danach entscheiden Sie, wie es weitergeht."

„Und die Spesen gehen extra?"

„Natürlich. Und alles plus Märchensteuer."

„Verdammte Steuer."

„Wem sagen Sie das?"

Sie schnappte sich den Kugelschreiber, den ich ihr hinhielt, spielte damit aber nur herum. Wieder hielt ich ihrem forschenden Blick locker stand. Sie nickte kaum merklich, dann sagte sie: „Sie sind sehr überzeugend, Tibor. So in Ihrer ganzen massigen Art, mit dem schicken Büro und dem teuren Anzug. Selbst Ihre altmodische Frisur und der Ludenschnauzer tun dem keinen Abbruch. Was schon ein wenig verwunderlich ist."

„Freut mich, dass Ihnen mein Büro gefällt."

„Und Sie sind hundert Prozent diskret? Egal, was Sie herausfinden oder zufällig mitbekommen? Kann ich mich darauf verlassen?"

„Diskretion ist mein zweiter Vorname."

Vicky De Winter unterschrieb den Vertrag mit Andrea Driesen, ihrem richtigen Namen. Sie wollte mir ihren Ausweis zeigen, damit ich mich davon überzeugen konnte, wie sie wirklich hieß. Ich winkte nur ab. Dann wollte sie wissen, wie ich vorgehen würde. „Sie sprachen vorhin von Methoden. Was sind das für Methoden?"

„Zunächst werde ich mir Ihre Wohnung ansehen. Vielleicht finde ich Spuren eines Einbruchs oder andere Hinweise, die Licht ins Dunkel bringen können. Ich komme morgen zu Ihnen nach Hause, sagen wir so gegen Mittag. Können Sie das einrichten?"

„Ich denke schon."

„Danach sehen wir weiter. Wie ist Ihre Adresse?"

„Ich wohne drüben auf der anderen Rheinseite. In Rheinpreußen. Oleanderweg 85a. II. Bezirk Südwest. 47228 Ruhrstadt. Ist nur den Ruhrschnellweg rüber übern Rhein und dann die erste Abfahrt. Unten an der Ampel fahren Sie rechts und hinter dem Gewerbepark Niederrhein wieder rechts in die ..."

„Schon gut, schon gut, ich hab ein Navi im Wagen. Morgen Punkt zwölf steh ich bei Ihnen auf der Matte. Ich lehne mich vielleicht ein bisschen weit aus dem Fenster, aber ich verspreche Ihnen, noch diese Woche werden Sie Gewissheit haben, ob alles nur Einbildung ist oder ob tatsächlich etwas dahintersteckt. Dann wird der Spuk ein für alle Mal aufhören. Erzählen Sie niemandem von mir. Man kann nie wissen, wer so alles zuhört, besonders am

Telefon. Das Überraschungsmoment liegt auf unserer Seite. Und so soll es bleiben."

„Alles klar. Also dann, bis morgen um zwölf."

Sie rauschte ab, und ich sah ihr nach, wie sie den Flur entlangschritt und sich ihr anthrazitfarbenes Kostüm geräuschvoll an ihren Proportionen rieb. Oh ja, Vicky De Winter konnte einem Appetit machen. Auch einem Pornomuffel wie mir. Ich war ganz froh, dass ich gleich doppelt gegen ihre Reize gewappnet war. Zum einen war sie jetzt meine Mandantin und damit tabu, zum anderen konnte sie meiner Anna nicht mal im Traum das Wasser reichen.

Kapitel 3

Am nächsten Tag nahm ich den Ruhrschnellweg Richtung Westen über den Rhein, um zum Haus meiner neuen Mandantin in Rheinpreußen zu kommen. Am Abend vorher hatte ich fürstlich gespeist und dabei gemütlich zugesehen, wie meine Herzdame Anna ganz kleine Brötchen backte. Sie war den ganzen Abend um mich rumgeflötet und war der pure Sonnenschein gewesen. Es kümmerte mich herzlich wenig, dass sie nur deshalb so zuckersüß gewesen war, weil sie ein schlechtes Gewissen hatte. Inzwischen war es ihr doch tatsächlich in den Sinn gekommen, dass vielleicht doch sie es gewesen sein könnte, die an jenem Abend, als mein Arsch auf der Straße gelandet war, die ganze Chose erst richtig in Schwung gebracht hatte. Diese unerwartete Einsicht hatte mir einen glorreichen Abend beschert. Zwar ohne Sex, aber mit viel Soul und einem ganzen Stall voll rosiger Aussichten.

Einmal abbiegen reichte in Ruhrstadt völlig aus, um das Stadtbild komplett auf den Kopf zu stellen. Gerade eben war ich noch auf dem Ruhrschnellweg an den Megakränen des riesigen Außenhafens vorbeigefahren, und jetzt, nach einem kurzen Hopser über den Rhein, zockelte ich gemütlich durchs Grüne. Vicky De Winter hatte sich ein ruhiges Plätzchen ausgesucht, um sich vom Pornostress zu erholen. Umgeben von Wiesen und Feldern, den Rhein in Sichtweite und doch nur einen Katzensprung vom hektischen Metropolentrubel entfernt.

Sie wohnte in einem netten, kleinen Reihenhaus mit Klinkerfassade und schnuckeligem Garten hintendran. Die ganze Nachbarschaft war verkehrsberuhigt, und vor den Häusern parkten viele Minis und Corsas. Ich hatte meinen SUV auf der Hauptstraße geparkt und war den Oleanderweg einmal komplett abgelaufen. Die Gegend sah sehr neu aus und wirkte ein wenig gedrungen. Die Bauherren hatten sich alle Mühe gegeben, das Bestmögliche aus dem vorhandenen Platz herauszuholen. Klinkerfassade reihte sich an Klinkerfassade, sie standen nebeneinander, übereck oder sich gegenüber. Und alle Häuser sahen gleich aus. Am oberen Ende des Oleanderwegs gingen nacheinander drei Sackgassen ab, in der jeweils drei Klinkerhäuser hintereinanderstanden. In der linken Gasse ganz hinten wohnte Vicky De Winter.

Linker Hand ging ich an den Hauseingängen vorbei, zu meiner Rechten wuchsen Hecken, die als Sichtschutz für die Gärten in der nächsten Häuserreihe gepflanzt worden waren. Ich lief direkt auf eine offene Garage zu, in der ein Smart stand. Ein schmaler Weg führte zwischen Haus und Garage zum Ende der Sackgasse. Dort stand ein grüner Metallzaun, etwas über einen Meter hoch. Ich marschierte zunächst an Vicky De Winters Haustür vorbei und warf schnell einen Blick auf das, was sich hinter dem Zaun befand. Ein Trampelpfad verlief horizontal und führte rechts bis zur Hauptstraße. Jenseits des Pfades lag unberührte Natur, wild wuchernd, ein perfektes Versteck.

Neben ihrer Klingel hing ein Schild aus Ton in Form eines Marienkäfers, auf dem in verschnörkelten Buchstaben der Name Andrea Driesen geschrieben stand. Auf ihrer Fußmatte stand: Willkommen. Sie öffnete mir in einem roten Jogginganzug aus abgewetztem Frottee mit einem straff gespannten Nike-Emblem über der Brust. Dazu leichte Turnschuhe. Ihre blonden Haare waren zu einem Pferdeschwanz gebunden, und auf Make-up hatte sie komplett verzichtet. Ich ließ mir nichts anmerken, obwohl ich doch etwas enttäuscht war. Ich hatte nicht direkt damit gerechnet, dass ein Pornostar auch in seiner Freizeit nur in durchsichtigen Negligés und Strapsen durchs Haus schwirrt, aber dieses lässige Outfit zerbrach doch die eine oder andere Illusion.

„Pünktlich wie die Maurer!“, stellte sie fest und lächelte nervös.

Sie war gute fünfzehn Zentimeter kleiner als am Vortag, was an den flachen Schuhen lag. Das kleine Persönchen reichte mir gerade bis knapp über den Bauchnabel. Sie wirkte verletzlicher, nicht mehr so tough, was wohl daran lag, dass sie ihr Pornostarkostüm nicht trug. Die private Andrea Driesen hatte nicht viel gemein mit der berühmten Vicky De Winter. Ich kapierte sofort, dass ich gerade dabei war, in ihr Privatleben zu treten, was alles andere als leicht für sie war. Ich lächelte breit und zuversichtlich, checkte beim Schließen der Haustür beiläufig das Schloss und sagte zu ihr: „Kein Bild! Kein Ton! Ich komme schon!“

Das ergab zwar nicht wirklich Sinn, aber sie wusste, wie ich das gemeint hatte.

„Ich habe uns einen Kaffee gemacht. Ich hoffe, Sie mögen einen.“

„Wenn es Ihnen nichts ausmacht, würde ich mir zunächst gern das Haus ansehen."

„Kein Problem, ich führe Sie rum. Fangen wir oben an?"

Auf der schmalen Wendeltreppe blieb ich dicht hinter ihr, um nicht ihren prallen Hintern direkt auf Augenhöhe zu haben, der mich auch in abgewetztem Frottee vom Wesentlichen abgelenkt hätte. Wir passierten den ersten Stock und stiegen bis ganz nach oben. Im ausgebauten Dachstuhl hatte sich Vicky De Winter ein kleines Büro eingerichtet, mit einem Schreibtisch aus Glas an der Stirnfront, auf dem ein Laptop und ein Kombi-Fax-Gerät standen. Auf einem Board darüber waren zwei goldene Statuen aufgestellt und ein gerahmtes Foto von ihr bei einer Preisverleihung.

„Das ist mein Büro", erklärte sie und zeigte mit ihrer Mimik, dass ich mir das wohl schon gedacht hatte.

„Sie haben einen WLAN-Anschluss?"

„Ja."

„Hoffentlich ein gesichertes Netzwerk. Da kann man sonst in Teufels Küche kommen."

„Davon gehe ich aus. Ich hab da keine Ahnung von. Das hat alles eine Firma gemacht."

Ich zog einen Apparat aus der Tasche, der sehr viel Ähnlichkeit mit einem Smartphone hatte, und hielt ihn mit ausgestrecktem Arm in alle Richtungen.

„Was machen Sie da?"

„Ich filme nur die Räume ab, für später."

So richtig wusste sie nicht, was sie davon halten sollte. Und so richtig überzeugte sie auch mein kurzes Nicken nicht, mit dem ich ihr versichern wollte, dass es nötig war, ihre Privaträume zu filmen. Ich lief durchs Büro und hielt den Apparat hierhin und dorthin, wobei ich die ganze Zeit über auf das Display sah. Als ich mit dem Büro fertig war, stiegen wir hinab in den ersten Stock. Dort befanden sich ein Badezimmer mit Whirlpool, ein geräumiges Schlafzimmer, in dem, zu meiner großen Enttäuschung, anstatt saftiger Pornorequisiten nur eine gebundene Ausgabe von „Die drei Musketiere" herumlag, und ein Ankleidezimmer, das dringend einen Anbau gebraucht hätte. Im Büro und im Bad hatte das Display meines Apparates schon angeschlagen, im Schlafzimmer wieder und im Ankleidezimmer auch. Im großen Wohnzimmer im Parterre fand ich direkt zwei Signale, eines gegenüber der Couch und ein schwächeres an der Verandatür.

Die ganze Zeit über, die ich meine Mandantin im Glauben ließ, ich würde ihr Heim filmen, bombardierte ich sie mit Smalltalk. Ich wollte wissen, wo man so schöne Handtuchhalter herbekam, lobte die hochwertige Qualität ihrer Tapeten und erzählte ihr eine erfundene Geschichte über eine Exfreundin, die denselben Schuhtick hatte wie sie und deretwegen ich beinahe bankrott gegangen wäre. Wir sahen uns noch das Gästeklo, die Küche und den Keller an, in dem sich eine Sauna befand. Das Ergebnis des Rundgangs war niederschmetternd. In jedem Raum hatte ich ausgehende GSM-Signale mit meinem handlichen Peilempfänger orten können. Das ganze Haus funkte permanent Datenmengen ins digitale Mobilnetz. Die Stärke der Signale deutete auf große Datenmengen hin. Ich tippte auf Webcams, die heimlich aufzeichneten und die Bilder übers Internet zu einem User schickten, der sich seit Wochen genüsslich zu Hause am PC darauf einen runterholte. Da hatte sich einer ein eigenes Fenster in Vicky De Winters Privatsphäre installiert. Die Fakten waren eindeutig, meine Mandantin hatte keinen an der Waffel, ihr Stalker existierte. Und die Frage nach seiner Cleverness war damit auch gleich beantwortet.

Als wir den Rundgang beendet hatten, standen wir in ihrem Wohnzimmer, und ich sagte zu ihr: „Das ist eine Menge Arbeit, Frau Driesen. Alle Etagen plus die Kellerräume tapezieren beziehungsweise streichen. Da kommt was zusammen."

Sie sah mich ziemlich irritiert an, was durchaus verständlich war. Wie sollte sie auch kapieren, was ich da für ein Zeug laberte. Aber ich konnte sie ja schließlich nicht vor laufenden Kameras mit den Ergebnissen meiner Ermittlungen konfrontieren. Dazu musste ich sie erst aus dem Haus locken. Meine Mandantin sah mich immer noch an, als hätte ich nicht mehr alle Tassen im Schrank. Bevor sie den Mund auftun konnte, spielte ich meine Rolle weiter und hoffte, sie würde darauf einsteigen. „Ich schreibe Ihnen jetzt hier eine Summe auf. Da drunter geht gar nix. Dann können Sie es sich in Ruhe überlegen und mich morgen anrufen."

Ich hielt ihr den Zettel unter die Nase, auf dem natürlich keine Summe stand, sondern die Aufforderung, mich nach draußen zu begleiten. Geistesgegenwärtig nahm sie das Stück Papier an sich und nickte.

„Ich weiß", fügte ich hinzu, „das ist 'ne Menge Geld, aber es wird sich lohnen. Ich muss jetzt auch los. Begleiten Sie mich noch hinaus?"

„Natürlich."

Wir gingen ein paar Schritte bis um die Ecke. Erst außer Sichtweite ihres Hauses teilte ich meiner verwunderten Mandantin mit, wie groß ihr Problem tatsächlich war.

„Ihr gesamtes Haus ist verwanzt. Vermutlich mit Webcams. Sie werden rund um die Uhr überwacht."

„Sind Sie sicher?"

„Ja! Reden Sie mit niemandem! Telefonieren Sie nicht! Wir treffen uns in einer Stunde in meinem Büro. Dann werde ich Ihnen alles erklären. Lassen Sie sich nichts anmerken. Und bevor Sie das Haus verlassen, schauen Sie auf Ihr Handy, fluchen Sie und stecken Sie es ans Ladekabel. Haben Sie verstanden?"

Ängstlich und ziemlich verstört nickte Andrea Driesen, die mich in diesem Moment noch viel weniger an den Pornostar Vicky De Winter erinnerte. Alles, was ich hier und jetzt für meine Mandantin tun konnte, war, ihr deutlich zu machen, dass der Stalker jetzt einen Gegner hatte, der mit ihm Schlitten fahren würde.

„Ich erledige das für Sie", sagte ich. „Ich pack ihn bei den Eiern und drücke extra feste zu."

Ein klein wenig half ihr das, aber der Schock saß tief. Dennoch traute ich ihr durchaus zu, sich im Haus nichts anmerken zu lassen. Andrea Driesen war vielleicht im wahren Leben nicht so tough, wie sie als Pornostar rüberkam, aber ein Waschlappen war sie deswegen noch lange nicht.

Kapitel 4

Andrea Driesen hatte nur eine leichte Vicky-De-Winter-Verkleidung angelegt, als sie keine fünfundvierzig Minuten später zum zweiten Mal binnen vierundzwanzig Stunden mein Büro betrat. Dieses Mal interessierte sie das schicke Interieur nicht die Bohne. Sie war angespannt, auf das Schlimmste gefasst und auch ängstlich. All das konnte ich ihr ansehen, obwohl ihr halbes Gesicht hinter einer riesigen Sonnenbrille versteckt war. Ich ging ihr entgegen und bat sie, auf dem Sofa Platz zu nehmen. Den Kaffee, den ich ihr anbot, lehnte sie ungeduldig ab. Ein kleines Beruhigungsgläschen wollte sie auch nicht. Ich spannte sie nicht weiter auf die Folter, sondern kam ohne Umschweife direkt zur Sache. Ich zeigte ihr den Peilempfänger und sagte: „Das hier ist kein Handy. Dieses Gerät ortet GSM-Signale. Also ganz popeligen Handyempfang. Bei unserem Rundgang durch Ihr Haus habe ich gleich mehrere Quellen entdeckt."

„Was heißt das?"

„Das heißt, dass Daten aus Ihrem Schlafzimmer, Badezimmer, Wohnzimmer, der Terrasse, dem Büro und aus Ihrer Sauna permanent ins Mobilfunknetz gesendet werden."

„Daten? Was für Daten?"

„Die Signale waren sehr stark, typisch für Webcams. Hören Sie, ich bin sicher, dass irgendjemand in Ihrem Haus Kameras versteckt hat. Diese Kameras haben eigene SIM-Karten integriert, genau wie Ihr Handy. Darüber wird der Kontakt von den Kameras zum Internet hergestellt. Und der Sack, der sie bei Ihnen versteckt hat, schaut Ihnen immer und überall zu. Sie duschen, er schaut zu, Sie gehen ins Bett, er schaut zu, Sie ..."

„Ja, ja, ich hab kapiert. Wie ist so etwas möglich?"

„Einbruch! Zwar konnte ich keine Einbruchspuren am Türschloss erkennen, aber ganz ehrlich, mein Auto ist besser geschützt als Ihr Haus. Sie sollten sich beizeiten mal Gedanken über Alarmanlagen machen. Solche internetfähigen Webcams kriegt man überall, letztens noch beim Aldi für unter zehn Euro. Er steigt in Ihr Haus ein, bringt die Webcams an und hat zu Hause Reality TV. Ich mache das andauernd. Natürlich rein professionell. Wer hat alles einen Schlüssel zu Ihrem Haus?"

„Niemand!"

„Keine Putzfrau? Kein Reserveschlüssel beim Nachbarn?"

„Nein! Ich will nicht, dass irgendjemand mein Haus betritt, wenn ich nicht da bin."

„Also schön. Das Ergebnis meiner Ermittlungen lautet demnach: Ein ziemlich geschickter Einbrecher, der moderne Technik zu nutzen versteht, hat sich in Ihrem Leben eingenistet. So viel steht fest. Mein Job ist damit getan. Sie können jetzt zur Polizei gehen und Anzeige erstatten."

„Ist das Ihr Rat?"

„Nein. Das ist nur ein Vorschlag. Das würde es für Sie

billiger machen. Allerdings wahrscheinlich auch langwieriger."

„Langwieriger?"

„Klar, die Cops fackeln nicht lange. Die kommen in Ihr Haus, rupfen die Kameras raus und hoffen, den Täter anhand der SIM-Karte zu überführen. Ich persönlich glaube ja nicht, dass der Typ so billige Fehler macht und einen digitalen Fingerabdruck hinterlässt. Er hat sich bisher ziemlich clever angestellt und wird sich entsprechend abgesichert haben. Somit wäre er nur aufgeschreckt. Er wüsste dann, dass Sie ihm auf die Schliche gekommen sind. Das könnte ihn abschrecken oder dazu anspornen, in Zukunft noch vorsichtiger zu sein. Oder aber er wird sauer."

Jetzt endlich nahm Andrea diese riesige Sonnenbrille ab und sah mich ängstlich an. Ihre Augen waren blau, mit einem leichten Graustich. Und sie waren trocken. Weder Andrea noch Vicky flennten gleich los, nur weil dunkle Wolken am Horizont aufzogen. Sie war eine Kämpferin, das musste man wohl sein, um in ihrem Geschäft nach ganz oben zu kommen.

„Was also würden Sie tun?", fragte sie mich.

„Ihn bei den Eiern packen, gut durchschütteln und ihm dann vielleicht, sagen wir, den Oberschenkelhals brechen!"

„Klingt gut! So machen wir es!"

„Na, dann legen wir mal los! Sind Sie in letzter Zeit jemandem auf die Füße getreten? Vielleicht beruflich? Einer Kollegin die Rolle weggeschnappt? Oder kürzlich einen Lover in die Wüste gejagt?"

„Nein!", sagte sie, überlegte kurz und wiederholte: „Nein!"

„Haben Sie einen Freund?"
„Das geht Sie nichts an!"
„Kommen Sie! Alles ist wichtig. Sie wissen doch, mein Name ist Tibor Diskretion Zibulla."
„Es ist halt schwierig für eine wie mich, eine normale Beziehung zu führen", sagte sie, als müsste sie mir erklären, wie das Leben funktioniert.
„Schwierige Beziehungen? Darin bin ich Weltmeister", antwortete ich.
Sie sah mich an, als hätte ich keinen blassen Schimmer, wovon ich redete. Sie kannte eben meine Anna nicht.
„Sie haben keine Ahnung, was es heißt, als Pornostar in der Öffentlichkeit zu stehen. Jeder reduziert dich nur auf Titten und Arsch. Für dein Gehirn interessiert sich keiner. Verstehen Sie mich nicht falsch, ich beschwer mich nicht. Ich habe mir dieses Leben ausgesucht und alles getan, um es ganz nach oben zu schaffen. Es trifft mich auch nicht, wenn man mich Schlampe oder Hure oder Schlimmeres nennt. Im Ernst, die Titel hatte ich längst weg, bevor ich ins Pornogeschäft eingestiegen bin. Da war ich noch das Fräulein Driesen aus der Personalabteilung, die sich leicht flachlegen ließ. Aber Menschen ändern sich. Ich ändere mich."
„Wenn da nicht Liebe im Spiel ist."
„Wenn die Presse davon Wind bekommt, ist alles vorbei. Keiner darf davon etwas wissen. Seine Familie würde ausrasten. Ende des Jahres läuft mein Vertrag mit der Produktionsfirma aus, dann ist Schluss mit Porno, dann werden wir heiraten."
„Glückwunsch! Wie werden Sie dann heißen?"
„Das spielt doch keine Rolle. Ich sage Ihnen, aus mei-

nem engeren Umfeld kommt dafür keiner in Frage. Außer vielleicht ein Nachbar, aber das kann ich mir nicht vorstellen. Das sind alles brave Familienväter, zumindest nach außen. Das muss ein Fremder sein. Irgendjemand, der meine Filme gesehen hat und mir jetzt auf die Pelle rückt. Das liest man doch andauernd, Promis, die sich gegen einen Stalker wehren."

Ich warf das Handtuch. Ihr Geheimnis würde sie mir nie verraten. Dazu hätte es schwererer Geschütze bedurft, und die aufzufahren war ich nicht bereit. Ich stocherte sowieso nur im Dunkeln, und natürlich sprach in der Tat vieles für einen gestörten Fan. Im Grunde war es bei der Vielzahl an potenziellen Tätern sowieso unmöglich, ihn zu ermitteln. Die beste Chance, ihn zu schnappen, war, ihm eine Falle zu stellen. Und die hatte ich im Kopf längst aufgestellt.

„Okay, belassen wir es dabei. Gehen wir ruhig von einem Fremden als Täter aus. Überlegen Sie jetzt gut. Haben Sie mit irgendjemandem über mich gesprochen? Nein? Auch nicht am Telefon? Oder per E-Mail? Sehr gut. Ich denke, zunächst können wir davon ausgehen, dass er mich für Ihren Malermeister hält. Also hat der Penner noch keine Ahnung, wer oder was ich in Wirklichkeit bin. Das müssen wir für unsere Zwecke nutzen. Und zwar zügig!"

Andrea Driesen nickte zustimmend. Besonders das ‚zügig' gefiel ihr. Aufmerksam hörte sie meinen weiteren Ausführungen zu. „Ihre Aufgabe wird sein, sich nichts anmerken zu lassen. Um alle Eventualitäten zu berücksichtigen, sollten wir von einer Totalüberwachung Ihrer Person ausgehen. Stalker sind in der Regel richtige Pingel. Die machen keine halben Sachen. Ich spekuliere jetzt zwar, aber es ist gut möglich, dass er sich auch in Ihren Computer gehackt hat und in Ihr Smartphone. Wissen Sie, dass diese raffinierten Dinger jede Position speichern, an der sie jemals ein Signal empfangen haben? Das ist wie eine Landkarte von jeder Ihrer Bewegungen. Also, wenn ich so ein Stalker-Arschloch wäre, ich würde diese Karte von meinem Opfer haben wollen. Ihr Auto wird vielleicht mit einem Peilsender versehen sein. Ich hoffe, er denkt, Sie wären heute noch mal bei Ihrem Anwalt hier im Innenhafen. Sperren Sie Ihre Lauscher gut auf, ich erzähle Ihnen jetzt, wie wir ihn schnappen."

Mein Plan war so simpel wie genial. Alles, was wir tun mussten, war, dem Stalker Feuer unterm Hintern zu machen. Andrea Driesen bekam von mir die Anweisung, mich am selben Abend von zu Hause aus anzurufen und am Telefon laut und deutlich den Auftrag für einen kompletten Innenanstrich des gesamten Hauses durch meine Firma zu bestätigen. Dabei sollte sie nicht unerwähnt lassen, dass sie mit „komplettem Innenanstrich" auch die Wände hinter den Schränken meinte. Bei so umfangreichen Renovierungsarbeiten musste die Überwachung auffliegen, wenn er nicht handeln würde. Und dann bekäme er die Chance, das Schlimmste noch zu vermeiden. Ich schickte meine Mandantin in den Urlaub.

„Ich soll nach Ibiza fliegen?", fragte sie überrascht.

„Ich hab gehört, da machen Pornostars gern Ferien. Von mir aus können Sie aber auch Tante Trude in Buxtehude besuchen fahren. Jedenfalls werden Sie jetzt nach Hause gehen, sich ganz normal benehmen und Reisevorbereitungen treffen. Rufen Sie Leute an und sagen Sie ihnen, dass Sie sich ganz spontan entschlossen hätten, am Donnerstag nach Buxtehude zu fahren, und bis Ende nächster Woche dort bleiben. Heute ist Mittwoch, der 12. Mai. Sie rufen mich am Abend von Ihrem Smartphone an und sagen mir, dass meine Leute am Freitag, dem 14. anfangen sollen, die Möbel in Ihrem Haus abzubauen, um dann am Montag sofort mit dem Anstreichen loslegen zu können. Das gibt dem Stalker nur genau die Nacht von Donnerstag auf Freitag, um ungestört seine Spielzeuge wieder einzusammeln. Und bauen Sie noch das ein oder andere Detail ein, zum Beispiel, wie sehr Sie sich auf Tante Trudes leckere Knödel freuen, das macht alles glaubhafter. Schauspielern Sie, das können Sie doch. Der Stalker muss die morgige Nacht zum Klarschiffmachen nutzen. Und wenn er es tut, dann hab ich ihn am Arsch."

„Das ist wirklich raffiniert, Tibor. Hut ab!"

„Mann tut, was Mann kann!"

„Ich könnte zu einer Freundin nach Düsseldorf fahren. Aber das heißt doch auch, dass ich mich noch eine Nacht in meinem Haus begaffen lassen muss."

„Leider ja. Aber es wäre viel zu auffällig, allzu überstürzt abzureisen. Der Stalker wird auch so skeptisch genug sein. Ich werde heute Nacht natürlich ein Auge auf Ihr Haus haben. Machen Sie sich einen gemütlichen Abend vor dem Fernseher und gehen Sie früh schlafen. Er wird sicher nicht riskieren, in Ihr Haus einzubrechen, wenn Sie daheim sind. Und wenn er sich doch blicken lässt, haben Sie ein Tageshonorar gespart."

„Sie sind sich Ihrer Sache sehr sicher."

Ich nickte.

„Und Sie bewachen das Haus die ganze Nacht?"

„Höchstpersönlich."

Kapitel 5

Als ich noch im Fünften Bezirk lebte, kannte ich einen Typen, der führte immer in Gedanken ein Konto, auf dem er sich Dinge, die er tat, je nachdem, entweder gutschrieb oder sie als Miese verbuchte. Er nannte das Karma. Von Beruf war er Profizocker, was ihn per se zu einem abergläubischen Menschen machte. Jedenfalls konnte der Vogel an keinem Penner vorbeigehen, ohne ihm ein Almosen hinzuwerfen, und alten Leuten half er so oft über die Straße, dass man glauben konnte, das sei eine Art Hobby von ihm. Keine Gelegenheit ließ er aus, um sein Konto mit guten Taten zu füllen. Ein Full House oder ein Straight Flush im richtigen Moment war dann sein Beweis dafür, dass er im Plus war. Ein mickriges Pärchen, und er war sich sicher, zu wenig Gutes getan zu haben.

Eines Tages traf ich ihn auf dem Weg zur Schicht – ich buckelte damals noch beim Werkschutz der Lippe-Chemie –, und er lief mir direkt in die Arme. Er sah ziemlich ramponiert aus, hatte zwei blaue Augen, und seine geschwollene Fresse glühte in allen Regenbogenfarben. Ich fragte ihn: „Schlägerei oder Autounfall?"

„Nur schlechtes Karma", antwortete er.

„Was ist passiert?“

„Nichts, was ich nicht verdient hätte.“

Mir gefiel seine grundsätzliche Einstellung zu den Wirrungen des Lebens. Was nutzte es einem, Gott und die Welt für alles verantwortlich zu machen. Das verursachte nur Magenschmerzen und uncoole Wutausbrüche. Dann doch lieber die Schuld bei sich selber suchen und zusehen, dass man mit sich im Reinen war. Ich versuchte es auch eine Zeit lang, weil ich fand, dass dieses Karmakonzept durchaus Soul hatte, aber mit der Beurteilung meiner Taten stimmte wohl etwas nicht. Ich steckte auf meinem Gedankenkonto permanent knietief im Dispo. Deshalb ließ ich es wieder bleiben. Ich sah mich sowieso eher als den Schöpfer meines Schicksals, nicht als seinen Buchhalter.

Dennoch schrieb ich die durchwachte Nacht hinter dem Haus meiner Mandantin meinem Karma gut. Wie erwartet war nichts passiert, außer der mittelgroßen Invasion von Insekten, die sich im wild wuchernden Gelände jenseits des Trampelpfades über mich hermachten. Als Versteck aber war es perfekt. Ich konnte nicht gesehen werden, konnte aber meinerseits den Hauseingang und den Trampelpfad, der gleichzeitig auch der einzige Weg zum hinteren Teil des Hauses war, bestens beobachten. Wer ins Haus wollte, egal von welcher Seite, musste an mir vorbei. Bewaffnet war ich mit Elektroschocker, Tränengas und der Attrappe eines 38er Special Revolvers von Smith & Wesson. Die getürkte Knarre hatte ich in einem stinknormalen Spielzeugladen gekauft. Sie war zwar nur aus Plastik, sah aber täuschend echt aus, und mit dem richtigen entschlossenen Gesichtsausdruck beim Anvisieren konnten die wenigsten noch Plastik von Stahl unterscheiden. Bis an die Zähne bewaffnet hatte ich also ausgeharrt im tiefen Dschungel von Rheinpreußen. Die ganze Nacht, um eine holde Maid vor Unheil zu bewahren. Auch wenn ich dafür bezahlt wurde, die krabbelnden und fliegenden und stechenden und beißenden Umstände gingen geradewegs auf mein Karmakonto.

Für den Zugriff hatte ich mir überlegt, ihn kommen zu lassen. Und ihm dann, während er über den Zaun kletterte, von hinten meine Spielzeugknarre an den Schädel zu halten. So käme ich picobello aus der Sache raus. Trotzdem würde er natürlich für seine Spannerei ein bisschen Gas abkriegen, und ich freute mich schon drauf, den Wichser zappeln zu sehen, wenn ich ihm den Elektroschock verpasste. Den Spaß musste ich jedoch auf die nächste Nacht verschieben.

Morgens um halb sieben war im Haus meiner Mandantin das Licht angegangen. Keine halbe Stunde später stieg sie samt einer Reisetasche in ihren Smart und rauschte ab, um die Freundin in Düsseldorf zu besuchen. Das war mein Zeichen, mich ebenfalls vom Acker zu machen.

Ich sah die Nacht als gelungene Generalprobe für den Ernstfall, der, dessen war ich mir sicher, in der nächsten Nacht eintreten würde. Es schien mir unbedenklich, das Haus den ganzen Tag über unbewacht zu lassen. Tagsüber würde er es nicht wagen, einzubrechen. So wenig wie in Rheinpreußen nachts los war, so viel ging da tagsüber ab. Hausfrauen rannten hin und her, kleine Kinder spielten in den Gärten, Lieferanten kamen und gingen, Hunde wurden ausgeführt oder schnüffelten ohne Leine herum. Um Mittag kamen dann die größeren Kinder aus der Schule und saßen an der frischen Luft im Garten über ihren Hausaufgaben, bevor sie bis zum Abendessen mit ihren Rädern die Nachbarschaft unsicher machten. Das war der ganz normale Mittelklassetrubel, etwas abseits der Zentren von Ruhrstadt. Da schlich sich nicht mal ein Ninja unbemerkt in eines der Häuser. Zufrieden mit der Generalprobe fuhr ich rüber in mein Büro, um auf meinem bequemen Chesterfield-Sofa ein oder zwei Schüppen Schlaf nachzuholen.

So präzise wie das Schweizer Uhrwerk meiner Jäger-LeCoultre-Reverso-Armbandzwiebel spulte ich in der nächsten Nacht dasselbe Programm ab wie auf der Generalprobe. Wieder hockte ich schwarz gekleidet samt Nachtsichtgerät auf der Nase auf einem Klappstuhl in der Pampa hinter dem Haus meiner Mandantin und war bis an die Zähne bewaffnet. Nur dieses Mal hatte ich zusätzlich ein Sixpack Insektenspray dabei.

Es war 2 Uhr 35, als ich Schritte auf dem Trampelpfad hörte. Ich krallte mir den Smith-&-Wesson-Blender, der auf meinem Schoß lag, und kramte geschmeidig das Tränengas aus meiner Brusttasche. Die Schritte kamen näher. Ich atmete flacher. Meine gesamte Konzentration richtete sich auf die Quelle des Geräusches. Es waren kurze, schnelle Schritte, anfangs noch sehr leise, aber stetig deutlicher werdend. Mein Adrenalinspiegel stieg drastisch an, und mein Herz pumpte heftiger. Vielleicht noch fünfzig Schritte, dann hätte er den Zaun erreicht. Den ganzen Körper gespannt wie einen Bogen, war ich bereit, zum Sprung aus dem Gebüsch anzusetzen und über ihn herzufallen, sobald er über den Zaun stieg. Dann endlich sah ich ihn. Im grünlichen Schimmer des Nachtsichtgerätes schlich eine schwarze Gestalt, mit Sturmhaube über dem Kopf, leicht vornübergebeugt durch die mondlose

Nacht. Er maß gute eins achtzig, und ich schätzte ihn auf fünfundsiebzig Kilo. Unter seiner eng anliegenden Kleidung verbarg sich ein durchtrainierter Körper. Ganz deutlich zeichneten sich seine Bizepse und seine Oberschenkelmuskulatur ab. Die Bewegungen waren geschmeidig, vorsichtig, aber nicht zögerlich. Geduckt passierte er die Rückwand von Vicky De Winters Garage und erreichte den Zaun.

Ich rührte keinen Finger. Kein Laut kam aus meiner Ecke. In diesem Moment hätte ein Heer von Vogelspinnen an mir hochkrabbeln können, ich hätte sie nicht mal bemerkt. Meine volle Konzentration galt dem Penner, der, wie ich mir leider eingestehen musste, weitaus professioneller zur Tat schritt, als ich gedacht hatte. Das war kein Schlappschwanz, der sich immer nur vor dem Computer einen runterholte. Der Kerl wusste genau, wie er sich zu bewegen hatte, worauf er zu achten hatte und wie man sich ungesehen durch die Nacht schlich. Einen kurzen Augenblick sah er in meine Richtung, und ich konnte das Weiße in seinen Augen aufblitzen sehen. Er hatte keine Chance, mich zu sehen, obwohl ich keine drei Meter von ihm entfernt hockte. Dann machte er sich bereit, über den Zaun zu springen.

Die Spielzeugknarre im Anschlag und das Tränengas in der Hinterhand, katapultierte ich mich mit meinen hundertfünfzehn Kilo Kampfgewicht aus dem Gebüsch direkt auf mein Opfer zu. Er aber stand einfach da, nicht erschrocken, nicht mal überrascht. Im Gegenteil, er hatte mich erwartet. Schon beim ersten Geräusch, das ich machte, drehte er den Kopf blitzschnell in meine Richtung und hob gleichzeitig seinen rechten Arm. Durch das Nachtsichtgerät funkelten seine Augen grünlich böse. Er lächelte fett unter seiner Sturmhaube, das bekam ich noch mit. Zu spät aber sah ich die Waffe in seiner Hand. Ich war noch nicht mal zur Hälfte aus dem Gebüsch, da traf mich etwas Spitzes in den Hals. Es tat höllisch weh und wirkte sofort. Noch bevor ich auf dem Boden des Trampelpfads aufschlug, gingen bei mir alle Lichter gleichzeitig aus.

Kapitel 6

Mein Schädel brummte vom Allerfeinsten, als ich irgendwann ganz allmählich wieder zu Bewusstsein kam. Mir ging es so scheiße, dass ich zunächst gar nicht erst versuchte, die Augen zu öffnen. Stattdessen konzentrierte ich mich nur darauf, meine Zunge vom Gaumen zu lösen. Mein Mund war trocken wie die verdammte Sahara, und der Versuch, aus irgendeiner Zahnritze noch Speichel zu saugen, wurde sofort mit hämmernden Kopfschmerzen quittiert. Ich stöhnte auf, aber der Widerhall in meinem Kopf verstärkte nur die Schmerzen, was mich ernsthaft befürchten ließ, meine Rübe könnte jeden Moment explodieren.

Ich öffnete vorsichtig meine verklebten Augen und sah verschwommen in einen abgedunkelten Raum. Erst durch die Perspektive wurde mir klar, dass ich auf dem Rücken lag, und das gar nicht mal so unbequem. Ich trotzte den Qualen der Hölle, die in meinem Schädel tobten, und richtete meinen Oberkörper auf. Sofort nahm meine Umgebung Fahrt auf, und zwar immer im Kreis. Die Karussellfahrt dauerte ein Weilchen an, aber dann verlor sie an Schwung, und ich konnte erste Konturen meiner Umgebung erkennen. Selbst mit verklebtem Blick und dem schwachen Licht, das sich durch die geschlossenen Vorhänge am Fenster quetschte, erkannte ich das Zimmer sofort wieder. Ich saß auf Andrea Driesens Bett, mitten in ihrem Schlafzimmer, pudelnackt, und neben mir auf dem Fußboden lag sie, im vollen Pornostar-Make-up, ebenfalls nackt, in einer riesigen Blutlache, mit durchgeschnittener Kehle.

Ich wollte nicht glauben, was ich sah, deshalb schloss ich die Augen wieder, rieb sie mir vorsichtig, kniff mir feste in den Nasenflügel und strich meinen Bart glatt, aber es nutzte alles nichts. Das war kein Traum, der Scheiß war wirklich passiert. Sie lag auf dem Rücken, unter sich ihre gefesselten Hände, und den Kopf im Nacken verrenkt. Die blassrosa Zunge baumelte ihr schlaff aus dem Mund. Aus der Schnittwunde am Hals trat immer noch etwas Blut aus, das ihr in dünnen Rinnsalen den Hals hinunter in den Nacken lief, von wo aus es auf den bereits blutdurchtränkten Teppich tropfte. Sie lag in ihrem eigenen Blut, mit offenen Augen, verdrehten Pupillen, aufgeschlitzt und ausgeblutet. Der Anblick schlug mir voll auf den Magen.

Ich wäre gern in Panik verfallen und spürte auch, wie die dazu nötigen Botenstoffe von meinem Gehirn eimerweise ausgeschüttet wurden. Aber die daraus resultierenden zusätzlichen Kopfschmerzen hämmerten mir schnell wieder Vernunft ein. Hektische Bewegungen waren in meinem Zustand nicht angeraten.

Ich verschob den Nervenzusammenbruch auf später. Um auszuflippen, war ich sowieso viel zu dehydriert. Ich brauchte ganz dringend etwas zu trinken. In Zeitlupe krabbelte ich auf allen vieren zum Fußende des Bettes und wäre beim Versuch aufzustehen beinahe lang hingeschossen. Wieder drehte sich alles, aber es gelang mir, kurz einen Blick auf den Wecker neben dem Bett zu erhaschen. Es war kurz nach neunzehn Uhr, als ich mich auf sehr wackeligen Beinen raus aus dem Schlafzimmer und rüber ins Bad begab.

Ich soff wie ein Kamel. Dann wusch ich mir das Gesicht und stellte erleichtert fest, dass die verdammten Kopfschmerzen durch die Aufnahme von Flüssigkeit deutlich an Kraft verloren hatten. So langsam meldete sich dann auch mein Denkapparat wieder zum Dienst zurück, zwar noch nicht komplett beschwerdefrei, aber immerhin mit Ansätzen. Meine erste Erkenntnis zu der Schweinerei im Schlafzimmer war sicher noch sehr einfach gestrickt und lautete schlicht: „Verdammte Scheiße!"

Die zweite Erkenntnis beschäftigte sich hauptsächlich mit der Frage, wie mir so ein Scheißdreck hatte passieren können. Auf der Suche nach einer Antwort musterte ich mein Gesicht im Spiegel über dem Waschbecken, das in diesem Moment wahrlich keinen schönen Anblick bot. Blass wie eine Kalkleiste, mit milchigen Augen und quer über der linken Wange drei erst hauchdünn verkrusteten Kratzern, die sicher nicht zufällig da hingekommen waren. Ich hätte alle meine Cerruti-Anzüge darauf verwettet, dass die fehlenden Hautfetzen aus meinem Gesicht unter Vicky De Winters falschen Fingernägeln zu finden waren. Wahrscheinlich lag auch irgendwo im Haus die Tatwaffe herum, mit meinen Fingerabdrücken darauf. Ich besah mir noch mal im Spiegel die Kratzer genauer. Das war ganze Arbeit, es würde Wochen dauern, bis die nicht mehr zu sehen waren. Wer immer mich reingelegt hatte, er war offensichtlich gründlich vorgegangen. Zeit genug hatte er allemal. Wenn ich nur davon ausging, dass es immer noch

Freitag war, hatte ich immerhin ganze sechzehn Stunden verpennt.

In aller Eile untersuchte ich oberflächlich meinen Körper nach Verletzungen. Bis auf die Kratzer im Gesicht und die rot geränderte Einstichwunde am Hals war ich völlig unversehrt. Keine Beulen, Prellungen oder Hautabschürfungen. Bei aller Fitness von dem Penner, der mich ausgeschaltet hatte, nie im Leben hätte der meinen Hundertfünfzehn-Kilo-Arsch allein über den Zaun und in den ersten Stock geschleppt, ohne mit meinem Körper irgendwo gegenzudengeln. Der war nicht allein zu Werke gegangen. Ich war eindeutig an einem Punkt angekommen, an dem ich mir nicht noch mehr Fehler leisten durfte. Ich sah meinem Spiegelbild direkt in seine milchigen Augen und sagte im Brustton der Überzeugung zu ihm: „Du selten blöder Hund!"

Dann schnappte ich mir ein Handtuch, wickelte es mir um den blanken Hintern und ging wieder rüber ins Schlafzimmer. Aber nur bis zur Tür. Mit dem Fingernagel betätigte ich den Lichtschalter und verschaffte mir zunächst einen Überblick im Zimmer. Ich versuchte weitestgehend, den verrenkten Kopf meiner toten Mandantin zu übersehen, der hinter dem Bett hervorlugte. Was im Endeffekt sogar leichter war, als den Tümpel aus Blut zu ignorieren, in dem ihr blondes Haar schwamm. Im Licht betrachtet, war der Kontrast zwischen der rötlich schimmernden, dickflüssigen schwarzen Lache um ihren Kopf herum und dem cremefarbenen Teppich einfach zu krass, um nicht hinzusehen. Ich musste mich zwingen, den Blick davon abzuwenden.

Meine und ihre Klamotten lagen verstreut im Zimmer herum. Die Laken waren durchwühlt. Zwei Flaschen

Moët-&-Chandon-Schampus standen auf dem Nachttisch. Eine leer, eine halb voll. Erst jetzt bemerkte ich den süßen Geruch von Champagner an meinen Haaren. Auf dem anderen Tischchen war eine Auswahl an Sexspielzeug ausgestellt, Riesendildos, Vibratoren, Liebeskugeln, die ganze Palette. Da hatte sich einer richtig Mühe gegeben, alles so aussehen zu lassen, als hätte hier eine grandiose Nacht ein übles Ende genommen. Der Strapsgürtel neben den Handschellen am Bettpfosten war nach meinem Geschmack etwas übertrieben und viel zu klischeehaft. Von dem Slip über dem Lampenschirm gar nicht erst zu reden. Ich vermisste das Häufchen Koks neben dem Schampus, aber das hatten die Mörder wohl auf die Schnelle nicht mehr auftreiben können. Obwohl mir die Gefahr bewusst war, dass die Bullen auf diese Schwachsinnsinszenierung hereinfallen könnten, blieb mir keine Wahl. Aus der Nummer würde ich mich nicht mehr rausschleichen können. Dann besser gleich reinen Tisch gemacht.

Ich warf noch einen letzten Blick auf die Leiche und gedachte kurz ihrer Seele, die ich zwar nur kurz kennenlernen durfte, die mir aber auf Anhieb gut gefallen hatte. Und auch ihrem Körper, der nun leider zu nichts mehr Nutze war, erwies ich posthum meine Hochachtung. Es brach mir das Herz, sie so dort liegen zu sehen, und ich flüsterte für sie ein paar nur leicht abgeänderte Worte des großen kleinen Mannes aus South Carolina: „Es ist eine Männerwelt, Süße, aber sie wäre öde, so öde, ohne Frauen wie dich.“

Mehr konnte ich nicht für sie tun. Andrea Driesen alias Vicky De Winter hatte keine Probleme mehr. Ich war es, der nur im Handtuch neben einer Leiche in schönster Pornokulisse rumstand und kein Alibi hatte. Zwar hatte ich eigentlich auch kein Motiv, aber ich war mir sicher, die Bullen würden mir schon ein brauchbares stricken. Leidenschaft, Eifersucht, irgend so ein dummes Zeug. Ganz gewiss hatte ich die Gelegenheit zum Mord. Mit bloßem Auge konnte ich im Schlafzimmer schon reichlich Spuren von mir erkennen. Es brauchte nicht einmal eine kriminaltechnische Untersuchung, um zu beweisen, dass ich mich am Tatort aufgehalten hatte. Ich wollte mir lieber nicht ausmalen, wo sie überall Haare von mir finden würden. Dennoch vermied ich es, den Tatort weiter zu verunreinigen. Ich verzichtete sogar darauf, mich anzuziehen. Es war wichtiger, dass ich mich um mein Alibi kümmerte, und das floss hoffentlich noch ausreichend in meinen Adern.

Nur um sicherzugehen, ging ich zurück ins Badezimmer und riss den Plastikdeckel des Lüfters von der Wand. Dahinter musste eine der heimlich installierten Webcams versteckt gewesen sein. Wie erwartet, war sie verschwunden. Ich ersparte mir die Mühe, jedes mögliche Versteck auszuheben. Wenn sich noch Kameras im Haus befanden, würde die Kripo sie sicher finden. Stattdessen ging ich die Treppe runter, um im Wohnzimmer vom Festnetz aus die Polizei zu alarmieren und mir danach in der Küche etwas Blut abzuzapfen.

Unten war es genauso duster wie oben. Alle Jalousien und Vorhänge waren geschlossen, und nur das dumpfe Brummen des Kühlschranks durchbrach die Stille im Haus. Ich schaute zunächst in die Küche und sah auf der Mikrowelle die Uhrzeit. Es war zwei Minuten vor halb acht. Dafür war es draußen eigentlich viel zu ruhig. Vorsichtig linste ich durch die Küchenvorhänge, sah aber nur die Seitenwand der Garage in der Abenddämmerung. Da ich nun schon mal in der Küche war, suchte ich mir das schärfste Messer, das ich finden konnte, dazu eine saubere Tasse aus dem Schrank, stellte mich auf einen Stuhl und beugte mich über die verchromte Abzugshaube. Das Zwielicht reichte aus, und ich brauchte auch nicht feste zuzustechen. Die Kruste auf den Kratzern in meinem Gesicht war erst hauchdünn. Ein kleiner Pikser, und problemlos konnte ich ein paar Blutstropfen mit der Tasse auffangen.

Ich nahm mir das Handtuch von der Hüfte und drückte es gegen die Wunde, um die Blutung sofort wieder zu stillen, dann ging ich rüber ins Wohnzimmer. Der große Raum war lang gezogen, der hintere Bereich breiter als der vordere, was bedeutete, dass es da eine Ecke gab, die man vom Eingang her nicht einsehen konnte. Vornan zu meiner Linken stand ein Esstisch, weiter hinten zwei Sofas übereck mit einem Vitrinenschrank gegenüber. An der Glasfront zum Garten hin war die Jalousie geschlossen, was es gerade dunkel genug machte, um keine Farben mehr unterscheiden zu können. Alle Möbel waren konturenlose, schwarze Formen vor grauem Hintergrund. Ich wusste, dass über dem Fernseher in der Schrankwand die Ladestation für das Mobilteil stand. Ich steuerte direkt darauf zu.

Nach nur zwei Schritten in den Raum hinein blieb ich wie angewurzelt stehen. Irgendwas stimmte nicht. Instinktiv ging ich in Kampfstellung. Es war nur ein ungutes Gefühl, mehr nicht. Doch dann hörte ich ein Geräusch hinter mir. Es kam aus dem Flur. Ich spitzte die Ohren und machte einen Schritt zurück. Vorsichtig drehte ich mich auf Zehenspitzen um und lugte in den Eingangsbereich, als plötzlich jemand hinter mir schrie: „Keine falsche Bewegung!"

Wie von der Tarantel gestochen sprang ich herum und hätte vor Schreck fast die Tasse mit meinem Blut hingeworfen. Dann hörte ich das Klicken einer Waffe, die gespannt wurde. Wieder schrie jemand hinter mir: „Keine falsche Bewegung!"

Und dann sah ich sie. Der eine stand direkt vor mir. Er hatte sich in der Ecke des Wohnzimmers versteckt. Der andere stand hinter mir, mit einem Bein noch im Flur. Sie zielten mit ihren Knarren auf mich. Ein wenig war ich erleichtert, dass sie Polizeiuniformen trugen, aber die Pistolen in ihren nervösen Händen waren immer noch bedrohlich genug. Langsam nahm ich die Hände hoch. Den hinter mir hörte ich näher kommen.

„Auf den Boden! Und die Hände auf den Rücken!", schrie er mich an.

Mir ging zugegebenermaßen gehörig die Düse, und ich hatte nicht vor, die Nerven der beiden übermäßig zu strapazieren. Folgsam und beschwichtigend kniete ich mich auf den Boden. Nicht mal mein kleiner Finger zuckte noch, nur meine Lippen bewegten sich leicht, als ich mit kleinlauter Stimme sagte: „Nix für ungut, Leute! Mein Name ist Tibor Zibulla. Ich bin Privatdetektiv. Wie Sie sehen, bin ich nackt und unbewaffnet. Bitte nehmen Sie Ihre Pistolen runter. In der Tasse in meinen Händen sind ein paar Tropfen meines eigenen Blutes. Es ist ungeheuer wichtig, dass es schnellstmöglich analysiert wird. Ich stelle das hier ab und lege mich auf den Boden, wie Sie gesagt haben. Es gibt keinen Grund, auf mich zu schießen."

Die Bullen hätten mir nicht so ins Kreuz springen müssen. Das taten sie nur, weil sie selber Schiss hatten und auf Nummer sicher gehen wollten. Der eine landete volles Rohr auf meinem Steißbein, den anderen hatte ich im Nacken knien. Selbst nackt wirkte ich offenbar immer noch ausreichend gefährlich auf die Streifenhörnchen. Hektisch versuchte der Hintere, meine untätigen Hände mit einem Kabelstraps zu fesseln, was ihm erst gelang, als er seine Waffe zurück ins Halfter schob. Der andere versuchte derweil, mir das Genick zu brechen. Er bohrte mir sein Knie in den Nacken, als hinge sein Leben davon ab. Zu allem Überfluss stützte er sich auch noch mit einer Hand an meinem Schädel ab. Er glaubte wohl, er müsse einen Grizzly in Schach halten. In der anderen Hand hatte er immer noch die entsicherte Waffe, mit der er mir vor der platt gedrückten Nase rumfuchtelte. Ich ertrug die Polizeigewalt mit stoischer Gelassenheit. Hauptsächlich, weil ich heilfroh war, dass sie mich bisher nicht abgeknallt hatten. Denn so richtig nervenstark kamen sie mir alle beide nicht vor.

Immerhin war die Tasse bei ihren tollkühnen Sprüngen auf einen nackten Mann heil geblieben. Das war Blut an einem Tatort. Das würde auf jeden Fall im Polizeilabor landen. Die Analyse würde hoffentlich beweisen, dass ich während des Mordes nur ein atmender Haufen Männerfleisch gewesen war, unfähig, mich auch nur am Sack zu kratzen.

Kapitel 7

Die nächsten drei Tage trug ich einen Polizeitrainingsanzug in Kotzgrün, weiße Tennissocken, zwei Nummern zu kleine Badelatschen und eine dunkelgraue Feinrippunterhose, die ich nur angezogen hatte, weil ich nicht wollte, dass mein Dödel die ganze Zeit am verfilzten Innenfutter der kotzgrünen Trainingshose entlangschubbelte. Ein gleichmütiger Wachmann auf Nachtschicht hatte mir die Brocken am späten Freitagabend gegeben, nachdem man mich, nur mit einer Polizeiregenjacke bekleidet, durch halb Ruhrstadt gekarrt hatte. Meine eigene Kleidung befand sich derweil im Polizeilabor zur kriminaltechnischen Untersuchung. Selbst wenn die Bullenklamotten nagelneu gewesen wären, was sie eindeutig nicht waren, hätte ich mich darin geekelt. Es war echt alles andere als leicht, nicht daran zu denken, wie viele besoffen aufgelesene Penner in die Buxe schon reingestrullt hatten; gar nicht davon zu reden, wie scheiße die Plörren aussahen. Aber natürlich hatte ich gerade ganz andere Sorgen.

Die Bullen hatten mich wegen dringenden Mordverdachts vorläufig eingebuchtet. Keine drei Stunden, nachdem ich neben Vicky De Winters Leiche aufgewacht war, saß ich bereits im zentralen U-Knast von Ruhrstadt. Am

Tatort hatte die Bullerie mich nur kurz in die Mangel genommen. Ich hatte eh immer nur dasselbe von mir gegeben: „Mein Name ist Tibor Zibulla. Ich bin Privatdetektiv. Die Tote war meine Mandantin. Ich werde alles zu Protokoll geben, was ich weiß, sobald mein Blut analysiert wurde."

Irgendwann hatten sie dann die Schnauze voll davon, sich das anzuhören, und schafften mich vom Tatort.

Ausgerechnet die beiden Arschgeigen, die bei meiner Verhaftung schon nicht gerade zimperlich mit mir umgesprungen waren, hatten Order bekommen, mich rüber in den Sammelknast im Ersten Bezirk zu verfrachten. Die Wachtmeister Krumme und Holzschuh waren für ihren vorbildlichen Einsatz bei meiner Festnahme ausdrücklich gelobt worden, und nicht wenige Kollegen hatten ihnen für ihre Heldentat auf die Schulter geklopft. Leider hatte sie das viele Lob von allen Seiten vor allem dazu angespornt, ihre harte Gangart mir gegenüber weiter zu verschärfen. Besonders die Stockschläge auf die nackten Schienbeine beim Einsteigen in den Streifenwagen nahm ich ihnen übel. Aber alles, was ich den beiden Polizeistreitmächten letztlich entgegenzusetzen hatte, war die Gewissheit, dass Arschgeigen am Ende immer kriegten, was Arschgeigen verdienten.

Noch während meiner erkennungsdienstlichen Erfassung war ein Staatsanwalt hereingerauscht und hatte mir einen vorläufigen Haftbefehl unter die Nase gehalten. Er war ziemlich leger gekleidet gewesen, und in seiner Stimme lag viel Frust, als er zu den Beamten sagte: „Der bleibt in der Zelle, bis Hauptkommissar Kirch ihn sich vorknöpft."

Bei der Zelle handelte es sich um ein acht Quadratmeter großes Scheißhaus mit einer fest am Boden verankerten Schlafgelegenheit. Ein Loch aus rostfreiem Edelstahl im Boden, keinen Meter fünfzig von der Pritsche entfernt, lud zum Kacken ein. Der Rest war weiß gekachelt. Das ganze Ambiente passte irgendwie wie die Faust aufs Auge zu meinem kotzgrünen Trainingsanzug. Ich war echt froh, keinen meiner Cerruti-Maßanzüge in diesem Loch tragen zu müssen. Das ganze Wochenende schmorte ich dadrin. Danach wäre auch der beste Anzug hinüber gewesen.

Nach meiner ersten Nacht in Untersuchungshaft hatte am Samstagmorgen mein Frühstück lediglich aus einem Glas Orangensaftkonzentrat und einer Scheibe trockenem Toast bestanden. Eigentlich wollte ich gar nichts essen, um bloß nicht auf dieses Klo zu müssen, aber mein Magen knurrte, und mein Rachen war schon wieder staubtrocken, also nahm ich das Nötigste zu mir. Um trotz des Kohldampfs bei Kräften zu bleiben und meine Birne klar zu halten, hatte ich jede unnötige Bewegung vermieden und meinen Verbrennungsmotor weitestgehend auf Sparflamme gehalten.

Ich lag nur rum und dachte nach. Zwischendurch hatte ich kleinere Panikattacken zu meistern, die mich immer dann befielen, wenn meine Gedanken sich mit meinem Schuldanteil an Vicky De Winters Tod beschäftigten. War ich zu blauäugig gewesen? Hätte ich die Gefahr, in der sie schwebte, erkennen müssen? Könnte sie noch leben, wenn ich anders vorgegangen wäre? Ich wälzte jedes noch so kleine Detail hin und her und wieder zurück und kam doch immer nur wieder zum selben Schluss. Dass ihr Tod längst beschlossene Sache gewesen sein musste, lange bevor ich die Szene betreten hatte.

Mein Auftritt war dann so was wie der zündende Funke. Unvermittelt war da plötzlich ein willkommener Sündenbock aufgetaucht, dem man schön alles in die Schuhe schieben konnte. Das kreidete ich mir an, dass ich so blind in die Falle getappt war. Im Gegensatz zu mir hatte mein Gegenspieler in jener Nacht ganz genau gewusst, wer ihm wo auflauerte. Dafür gab es zunächst nur eine plausible Erklärung. Vicky De Winter musste mich verraten haben. Und ich glaubte nicht, dass sie das freiwillig getan hatte.

Am Sonntagvormittag drohte ich kurz auszurasten, weil mein Hirn endgültig in einer Art Looping gefangen war. Das war dann genau der richtige Zeitpunkt, um den einzigen Anruf einzufordern, der mir zustand. Es war Annas Stimme, die mich wieder zur Vernunft brachte. Ich sagte ihr nur, wie gern ich mit ihr am Frühstückstisch sitzen würde, mit gesundem Biokäse und Eiern von frei laufenden Hühnern, dazu eine Tasse dampfenden Fair-Trade-Kaffee aus Guatemala. Sie antwortete, sie würde noch faul im Bett liegen und sich im Fernsehen einen alten Schinken aus den Fünfzigern ansehen. Irgendwas mit Spencer Tracy und Katherine Hepburn als Ehepaar, dessen Tochter einen Schwarzen heiraten will. Kein Wort verlor ich darüber, von wo aus ich sie anrief. Anna hasste meinen Beruf. Und in diesem Moment konnte ich es ihr sogar nachfühlen. Ich hörte ihr zu, wie sie den Film beschrieb, und stellte mir vor, wie sie sich warm und weich in ihre Bettdecke kuschelte, die Haare wirr und ihr Shirt verknittert wie das Laken, weil sie im Schlaf immer so viel rumhampelte. Es war unfassbar, wie sehr ich mich in diesen Minuten nach ihr sehnte.

Es war Punkt 12 Uhr 20 am Montagmittag, als ich endlich von einem Beamten aus meinem Acht-Quadratmeter-Scheißhaus abgeholt und in ein Verhörzimmer geführt wurde. Ich trug immer noch dieselben kotzgrünen Klamotten, mittlerweile seit gut sechzig Stunden, war um gefühlte acht Kilo abgemagert und hatte einen Knoten im Dickdarm, den selbst der Große Houdini persönlich nicht mehr aufgekriegt hätte. Aber ich hatte das Edelstahlloch im Zellenboden besiegt, das war mir die paar Krämpfe wert. Es wurde auch gleich besser mit meiner inneren Anspannung, als ich meine eigene Kleidung fein säuberlich zusammengefaltet auf dem Tisch liegen sah. Sonst befanden sich nur noch drei Plastikstühle in dem kargen Raum. Auf zwei der Stühle saß jeweils ein Kripobeamter. Der dritte Hocker ihnen gegenüber war für mich bestimmt.

Der ältere der beiden Kommissare hatte sich mir schon am Tatort vorgestellt. Ich schätzte Kriminalhauptkommissar Kirch auf Ende vierzig, Ehering am Finger, Brille auf der Nase und einen ziemlich breiten Scheitel. Er war mehr so der dezente Typ, trug Mokassins zum dunklen Cordsakko, darunter ein weißes Hemd, das von einer mittelprächtigen Wampe ausgebeult wurde. Er putzte gerade gleichmütig seine Brillengläser, als ich den Raum betrat, und hielt es nicht für angemessen, damit aufzuhören, nur weil ich im Rahmen stand. Er sah mich nicht mal an.

Der andere war mindestens zehn Jahre jünger als Kirch, hatte aber ebenfalls kein Charisma. Er trug ein billiges Jack-&-Jones-Sweatshirt und Jeans, dazu Laufschuhe. Seine kurzen blonden Haare hatte er sich mit einem Pfund Gel zu einer Frisur zusammengeklebt. An seinem linken Ohr baumelte ein Ohrring, der eher schwul als cool wirkte. Beinahe wütend und mit jeder Menge Verachtung im Blick starrte er mich an. Seinen Namen erfuhr ich erst, als Hauptkommissar Kirch seine Brille fertig geputzt hatte. „Setzen Sie sich, Herr Zibulla. Das ist mein Kollege Kommissar Fröhlich. Sie haben sich ja am Tatort schon kurz kennengelernt."

Wir verzichteten darauf, uns die Hände zu schütteln.

„Sie stecken ganz schön in der Klemme, Zibulla!", stellte Fröhlich unverzüglich fest. Nach einer dramatischen Pause, in der er arrogante Fratzen zog und lautstark ausatmete, fügte er hinzu: „Wir haben die Tatwaffe gefunden. Mit Ihren Fingerabdrücken."

„Und das überrascht Sie?"

„Nein! Wir haben auch Hautreste unter drei Fingernägeln des Opfers gefunden. Drei! Haben Sie mal in den Spiegel geguckt?"

„Ja! Und Sie?"

„Hat sich gewehrt, das Luder, nicht wahr?"

Beide Kommissare versuchten angestrengt, eine Reaktion von meinem Gesicht abzulesen. Und sie bekamen eine. Der Knoten in meinen Gedärmen krampfte sich fester zusammen, und ich musste alle Konzentration aufbringen, um nicht loszufurzen. Ich atmete tief ein, schloss die Augen und streckte im Sitzen mein Rückgrat durch. Dann atmete ich lang aus, bevor ich die Augen wieder öffnete. Das hatte ich in einem Aggressionsbewältigungskurs gelernt, den ich vor zig Jahren mal unsinnigerweise auf richterlichen Beschluss belegen musste. Allein der Gedanke, ich könnte mich so vergessen und einer Frau Gewalt antun, beleidigte mich zutiefst. Durch die Übung entspannten ich und mein Darm sich jedoch wieder so weit, dass es mir genügte, Kommissar Fröhlich einen meiner bösen Blicke zuzuwerfen, anstatt rüberzulangen und ihm mit dem Daumen die Nase platt zu drücken. In fast ruhigem Ton fragte ich ihn: „Was ist mit dem Ergebnis der Blutanalyse? Sie haben es, nicht wahr? Deshalb liegen hier auch meine Klamotten. Ich kann es nicht gewesen sein, weil ich so viel Scheiße in meinem Blut hatte, dass ein Elefant davon aus den Latschen gekippt wäre. Sie ziehen hier doch nur eine Show ab, Herr Kommissar!"

Hauptkommissar Kirch öffnete die Akte, die vor ihm auf dem Tisch lag, und rümpfte die Nase: „Tibor, genannt T-Bone, Zibulla. Vierunddreißig Jahre alt. Geboren im Fünften Bezirk. Ex-Türsteher, Ex-Profiwrestler, Ex-Werksschutz. Seit 2004 selbstständiger Ermittler. Mehrfach aktenkundig geworden, aber nur ein einziges Mal verurteilt. Mannomann, Sie haben einem Mann acht Knochen gebrochen. Dafür haben Sie nur ein Jahr auf Bewährung gekriegt? Nicht mal eine Vorstrafe?"

„War ein besonderer Fall. Der Richter war wohl auch der Meinung, dass das Schwein eigentlich nur bekommen hatte, was es verdiente. Er war ein Vergewaltiger. Sind Sie sicher, dass es nur acht Knochen waren, ich meine, es wären zehn gewesen."

„Alle anderen Anzeigen, siebenundzwanzig an der Zahl, alle wegen Körperverletzung und Nötigung, wurden später merkwürdigerweise wieder zurückgenommen. Sie scheinen mir ein gewalttätiger Mensch zu sein, Herr Zibulla!"

„Nein. Das bin ich nicht. Ich bin mehr so der Auge-um-Auge-Typ. Sie wissen schon, Nemesis, Racheengel und der ganze Kram. Ich habe ein paar Visagen verbeult, ja gut. Aber nur, weil es den Visagen am nötigen Respekt gegenüber Frauen mangelte. Was sagt Ihnen das über mich, Herr Hauptkommissar?"

„Hauptsächlich, dass Sie offensichtlich glauben, über dem Gesetz zu stehen."

Zwar ohne Worte, aber dennoch in aller Deutlichkeit zeigte ich ihm, was ich von seiner plumpen Schlussfolgerung hielt. Mein Gesicht sagte: „Das kann nicht Ihr Ernst sein!" Und meine erhobenen Hände schrien: „Oh Herr, schmeiß Hirn vom Himmel!" Kirch selbst beeindruckte ich mit meiner Reaktion überhaupt nicht. Und Fröhlich wurde langsam ungeduldig. „Wir haben Faserspuren von Ihrer Kleidung am Körper der Leiche gefunden und Haare von Ihrem bescheuerten Schnauzbart an ihrer Möse. Zusammen mit Ihren Fingerabdrücken an der Tatwaffe reicht das aus, um Sie erst mal einzubuchten. Packen Sie endlich aus, T-Bone! Warum musste Vicky De Winter sterben?"

„Das weiß ich nicht! Und nennen Sie mich nicht T-Bone, oder haben wir schon mal zusammen geknickert? Jetzt spitzen Sie mal Ihr geschmücktes Öhrchen, Herr Kommissar. Ich will jetzt wissen, was in meinem Blut war! Vorher gebe ich keinen Pieps mehr von mir."

Hauptkommissar Kirch hatte das Ergebnis bereits der Akte entnommen, überflog es kurz und sagte dann: „Propofol, Dormicum und Ketamin. Alles in allem ein Cocktail, der ein Nashorn aus den Schuhen hauen würde. Ein Wunder, dass Sie so schnell wieder zu sich gekommen sind."

Mir fiel ein gigantischer Felsblock vom Herzen. Mit einem Alibi konnten sie mir gar nix. Vor Erleichterung rutschte mir sogar ein lautloser Furz raus. Aber anstatt mich zu freuen, wurde ich sauer. Das Ergebnis der Blutanalyse hatten sie sicher nicht erst seit heute Morgen.

„Also haben Sie mich fast drei Tage eingelocht, obwohl ich ein Alibi habe?“, fragte ich gefährlich neugierig.

„Tja, am Wochenende ist das Labor nie voll besetzt, und Sie wollten ja vorher nicht mit uns reden. Außerdem sind Sie nur deswegen noch lange nicht aus dem Schneider. Die Drogen hätten Sie sich auch nach der Tat selber spritzen können. Wir sind ganz gespannt auf Ihre Geschichte.“

„Nix für ungut, Herr Hauptkommissar! Aber Sie wollten mich bloß weichkochen. Womit soll ich das denn gemacht haben? Haben Sie etwa eine Spritze am Tatort gefunden?“

„Es muss Ihnen doch klar sein, dass wir Sie nicht einfach laufen lassen können. Aber in der Tat sieht es so aus, dass Sie zur Tatzeit betäubt gewesen waren. Der Konzentration nach hätten Sie eigentlich mindestens bis Samstagmittag weggetreten bleiben müssen. Dann wäre es zu spät gewesen. Die im Labor sagen, vierundzwanzig Stunden später, und man hätte in Ihrem Blut nicht mehr exakt die Dosis und damit den Zeitpunkt der Betäubung bestimmen können. Es war auch clever von Ihnen, Ihr Blut am Tatort zurückzulassen. Damit haben Sie wichtige Zeit gewonnen. Man könnte glatt glauben, Sie wären einer äußerst raffiniert eingefädelten Falle mit Glück und Cleverness entkommen. Mein Kollege hier glaubt das übrigens nicht. Der glaubt, Sie sind der Mörder!“

„Sind wir hier in der Kirche? Es ist mir egal, was Sie glauben. Besonders die dreckige Fantasie Ihres Kollegen interessiert mich einen Scheiß. Ich habe ein wasserdichtes Alibi.“

Es tat gut, das auszusprechen. Ich fühlte mich augenblicklich nicht mehr so in der Defensive, mehr auf Augenhöhe mit den beiden. Ihre abschätzenden Blicke auf mich waren auch nicht mehr ganz so überheblich. Mein Magen knurrte zwar, und ein, zwei weitere Blähungen quetschten sich durch meine Gedärme, aber ansonsten hatte ich wieder reichlich Oberwasser. Es stand außer Frage, dass ich ihnen meine Geschichte würde erzählen müssen. Aber ein paar Antworten hätte ich auch noch gern gehabt. „Sie sagten, ich hätte bis Samstag betäubt bleiben sollen, damit die Falle zuschnappen konnte. Durch mein zu frühes Aufwachen habe ich also den Zeitplan des Mörders durcheinandergebracht. Aber ihr auch. Woher wusste die Polizei so früh von dem Mord?"

„Zunächst beantworten Sie mal unsere Fragen!"

„Eine Hand wäscht die andere."

„An Ihren Händen klebt Blut, Zibulla. Das müssen Sie sich schon selbst abwaschen."

Dem Argument konnte ich nicht widersprechen. Also erzählte ich ihnen, wie ich Vicky De Winter sechs Tage zuvor zufällig auf dem Portsmouth-Damm kennengelernt hatte. Bei meiner Aussage konzentrierte ich mich ausschließlich auf die Fakten. Brav gab ich alles zu Protokoll, was ich im Auftrag meiner Mandantin herausgefunden und geplant hatte. Dann beschrieb ich den Penner, der mich lahmgelegt hatte, so gut ich konnte. Als ich zu dem Punkt kam, wo mich zwei Polizeihooligans brutal überrumpelt hatten, flüsterte Kirch Fröhlich etwas ins Ohr, der daraufhin trotzig aufstand und das Verhörzimmer verließ. Ich schloss meine Aussage mit den Worten: „Das können Sie alles nachprüfen. Mit Sicherheit hat mich auch am Mittwochmittag der ein oder andere

Nachbar zusammen mit Vicky De Winter im Oleanderweg gesehen."

Hauptkommissar Kirch hatte sich während meiner Aussage Notizen gemacht. Er sah sich noch einmal in aller Ruhe an, was er aufgeschrieben hatte, dann fragte er: „Besser können Sie den Mann nicht beschreiben? Schade. Eins achtzig, fünfundsiebzig Kilo. Und der soll Sie über den Zaun gehoben und in den ersten Stock geschleppt haben. Was haben Sie so drauf? Hundertzwanzig? Selbst wenn er das geschafft hätte, dann niemals ohne Spuren zu hinterlassen. Wir haben keine gefunden."

„Ja, das kam mir auch schon komisch vor. Andererseits hatte er sechzehn Stunden Zeit, um Spuren zu beseitigen."

„Hmh. Also gut, sehen wir uns doch mal an, was wir an Fakten haben. Für Sie spricht Ihr Alibi und der von Andrea Driesen, alias Vicky De Winter, unterschriebene Vertrag, den wir in Ihrem Büro gefunden haben. Den Durchsuchungsbefehl dafür und auch den für Ihre Wohnung habe ich übrigens hier. Sie wurden auch tatsächlich am Mittwoch im Oleanderweg von Zeugen mit Ihrer Mandantin gesehen, und außerdem am Mittwoch- und Donnerstagabend von mehreren Leuten, die ihren Hund ausgeführt haben. Die haben auch zu Protokoll gegeben, dass Sie einen Klappstuhl bei sich trugen. Der nun verschwunden ist, genauso wie das Nachtsichtgerät, der Elektroschocker und die Spielzeugpistole, die Sie angeblich bei sich trugen. Dafür haben wir aber in Hülle und Fülle Ihre DNA am Opfer. Alibi hin, Alibi her, das können wir genauso wenig ignorieren wie Ihre Fingerabdrücke auf der Tatwaffe."

„Wie sieht denn Ihrer Meinung nach die Alternative

aus? Glauben Sie, ich habe die Nacht mit dem Pornostar Vicky De Winter verbracht, wir haben in ihrem Schlafzimmer rumgetobt, und bevor es zum Geschlechtsverkehr gekommen ist, greife ich zum Messer und schneide ihr die Kehle durch? Danach setz ich mir selbst einen Schuss und verschaff mir so ein Alibi?“

„Warum nicht?“

„Und mein Motiv?“

„Auge um Auge, Nemesis, Racheengel und der ganze Kram?“

„Ziemlich dünn, oder?“

Kirch zuckte mit der Schulter und zog eine Schnute. Ich zeigte ihm einen Vogel, blieb aber höflich, als ich ihm erklärte: „Das ist kompletter Blödsinn! Und das wissen Sie auch.“

„Wir werden sehen. Kommissar Fröhlich prüft gerade, ob es Hinweise für eine längerfristige technische Überwachung des Hauses der Toten gibt. Hoffen wir für Sie, dass er welche findet. Denn erst dann ergibt Ihre Geschichte halbwegs Sinn.“

Es dauerte noch zwanzig Minuten, bis Fröhlich wieder auftauchte. Ich hatte Kirchs Andeutung so verstanden, dass er mich vom Haken lassen wollte, sobald sich die Überwachung des Opfers bestätigte. Das wiederum erhöhte meine innere Anspannung aufs Neue, was sich besonders auf meinen unteren Dickdarm auswirkte. Dort krampfte es in immer kürzer werdenden Abständen. In der Zwischenzeit schlug Kirch einen eher ungezwungenen Ton an. Fast hätte man sein plötzliches Interesse an meinem Büro mit Smalltalk verwechseln können. „Übrigens ein schickes Büro, das Sie da haben. Bestimmt teuer, oder? Die Geschäfte laufen gut?“

„Das wissen Sie doch längst. Ihr habt doch sicher meine Kontoauszüge durchforstet."

„Natürlich haben wir das. Manchmal glaube ich beinahe, ich bin im falschen Beruf. Wenn ich so sehe, was andere verdienen. Wie läuft es denn so privat bei Ihnen? Ihre Wohnung ist ja nicht so toll wie Ihr Büro. Familie gesund?"

„An meinen Kontoauszügen können Sie ablesen, wie wenig Privatleben ich in den letzten Monaten hatte. Aber wenn Sie es genau wissen wollen, ich bin gesund, Familie habe ich keine, und meine Wohnung ist nur so eine Art Übergangsquartier, weil die Frau, die ich liebe, komplizierter ist als eine Scheißeinkommensteuererklärung. Das ist frustrierend, aber kein Grund, deswegen einer anderen Frau die Kehle aufzuschlitzen."

„Sehen Sie, Herr Zibulla, ich bin ja durchaus geneigt, Ihrer Geschichte Glauben zu schenken. Auch mir kommt der Tatort sehr inszeniert vor. Und so viele Spuren von einem einzelnen Menschen haben wir noch nie an einer Leiche gefunden. Wir haben Fingerabdrücke, Hautreste, Speichel, Blut, Haare, nur kein Sperma. Warum kein Sperma? So viel Dekoration und dann noch nicht mal ein Orgasmus? Also ein Affektmord in Ekstase? Aber der Schnitt am Hals des Opfers hat mit einem Mal alles durchschnitten, was er für einen lautlosen Tod durchschneiden muss. Stimmbänder, Luftröhre, Halsschlagader, da war ein Profi am Werk. So präzise schneidet keiner, der in einem sexuellen Rausch ist. Ich kann anhand Ihrer Aussage durchaus nachvollziehen, wie Sie zu Ihrer Rolle in dem Stück gekommen sind. Aber andererseits sind Sie im Moment auch alles, was ich habe."

„Wer hat die Bullen gerufen?“, fragte ich ohne Umschweife.

In diesem Moment kam Fröhlich zurück ins Verhörzimmer. Er machte auf Mister Superwichtig, sagte nichts, verzog keine Miene und pflanzte sich mit vor der Brust verschränkten Armen wieder auf seinen Stuhl. Er musterte mich skeptisch, ganz so, als würde er sich gerade selbst davon überzeugen, dass er von uns beiden der Schlauere war. Mir fiel auf, dass sein rechter Löffel ganz ordentlich von seiner Rübe abstand, und kapierte, dass die dämliche Kreole im linken Ohr nur von seinem rechten Segelohr ablenken sollte. Während ich meine Erkenntnis mit einem überheblichen Lächeln feierte, kniff er plötzlich seine Lippen zusammen. Und um so hart auf den Tisch schlagen zu können, wie er es in dieser Sekunde tat, hatte der Herr Kommissar neben den Lippen sicher auch seine Arschbacken fest zusammengekniffen. Es war beinahe komisch, vor allem weil Kirch viel mehr erschrak als ich.

„Die ganze Geschichte stinkt doch zum Himmel!“, schrie Fröhlich. „Das ist mir alles viel zu perfekt.“

„Hast du sie noch alle?“, fuhr Kirch ihn an. „Was soll denn der Scheiß? Ich krieg hier gleich ’nen Herzinfarkt. Und? Hast du was rausbekommen?“

„Der verarscht uns doch! Ja, der Netzbetreiber bestätigt aus diesem Sektor ein für ein Wohngebiet ungewöhnlich hohes Datensendeaufkommen in den letzten vier Wochen. Was für eine Überraschung! Sie sind dabei, Sender und Empfänger exakt zu lokalisieren. Die Spusi ist auf dem Weg zum Tatort, um nach Überwachungstechnik zu suchen. Aber kommt dir das alles nicht auch spanisch vor? Ich sag dir, er selbst hat die Kameras im

Haus installiert. Der Mord war von langer Hand geplant. Alles, was wir am Tatort gefunden haben, deutet ganz klar auf einen Perversen als Täter hin. Wir haben seine Fingerabdrücke auf der Tatwaffe, seine Hautfetzen unter den Fingernägeln der Leiche, seinen halben Schnauzbart an ihrer Möse, und er war zur Tatzeit dort. Und jetzt sieh dir den Kerl doch bloß mal an. Wenn der nicht pervers ist."

Ich blieb cool wie eine Hundeschnauze. Kirch sah mich belustigt an und wackelte unentschieden mit dem Kopf. Mein Gesicht zeigte nicht die Spur von Belustigung oder sonst irgendeiner Emotion. Aber in meinen Eingeweiden brodelte ein Vulkan. Der Knoten in meinem Darm wurde überspannt, und das Ding platzte jeden Augenblick auf. Ich kniff meinen Schließmuskel zusammen und wartete angespannt auf ein Zeichen von Kirch, dass ihm die bestätigte Überwachung des Tatorts ausreichte, um von meiner Unschuld überzeugt zu sein. Und die Antwort kam prompt. „Er war es nicht", klärte er Fröhlich auf.

Fröhlich wollte widersprechen, aber Kirch wollte nichts mehr hören von seinem Blödsinn. Er stoppte seinen Redefluss mit einer Handbewegung. Für mich war das Verhör damit beendet. Ich stand auf und drehte den beiden den Rücken zu. Dann umkurvte ich rückwärts den Tisch. Die beiden Beamten verfolgten mein Vorgehen irritiert. Unmittelbar vor dem sitzenden Fröhlich blieb ich stehen. Der sah nur verwundert zu mir auf. Und ich ließ los. Stundenlang aufgestaute Blähungen bahnten sich ihren Weg aus meinem Arsch, durch die kotzgrüne Polizeitrainingshose, direkt mittenrein in die blöde Fresse von Großmaul-Kommissar Fröhlich. Dabei grinste ich übers ganze Gesicht, und das, obwohl beim Furzen auch ein wenig Land in die behördliche Feinrippunterhose spratzte. Der kleine Kommissar sprang wutentbrannt auf und gab mir einen Bodycheck, der mich nur kitzelte. Wie eine Eiche stand ich da, fett grinsend, mit vor der Brust verschränkten Armen, und rührte mich keinen Millimeter. Beim Aufspringen hatte Fröhlich seinen Stuhl umgeworfen. Da er wie ein Punchingball von mir abgeprallt war, waren ihm nun die zur Seite abstehenden Stuhlbeine im Weg. Er machte eine glatte Bauchlandung. Sprang aber sofort wieder auf und wollte auf mich los.

„Das reicht!", mischte sich Kirch ein. „Sie können gehen, Zibulla!"

Ich schnappte mir meine Klamotten vom Tisch, drehte mich zu Kirch um und wartete ab. Furzkommissar Fröhlich schritt wütend den kleinen Raum ab und brabbelte irgendwas vor sich her. Kirch war sitzen geblieben und stellte den umgefallenen Stuhl wieder auf die Beine. Ich rührte mich nicht von der Stelle. Als Kirch verdutzt zu mir aufsah, fragte ich ihn erneut: „Wer hat die Bullen gerufen?"

„Sie lassen die Finger von dem Fall!"

„Hören Sie, Kirch, Mord ist nicht meine Baustelle. Ich will nur wissen, ob ich eine Chance gehabt hätte, die Frau zu retten."

„Es war ein anonymer Anruf von Andrea Driesens Festnetzanschluss. Es war ein Mann. Wir wissen nicht, wer er ist. Er sagte, der Mörder wäre noch im Haus."

„Das ist nicht Ihr Ernst! Worüber haben wir denn dann die ganze Zeit hier geredet? Sie wissen also, dass außer mir noch jemand im Haus war?"

„Ja. Und da es sonst keine Spuren von anderen anwesenden Personen gibt, muss wohl einer von Ihnen beiden der Mörder sein.“

„Ich glaube nicht, dass es so einfach ist.“

„Das ist es nie.“

Kirch stand schwerfällig auf, ganz so, als wäre ihm gerade erst aufgegangen, dass in seinem Leben nie etwas einfach mal einfach war, sondern immer nur eine Last, die er auf dem Buckel mit sich rumschleppte. Dabei wusste er das sicher schon seit Langem. Ich stand da, mit meinem Bündel Kleidung auf dem Arm, das schon bald den kotzgrünen Trainingsanzug ersetzen würde, und sah dem Hauptkommissar zu, wie er sein Hemd aus achtzig Prozent Polyester hinten wieder in seine Cordhose stopfte. Fröhlich fluchte immer noch vor sich hin, lief aber nicht mehr auf und ab. Das war meine letzte Chance auf ein paar Antworten. „Um wie viel Uhr ging der anonyme Anruf ein?“

„Am Freitagabend gegen Viertel vor sieben.“

„Um fünf nach bin ich aufgewacht. Da wart ihr schon da, oder?“

„Nein! Es gab ein Pokalspiel im Stadion, deshalb war Stau auf der Rheinbrücke. Die Beamten haben das Haus des Opfers erst um 19 Uhr 12 betreten. Der Hausschlüssel lag auf der Fußmatte. Sie waren da gerade im Bad beschäftigt.“

„Haben Sie Hinweise, wer das gewesen sein könnte?“

„Nein. Keine Fingerabdrücke, weder am Telefon noch am Hausschlüssel.“

„Wann starb Vicky De Winter?“

„Jetzt reicht es aber, Herr Zibulla! Mehr müssen Sie nicht wissen. Verschwinden Sie und bleiben Sie in der Stadt.“

Kapitel 8

Der Himmel über Ruhrstadt hatte sich übers Wochenende zugezogen. Der Frühling machte eine kleine Verschnaufpause. Dafür, dass es erst Mitte Mai war, waren wir in letzter Zeit schon ordentlich mit gutem Wetter verwöhnt worden. Jetzt aber waren die Temperaturen wieder merklich gesunken, und es sah verdammt nach Regen aus. Das Schmuddelwetter störte mich jedoch ganz und gar nicht, mir stand ohnehin nicht der Sinn nach Sonnenschein und Vogelgezwitscher. Obwohl ich den kotzgrünen Trainingsanzug samt besudelter Feinrippunterhose endlich losgeworden war, diesem Furzkommissar Fröhlich die perfekte Antwort auf seine Unverschämtheiten gegeben hatte und ich, wenn auch nur um Haaresbreite, einer Anklage wegen Mordes entgangen war, schlug ich deswegen bei meiner Entlassung noch lange keine Purzelbäume.

Den Schließer hatte es nicht die Bohne interessiert, dass ich über sechzig Stunden unschuldig eingesperrt worden war und ich mir in dieser Zeit einen zermürbenden Kampf gegen das Edelstahlloch in meiner Zelle geliefert hatte. Mit dem Gemüt eines Mannes, der genau wusste, wie scheiße sein Leben war, hatte er die Türen vor mir geöffnet, mich durchgelassen, mich aufgefordert, genau an der jeweiligen Markierung stehen zu bleiben, hatte dann seinerseits die Schwelle passiert und letztlich die Tür wieder hinter uns verschlossen. So ging das achtmal, erst die neunte Eisentür war das Tor zur Freiheit. Wenn ich besser drauf gewesen wäre, hätte ich vielleicht Mitleid mit dem Schließer gehabt. Aber da ich alles in allem doch ziemlich angepisst war, zeigte ich ihm nur die kalte Schulter. War ja schließlich nicht meine Schuld, dass er so einen Kackjob hatte.

Obwohl es wesentlich Wichtigeres zu tun gab, verharrte ich einen Moment auf dem Bürgersteig. Auf der anderen Straßenseite standen mächtige Kastanienbäume, deren Wipfel sich im auffrischenden Wind wiegten. Kindergeschrei von einem Schulhof ganz in der Nähe drang an meine Ohren. Dazu wehte noch der Geruch von frisch gemähtem Gras in meine Nüstern. Hellwach besah ich mir die Bäume, lauschte dem Geschrei der Schüler und sog den Geruch des Grases tief ein. Ich trug wieder meine eigenen Klamotten, Brieftasche und Wagenschlüssel waren mir nicht gestohlen worden, was mich immerhin mobil machte, und bis auf die Kratzer in meinem Gesicht, sah ich halbwegs passabel aus. Eine Rasur war fällig, und ich roch übel nach Kernseife. Wahrscheinlich war ich auch ein wenig blass um die Nase, das war ich immer, wenn meine Verdauung nicht so durfte, wie sie wollte. Mit einem Knurren wie ein Werwolf auf allerhöchster Alarmstufe erinnerte mich mein Magen an die vorherrschenden Prioritäten. Aber das, was ich sah und hörte und roch und atmete und fühlte, war nichts Geringeres als die wiedererlangte Freiheit. Dafür musste einfach Zeit sein.

Wenn ich die Möglichkeit gehabt hätte, in diesem Augenblick nach Hause zu gehen und den Mord der Kripo zu überlassen, wer weiß, vielleicht hätte ich sie genutzt. Aber das war keine Option. Vicky De Winters Ermordung war mit sehr viel Sorgfalt und Mühe in die Tat umgesetzt worden. Allein meinen unhandlichen und sperrigen Körper durch die Gegend zu schleppen hatte mit Sicherheit jede Menge Schweiß gekostet. Je mehr ich darüber nachdachte, desto weniger wahrscheinlich kam es mir vor, dass der Penner mich ganz allein bis oben ins Schlafzimmer gewuchtet haben sollte. Außerdem hatte ich mit meinem zu frühen Aufwachen ihren schönen Plan gründlich durchkreuzt. Konnte doch gut sein, dass ich ein oder zwei oder noch mehr Leute damit verärgert hatte. Vielleicht wurde ich jetzt observiert. Vielleicht war die nächste Falle für mich schon in Planung. Sollte ich etwa einfach abwarten, bis sie zuschnappte? Sicher nicht!

Ich würde auf der Hut sein und vorsorgen müssen, für alle Fälle. Noch mal würde ich nicht den Fehler begehen, meinen Gegner zu unterschätzen. Ich wusste auch schon, wie ich mich besser vorbereiten konnte. Dafür musste ich meinem alten Kumpel Salman im Fünften Bezirk einen Besuch abstatten. Bis dahin verschrieb ich mir eine Extradosis Aufmerksamkeit, denn zuallererst musste ich meinem ausgehungerten Wanst Tribut zollen.

Ich kannte mich in dieser Ecke von Ruhrstadt ganz gut aus. Hinter dem U-Knast waren das Gericht und die Staatsanwaltschaft. Denen gegenüber standen nebeneinander der etwas protzige Senat und der wuchtige Bau, in dem sich das Polizeipräsidium befand. Offiziell hieß die Ecke Haumannplatz. Die ganze Gegend lief bei uns Ruhrstädtern aber nur unter der Bezeichnung Sheriff-City.

Mein Beruf brachte es mit sich, dass ich öfters als Zeuge bei Gerichtsprozessen aussagen musste. Daher wusste ich auch, dass es in Sheriff-City einen richtig guten Spanier gab. Einen mit geilen Tortillas, gutem Kaffee und geleckten Toiletten. Außerdem war ich mir sicher, dass er auch eine gute Soldier Brasil in seinem Humidor für mich parat haben würde. Dieses Gesamtpaket würde zwar nicht alle meine Sorgen verscheuchen, dafür aber ganz sicher meine akute körperliche Fehlfunktion beheben.

Wieder gut im Futter und männermäßig erleichtert, stand ich eine Stunde später in der Werkstatt des Polizeipräsidiums, wo mein Wagen darauf wartete, von der Spurensicherung auf den Kopf gestellt zu werden. Die Bullen hatten ihn auf dem Parkplatz des Gewerbegebiets in Rheinpreußen aufgestöbert und zur späteren Untersuchung sichergestellt. Das war nun nicht mehr nötig. Zu meiner Überraschung wussten die Spürnasen sogar schon Bescheid und rückten die Karre ohne Probleme raus. Es hätte mich nicht gewundert, wenn Furzkommissar Fröhlich mir noch den einen oder anderen Stein in den Weg geschmissen hätte. Vermutlich hatte ihn Kirch davon abgehalten. Auch mein Smartphone übergaben sie mir anstandslos. Es war ausgeschaltet, und das blieb es zunächst auch. Ich fragte den Spurensucher noch nach meiner Jäger-LeCoultre-Reverso-Armbanduhr, aber er hatte keine Ahnung, wovon ich sprach.

„Armbanduhr?“, fragte er desinteressiert. „Nö, wurde keine sichergestellt.“

Der Verlust schmerzte. Das Ding hatte ein kleines Vermögen gekostet. Die Uhr war das einzig Persönliche, das mir abhandengekommen war. Dass meine albernen Waffen, mein Nachtsichtgerät und mein Klappstuhl verschwunden waren, konnte ich nachvollziehen. Jedes einzelne Teil hätte meine Geschichte bestätigt und mich entlastet. Das Zeug konnte ich problemlos als Betriebsverluste beim Finanzamt abschreiben. Aber meine Jäger-Le Coultre Reverso, die hatte sich jemand unter den Nagel gerissen, weil er scharf auf die Luxuszwiebel war. Und das nicht, weil er sie versetzen wollte. Wenn es ihm um Kohle gegangen wäre, hätte er meine Brieftasche auch geplündert. Aber das hatte er nicht. Nur der Uhr konnte er nicht widerstehen. Nun stand jemand bei mir alles in allem mit einer toten Mandantin, einer gefährlichen Narkose, sechzig Stunden Knast und einer fünftausend Euro teuren Armbanduhr in der Kreide. Es war an der Zeit, wenigstens ein paar Außenstände einzutreiben.

Kapitel 9

Ich kannte Salman schon mein halbes Leben. Er war mein Soulbruder seit den Tagen, als wir damals zusammen die Tür im „Tao“ gemacht hatten; da waren wir beide noch keine zwanzig. Aber trotzdem, wenn wir zwei Grünschnäbel nebeneinander an der Tür standen, riss keiner das Maul auf, nur weil uns seine Schuhe nicht gefielen und er nicht reinkam. Als Rausschmeißer und auch auf Kumpelbasis waren wir ein so gutes Gespann, dass wir ein paar Jahre später, nachdem der Club Anfang 2000 dichtgemacht hatte, unser Glück als Tag-Team im Profiwrestling versucht hatten. Ich war T-Bone – The Sex Machine – Brown, Salman gab den Gotteskrieger. Wir waren auch gar nicht so schlecht, besonders mein Backbreaker und sein Bodyslam kamen beim Publikum immer gut an. Aber wir wurden einfach nicht so oft gebucht. Hauptsächlich, weil ich einigen Promotern mit meinen eins achtundneunzig zu mickrig war. Aber auch, weil der Name Gotteskrieger nach dem 11. September irgendwie nicht mehr so richtig angesagt war. Nach fast zwei Jahren Tag-Team schmissen wir das Handtuch. Es kam einfach nicht mehr genug an Gagen rein, um uns beide zu ernähren. So wurde das Kapitel im März Nullzwo geschlossen. Ich hatte aber viel gelernt in meiner Zeit als Profiwrestler. Insbesondere, wie man Schmerzen zufügt und wie man eigene Schmerzen vermeidet.

Zwar waren Salman und ich nach dem Aus unserer Wrestlingkarriere beruflich komplett andere Wege gegangen, aber wir hatten uns nie aus den Augen verloren. Als ich noch für den Werkschutz der Lippe-Chemie Diebe und Spione jagte, war Salman schon längst selbstständig. Kurz nach der Auflösung unseres Tag-Teams war ganz plötzlich ein ordentlicher Geldregen auf meinen Kumpel niedergerieselt. Ich hatte ihn mal gefragt, woher die Kohle kam, aber er hatte mir glaubhaft versichert, dass ich das nicht wissen wollte. Die Knete reichte nicht, um sich mit Mitte zwanzig zur Ruhe zu setzen, aber es war genug, um eine alte Fabrikhalle oben im Stadtteil Victor zu kaufen und sie in den verdammt besten Hamam zwischen Lippe und Ruhr zu verwandeln. Die Investition war ein Volltreffer. Salman nannte den Hamam „Palace Os“ und verdiente mit dem Laden in Windeseile ein Vermögen. Die gute Anbindung von Victor an gleich vier Autobahnen versorgte ihn mit ausreichend Laufkundschaft, und die besondere geografische Lage der Gegend machte Salmans türkisches Badehaus für eine ganz besondere Klientel interessant.

Der Hamam lag genau im westlichen Bezirkskreuz, ziemlich exakt an dem Punkt, wo vier Bezirke aneinandergrenzten. Dieser Umstand verschaffte dem „Palace Os“ einen speziellen Status bei Typen mit extrem dicken Brieftaschen und geladenen Handfeuerwaffen unterm Sakko. Also bei skrupellosen Gangstern mit sehr niedriger Hemmschwelle und Übermenschneurosen. Mafiatypen eben. Bei meinem alten Kumpel Salman kamen sie alle zusammen. Die Rumänen und die Polen aus dem

Norden. Die Russen und die Italiener aus dem Süden. Sein Hamam war so eine Art neutrale Zone innerhalb Ruhrstadts. Dort trafen sich Gesandte der Clans regelmäßig, um sich ihre gegenseitige Akzeptanz zu versichern. Das Ganze sollte dem Frieden zwischen den Organisationen dienen. Und weil es bei Salman so nett war, kamen einige von ihnen auch einfach mal so vorbei. Im „Palace Os" konnte ein italienischer Pate auf einen russischen Wor treffen, ohne dass einer den anderen abknallte. Für das organisierte Verbrechen war Salmans „Palace Os" so etwas wie die UNO von Ruhrstadt.

Es war immer schön, Salman wiederzusehen. Zur Begrüßung umarmten wir uns und täuschten ein paar Wrestlermoves an. Er war fast einen Kopf größer als ich, und seine Birne war blank poliert wie eh und je. Ich nahm ihn in den Schwitzkasten und täuschte mit den Knöcheln Kopfnüsse an. Er hob mich kurzerhand hoch und brüllte: „Bodyslaaaaaam!"

Gott sei Dank zog er den Move nicht wirklich durch. Er setzte mich sanft ab, ich lockerte meinen Würgegriff, und wir standen uns breit grinsend in seinem Büro gegenüber. Nachdem wir uns kurz gegenseitig gemustert hatten, fing ich mit der üblichen Lobhudelei an. „Wie aus dem Ei gepellt. Du smarter Bastard!"

Salman spielte aber nicht mit. „Du siehst scheiße aus, T-Bone!", sagte er besorgt. „Als hätteste ein hartes Wochenende gehabt. Nicht mal 'nen Anzug haste an. Nur schwarze Plörren. Die Kratzer in deinem Gesicht sind hoffentlich nicht Annas Werk. Habt ihr euch wieder gezofft?"

„Nein. Ja. Aber das ist Wochen her."

„Was du brauchst, mein Freund, ist das ‚Palace-Os-

Royal-Paket'! Ich könnt' auch eins gebrauchen. Dabei kannst du mir erzählen, welches Kätzchen dich erwischt hat. Gib mir nur 'ne Minute, ich muss erst noch ein paar Termine verschieben."

„Aber klar, Herr Vorstandsvorsitzender!"

„Herr Geschäftsführer bitte, ich bin eine GmbH."

Ich schaute mir derweil sein Büro an. Von der schlichten Eleganz meines Büros war seins Lichtjahre entfernt. Die Bude sah aus wie das Arbeitszimmer eines Sultans oder Emirs oder was weiß ich was, mit Teppichen an den Wänden und jeder Menge orientalischem Schnickschnack in allen Ecken. Das ganze Zeug sah sehr edel und verdammt teuer aus. Salman hatte zweifellos den Arsch an der Wand. Und er sah keineswegs so aus, als könnte er ein „Palace-Os-Royal-Paket" gebrauchen. Ganz im Gegenteil, er sah eher so aus, als wenn er in letzter Zeit ein paar zu viel davon gehabt hätte.

Nur noch mit einem Lendenschurz bekleidet, saßen wir nebeneinander in einem mit bunten Ornamenten gefliesten Badehaus. Ein marokkanischer Künstler hatte das Design entworfen und ganze Arbeit geleistet. Auf den ersten Blick sah es aus, als hätte ein Kind die Wände mit einem Spirografen vollgemalt. Aber bei genauerer Betrachtung bemerkte selbst ein Klotzkopf wie ich, dass sich die Kreise und Schnörkeleien auf den einzelnen Fliesen so zusammenfügten, als würden blaue, rote und gelbe Blumen aus den grünen Wänden wachsen. Der Fußboden war mit rot gemasertem Marmor aus der Toskana ausgelegt, und aus goldenen Wasserhähnen sprudelte warmes Wasser in antik aussehende Kupferschalen.

Es war warm im Bad, und es roch nach Flieder und Lavendel. Salman und ich legten uns auf zwei sich gegenüberstehende beheizte Nabelsteine. Dort wurden wir eingeschäumt, abgeschrubbt, abgespült, wieder eingeschäumt, noch mal abgeschrubbt und wieder abgespült. Ich hätte auch noch einen dritten Waschgang ertragen, aber die bildhübsche Türkin, die mich bearbeitet hatte, lächelte nur noch freundlich und verschränkte die Arme auf dem Rücken. Es gehörte zur Philosophie des „Palace Os", nur hübsche Menschen auf die Gäste loszulassen. Männer wie Frauen mussten immer tipptopp aussehen. Sie trugen alle makellose, weiße, lange Hosen, ein weißes T-Shirt, weiße Birkenstocks und waren allesamt Frischimporte aus der Türkei. Keiner vom Personal am Kunden, das hatte absolute Priorität bei der Personalentscheidung im „Palace Os", durfte auch nur ein Wort Deutsch verstehen.

Nach dem Abschrubben gingen Salman und ich rüber ins exklusive VIP-Schwitzbad, wo bereits zwei kräftige Burschen darauf warteten, uns beim Ausdünsten mit einem Kaschmirhandschuh zu massieren. Diese Räume betraten sonst nur Leute, die definitiv nicht zum Fußvolk gehörten. Mafiabosse, Politiker, Wirtschaftskapitäne, Banker, Machthaber eben. Man konnte das Prunkstück des „Palace Os" nicht einfach so mir nichts, dir nichts mieten, man musste dazugehören, um Einlass zu bekommen. Oder man musste den Geschäftsführer zum Soulbruder haben. Während der Waschungen hatten wir uns bereits auf den jeweiligen neusten Stand gebracht, was Frauengeschichten anging und wie schwer wir armen selbstständigen Schweine es doch hatten. Während der Massage gab ich hauptsächlich Sachen wie „Uahh!", „Ohhh!" und „Moahh!" von mir. Erst danach, als für eine Weile mal niemand an uns rumfummelte und wir in den unfassbar prunkvollen Ruheraum wechselten, um dort in Bademänteln tiefenentspannt süßen Tee zu trinken und an einer Shisha zu nuckeln, kam ich zur Sache: „Kennst du eine Vicky De Winter?"

„Der tote Pornostar? Klar, die kennt doch jeder."

„Was weißt du über ihren Tod?"

„War wohl unschön."

„Ich steck da mittendrin."

„Ach du Scheiße! Aber du bist nicht der Typ, den sie am Tatort hopsgenommen haben, oder?"

„Stand das in der Zeitung?"

„Oh fuck, du bist es! Heilige Scheiße, daher wohl auch die Kratzer im Gesicht, oder? Wie haste das wieder hingekriegt?"

„War gar nicht so schwer. Was hat alles in der Zeitung gestanden?"

„Alter, das war ganz groß im Fernsehen. Sogar in den Abendnachrichten. Pornotusse tot, Kehle aufgeschlitzt, Mann am Tatort verhaftet. Keine Zeugen. Motiv unklar. Die Polizei ermittelt."

„Keine Pornotusse, Salman. Sie war 'ne klasse Lady mit 'nem Scheißberuf. Haben die nichts von einem zweiten Mann am Tatort gesagt? Oder einem Notruf von Vickys Festnetz?"

„Doch. Jetzt, wo du es sagst. Von einem mysteriösen Notruf war die Rede. Es war wohl ein anonymer Anrufer. Von wo aus? Keine Ahnung! Aber zweiter Mann am Tatort? Nee!"

Ich senkte die Stimme. „Ist hier, und du weißt, wen ich mit hier meine, je ihr Name gefallen?"

„Komm schon, Alter, was glaubst du, was ich davon mitbekomme? So gut wie nix. Ein bisschen Blabla zur

Begrüßung und eine höfliche Verabschiedung, das ist der Deal. Glaubst du, sie steckte da irgendwo mit drin?"

„Hätte ja sein können. Hör zu, Salman, da hat mich jemand ziemlich alt aussehen lassen. Und so wie es scheint, war der nicht allein zugange. Die wollten aus mir ein Opferlamm machen. Stell dir das mal vor. Ausgerechnet aus mir. Dabei haben die sich richtig clever angestellt. Extrem professionell, verstehste? Hat aber nicht ganz gereicht, um T-Bone – The Sexmachine – Brown hinters Licht zu führen. Es kann aber gut sein, dass die Wichser immer noch ein Auge auf mich haben. Da ihr Plan fehlgeschlagen ist, könnten sie nun in mir eine Bedrohung sehen. Und das völlig zu Recht. Ich will nämlich tatsächlich wissen, wem ich den Scheiß zu verdanken habe. Langer Rede kurzer Sinn: Salman, mein Soulbruder, ich brauch 'ne Knarre. Was Handliches."

Salman stellte keine blöden Fragen oder versuchte mir irgendwas auszureden. Er ärgerte sich auch nicht, dass er mir von dem Koffer erzählt hatte, der vor Jahren im „Palace Os" zurückgelassen wurde und nach dem nie wieder ein Hahn gekräht hatte. Darin befanden sich zwei 38er-Automatikwaffen, ein 45er-Revolver, Unmengen an Munition und einiges an Zubehör wie Schalldämpfer und Halfter. Weder zweifelte Salman an der Notwendigkeit, mich zu bewaffnen, noch kackte er sich ins Hemd wegen der Waffen. Mein Soulbruder war hauptsächlich froh, dass er mir helfen konnte. „Ich würde an deiner Stelle die 45er nehmen. Die ist beeindruckender und cooler. Schieb sie ihm bis zum Anschlag in den Arsch und drück ab, bis es klickt."

Am Ende des „Palace-Os-Royal-Pakets" war ich von oben bis unten und von innen nach außen wie abgeleckt.

Der ganze Knastdreck, der meine Poren verstopft hatte, war ausgeschwitzt und abgepeelt. Meine Nägel waren poliert, die Augenbrauen gezupft. Ich wurde rasiert, meine Haare wurden geschnitten und geölt und mein Mongolenschnauzbart auf die richtige Länge gestutzt. Ich trug meine inzwischen gereinigten Plörren, und nichts, aber auch rein gar nichts an ekligen Knastrückständen haftete noch an mir. Ich war wieder der alte Zibulla, und es fühlte sich verdammt gut an. Es war beinahe, als hätte meine Seele auch gleich einen Vollwaschgang gehabt. Allerdings war ich mir nicht sicher, ob das ein Nebeneffekt des Wellnesspakets war oder doch die beruhigende Wirkung der handlichen 38er in meinem neuen Halfter.

„Ich halte die Ohren offen. Und wenn du Hilfe brauchst, zögere nicht, mich anzurufen", sagte Salman zum Abschied.

„Du bist ein guter Freund, Gotteskrieger."

„Pass auf dich auf, Sex Machine Brown!"

Kapitel 10

Meine Bude sah weniger schlimm aus, als ich befürchtet hatte. Die Bullen hatten zwar alles auf den Kopf gestellt, aber sich immerhin Mühe gegeben, keinen völligen Saustall zu hinterlassen. Ich sah mich um und fand, Kirch hatte absolut recht. Im Vergleich zu meinem Büro stank meine Wohnung total ab. Ich wohnte auch erst seit ein paar Monaten in Auberg. Ich war dorthin gezogen, weil ich näher bei Anna sein wollte. Die Wohnung war billig und die Einrichtung scheiße. Als ich dort einzog, dachte ich, es wäre höchstens eine Frage von ein paar Wochen, bis meine Herzdame und ich uns eine gemeinsame Bleibe suchen würden. Das war vor einem Dreivierteljahr. Jetzt wohnte ich immer noch dort, direkt unter der Ruhrtalbrücke, einer viel befahrenen Autobahnbrücke, die fünfundsechzig Meter über meinem Dach Tag und Nacht den Lärm der vorbeirasenden Fahrzeuge auf Auberg hinunterspuckte. Die Siedlung war ja so weit ganz okay und die Gegend recht hübsch, mit Wald, Wiesen und grasenden Kühen am Ruhrufer vor der Haustür. Aber dieses ewige Bom-Bom, Bom-Bom, Bom-Bom, wenn die Reifen die Schlitze in den Brückenelementen überfuhren, raubte einem den letzten Nerv. Obwohl aus den nur ein paar Wochen inzwischen neun Monate geworden waren, sah ich die Bude immer noch als Übergangsquartier. Was aus mir wohl einen hoffnungslosen Romantiker machte. Aber eines Tages, keine Frage, würden Anna und ich eine gemeinsame Wohnung einrichten, uns über die Badezimmerfliesen streiten und zusammen Gardinen aussuchen. Bis dahin würde ich es schon noch unter der Ruhrtalbrücke aushalten.

Im Kühlschrank fand ich noch ein paar Eier, und Brot war auch noch da. Ich aß in der Küche und starrte auf mein Smartphone, das neben meinem Abendbrot auf dem Tisch lag. Meinen Computer, mein Mac-Book und mein Tablet hatten die Bullen für die Suche nach Hinweisen sichergestellt. Den Kram würde ich frühestens Ende der Woche wiedersehen. Meinem Smartphone hatten sie nicht so viel Aufmerksamkeit geschenkt. Ganz sicher hatten sie sich meine Anruflisten und Nachrichten angesehen. Vielleicht sogar eine Kopie von meinen Kontakten gezogen und noch meinen Internetverlauf unter die Lupe genommen. Aber so richtig tief würden sie in der Kürze der Zeit nicht ins System hineingesehen haben.

Die polizeiliche Beschlagnahme meiner Elektronik sorgte dafür, dass ich, wenn ich online recherchieren wollte, das nur über mein Smartphone tun konnte. Es war immer noch ausgeschaltet. Ich wusste nur zu gut, wie verräterisch diese verdammten Dinger sein konnten, wenn sie in falsche Hände gelangten. Und meines war in falsche Hände gelangt. Ich hatte es in der Tasche, als ich betäubt wurde. Für einen Profi war es kein Problem, das Teil zu hacken. Und ich hatte es nicht mit Amateuren zu tun. Solange es ausgeschaltet blieb, war ich unsichtbar. Wenn ich es einschalten würde, wüsste der Hacker sofort, wo ich mich aufhielt. Er könnte wahrscheinlich auch jedes Gespräch mithören und sehen, was ich mir auf dem Display des Telefons ansah. Ich schiss drauf. Sollte er doch ruhig denken, ich wüsste nichts über Trojaner. Mich zu unterschätzen, hatte bisher noch jeder bereut, dem dieser fatale Fehler unterlaufen war. Als ich die Eier aufgefuttert hatte, schaltete ich das Smartphone ein.

Ich hatte Vicky De Winter schon gegoogelt, bevor sie das erste Mal mein Büro betreten hatte. Letzte Woche waren es knapp zehn Millionen Treffer gewesen. Diese Woche waren es bereits über fünfzehn. Ich ging die Seiten der wichtigsten Medien systematisch durch und stellte fest, dass keiner eine Ahnung hatte, was sich letzten Freitag in Rheinpreußen genau abgespielt hatte. Kein Nachbar hatte etwas gehört oder gesehen. Freunde und Bekannte waren zwar bestürzt und konnten ihren Tod nicht fassen, wo sie doch so ein liebenswerter Mensch gewesen war, aber keiner hatte einen Schimmer, wer dahinterstecken könnte. Ihre Arbeitskollegen lobten sie allesamt als eine absolut professionelle Darstellerin und einen im Umgang außergewöhnlich angenehmen Menschen. Keiner äußerte einen Verdacht, nicht mal irgendwelchen Klatsch und Tratsch. Für jeden, der sie kannte, war ihre Ermordung ein von einem Monster begangenes schreckliches Verbrechen.

Die Polizei war in ihrer Öffentlichkeitsarbeit zum Glück sehr zurückhaltend vorgegangen. Am Samstagmittag hatte Hauptkommissar Kirch in einer Pressekonferenz nicht viel zu meiner Person gesagt. Er hatte nur bestätigt, dass es noch am Tatort eine Festnahme im Zusammenhang mit dem Mord an Vicky De Winter gegeben hatte, Näheres dazu aber erst nach der Befragung des Verdächtigen am Montagmittag mitgeteilt werden könnte. Weitere Fragen über mich beantwortete er nicht. Ich stoppte den Videostream und zoomte Kirchs Gesicht heran. Ich müsste schon ein ordentliches Brett vor dem Kopf haben, wenn sein Ausdruck nicht eindeutig aussagte, dass er da bereits nicht mehr glaubte, ich wäre der Mörder. Unter seinem breiten Scheitel brannte eine helle Funzel. Er hatte mich wirklich im Knast sechzig Stunden lang nur weichkochen wollen. Aber dafür, dass er meinen Namen aus der Sache rausgelassen hatte, nahm ich es ihm nicht mehr allzu krumm.

Ich sah mir noch mal den ausführlichen Artikel über Vicky De Winter auf Wikipedia an. Geboren wurde sie 1985 am südlichsten Zipfel von Ruhrstadt, unten im Sechsten Bezirk. Ihr voller Name war Andrea Marion Driesen. Nach der mittleren Reife machte sie eine kaufmännische Lehre und arbeitete noch drei Jahre in der Personalabteilung desselben Unternehmens. Ihr Einstieg ins Pornogeschäft war mehr dem Zufall geschuldet. Einer ihrer Exlover hatte ein Sexvideo mit ihr ins Internet gestellt, worin sie ein ausgesprochenes Talent für wüste Vögeleien bewies. Der Pornoproduzent Heiko Hannemann entdeckte das Video im Web, trieb die Hauptdarstellerin auf und nahm sie sofort unter Vertrag. Ihren Künstlernamen hatte sie sich mehr oder weniger selbst ausgesucht. Eigentlich wollte sie sich Lady De Winter nennen, nach einem Charakter aus „Die drei Musketiere“. Ziemlich am Anfang ihrer Karriere hatte sie in einem Interview mit einem Online-Sexmagazin wortwörtlich gesagt: „Die Rolle der Lady De Winter ist so böse. Sie lügt und betrügt, wo sie geht und steht. Völlig skrupellos. So skrupellos, wie ich vor der Kamera ficke!“

Aber ihr Produzent hatte letztlich zumindest auf einem schlüpfrigen Vornamen bestanden. So änderte sie das vornehme Lady ins zweideutigere Vicky. Das war im Jahr Nullsieben. In knapp vier Jahren drehte sie mehr als zwanzig Fickfilmchen. Fleißig war sie und erfolgreich. Gleich zweimal bekam sie den Venus Award, das war wohl so was wie der Oscar für besondere Leistungen beim Hinhalten von Geschlechtsteilen.

Privates über den Pornostar fand ich weiter nichts. Es gab zwar auch die eine oder andere Homestory über sie im Fernsehen, aber darin war alles nur erstunken und erlogen. In keiner der Sendungen wurde Vicky De Winters wahres Zuhause gezeigt. Alle vorhandenen Fotos von ihrem Haus waren erst nach ihrem Tod ins Netz gestellt worden. Was die Sender als Homestory verkauften, war nichts anderes als das Bedienen abgedroschener Klischees, genau so welche, wie ich sie im Kopf hatte, bevor ich zum ersten Mal ihr privates Reich betreten hatte. Der Pornostar hatte keine Skandale und keine Affären, nicht mal angedichtete. Sie galt gemeinhin als „noch zu haben".

Ich schmiss das Smartphone achtlos auf den Küchentisch, ging rüber ins Wohnzimmer und schaltete um Punkt acht Uhr die Glotze an. In den Abendnachrichten brachten sie was über den Mord.

„Neues im Mordfall Vicky De Winter", meldete die Sprecherin. „Der am Tatort verhaftete Verdächtige ist heute Mittag wieder aus der Untersuchungshaft entlassen worden. In einer Pressekonferenz am frühen Abend erklärte der zuständige Staatsanwalt, dass es nach intensiver Vernehmung des Mannes hinreichend Grund gäbe, von seiner Unschuld auszugehen."

Auf dem Bildschirm tauchte das Gesicht von dem Mann auf, der mir am Freitagabend den Haftbefehl unter die Nase gerieben hatte. Neben ihm auf dem Podium saßen Hauptkommissar Kirch und noch ein paar andere Typen, die ich alle nicht kannte. Der Staatsanwalt sah abgespannt aus, als hätte er ordentlich was um die Ohren. Sehr auf seine Aussprache bedacht, sagte er in die vielen vor ihm aufgebauten Mikrofone: „Wie sich herausgestellt hat, kann der Mann, den wir am Tatort verhaftet haben, nicht der Täter gewesen sein. Wir haben seine Aussage zu Protokoll genommen, und er ist seit heute Mittag wieder auf freiem Fuß. Darüber hinaus sieht es so aus, dass das Opfer im Vorfeld der Tat über einen längeren Zeitraum observiert wurde. Es gibt auch Hinweise darauf, dass sich mindestens noch eine weitere Person am Tatort aufgehalten hat. Die Ermittlungen laufen auf Hochtouren. Mehr kann ich Ihnen im Moment nicht mitteilen. Vielen Dank!“

Mit dem Satz „Die Gedenkfeier für das Opfer findet kommenden Freitag statt“ beendete die Nachrichtensprecherin den Beitrag über den Mord und schaltete rüber zum Wetter.

Die Bullen waren genauso schlau wie ich. Mir wurde schlagartig bewusst, wie viel gottverdammtes Glück ich gehabt hatte. Das hätte richtig ins Auge gehen können. Wenn ich nicht zu früh aus der Narkose aufgewacht wäre, hätten die Bullen mich jetzt längst dermaßen ans Kreuz genagelt, dass nur ein Wunder mich noch vor dem Knast hätte retten können. Im Grunde konnte ich noch von Glück sagen, dass ich an einen Bullen wie Kirch geraten war und nicht gleich an zwei so Vollpfosten wie Furzkommissar Fröhlich. Kirch hatte ich wohl auch zu verdanken, dass ich bei meiner Entlassung nicht direkt in ein Rudel Journalisten geraten war. Der Hauptkommissar hatte lange genug mit seinen Erkenntnissen hinterm Berg gehalten, um mir einen Vorsprung vor den Medien zu verschaffen. Mir war nur nicht ganz klar, warum er das getan hatte. Aus reiner Freundlichkeit wohl kaum. Ich sah rüber zu der 38er, die griffbereit neben mir auf dem Sofa lag. Es beruhigte mich ungemein, mehr als nur eine Spielzeugknarre am Start zu haben.

Kapitel 11

Trotz der Sicherheitsmaßnahmen, die ich für eine ruhige Nacht in meinen eigenen vier Wänden getroffen hatte, bekam ich kein Auge zu. Ich wälzte mich herum und sah immer wieder auf den Wecker. Die Nacht nahm und nahm kein Ende. Müde war ich kein bisschen. Alle meine Sinne arbeiteten auf Hochtouren. Ich hatte sechzig Stunden im Knast nur rumgelegen, wenn einer ausgeruht war, dann ich. Gegen vier Uhr morgens hatte ich die Schnauze voll. Ich stand auf, kratzte mich am Sack und machte mir in der Küche einen Kaffee.

Meine Bude war besser gesichert als die Sparkassenfiliale unten an der Ecke. Als Privatdetektiv musste ich mich natürlich mit Sicherheitstechnik gut auskennen und vieles ausprobieren. Der Verkauf des Krams brachte mehr als ein Drittel meines Umsatzes. Von den gängigsten Systemen hatte ich immer ein paar auf Halde liegen. Am nützlichsten fand ich den Infrarotsensor, der Alarm schlug, sobald eine zweite Wärmequelle in seine stufenlos regulierbare Reichweite kam. In jedem meiner zweieinhalb Räume hatte ich drei von den Dingern aufgestellt. Nicht mal eine Fliege hätte sich in meiner Wohnung noch unbemerkt bewegen können. Ich trank meinen Kaffee in aller Ruhe, dann ließ ich mir alle Zeit der Welt bei meiner Morgentoilette. Zum Frühstück trank ich noch einen Kaffee.

Um Punkt acht Uhr saß ich im Auto. Ich musste zunächst noch ins Büro, bevor ich mir später in den Ruhrstädter Filmstudios Heiko Hannemann vorknöpfen konnte. Ich war ganz gespannt drauf, mit dem Entdecker und Förderer von Vicky De Winter einen kleinen Plausch zu halten.

Mein Wagen war clean. Kein Peilsender, kein GPS-Tracker, keine Wanze. Die Bullen hatten aus meinem Büro zum Glück nur Akten und Computer sichergestellt und nicht mein technisches Spielzeug. Zwar sah mein schickes Büro ziemlich gefleddert aus und meine kleine Firma war auf allen Leitungen von der Außenwelt abgeschnitten, aber immerhin konnte ich meinen SUV gründlichst nach verräterischen Anhängseln untersuchen. Mein Smartphone hatte ich beim Verlassen meines Büros eingeschaltet und am Netzkabel angeschlossen auf dem Schreibtisch liegen lassen.

Ich fuhr noch einen kleinen Schlenker zum Handyladen, um mir dort ein einfaches Handy mit Prepaid-Karte zu besorgen. Der Shop lag zwischen dem „Fit for Sun"-Sonnenstudio und dem Ein-Euro-Laden, direkt am Alten Markt. Die Bude war klein und hatte das chaotische Ambiente eines Flohmarkts. Sie gehörte dem sicherlich geschwätzigsten Türken diesseits des Bosporus. In nur fünf Minuten hatte er mich regelrecht schwindelig gelabert. So viele Zahlen in so kurzer Zeit bekam ich sonst nur von meinem Steuerberater um die Ohren gehauen. Er schien sämtliche auf dieser Welt existierenden Handytarife auswendig zu kennen. Meinen Wunsch nach einem Prepaid-Handy nahm er nicht wirklich ernst.

„Prepaid is kacke!“, erklärte er mir. „Muss du ständig aufladen. Und wenn mal Kacke dampft, Guthaben immer leer.“

Er schwor, dass nix über eine Flat-Flat ging und ein Mann wie ich eine Flat-Flat bräuchte wie ein guter Moslem seinen Gebetsteppich. Ich antwortete ihm, dass ich ihm noch eine Schutzhülle für mein neues Prepaid-Handy abkaufen würde, wenn er nur endlich die Schnauze hielte. Das Einzige, was ich danach noch von ihm zu hören bekam, war der Preis für mein Telefon und meine schicke neue Schutzhülle aus grellgrünem Plastik.

Die einzigen Nummern, die ich auswendig wusste, waren die von Anna. Ich rief sie kurz auf ihrem Festnetz an und erwischte sie gerade auf dem Sprung zur Arbeit. Ich wünschte ihr einen wunderschönen Dienstagmorgen. Sie sagte, sie wäre schrecklich in Eile, weil den ganzen Morgen über schon alles schiefgegangen sei. Erst war die Zahnpasta alle, dann waren keine Filtertüten mehr im Schrank, das Shampoo war ihr in die Augen gelaufen, der verdammte Föhn hatte wieder verrückt gespielt, und die Bluse war auch nicht gebügelt. Aber nach der Schimpftirade auf die alltäglichen kleinen Stolpersteine holte sie Luft und flötete ins Telefon: „Aber es ist schön, deine warme Stimme zu hören, T-Bone! Ich wünsch dir auch einen geilen Tag.“

Meine Anna. Ein Grund, das Leben zu lieben. Wir verabredeten uns für Donnerstagabend. Nettes Essen im „Tudor“. So gegen acht.

Die Filmstudios befanden sich oben im Rheinbogen, mitten in den Momm-Niederungen. Beim Bau des Komplexes hatte es damals ein Riesentheater gegeben, weil die ganze Gegend ein Naturschutzgebiet war. Der Bau rief sofort die Umweltschützer auf den Plan. Zu Hunderten demonstrierten sie jeden Tag, ketteten sich an Bäume und so'n Zeugs. Einige hochrangige Lokalpolitiker waren auch dabei gewesen. Zumindest am Anfang. Als dann letzten Endes auf Beschluss des Senats die Ökos mit Wasserwerfern vom Hof gejagt wurden, war kein einziger Politiker mehr vor Ort gewesen.

Das war übrigens das Einzige von öffentlichem Interesse, was überhaupt jemals da oben stattgefunden hatte. Der Rheinbogen lag im Dritten Bezirk, und außer jeder Menge Landschaft hatten die da oben gar nix. Der Senat wollte mit den Filmstudios den Lahmarschbezirk aufwerten. Arbeitsplätze schaffen, Touristen anlocken, Steuereinnahmen generieren, alles Dinge, die im Dritten knapp waren. Der Nordwesten wurde also aufgepeppt. Natürlich hätten die Verantwortlichen gerne eine Hochburg des künstlerischen Schaffens aus der Gegend gemacht. Aber das hatte leider nicht geklappt. Stattdessen wurden dort von Anfang an nur Soaps am Fließband produziert und Pornos bis zum Abwinken gedreht. Der Plan war trotzdem aufgegangen. Ein paar Jobs, ein bisschen Kohle für die Stadt und eine Handvoll Touristen, die gelegentlich vorbeikamen, um einen Fernsehstar zu treffen oder ihre liebste Pornofantasie leibhaftig um ein Autogramm zu bitten. Was waren im Vergleich dazu schon ein paar Wiesen und Wälder? Davon gab es in Ruhrstadt doch eh genug.

Brav stoppte ich mit meinem SUV an der Schranke und wartete, bis der alte Sack von Pförtner aus seinem Häuschen gekrochen kam. Der Alte hatte kaum noch Schultern, dafür aber ein breites Becken und Plattfüße, was ihm alles in allem die Form einer Raute verlieh. Eine Karo-Sieben auf Plattfüßen. Seine Uniform hing schlaff an ihm herab, und aus seinem zu weiten Hemdkragen lugte der verschrumpelte, schlabberige Hals eines hundertjährigen Truthahns hervor. Ruhrstadt war voll von solchen Alten. Arme Schweine, deren Rente hinten und vorne nicht reichte und die sich nur mit einem zusätzlichen Minijob über Wasser halten konnten. Schuften bis ins Grab. Na schönen Dank. Mit schweren Schritten näherte er sich mir. Man hätte meinen können, ich wäre der Millionste, der ihn heute Vormittag aus seinem Häuschen treibt, so müde wirkte er. Er sah mich gelangweilt an, machte noch einen Schritt vorwärts und drehte sein rechtes Ohr in meine Richtung. Ich sprach laut und deutlich mit ihm. „Wo finde ich Heiko Hannemanns Büro?"

„Ohne Termin gar nich. Haben Sie ein?"

„Wär ich sonst hier?"

„Name?"

„Mr. James Brown."

„Ich find hier keinen James Brown. Wie schreibt man dat denn?"

Er blätterte in seiner Liste und schüttelte den Kopf. Dann sah er mich fragend an.

„Mr. James Brown steht immer ganz oben auf der Liste. Merk dir das, Paps! Hier habe ich einen Zwanni. Der gehört dir, wenn du mir sagst, wo ich das Büro von Heiko Hannemann finde, die Schranke hoch machst und mir einen schönen Tag wünschst."

„Sind Sie einer von die Pressemeute?", fragte er, als wäre es das Allerschlimmste, was ich hätte sein können. „Ich darf keine Pressefuzzis mehr durchlassen. Sonst feuern die mich. Und dat kann ich echt nich brauchen."

„Sehe ich aus wie ein Pressefuzzi?“

Er dachte nach. Das dauerte ein Weilchen. Ich kürzte seine Gedankengänge etwas ab, indem ich noch einen Zehner drauflegte. Er sah mich an, dann das Geld in meiner Hand. Die Verlockung war groß. Für dreißig Euro musste er fast eine volle Schicht in dem bekackten Schrankenhäuschen schieben.

„Und Sie sind echt kein Pressefuzzi?“

„Ganz sicher nicht!“

So unauffällig, dass es schon wieder auffällig war, steckte er schnell das Geld in die Hosentasche.

„Halle sieben. Da sind die ganzen Pornoleute am Sitzen. Hier getz links und dann immer Bommerlunder bis zum Ende. Die grüne Halle rechts, dat is die Sieben. Nehmse die Außentreppe innen ersten Stock, da sind die Büros.“

„Du kennst dich gut aus, Paps. Machst ’nen guten Job.“

„Ja, ja.“

Er winkte träge ab. Ich schätzte ihn auf Mitte siebzig, eher älter. Ein echtes Ruhrstädter Nachkriegsrelikt. Sein Werdegang stand ihm förmlich ins Gesicht geschrieben. Im Krieg geboren. Seine Kindheit geprägt von Armut und Hunger. Dann sieben Jahre Volksschule und mit vierzehn ran an die Schüppe. Einer wie er hatte schon alles gegeben, um aus Ruinen eine Metropole zu schmieden. Und er gab immer noch, oder um es mit den Worten seiner Generation zu sagen: „Er war immer noch am Geben dran.“ Viel Arbeit, wenig Brot, das war sein Leben. Wenn ihn nicht irgendeine fiese Krankheit umhaute, konnte er sicher noch ein paar Jährchen durchhalten. Was danach kommen würde, wollte ich gar nicht so genau wissen. Ich hoffte inständig, dass mir sein Schicksal erspart bleiben würde.

Auf dem Studiogelände war es ruhig wie im Puff am Mittag. Bis Halle sieben war es auf dem riesigen Gelände ein Stück zu fahren. Unterwegs kam mir lediglich ein kleines Golfwägelchen entgegen, in dem ein Typ in Overall durch die Gegend brauste. Als ich Halle sechs passierte, kam ich an zwei Fußgängern vorbei. Zwei Kerle, durchtrainiert, in Muscleshirts und mit tätowierten Armen. Es wurde kein mit bizarren Kostümen vollgepackter Garderobenständer über den Hof gerollt, an keinen Kulissen gesägt, und es wurden auch keine Touristen rumgeführt. Zwischen den Hallen hatten sie Rollrasen ausgelegt und Blümchen gepflanzt. Die Hallen selbst waren allesamt in jeweils einer anderen grellen Farbe gestrichen. Das Ganze wirkte auf mich wie eine kinderfreundliche Fabrikanlage, bunt und gepflegt. Aber eben doch, zumindest von außen, nur ein Haufen nebeneinanderstehender Wellblechindustriehallen. So schön anzuschauen wie die abgerockten Plattenbauten in der ehemaligen DDR. Für die Leute im Dritten Bezirk hoffte ich nur, dass sie ihre Natur nicht dafür geopfert hatten, sondern dass innerhalb der Wellblechkästen die Filmkultur an neue Ufer geführt wurde. Aber da war wohl nur der Wunsch Vater des Gedankens.

Ich stellte meine Karre vorschriftsmäßig vor Halle sieben ab und nahm die Außentreppe in den ersten Stock. Im Eingangsbereich hing ein gerahmtes Foto von Vicky De Winter mit Trauerflor. Man konnte an den vergilbten Rändern an der Wand sehen, dass an dieser Stelle sonst ein größeres Bild gehangen hatte. Sie sah verdammt gut darauf aus. Es war kein Schnappschuss, sondern eine professionelle Arbeit. Gut ausgeleuchtet, perfekte Pose im superknappen Bikini, und der Maskenbildner hatte auch ganze Arbeit geleistet. Kein Fältchen, kein Härchen, wo es nicht hingehörte, nicht mal Poren konnte ich an ihrem Hammerkörper erkennen. Photoshop ließ grüßen.

Eine aufgebrezelte Mittvierzigerin mit Monsterhupen und aufgespritzten Lippen kam mir entgegen. Trotz all der Farbe in ihrem Gesicht sah sie traurig aus. Sie bemerkte meinen Blick auf das Foto, deswegen nickte sie wissend und erklärte: „Arme Vicky. Aber das Leben muss ja weitergehen, nicht wahr?“

„Haben Sie sie gekannt?“

„Ja natürlich. Sie war so ein lieber Mensch. Sie sind übrigens spät dran, aber das ist nicht weiter schlimm. Wir sind eh noch nicht durch. Haben Sie Ihre Mappe dabei?“

Sie war die erste Person, die mir begegnete, die Vicky De Winter persönlich gekannt hatte. Zu gern hätte ich ihr ein paar Fragen über die Ermordete gestellt, aber sie machte nicht den Eindruck, als wollte sie aus dem Nähkästchen plaudern. Außerdem schien sie mich mit jemandem zu verwechseln. Natürlich hatte ich keine Ahnung, was für eine Mappe sie von mir wollte. Aber ich wollte sehen, wo das hinführte. „Natürlich, Prinzessin. Alles dabei.“

„Na, dann geben Sie sie mir.“

„Nur dem Chef, Schätzchen. Kann ich ihn sprechen? Jetzt!“

Ihre angeklebten Wimpern unterstrichen effektvoll ihren verdutzten Augenaufschlag. Ich lächelte sie so lieb an, als wäre sie das süßeste Hundebaby auf der ganzen Welt. Plötzlich erblickte in ihrem Kopf ein Gedanke das Licht der Welt. Sie öffnete ihre Augen weit und formte ihren dicken Mund zu einem überraschten O. Dabei nickte sie verstehend.

„Oh!“, sagte sie dann auch. „Ich verstehe. Das ist Ihre Rolle. Sehr gut. Das gefällt mir. Und dem Heiko sicher auch. Sind die Kratzer in Ihrem Gesicht echt? Sieht echt echt aus. Es ist noch einer vor Ihnen dran. Nehmen Sie doch so lange im Wartezimmer Platz. Herr ..., wie war Ihr Name?“

Ich hatte immer noch keine Ahnung, wovon sie sprach. Aber es brachte mich meinem Ziel näher, also spielte ich mit.

„Tibor Zibulla, Prinzessin.“

„Ist das Ihr Künstlername?“

„Nein, Schätzchen. Mein Künstlername lautet T-Bone – The Sex Machine – Brown.“

„Bisschen lang, aber hat was.“

Das Botox in ihren Lippen verhinderte ein hübscheres Lächeln, trotz der Mühe, die sie sich gab. Sie zeigte mir die Tür zum Wartezimmer und dampfte ab, wieder zurück an ihren Schreibtisch, wo sie umgehend zum Telefonhörer griff und dem Heiko mitteilte, dass noch einer gekommen wäre. Ein Vielversprechender.

Ich nickte ihr zu, um ihrer Vermutung die nötige Zuversicht zu verleihen, dann öffnete ich die Tür, die sie mir gezeigt hatte. Im Wartezimmer empfing mich ein etwa zwanzigjähriges Bürschchen, das komplett ausrastete, als es mich sah.

„Das ist ja unglaublich!“, jubilierte er. „Das ist ja der Hammer! So einen geilen Retrolook habe ich schon lange nicht mehr gesehen. Wahnsinn, Alter! Echt voll Seventies. Und du hast bestimmt ’nen Pimmel wie’n Pottwal!“

So wurde ich nicht oft begrüßt. Ich war erst mal baff. Der Typ stand mir gegenüber und strahlte über alle vier Backen. Er war ein ziemliches Hemd und trug auch ein ziemlich schräges. Seine Röhrenjeans musste er sich mit einem Schuhanzieher angezogen haben, so eng war das Ding. In seinem Schritt wölbte sich die Hose in Form einer schräg liegenden Schlangengurke. Er war Linksträger.

„Ja, da guckste!", frohlockte er. „Nur knapp über eins siebzig, aber 'nen Dödel fett wie Muttis Rollbraten."

Ich musste lachen. Zum Teil, weil er mich erwischt hatte, aber auch, weil er so eine treffende Selbsteinschätzung an den Tag legte. Ich fand ihn sogar recht unterhaltsam, so in seiner offenen, aufgedrehten Art.

„Was bist du denn für einer?", fragte ich ihn belustigt.

„Hey Alter, mein Name ist East Clintwood. Wie der Hollywoodstar, nur umgedreht. Verstehste? Da erinnert man sich dran. Mit dem Namen und meinem Riesenschwengel komm ich ganz groß raus im Showbiz. Dann ist Schluss mit Haareschneiden."

„Du bewirbst dich hier um einen Job als Darsteller?"

„Du nicht?"

Einen kurzen Augenblick gab mir seine Frage zu denken. Ich konnte mir nicht erklären, wie er auf so eine bescheuerte Idee kommen konnte. Aber immerhin erklärte das, warum die aufgebrezelte Mittvierzigerin mich so merkwürdig empfangen hatte. Ich war mitten in ein Porno-Casting gestolpert.

„Hör mal, East Clintwood, was hast du gerade gemeint mit Retrolook?"

„Na, dein Outfit! Die pechschwarze Vokuhila-Frisur, dazu der buschige Mongolenschnauzbart, der affenscharfe Anzug, ist das Seide, oder was? Schimmert so wie Seide. Und sogar deine Schuhe sind perfekt. Dann noch deine Statur. Du bist ’ne Eiche. Du siehst aus wie ein Vorzeigelude aus den Siebzigern. So einer mit Stil, weißt du? Hammergeil! Und dann noch die verschärften Kratzer auf der Backe. Das ist voll Porno, Alter! Und Retro ist gerade total angesagt. Aber du musst natürlich auch was in der Hose haben. Und? Hast du?“

Bevor ich East antworten konnte, betrat die aufgebrezelte Mittvierzigerin das Wartezimmer und riss mich mit den Worten „Herr Clintwood? Herr Hannemann hat jetzt Zeit für Sie“ aus meinem ungläubigen Kopfschütteln.

„Nö, nö, nö!“, mischte ich mich sofort ein. „Der kann noch warten. Ich bin jetzt dran!“

Sie zuckte gelangweilt mit den Schultern und verzog leicht ihre Botoxlippen. Ihr war es egal, wer der Nächste war. Da ich eh näher zur Tür stand, hatte East Clintwood keine Chance, vor mir den Ausgang zu erreichen. Das Bürschchen plapperte irgendwas von wegen Reihenfolge und Ungerechtigkeit. Ich drehte mich zu ihm um und sagte: „Cool bleiben, East. Immer cool bleiben. Jetzt rede ich mit dem Mann. Und du kannst ihm dann nachher deinen Pimmel zeigen. Okay?“

Er fand das nicht okay, aber was blieb ihm übrig. Die aufgebrezelte Mittvierzigerin geleitete mich zu Hannemanns Büro. Als wäre es nur eine Frage des Taktes, erwähnte ich, wie außerordentlich der Verlust von Vicky De Winter auch mich schmerzte. „Ich habe alle ihre Filme gesehen. Sie war einfach großartig.“

„Ja, das war sie. Im Film wie im richtigen Leben.“

„Sie haben sie gut gekannt?“

„Gut? Was heißt das schon, jemanden gut zu kennen? Sie ging hier ein und aus. Ich hatte aber keinen privaten Kontakt zu ihr, oder so was. Vicky war nicht gerade der gesellige Typ. Trotzdem mochte ich sie sehr. Sie hat geholfen, wo sie konnte. Sie hatte ein großes Herz."

Dann klopfte sie, öffnete die Tür, ohne eine Reaktion von drinnen abzuwarten, und lächelte mich traurig an, bevor sie zurück an ihren Arbeitsplatz ging. Ich nickte verständnisvoll und betrat das Büro des Pornoproduzenten Heiko Hannemann. Er war ein Glatzkopf mit einem sonnenbankgegerbten dünnschissbraunen Teint. Sein Anzug gefiel mir.

„Sie sind doch nicht wegen des Castings hier?", fragte Hannemann bei meinem Anblick skeptisch.

„Wie haben Sie das nur erraten?", antwortete ich ironisch.

„Von der Presse sind Sie auch nicht. Sie sind viel zu gut angezogen für einen Reporter."

„Mein Name ist Zibulla. Ich bin Privatdetektiv. Vicky De Winters Privatdetektiv."

Er kräuselte die Stirn und sah mich verblüfft an. Sein Blick verharrte auf den Kratzern in meinem Gesicht, die ihn teils neugierig machten, ihm teils aber auch bedrohlich vorkamen. Mit wenig Überzeugung in der Stimme bot er mir an, mich zu setzen. Ich schloss die Tür hinter mir und setzte mich ihm gegenüber an seinen Schreibtisch. In Hannemanns Blick lag durchaus Neugier, aber seine Körperhaltung signalisierte auch erhöhte Wachsamkeit.

„Vicky ist tot!", klärte er mich auf.

„Ja, üble Geschichte", erwiderte ich aufrichtig.

Ich hielt es für das Beste, auf lange Erklärungen zu

verzichten. Ich stieg direkt voll ein. „Sie waren Ihr Manager? Und Produzent von so preisgekrönten Werken wie ‚Fotzenleckeralarm' oder ‚Nasse Hardcore-Schlampen' Teil eins bis sieben?"

„Äh, ja."

„Sie war Ihr bestes Pferd im Stall, oder?"

„Äh, ja."

„Aber sie wollte aussteigen."

„Hat sie Ihnen das erzählt?"

„Äh, ja."

„Es stimmt. Wir hatten mal kurz darüber geredet. Aber da war noch nichts in trockenen Tüchern."

„Wäre bestimmt ein herber Verlust für Ihre Firma gewesen."

„Es wäre vor allem eine Schande gewesen. Sie hätte noch zwei, drei gute Jahre gehabt. Und dann wäre sie eine wunderbare MILF geworden."

„MILF?"

„Mother I Like to Fuck! Sie sind nicht besonders firm, was das Pornogeschäft angeht, was? Dank des Internets weiß das heutzutage jeder Teenager. MILF ist so was wie das Altenteil für ehemalige Pornogrößen. Läuft ausgezeichnet, das Onlinegeschäft mit den Ü30-Darstellerinnen."

„Aber Vicky De Winter wollte nicht mehr mitspielen. Wie viel Kohle wäre Ihnen da wohl durch die Lappen gegangen?"

„Wollen Sie unterstellen, ich hätte was mit ihrem Tod zu tun?"

„Die ‚Hardcore-Schlampen'-DVDs gehen doch jetzt weg wie warme Semmeln. Sie sind einer, der von ihrem Tod profitiert."

„Ja, ja! Das haben mir die Bullen auch schon vorgehalten. Kommissar Kirch und sein Pitbull Fröhlich haben mich am Samstag verhört. Ich bin raus aus der Nummer. Ich habe ein Alibi."

„Feine Sache, so ein Alibi. Aber so einer wie Sie macht sich doch nicht selbst die Finger schmutzig."

„Genau das waren auch Fröhlichs Worte. Und wissen Sie, was ich ihm geantwortet habe?"

„Was?"

„Ich sagte zu ihm, wenn er, ohne den geringsten Beweis zu haben, so etwas noch mal behaupten würde, hätte er fünf Sekunden später eine ganze Armada von Anwälten am Hals. Wie sieht es mit Ihnen aus, Herr Zibulla, Bock auf eine Verleumdungsklage?"

Ich hatte ihn genauestens beobachtet, während er redete. Heiko Hannemann war aalglatt. Der hatte sich längst die Gewinne und Verluste ausgerechnet, die sich durch Vicky De Winters Tod ergaben. Er war ein Geschäftsmann. Mit seiner blank polierten Rübe, den vorstehenden Schultern und den ledernen Hosenträgern im Armanianzug kam er mir vor wie ein hemdsärmeliger Haifisch in halbseidenen Gewässern. Fehlte nur noch die angerauchte Havanna zwischen den Zähnen, dann wäre das Abziehbild perfekt gewesen. Der hatte sicher gute Anwälte, was mich allerdings überhaupt nicht beeindruckte.

„Eine ganze Armada von Anwälten. Klingt fast so, als hätten Sie die Hosen voll."

„Wer zum Teufel sind Sie? Was bilden Sie sich ein? Ich muss nicht mit Ihnen reden! Sie gehen jetzt besser, oder ich rufe den Sicherheitsdienst!"

„Ich fürchte, ich habe mich nicht klar genug ausgedrückt. Ich bin nicht hier, um einen kleinen Plausch mit

Ihnen zu halten. Ich will Informationen! Und ich bin hartnäckig. Was glauben Sie, wie viele Probleme könnte Ihnen ein Typ wie ich machen?"

Er überlegte. Hannemann war kein Weichei. Er war es gewohnt, seinen glatt rasierten Kopf durchzusetzen. Ein Geschäftsmann eben, in einer sicher knüppelharten Branche. Und tatsächlich zuckte seine Hand kurz zum Telefon. Aber mein darauf folgendes Vorfreudegrinsen überzeugte ihn dann doch von den Vorteilen einer Kooperation mit mir.

„Was wollen Sie wissen?", fragte er resignierend.

„Sie scheinen mir den Verlust Ihres Stars recht leicht zu nehmen."

„Ich hatte noch gar keine Zeit, um zu realisieren, was da geschehen ist. Seit drei Tagen rennt mir die Presse die Bude ein, die Polizei hat mich befragt, ich muss Drehtermine verschieben, das heutige Casting war so kurzfristig nicht mehr abzusagen, und jetzt habe ich Sie hier sitzen. Was passiert ist, ist schrecklich. Vicky war eine tolle Persönlichkeit. Alle mochten sie gut leiden. Und sie wurde grausam aus dem Leben gerissen. Das hat sie nicht verdient."

„Sie hatten auch privat Kontakt?"

„Kaum, Vicky hat Privates und Berufliches immer strikt getrennt. Das war gewissermaßen Paragraf eins in ihrem Vertrag. Wir waren nur Geschäftspartner."

„Waren Sie je in ihrem Haus?"

„Nein. Sie war ein paarmal bei mir zu Hause. Zu Partys und für Pressetermine."

„Erzählen Sie mir was über Vicky De Winter, was ich noch nicht im Internet gelesen habe. Sie wissen schon, Interna."

„Was meinen Sie?"

„Freunde, Bekannte, Kollegen, Liebhaber, Hobbys."

„Sie kochte gern. Am Set hat sie oft für alle gekocht. Besonders ihre Pfannkuchen waren eine Wucht. Mit den Kollegen gab es nie Probleme. Sie war ein Vorzeigeprofi. Nie zickte sie gegenüber der Crew rum, wenn es technische Probleme gab, und mit ihren Drehpartnern zeigte sie sich immer sehr geduldig."

„Wie groß ist so eine Crew?"

„Mit Maske und je nach Aufwand bis zu sieben Personen."

„Darunter auch Computerfachleute?"

„Die sind beim Dreh nicht dabei. Aber klar, ich arbeite mit vier freiberuflichen IT-Experten zusammen."

„Ich brauche ihre Namen und Anschriften."

„Die wollten die Bullen auch haben."

„Na prima, dann machen Sie mir doch einfach eine Kopie."

In null Komma nichts hatte er die Liste ausgedruckt und reichte sie mir über den Schreibtisch. Vier Namen samt Adressen und Telefonnummern.

„Okay, was ist mit Freunden und Liebhabern? Sie stand fast vier Jahre bei Ihnen unter Vertrag. Sie wird doch nicht die ganze Zeit über Single gewesen sein?"

„Doch. Es gab keinen Mann in ihrem Leben. Nicht, seit ich sie kenne. Ich mein, über einen Mangel an Sex konnte sie sich ja nicht beklagen. Und die starke Schulter zum Anlehnen war ihr den Aufwand nicht wert. Sie hätte ihn vor der Presse geheim halten wollen. Und ihrer Meinung nach konnte man so etwas Kompliziertes wie die Liebe unmöglich geheim halten."

Ich glaubte Hannemann, dass er nicht wusste, wie

falsch er damit lag. Er hatte keine Ahnung von den Heiratsplänen seines Stars. Ob er wusste, dass sie zum Ende des Jahres aus dem Pornogeschäft hatte aussteigen wollen, stand noch offen. Vor ihrem Manager hatte sie ihren mysteriösen Verlobten mit familiärem Hintergrund also erfolgreich geheim gehalten. Aber Vicky hatte völlig recht, so etwas Irres wie die Liebe konnte man nicht für sich behalten. Irgendjemand wusste, in wessen Familie sie einheiraten wollte.

„Kennen Sie eine Freundin von ihr, die in Düsseldorf wohnt?"

„Düsseldorf? Puh, ich weiß nur, dass Vicky sich dort ihre Titten hat machen lassen."

„Wo genau?"

„Ich habe die Adresse hier. Alle meine Mädchen gehen dorthin."

Er reichte mir eine Visitenkarte und einen Flyer von einer Beauty-Klinik namens „Aphrodite". Ich überflog nur kurz die Broschüre, steckte beides in die Innentasche meines Sakkos und sagte: „Kommen wir noch mal auf Sie zurück. Sie haben ein Motiv. Ihr Goldesel wollte aussteigen, und Sie haben die Chance gewittert, noch mal kräftig abzusahnen. Wie viele von den ‚Nassen Hardcore-Schlampen' haben Sie in den letzten Tagen verkloppt? Bestimmt Tausende. Alles, was Vicky De Winter dafür tun musste, war sterben."

„Ich sagte Ihnen bereits, da war noch nichts in trockenen Tüchern. Sie spielte manchmal mit dem Gedanken, eventuell eine Pause einzulegen."

„Hören Sie doch auf! Vicky hatte längst Nägel mit Köpfen gemacht. Wozu war sie sonst bei ihrem Anwalt?"

„Sie war beim Anwalt?"

Es war ein Schuss ins Blaue. Ich hatte ja selbst noch keine Ahnung, warum sie im Innenhafen einen Juristen konsultiert hatte. Der Anwalt stand zwar auf meiner Liste, hatte aber keine Priorität. Hannemann aber schien erstaunt.

„Ja, das war sie. Letzte Woche“, klärte ich ihn auf.

„Das hatte nichts mit mir zu tun“, behauptete er wie aus der Pistole geschossen.

Er schüttelte energisch seinen kahlen Schädel und verzog den Mund. Angestrengt überlegte er. Dann fasste er einen Entschluss. „Ja, es stimmt! Sie wollte aufhören“, gab er endlich zu. „Aber erst am Ende der Laufzeit ihres Vertrages. Es hätte einfach keinen neuen gegeben. Dafür brauchte sie keinen Anwalt. Ich hab versucht, es ihr auszureden, aber vergebens. Wenn sie sich was in ihren hübschen Kopf gesetzt hatte, dann war sie knallhart.“

„Warum wollte sie aufhören?“

„Sie hätte genug, sagte sie. Genug Geld, genug vom Ruhm, genug von der ganzen Aufmerksamkeit und genug vom Rumficken.“

„Sonst nichts?“

„Das war ihre Begründung.“

„Wann haben Sie zuletzt etwas von ihr gehört?“

„Das war zwei Tage vor ihrem Tod. Sie erzählte mir, sie würde für eine Woche verreisen. Ich fand das gut, sie hatte keine Termine und wirkte etwas angespannt in letzter Zeit.“

„Angespannt?“

„Ja, leicht fahrig, irgendwie abwesend, unkonzentriert. Nicht bei der Arbeit, aber so im Allgemeinen.“

„Eine letzte Frage, dann sind Sie mich los. Wo lebt Vickys Familie?“

„Sie hatte keine. Eltern beide tot. Keine Geschwister."

Damit waren alle meine Fragen fürs Erste beantwortet. Ich stand auf und sah mich in seinem Büro um. Es war absolut pragmatisch eingerichtet. Vorne Schreibtisch, hinten ein abgenutztes Sofa umzingelt von Scheinwerfern. Dort würde sicher gleich East Clintwoods Riesenpimmel abgelichtet. Na, dann viel Spaß dabei. An der Tür schüttelte ich Heiko Hannemann die Hand und sagte, dass ich sein Büro hässlich fände. Damit hatte ich wohl einen Nerv getroffen.

„Hässlich?", fragte er verwundert. „Haben Sie eine Ahnung, wie hart das Pornogeschäft durchs Internet geworden ist? Tausende von jungen Mädchen drehen für ein paar hundert Euro einen Gonzo nach dem nächsten. Nur weil sie ein iPhone haben und Party machen wollen. Die Macher dahinter haben eine Kostenstruktur, die nahe bei null liegt, weil Kosten für Produktion, Vertrieb und Marketing praktisch nicht vorhanden sind. Die zahlen nur ein bisschen Honorar, das war's. Da gibt es keine Unfallversicherung für Darsteller oder Haftpflichtprämien. Die zahlen nicht mal Steuern. Sich davon abzugrenzen, geht nur über die Qualität. Ich steck jeden Cent in die Produktion der Filme, und mein Büro interessiert mich einen Scheiß."

„Nix für ungut, Pornomeister! Wir versuchen alle nur den Kopf über Wasser zu halten. Und der ein oder andere Euro für feinen Zwirn von Armani fällt ja wohl für Sie auch noch ab. Wir sehen uns noch, Herr Gonzo. Schönen Tag noch."

Kapitel 12

Ich mochte Düsseldorf noch nie besonders. Die Leute dort glaubten doch tatsächlich, sie lebten in einer Metropole. Aalten sich im Glanz der Landeshauptstadt, fuhren dick auf, verkauften sich als Modezentrum und protzten mit ihrem internationalen Flughafen. Dabei war die Stadt im direkten Vergleich mit Ruhrstadt allerhöchstens ein Metropölchen. Bei uns lebten immerhin über fünf Millionen Menschen, und unsere Stadt war flächenmäßig zehnmal größer als dieses Düsseldörfchen. Aber wir machten deswegen kein Fass auf. Wir hielten uns nicht für den Nabel der Welt. Die schon. Uns Ruhrstädter hielten sie für Proleten, Malocherpack, Asis. Es war wie ein innerer Reiz, der mich immer überkam, wenn mir einer von diesen Schnöseln über den Weg lief. Ich musste einfach das Klischee bedienen. Da hatte ich keine Wahl.

Ich hoffte, in der Schönheitsklinik „Aphrodite" vielleicht einen Hinweis auf die Identität von Vicky De Winters Freundin zu finden. Laut Hannemann war die mysteriöse Lady in der Pornobranche völlig unbekannt. Demnach musste sie eine private Freundin gewesen sein. Vielleicht eine intime. Und würde nicht jede Frau auf der Welt darauf brennen, es ihrer intimen Freundin zu erzählen, wenn sie beabsichtigte zu heiraten? Und wer der Glückliche war? Die Spur war zwar dünn, aber es war gerade erst kurz nach Mittag, als ich die Filmstudios verließ, und ich hatte eh Lust, ein bisschen Auto zu fahren und dabei Musik zu hören.

Die Klinik befand sich im Stadtteil Hubbelrath. Zwar war in Düsseldörfchen alles nur einen Katzensprung voneinander entfernt, aber die Straßenführung verlief teilweise so absurd, dass man schon viel Humor brauchte, um darüber noch lachen zu können. Mein Navi führte mich zum Glück souverän durch das Labyrinth aus Einbahnstraßen. Ich musste nur aufpassen, dass ich in dem engen Hauptstadtnest keine Platzangst bekam.

Ich hatte mich ganz gut im Griff, als ich auf den Parkplatz der Klinik einbog. Mein Adrenalinspiegel war okay, und meine Laune hätte schlechter sein können. Zwischen einen 911er und einen Jaguar S-Type quetschte ich meinen SUV. Mit ausreichend Vorsicht zwängte ich mich aus dem Auto. Ich wollte niemandem den Lack demolieren, denn solche Parkplätze waren fast immer videoüberwacht. Direkt neben „Aphrodite" war ein Golfplatz. Wahrscheinlich spielten die Männer dort gern eine Runde, während ihre Ladys aufgemotzt wurden. Von außen wirkte „Aphrodite" gediegen, mit schicker Jugendstilfassade und gepflegtem Vorgarten. Drinnen kam mir eine äußerst elegante Empfangsdame freudestrahlend entgegengestöckelt, da hatte sich die automatische Tür hinter mir noch gar nicht geschlossen.

„Herzlich willkommen bei ‚Aphrodite', dem Domizil von noch mehr Schönheit", flötete sie.

„Danke!", flötete ich zurück und freute mich schon auf meine Asi-Show.

„Wie kann ich Ihnen helfen?“

„Ich wollte mich ma schlaumachen über dieset ganze Schönheitsgeschnibbel. Hab gehört, ihr hier sollt dadrin die Besten sein. Bei meiner Alten bröckelt nämlich der Putz schon ordentlich, wissense? Die muss dringend restauriert werden.“

Die Empfangsdame stolperte kurz über meine Sprache, fand meine Aussage an sich aber nicht die Spur sexistisch. So verständnisvoll, wie sie mich ansah, hatte mich seit Monaten keiner mehr angesehen. Selbst die hässlichen Kratzer in meinem Gesicht würdigte sie keines Blickes, obwohl sie ihr sicher aufgefallen waren. Mit dem Augenaufschlag eines allwissenden Profis sagte sie:

„Nehmen Sie doch bitte einen Moment hier auf der Ottomane Platz. Ich schicke Ihnen umgehend einen unserer Key Accounter.“

Sie verschwand, wie sie aufgetaucht war: freudestrahlend. Ich sah mich etwas um, würdigte den geleckten Marmorboden mittels vorgeschobener Unterlippe und suchte nach den Überwachungskameras im Raum. Ich fand eine mittig unter der Decke. Vorsichtig setzte ich mich auf eine Art Sofa mit sehr dünnen, geschwungenen Beinchen. Das Ding war stabiler, als es aussah, und erstaunlich bequem. Ich brauchte auch nicht lange zu warten und zu rätseln, was zur Hölle ein Key Accounter war. Kaum war die elegante Empfangsdame um die Ecke verschwunden, kam so einer auf mich zu. Stocksteif, aber ebenfalls freudestrahlend, verbeugte er sich vor mir und sagte: „Michael Wagner mein Name. Einen wunderschönen guten Tag wünsche ich Ihnen, Herr ...?“

„Oh! Unwichtig. Klaus Unwichtig.“

„Herr Unwichtig. Freut mich außerordentlich, Sie bei

'Aphrodite', dem Domizil von noch mehr Schönheit, begrüßen zu dürfen. Wie bereits erwähnt, Michael Wagner mein Name, ich bin Ihr Key Accounter."

„Meiner? Okay! Und wat kann so ein Key Accounter wie Sie?"

„All Ihre Fragen beantworten."

Er setzte sich zu mir auf die Ottomane und stapelte einen Berg Broschüren auf den Tisch vor uns. Er sah aus wie Anfang dreißig, aber ich traute dem Braten nicht so recht. Um die Augen herum straffte sich seine Haut merkwürdig, und er trug Make-up.

„Also, spitz die Lauscher, Key Accounter! Hier kommt meine Frage. Ich will, datt meine Alte genauso aussieht wie der Pornostar Vicky De Winter. Sie wissen schon, geile Titten, praller Arsch und vielleicht noch die Schenkel glatt gebügelt. Die hätten's nötig. Kriegt ihr dat hin? Und wat kostet mich dat?"

Natürlich wusste er, dass Vicky tot war. Aber er ließ sich nix anmerken.

„Nun!", sagte er. „Das sind zwei Fragen. Fangen wir mit den medizinischen Determinanten an. Brustvergrößerungen im Stile von Frau De Winter erfordern mehrere Operationen, weil die Haut sich langsam weiten muss. Wie viele Eingriffe letztlich notwendig werden, hängt kausal davon ab, wie groß die Brust ursprünglich ist. Ausgehend vom Durchschnitt bundesdeutscher Körbchengrößen, werden aber höchstens drei Termine nötig sein. Das Gesäß aufpolstern, kein Problem. Da haben wir übrigens gerade Angebotswochen. Und die Oberschenkel, die machen wir nebenbei mit. Wie sieht es denn aus mit einem Lifting? Würde sich Ihre Gattin nicht darüber freuen? Außerdem würde ich Ihnen zusätzlich noch eine

Botox-Behandlung empfehlen, vielleicht in den Lippen oder den Brauen. Ich mein, wenn schon Porno?"

Er zwinkerte mir zu, und ich nickte abwägend. Dann sagte ich: „Botox? Nö! Wat haben Se sonst noch auf Lager?"

„Im Moment sind Schamlippenverkleinerungen der große Renner."

„Dat isn Witz?"

Seiner Mimik nach war es das nicht. Vollen Ernstes erklärte er mir, dass gerade in der letzten Woche sieben Frauen das bei „Aphrodite" hätten machen lassen. Und alle waren sie mit dem Ergebnis höchstgradig zufrieden.

„Ganz im Vertrauen", flüsterte er fast schon, „ist ja auch nicht schön, so eine wulstige Vagina."

Fassungslos schüttelte ich den Kopf. Er faselte weiter über die Vorteile einer Schamlippenverkleinerung, von denen mir kein einziger einleuchtete. Als er damit anfing, Schamlippengrößen und Penislängen ins Verhältnis zu setzen, fuhr ich ihm in die Parade. „Warst du hier schon am Malochen, als Vicky De Winter sich hier auf Porno hat trimmen lassen?"

Er nahm den Themenwechsel als Hinweis auf mein Desinteresse an einer Schamlippenverkleinerung für meine Angetraute. Mühelos schaltete er um. „Ich bin seit über zehn Jahren treu für ‚Aphrodite' tätig. Frau De Winter war eine entzückende Dame. Tragisch, was ihr widerfahren ist. Aber die Art, wie sie sich hier bei uns neu erfunden hat, war bereits für viele andere unserer Patientinnen ein Vorbild."

„War sie immer allein hier?"

„Kommen wir doch lieber auf Ihre Frau Gemahlin zurück. Welche Körbchengröße hat sie denn zurzeit?"

Mir war aber nicht mehr danach, über Körbchengrößen zu reden. Ich fand, das Thema war ausgeschöpft. Ich hatte auch kein Bock mehr, den Asi mit dicker Brieftasche zu spielen. Es war an der Zeit, Tacheles zu reden. Mit meinem unfreundlichsten Gesicht wiederholte ich: „War sie immer allein hier?"

Er starrte auf die Kratzer in meinem Gesicht. Sie schienen ihm etwas über mich zu verraten. Was immer es war, es überzeugte ihn. Er entschied sich, meine Frage zu beantworten. „Frau De Winter kam immer in derselben Gesellschaft zu uns."

„Mann oder Frau?"

„Frau."

„Und der Name?"

„Lassen Sie mich überlegen. Constance. So hieß sie."

„Constance und weiter?"

„Das weiß ich nicht. Sie wurde mir nur als Constance vorgestellt. Alle nannten sie so."

„Klingt nach Porno, oder?"

Er zuckte mit der Schulter. Er fühlte sich ziemlich unbehaglich, unruhig rutschte er auf seinem Hintern vor und zurück. Er stand kurz davor zu flüchten. Ich musste handeln. Letztlich war „Aphrodite", das Domizil für noch mehr Schönheit, auch nur ein Krankenhaus. Die mussten Akten über ihre Patienten haben. In den Akten musste auch ein Notfallkontakt angegeben sein. Beide, Vicky De Winter und Andrea Driesen, hätten niemals den schmierigen Hannemann angegeben. Ich brauchte die Akte, um Constance zu finden.

„Wo bewahrt ihr hier die Patientenakten auf?", fragte ich ihn und erhob mich von der Ottomane.

Michael Wagner wollte auch aufstehen, aber ich stand

ihm im Weg. Dann wollte er an mir vorbeisehen, wohl um einen Hilfeblick in die Überwachungskamera zu werfen. Aber wenn ich so vor jemandem stehe, der sitzt, bin ich nicht nur ein Kleiderschrank, dann bin ich eine Wand.

„Wo?", insistierte ich.

„Die Akten befinden sich im Büro des Chefarztes."

„Na prima, gehen wir."

Professor Doktor Rauscher war nicht in seinem Sprechzimmer. Der Chef operierte gerade. Das erfuhr ich von seiner Sekretärin. Ums Verrecken wollte die alte Hexe mich nicht in das Büro lassen oder mir die Patientenakte herausholen, ohne ausdrücklichen Auftrag von Professor Doktor Rauscher. Wagner war mir auch keine große Hilfe bei der zähen Tippse. Mir blieb nichts anderes übrig, als mir auf die grobe Tour Zutritt zu verschaffen. Ich nahm Wagner gleich mit. Die Zicke rannte hinaus und rief: „Security! Security!"

Mir blieb nicht viel Zeit. Ich trieb Wagner an, mir ruckizucki die Akte zu holen, und tatsächlich, noch bevor die elegante Empfangsdame mit zwei Muskelpaketen im Schlepptau das Sprechzimmer betrat, hatte ich Constances Kontaktdaten mit dem Handy abfotografiert. Das Freudestrahlen hatte sie übrigens abgelegt. Sie sah entschlossen aus. Die beiden Wonneproppen hinter ihr hätten mir durchaus das Leben schwer machen können und wären obendrein im Recht gewesen. Deshalb überlegte ich mir die Antwort gut, als sie mir eindringlich, aber immer noch sehr elegant, mitteilte: „Herr Unwichtig, ich muss Sie jetzt dringend auffordern, die Klinik sofort zu verlassen. Die Polizei ist bereits auf dem Weg. Wird es nötig sein, dass diese Herren Sie hinausbegleiten?"

„Mannomann, da haben Sie ja zwei Pfundskerle am Start. Hatten Sie die noch in der Schublade, oder wo haben Sie die so schnell hergeholt?"

Die Empfangsdame nickte den Herren hinter sich zu, und die machten synchron einen Schritt in meine Richtung. Ich hob die Arme zum Zeichen meiner Kapitulation. Friedlich und fromm, als wäre ich die Männerversion von Mutter Teresa, machte ich mich vom Acker. Die beiden Stutenkerle gaben mir Geleit bis zum Parkplatz. Zum Abschied winkte ich ihnen zu.

Kapitel 13

Constances richtiger Name lautete Birgit Buchecker. Sie wohnte in Düsseldorf-Oberbilk. Ich dachte kurz daran, sie anzurufen, entschied mich aber dann doch, sie zu überraschen. Es war wesentlich schwerer, mich abzuwimmeln, wenn ich persönlich anwesend war. Ich gab ihre Adresse ins Navi ein. Es war zwar nur einen Steinwurf entfernt, aber dank der unzähligen Baustellen brauchte ich fast eine halbe Stunde, um die Schmiedestraße 148 zu erreichen. Ich hatte Glück mit dem Parkplatz, was meinen Ärger über die vielen Staus etwas milderte. Ich war cool, als ich bei ihr schellte. „Ja bitte?", krächzte eine weibliche Stimme aus der Sprechanlage.

„Schönen guten Tag , Constance."

„Wer sind Sie? Was wollen Sie?"

„Mein Name ist Zibulla. Ich bin Privatdetektiv. Ich muss mit Ihnen über Vicky De Winter reden."

Der Türöffner summte, und ich stieg die Treppe hoch bis in den zweiten Stock. Sie erwartete mich an der Wohnungstür. Birgit Buchecker war etwa eins fünfundsechzig, hatte langes brünettes Haar und war vielleicht zehn Zentimeter zu klein für ihr Gewicht. Na, sagen wir, fünf Zentimeter, ich mochte Frauen lieber weich und rund anstatt klapprig und dürr. Sie hatte sehr ausgeprägte

Wangenknochen, dazu ein rundes Kinn und eine sanfte Augenpartie. Auf ihrer Nase hatte sie ein paar niedliche Sommersprossen. Sie war hübsch. In aller Höflichkeit begrüßte ich sie und bat um zehn Minuten ihrer Zeit. Vielleicht auch ein Viertelstündchen.

Die Selbstverständlichkeit, mit der sie zustimmte und mich aufforderte, näher zu treten, ließ keine Zweifel bei mir aufkommen, dass sie bereits von mir gehört hatte. Sie führte mich durch eine schmale Diele ins Wohnzimmer. Ihr Heim war schnuckelig, irgendwie gemütlich, sehr weiblich. Im Wohnzimmer stand eine Eckcouch mit Blümchenmuster, Pflanzen und Nippes in jeder Ecke, und ihr Fernseher hatte höchstens zweiundfünfzig Zentimeter in der Diagonalen. An den Wänden hingen Naturbilder, auftauchende Wale, eine Waldlichtung und so'n Zeug. Keine Poster, sondern echt gemalt.

Ich sah ihr an, dass sie in letzter Zeit viel geweint hatte. Sie tat mir sofort leid. Wir saßen auf ihrer Blümchencouch. Birgit Buchecker war die Erste, der ich begegnete, die tatsächlich um Andrea Driesen trauerte, nicht um Vicky De Winter. Ihre rot geheulten Augen und ihre verletzliche Aura weckten sofort meine Beschützerinstinkte. Ich hätte sie gern in den Arm genommen und getröstet, aber das schien mir unangemessen. Stattdessen legte ich ihr nur eine Hand auf die Schulter, und mit extrem viel Sanftheit in der Stimme fragte ich sie: „Sie wissen, wer ich bin, nicht wahr?"

„Andrea hat mir von Ihnen erzählt. Was ist mit Ihrem Gesicht passiert?"

„Das ist eine lange, traurige Geschichte."

Birgit Buchecker nickte tapfer und kramte ein zerfleddertes Taschentuch aus ihrer Hosentasche. Sie schnäuzte sich, und ich streichelte ihr noch mal sanft über den Rücken. Ich war froh, dass sie nicht wieder weinte. Beim Anblick von weinenden Frauen konnte ich mich nur sehr schlecht konzentrieren. Ich kam mir dann immer so hilflos vor.

„Wissen Sie, was passiert ist?", fragte sie mich.

„Nein. Deswegen bin ich hier."

Meiner Meinung nach hatte sie jedes Recht der Welt, mehr über die Umstände des Todes ihrer Freundin zu erfahren. Bis auf die blutigen Details erzählte ich ihr alles, was ich über die Mordnacht wusste. Um sie nicht unnötig aufzuregen, leierte ich die Fakten emotionslos herunter. Sie hörte aufmerksam zu, obwohl sie die ganze Zeit über auf ihre Hände im Schoß sah, mit denen sie das Taschentuch weiter zerfledderte. Alles, was vor dem Mord zwischen meiner Mandantin und mir geschehen war, wusste Birgit Buchecker bereits. Andrea war letzten Donnerstag vormittags bei ihr gewesen, erzählte sie mir. Am Tag zuvor hatte sie sich telefonisch für eine Woche bei ihr angemeldet. Bei einem gemeinsamen Frühstück in der Küche hatte sie ihr von mir erzählt. Aber Andrea war nicht, wie angekündigt, für eine Woche bei ihrer Freundin in Oberbilk geblieben. Direkt nach dem gemeinsamen Frühstück war sie wieder weggefahren.

„Wohin?", fragte ich.

„Das weiß ich nicht", antwortete sie.

Das glaubte ich ihr nicht. Aber ich hakte nicht weiter nach.

„Hat sie den Stalker jemals erwähnt?"

„Ja, oft. Das hat ihr eine Höllenangst gemacht. Andrea hatte sehr auf Sie gesetzt, dass Sie ihr helfen würden und dem ganzen Spuk ein Ende machen."

„Spuk? Ich weiß nur was von Ahnungen und Gefühlen und Schauern über den Rücken. Hat sie mir was verschwiegen?“

„Es gab ja nie was Konkretes, das machte es ja so gruselig.“

„Ich verstehe. Leider muss ich zugeben, dass ich die Situation auch völlig unterschätzt habe. Ich dachte, ich jage einen Spanner und keinen eiskalten Killer. Aber das wird mir nicht noch mal passieren.“

„Ich hoffe, er kriegt, was er verdient.“

„Deswegen bin ich hier. Sagen Sie, Birgit, ich darf doch Birgit sagen? Sie beide, Andrea und Sie, Sie waren doch bestimmt wie Schwestern, oder? So richtige Soulsisters?“

„Schon seit der Schule.“

„Hatte sie noch andere Freunde?“

„Nein. Sie ließ ja niemanden an sich ran. Schon vor ihrer Pornokarriere ist sie zwar mit so ziemlich jedem in die Kiste gesprungen, aber keiner bekam ein zweites Date. Sie sagte immer, eines Tages wird ihr d’Artagnan auf einem weißen Ross angeritten kommen und ihr Herz im Sturm erobern. Und er würde sie noch lieben wie am ersten Tag, auch wenn sie alt und runzelig wäre. Sie war so eine Romantikerin.“

Sie hatte keine Chance, die Tränen zurückzuhalten. Beim letzten Satz hatte sogar ich Schwierigkeiten, nicht loszuheulen. Ich schluckte und nickte verständnisvoll. Ich gönnte uns eine Pause, die ich mit Nebensächlichkeiten füllte. „Was ist ein d’Artagnan?“

„Sie lesen nicht viel, oder? Alexandre Dumas? Die drei Musketiere? Lady De Winter, Constance, d’Artagnan? Nie den Film gesehen?“

„Ich habe im Internet gelesen, dass sie sich ihren Künstlernamen aus dem Roman geliehen hat. Und auf ihrem Nachttisch lag ein Exemplar davon. Aber ich steh eigentlich mehr auf Krimis. Ist wohl berufsbedingt."

Wir schwiegen für einen Moment. Dieser ganze Musketier-Blödsinn brachte mich keinen Schritt weiter. Aber ihr half es ein Stück weit aus ihrer Traurigkeit hinaus. Es lenkte sie ab. Ich versuchte ein aufmunterndes Lächeln, das sie zu erwidern versuchte. Wir konnten das sicher beide besser, aber immerhin bezwang die bemühte Übung ein klein wenig ihre Trauer. Dann nahmen wir das Gespräch wieder auf.

„Kennen Sie den Musketier Ihrer Freundin?", fragte ich beiläufig.

„Er ist noch nicht aufgetaucht."

„Birgit, bitte, sie hat es mir selbst erzählt. Am Ende des Jahres wäre ihr Vertrag mit der Produktionsfirma ausgelaufen, dann wollte sie sich zur Ruhe setzen und heiraten. Nur den Namen ihres Zukünftigen hat sie mir nicht verraten."

Sie wusste etwas. Das stand ihr in Neonschrift auf der Stirn geschrieben. Und sie würde es mir sagen, wenn ich es richtig anpackte. Nur leider kam mir was dazwischen. Plötzlich klopfte es heftigst an ihrer Tür, und jemand schrie durchs Treppenhaus: „Mach die verdammte Tür auf, du Schlampe! Ich weiß, dass du da bist!"

Birgit erschrak bis auf die Knochen. Das Entsetzen stand ihr ins Gesicht geschrieben, und ihr Körper versteifte sich, als stünde der Leibhaftige persönlich vor ihrer Wohnung.

„Oh Gott!", wimmerte sie. „Nicht das jetzt auch noch."

Das Klopfen an der Tür wurde heftiger. Dann ging der Typ dazu über, dagegenzutreten. Auch seine Stimme wurde immer hysterischer. „Mach jetzt die verfickte Tür auf, sonst trete ich sie ein."

Er verdeutlichte seine Warnung mit einem richtig heftigen Tritt gegen die Tür. Viele von der Sorte würde der Rahmen nicht aushalten. Ich zählte schnell eins und eins zusammen, dann legte ich meinen Arm um die zitternde Birgit. Jetzt fand ich das absolut angemessen.

„Ihr Ex?", fragte ich sie mit einem verständnisvollen Unterton.

Sie nickte und schämte sich.

„Ich erledige das für Sie. Entspannen Sie sich."

In solchen Momenten fiel es mir nicht sonderlich schwer, an Karma zu glauben. Es konnte nie und nimmer Zufall sein, dass ausgerechnet ich da war, als es wieder einmal hieß, Lektionen im Umgang mit Frauen zu erteilen. Das passierte mir einfach zu oft. Ich stand in Birgits dunkler Diele hinter der Tür und lugte durch den Spion. Was ich zu sehen bekam, war ein Typ außer Rand und Band. Wie ein Rumpelstilzchen stampfte er im Treppenhaus auf und ab und grummelte dabei Schimpfwörter vor sich hin. Seine Birne war feuerrot. Die Haare fielen ihm wirr ins Gesicht. Er war kein Schmalhans. Seine Klamotten waren nicht die eines armen Schluckers. Sicher hatte er einen guten Job und sich für heute nur freigenommen, um hier seine Arschlochshow abzuziehen. Würde bestimmt schwierig für ihn werden in den nächsten Tagen, seinen Vorgesetzten den Krankenschein zu erklären. Ich öffnete die Tür.

„Wer bist du denn?", fragte er ohne jeden Respekt in der Stimme.

Er hatte sich Mut für seinen Auftritt angetrunken.

Seine Bierfahne war nicht zu überriechen. Bevor ich antworten konnte, hatte er noch eine letzte Frage an mich: „Fickst du Pfannkuchenfresse jetzt die Fotze?"

So hätte er mich nicht nennen sollen. Und Birgit auch nicht. Dann wäre die Geschichte für ihn vielleicht etwas glimpflicher ausgegangen. Aber so brachte er mich erst recht in Rage. Die Ohrfeige hatte er nicht mal kommen sehen. Er verlor sofort das Gleichgewicht, kam ins Straucheln und kippte zur Seite wie eine Bahnschranke. Als Nächstes sprang ich ihm mit allem, was ich hatte, auf den Knöchel. Das Geräusch des brechenden Knochens war wie Musik in meinen Ohren. Er schrie auf, und ich wemmste ihm zur Abrundung noch ein dickes Ding direkt auf den Hüftknochen. Nach solchen Hieben vibrieren noch für Minuten sämtliche Knochen im Leib wie eine angeschlagene Stimmgabel. So was lernte man im Ring, solche Treffer nahmen dem Gegner die Lust aufs Kämpfen. Ich packte ihn an seinem wirren Haar und sah ihm ungerührt ins schmerzverzerrte Gesicht.

„Sieh mich an!", zischte ich ihm zu. „Merk dir dieses Gesicht! Wenn du ihr noch einmal zu nahe kommst, wird dieses Gesicht das Letzte sein, was du siehst."

Er nickte, so gut er konnte. Das reichte mir. Ich schnappte mir mein Prepaid-Handy und rief ihm einen Notarzt. Dem netten Herrn in der Notrufzentrale erzählte ich, ein Besoffener wäre die Treppe runtergefallen. Die Notärzte sollten bitte bei irgendeinem Nachbarn schellen. Dann ging ich zurück in die Wohnung, schloss die Tür sorgfältig hinter mir und setzte mich wieder neben Birgit auf ihre Blümchencouch. Das meiste hatte sie mitbekommen, sie sah mich mit großen Augen an, als wäre ihr gerade ein Gespenst erschienen.

„Den sind Sie los", stellte ich klar. „Der wird Sie nie wieder belästigen."

„Was ist mit ihm? Ist er verletzt?"

„Nur ein bisschen. Alles ist gut. Hätten Sie sicher nicht gedacht, als Sie den Spinner kennengelernt haben, dass er so ein Arschloch ist, oder?"

„Nein! Das nun wirklich nicht. Da war er noch nett."

„Wie sicher können Sie sein, dass der d'Artagnan von Andrea immer nett zu ihr war?"

„Wie kann man sich bei Männern überhaupt sicher sein?"

„Na, es gibt schon noch ein paar gute."

Ich unterstützte mein Statement mit all meinen Gesichtsmuskeln. Sie sah mich mit ihren sanften Augen an und lächelte. Kein Scheiß, sie gab mir einen Kuss auf die zerkratzte Wange, streichelte sie danach und sagte: „Ich kenne seinen Namen nicht. Sie hat ihn auch vor mir geheim gehalten. Das war okay für mich. Hauptsache, sie war glücklich. Und das war sie. Wir haben ihn immer Athos genannt. Athos aus gutem Hause."

„Ist das auch einer von den Musketieren?"

„Athos war der Ehemann von Lady De Winter. Am Ende lässt er sie köpfen, aber ... Oh mein Gott!"

Sie hielt sich vor Schreck über ihre eigenen Worte die Hand vor den Mund. Ihr Blick huschte unstet im Zimmer umher. Endlich fiel bei ihr der Groschen, und sie begriff, wie wichtig jedes noch so kleine Detail war. Als Birgit das Köpfen erwähnte, hatte ich natürlich auch sofort wieder den aufgeschnittenen Hals meiner Mandantin vor Augen. Auch wenn mir die Verbindung zwischen dem Mord und dem Roman zunächst weit hergeholt schien, fragte ich trotzdem nach: „Warum lässt er sie köpfen?"

„Weil sie ein intrigantes Luder war. Sie war schön und falsch. Eine Doppelagentin, die England an Frankreich und Frankreich an England verraten hat. Ihren Ehemann hat sie belogen und betrogen. Außerdem hat sie Constance auf dem Gewissen. Aber das passt doch alles nicht auf Andrea. Das ist nur ein Zufall, oder?"

„Hmh. Was wissen Sie über Athos aus gutem Hause?"

„Eigentlich nur, dass es ihn gibt. Und, dass es wegen seiner Position unmöglich war, ihre Liebe öffentlich zu machen. Andrea musste erst raus aus dem Rampenlicht."

„Was für eine Position?"

„Ich weiß es nicht. Irgendwas mit seiner Familie. Die sind wohl steinreich und müssen in Ruhrstadt wahnsinnig einflussreich sein."

„Was heißt das, einflussreich? Politisch, oder wie?"

„Ich weiß es doch nicht. Jeder mit ausreichend Kohle hat doch irgendwie Einfluss."

„Wo haben sie sich getroffen? Hatten sie ein Liebesnest irgendwo?"

„Andrea sagte immer, sie fährt wieder in die Pampa, dann wusste ich, was sie vorhatte. Ich vermute, sie trafen sich in irgendeinem kleinen Hotel. Irgendwo auf dem Land."

„Was können Sie mir noch über ihn erzählen?"

„Er sieht gut aus. Groß, dunkle Haare, Anfang dreißig. Hat tolle Manieren. Er ist charmant und belesen. Und er hat ein Muttermal am Penis."

„Ja super. Haben Sie eigentlich der Polizei gegenüber Athos aus gutem Hause erwähnt?"

„Der Polizei? Ich hab nicht mit der Polizei geredet."

„Aber das müssen Sie. Sie sind wahrscheinlich die Letzte, die Andrea lebend gesehen hat. Passen Sie auf, Sie unternehmen nichts. Ich werde dem ermittelnden Beamten Ihre Adresse geben. Dann meldet der sich bei Ihnen. Und Sie erzählen ihm alles. Auch über Athos. Okay?“

Sie nickte eifrig. Vom Treppenhaus drang Fußgestampfe ins Wohnzimmer. Mehrere Leute hasteten die Treppen hoch. Das mussten die Sanitäter sein. Ich gab Birgit Buchecker meine neue Handynummer für den Fall, dass ihr noch etwas einfallen würde. Ich empfahl ihr, sitzen zu bleiben, als ich aufstand, und besser die nächste halbe Stunde nicht vor die Tür zu gehen.

„Ich find schon allein raus“, sagte ich.

„Danke! Für alles!“, sagte sie.

Draußen im Flur stöhnte ihr Ex wie eine alte Dampflok, als die Sanitäter ihn auf die Trage hoben. Er mied den direkten Augenkontakt zu mir.

„Was ist denn hier los?“, gab ich mich überrascht.

„Er ist betrunken die Treppe runtergefallen“, gab mir der Notarzt Antwort.

„Betrunken? Um die Uhrzeit? Na dann, prost Mahlzeit!“

Kapitel 14

Am Mittwochmorgen um sieben Uhr klingelten unerwartet die Wachtmeister Krumme und Holzschuh bei mir Sturm. Die beiden Arschgeigen hatten anscheinend immer noch nicht bekommen, was Arschgeigen verdienten. Breitbeinig standen sie vor meiner Wohnungstür, schauten grimmig unter ihren Schaumlöffeln hervor und verzogen bei meinem Anblick keine Miene. Sie hatten mich aus dem Bett geklingelt, und wenn ich noch keinen Kaffee hatte, konnte ich ziemlich unausstehlich werden. Ich stand in Unterhose vor ihnen, kratzte mir gelangweilt den Hintern und schaute noch grimmiger drein als die beiden Streifenhörnchen zusammen. „Guten Morgen, die Herren", knurrte ich, „was verschafft mir die Ehre zu so früher Stunde?"

„Sie sollten sich uns zur Verfügung halten, Zibulla. Sie sind telefonisch nicht erreichbar."

Es war Holzschuh, der das sagte. Er sah mich dabei an, als hätte ich ihn damit persönlich beleidigt. Ich hörte auf, mich am Arsch zu kratzen, und zog stattdessen von der untersten Sole einen Gelben rauf. Morgens musste ich immer abhusten, das kam von den Soldier Brasils. Die beiden Wachtmeister befürchteten nicht gänzlich zu Unrecht, dass einer von ihnen die Rotze abkriegen würde.

„Wagen Sie es nicht!“, warnte mich Krumme.

Ich schmunzelte und schluckte den Gelben demonstrativ herunter.

„So billig kommt ihr beiden mir nicht davon“, klärte ich sie auf.

„Wollen Sie uns drohen?“

„Was wollt ihr Komiker? Meine neue Telefonnummer?“

„Hauptkommissar Kirch erwartet Sie um acht Uhr in seinem Büro.“

„Ah, ich verstehe! Ihr zwei seid zu Botenjungs befördert worden. Respekt! Sonst noch was?“

„Werden Sie nicht frech, Zibulla.“

„Leckt mich an meinem behaarten Arsch! Geht lieber noch ein paar Falschparker aufschreiben, ihr Tröten.“

Ich schlug ihnen die Tür vor den Nasen zu.

Bis ich aus dem Quark kam und mich auf den Weg zum Polizeipräsidium machte, war es schon nach acht. Ich machte mir keinen Kopf, weil ich zu spät kam. Beim Frühstücken hatte ich noch überlegt, ob ich überhaupt hinfahren sollte. Was konnten die Kommissare schon von mir wollen? Mir sicher nicht ihre neusten Erkenntnisse mitteilen. Aber irgendwie freute ich mich diebisch darauf, Furzkommissar Fröhlich wiederzusehen, und Kirch hatte ja eh noch was gut bei mir, weil er meinen Namen aus der Presse herausgehalten hatte. Deshalb fuhr ich schließlich doch hin. Allerdings sah ich nicht ein, dass ich mich dafür auch noch überschlagen sollte.

Um nicht den Anschein von Respektlosigkeit gegenüber der Staatsmacht aufkommen zu lassen, brachte ich eine Riesentüte mit belegten Brötchen und ein Sixpack Coffee to go mit zu unserem Rendezvous. Ich empfahl

Hauptkommissar Kirch eines mit gekochtem Schinken und einen magenschonenden Cappuccino, nahm mir selbst einen doppelten Espresso und schmiss den Rest in den Mülleimer. Fröhlich empfahl ich, wenn er auch was würde abhaben wollen, es sich aus dem Müll zu holen. Wortwörtlich sagte ich: „Im Müll wühlen, das ist doch genau Ihr Ding!"

Kirch schaute missmutig, aber das Brötchen schmeckte ihm trotzdem. Er aß, Fröhlich schmollte. Zwischen zwei Bissen schob mir Kirch ein Schreiben von der Staatsanwaltschaft rüber. Es war die offizielle Mitteilung, dass die Ermittlungen gegen mich aus Mangel an Beweisen eingestellt worden waren. Ich prostete Kirch mit meinem Pappbecher zu und sagte: „Das sind doch mal gute Nachrichten."

„Nur für Sie", antwortete Kirch mit vollem Mund.

Ich wartete, bis er mit dem Brötchen fertig war. Die Zeit vertrieb ich mir damit, Fröhlich zu ignorieren. Den letzten Bissen schluckte Kirch mit einem Schluck Cappuccino hinunter. Er wischte sich den Mund mit dem Handrücken ab und laberte nicht lange um den heißen Brei herum. „Gestern in Düsseldorf zu tun gehabt, Herr Unwichtig?"

Mit dem kleinen Finger kratzte ich mich am Mundwinkel und sagte: „Sie haben da noch einen Krümel, Herr Hauptkommissar."

Er wischte nach und las mir meine gestrigen Verfehlungen vor: „Nötigung eines Mitarbeiters der Schönheitsklinik ‚Aphrodite'. Hausfriedensbruch in der Schönheitsklinik ‚Aphrodite'. Unrechtmäßige Einsicht in vertrauliche Patientenakten. Diebstahl von rechtlich geschützten Daten. Habe ich noch was vergessen?"

„Unangebrachte sexistische Äußerungen."

„Sie wurden angezeigt, Herr Zibulla. Das ist kein Kinderkram."

Kirch zeigte mir sein bestes Pokerface. Er wollte nicht zugeben, wie gern er wüsste, was ich herausbekommen hatte. Er meinte, mit der Anzeige einen Trumpf gegen mich in der Hand zu haben. Ich zog ihm den Zahn ohne Narkose. „Lassen Sie mich raten. Den Kollegen in Düsseldorf wurde von Seiten der Klinik nur gesagt, welche Akte ich mir geschnappt habe. Die aufmerksame Hauptstadtbullerie hat den Braten natürlich sofort gerochen und Ihnen, dem ermittelnden Beamten im Mordfall De Winter, pflichtgemäß die Überwachungsbänder der Klinik zukommen lassen. Wegen der ärztlichen Schweigepflicht durften Sie aber nicht selbst Einsicht in die Akte nehmen. Und bis der richterliche Beschluss vorliegt, der dann erst noch von ‚Aphrodites' Rechtsabteilung geprüft wird, ist schon wieder Weihnachten. Ich weiß was, was Sie nicht wissen. Sie wollen einen Deal!"

Kirch gab sein Pokerface auf und schlüpfte wieder in seine Beamtenrolle. Mit dem Gleichmut eines kastrierten Bernhardiners sagte er: „Für Ihren Auftritt in Düsseldorf sind bis zu achtzehn Monate für Sie drin. Und Bewährung kriegen Sie nur über meine Leiche."

„Sie müssen gar nicht so schwere Geschütze auffahren, Herr Hauptkommissar. Ich bin durchaus bereit, Ihnen die Früchte meiner Arbeit mitzuteilen. Aber jetzt, wo Sie es schon erwähnt haben: Die Anzeige verschwindet!"

Kirch nickte, und ich erzählte ihm fast alles über meinen Besuch in Oberbilk. Die Lektion für den Ex ließ ich außen vor, und Athos aus gutem Hause erwähnte ich auch mit keinem Wort. Ich wollte, dass Kirch aus dem

Mund einer Frau vom Verlobten hört, die dem Opfer nahegestanden hat. So konnte er seine eigenen Schlüsse daraus ziehen. Sonst aber referierte ich frisch von der Leber weg. Zum Schluss schrieb ich ihm die Adresse und Telefonnummer von Birgit Buchecker auf einen Zettel. Er war zufrieden, wenngleich er versuchte, es zu verbergen. „Ich habe Ihnen doch gesagt, Sie sollen die Finger von dem Fall lassen!"

Ich würdigte seinen Rüffel mit keinem Wort. Wir wussten beide, dass er es ohnehin nicht verhindern konnte. Gelangweilt zog ich meine Mundwinkel herunter, was der Sache dank meines Bartes noch zusätzlich eine Portion Überheblichkeit schenkte. So saßen wir uns gegenüber in Kirchs langweiliger Amtsstube. Der Hauptkommissar sah mich warnend an, und ich gab den Fratzenzieher, der so tat, als ginge ihn das alles gar nix an.

„Hannemann hat sich auch über Sie beschwert", meldete sich unverhofft Fröhlich zu Wort.

„Wie witzig, er sich bei mir über Sie auch", konterte ich.

Wir schwiegen uns alle drei eine Weile an, bis es mir zu bunt wurde. Es war doch lächerlich, mich aus dem Fall raushalten zu wollen. Ich ging die Wege, die sie nicht gehen konnten. Und andersherum genauso. Ich machte Kirch einen Vorschlag. „Lassen Sie uns zusammenarbeiten. Sehen Sie in mir so was wie die Dampfwalze, die jedes Hindernis aus dem Weg räumt. Ich habe ja wohl meinen guten Willen bewiesen. Ich habe Ihnen freiwillig alles erzählt, was Sie wissen wollten. Und im Gegenzug schieben Sie mich gewissermaßen in die richtige Richtung."

„Was soll das bedeuten?"

„Was hat zum Beispiel die Befragung der vier Computerexperten, die für Hannemann arbeiten, ergeben? Die haben Sie doch sicher längst unter die Lupe genommen."

Ups, da hatte ich wohl einen Volltreffer gelandet. Kirch sah mich plötzlich an, als wenn ich gerade seine Gedanken gelesen hätte. Er versuchte, den Moment der Überraschung zu überspielen, aber es war zu spät, ich hatte ihn erwischt. „Spucken Sie es aus, Herr Hauptkommissar! Wen oder was soll ich für Sie platt walzen?"

Noch hatte Kirch Hemmungen. Natürlich hatte er die, schließlich war er ein Mann des Gesetzes, und meine Methoden waren nicht immer so ganz legal. Aber bei irgendwas, glaubte er, könnte ich ihm nützlich sein. Ich sah ihn stur an und wartete ab. Es gefiel mir, dass er offensichtlich nicht den geringsten Zweifel an meiner Effektivität hegte, sondern einfach nur nicht glaubte, mich kontrollieren zu können.

„Sie werden niemanden verletzen!", befahl er mit erstaunlich viel Autorität in der Stimme für einen verheirateten Mann. Meinen abwägenden Gesichtsausdruck nahm er für ein Ja.

„Uns läuft die Zeit davon", erklärte er mir. „Wir brauchen dringend Ermittlungsergebnisse. Es ist immer dasselbe Theater, wenn das Opfer eine Berühmtheit war. Die Presse nervt den Staatsanwalt, der nervt uns, und wir haben viel zu wenig Leute, weil an allen Ecken und Kanten eingespart wird."

Noch immer nicht völlig von seinem Handeln überzeugt, warf Kirch einen letzten zweifelnden Blick auf seinen Kollegen, der mich einzuweihen offenbar für total bescheuert hielt. Fröhlich schüttelte den Kopf, als wollte Kirch einen Pakt mit dem Teufel eingehen, was ihm aus irgendeinem Grund eine Scheißangst zu machen schien. Ich konnte mich täuschen, aber es sah verdammt danach aus, als wenn Fröhlichs warnender Panikblick Kirch das letzte Quäntchen Überzeugung dafür lieferte, dass es richtig war, jetzt den Dampfhammer auszupacken. Er presste die Lippen zusammen, sah mich eindringlich an und sagte sogar noch autoritärer als vorher: „Wir hauen Sie nirgendwo raus. Die Suppe, die Sie sich einbrocken, müssen Sie allein wieder auslöffeln. Offiziell ist es Ihnen nicht gestattet, in diesem Fall zu ermitteln. Haben Sie das verstanden? Gut! Einer der vier Computerexperten, ein gewisser Guido Riedinger, ist verdächtig."

Ich bekam ein schnelles Briefing über Guido Riedinger. Ende dreißig, geschieden, keine Kinder. Er wohnte seit der Scheidung wieder im Souterrain seines Elternhauses im Vierten Bezirk. Seit drei Jahren arbeitete er für Hannemann, aber immer von zu Hause aus. Sein Spezialgebiet war die digitale Bearbeitung von Filmmaterial. Pickel wegretuschieren, Cellulitis kaschieren, so was in der Richtung. Er war nicht vorbestraft. Riedinger hatte bei seiner Vernehmung einen sehr nervösen Eindruck hinterlassen. Irgendwas stimmte nicht mit dem Kerl, glaubte Kirch, hatte aber keinerlei Handhabe, um Druck auf Riedinger auszuüben. „Er war mir einfach zu nervös für einen, der keinen Dreck am Stecken hat", erklärte Kirch mir.

„Ich knöpf ihn mir vor", erwiderte ich. „Seine Adresse hab ich von Hannemann. Aber wie wäre es jetzt mal mit einem bisschen guten Willen von Ihrer Seite, Herr Hauptkommissar. Wo ist Vicky De Winter ermordet worden?"

„Dort, wo wir sie gefunden haben. Im Schlafzimmer."

„Wann?"

„Wenn die Todesursache Ausbluten ist, kann man den Zeitpunkt des Todes relativ exakt bestimmen. Sie starb am Freitagmorgen zwischen fünf Uhr dreißig und sechs Uhr. Sie war ebenfalls betäubt gewesen."

„Das heißt, sie lebte noch, als ich außer Gefecht gesetzt wurde. Verdammte Scheiße! Ich hätte sie wirklich retten können."

Fröhlich nickte und zeigte mir sarkastisch den aufgestellten Daumen. Es war mir egal. Kirch gab sich auch keine große Mühe, mir zu widersprechen. Er faselte was von wegen dumm gelaufen und presste seine schmalen Lippen zusammen. Ich brauchte einen Moment, um die erneut aufkeimenden Schuldgefühle zu verdrängen. Kirch gab ihn mir, Fröhlich nicht. „Wenn Sie sich nicht wie der letzte Vollidiot verhalten hätten, könnte sie noch leben. Wie fühlt sich das an, Zibulla?"

„Nicht so schlimm wie Sie ertragen zu müssen, Herr Furzkommissar. Ich hab übrigens gerade wieder einen auf der Pfanne, wollen Sie noch 'ne Nase?"

Es beruhigte mich ungemein, dass meine natürlichen aggressiven Verteidigungsinstinkte eindeutig mächtiger waren als meine Selbstzweifel. Wie weit kam man schon, wenn man sich selbst nicht über den Weg traute? Ich deutete an, aufstehen zu wollen, um mein Angebot an Fröhlich zu unterstreichen, aber Kirch stoppte meinen Elan.

„Sparen Sie sich Ihre Methoden für Riedinger auf", riet er mir. „Und ich erwarte sofort Meldung, wenn Sie mit ihm fertig sind."

Ich lehnte mich wieder zurück. Ich hatte eh nur geblufft. In Wahrheit hatte ich gerade gar keinen auf der Pfanne. Es war auch besser so. Jetzt, wo Kirch endlich einsah, wie nützlich ich für ihn sein konnte, wollte ich es mir mit ihm nicht wegen seines bescheuerten Spannmanns verscherzen. So einer wie Fröhlich schrie zwar nach Ohrfeigen, aber das Wann und Wo entschied allein ich. Mit dem Lächeln eines debilen Haussklaven sagte ich: „Aber natürlich, Herr Hauptkommissar. Ach übrigens, gibt's was Neues bezüglich des anonymen Notrufs vom Festnetz des Opfers?"

„Nein. Auch bei der Überwachung des Hauses, die, wie wir inzwischen wissen, stattgefunden hat, wurde kein digitaler Fingerabdruck hinterlassen. Die Spur verliert sich auf einem Server in Paraguay."

„Was ist mit den Medikamenten, mit denen wir betäubt wurden? Die waren doch rezeptpflichtig."

„Ja, schon. Aber kein Treffer bis jetzt."

Ich bedankte mich ausgesprochen höflich bei dem Hauptkommissar für seine Offenheit und schwor feierlich, bei der Befragung von Guido Riedinger nicht übertrieben ruppig zu werden. Leider beanspruchte Blödmann Fröhlich das letzte Wort für sich. „Sie können übrigens Ihren Computerplunder gleich mitnehmen. Steht alles da drüben. War mir echt ein Vergnügen, Ihre Computerdateien zu durchforsten. Besonders über die Liebesbriefe an diese Anna hab ich mich echt beinahe bepisst vor Lachen. Ich habe selten so eine dämliche Schnulzerei gelesen: Wenn ich des Nachts erwache, liege ich im kalten Schweiß meiner Sehnsucht nach dir! So ein Scheiß, ich lach mich schlapp."

Er spreizte die Arme und lachte dreckig. Kirch stand sofort auf und stellte sich schützend vor seinen Kollegen. So gut kannte er mich bereits, um zu wissen, dass das nötig war. Aber ich blieb ganz cool sitzen. Mit seiner Ignoranz konnte Fröhlich mich nicht ärgern. Das waren nicht meine Worte, die er aus den Liebesbriefen an Anna zitiert hatte. Das waren die Worte des Gottvaters des Soul, aber was wusste schon einer wie Fröhlich von der Macht des Soul über das Herz einer Frau. Damit konnte er mir nicht ans Bein pinkeln. Ich hätte die Briefe an jede Plakatwand geklebt und alle Litfaßsäulen in ganz Ruhrstadt gebucht, nur um Anna für mich zu gewinnen. Ich machte aus meinem Herzen keine Grube.

Wie einer, der jetzt eindeutig genug Zeit mit einem Schwachsinnigen verplempert hatte und dabei mehr Verständnis aufzubringen bereit gewesen war als eigentlich menschenmöglich, erhob ich mich und kehrte den beiden Kommissaren den Rücken. Beim Verlassen ihres Bürokratenarbeitsplatzes spürte ich dann aber doch plötzlich ein leichtes Zwicken im Nacken. Ich begann zu grübeln, ob ich nicht zu nachsichtig mit Fröhlich gewesen war. Nur für alle Fälle drehte ich mich noch mal um und sagte: „Wenn Ihr Name Programm wäre, dann dürften Sie nicht Fröhlich heißen. Arschloch, das wäre dann ein guter Name für Sie."

Kapitel 15

Ich fuhr von Sheriff-City aus direkt ins Büro. Von unterwegs rief ich meinen Compi-Checker an und bestellte ihn für sofort. Ich brauchte ihn, um meine Bürokommunikation neu zu installieren, die ich hinten in den Kofferraum gepackt hatte. Er wusste, von mir gab es immer ein fettes Trinkgeld, und je schneller er war, desto fetter wurde sein Tipp. Er wartete schon vor meiner Tür, als ich dort ankam. Ich gab ihm meine Wagenschlüssel, erklärte ihm, wo ich geparkt hatte, und empfahl ihm, beim Tragen vorsichtig zu sein. „Besser zweimal gelaufen als einmal Scheiße gebaut."

Er düste los, und ich gönnte mir oben erst mal einen Kaffee Creme mit einer Soldier Brasil.

Mein Smartphone lag da, wo ich es hatte liegen lassen, auf meinem Schreibtisch. Es hatte keine neuen Nachrichten für mich. Nur vier Anrufe in Abwesenheit. Alle von Kirch. Ich machte etwas Musik an, stellte mich ans Fenster und lauschte der abgehackten Stimme von James Brown, die mich zackig aufforderte: „Get up-a!"

Es würde sicher ein paar Stunden dauern, bis mein Büro wieder mit der Außenwelt verbunden war. So lange musste Guido Riedinger noch auf meinen Besuch warten. Aber ich hatte nicht vor, die ganze Zeit untätig zu verplempern. Schneller als gedacht kam mein Compi-Checker mit der ersten Ladung hypermoderner Elektronik zurück. Vorsichtig, wie ein rohes Ei, stellte er meinen Apple-Designercomputer auf den Schreibtisch. Dann verschwand er wieder. Bis er alles nach oben geschleppt hatte, war ich mit meinem Kaffee fertig und wusste, wie ich die Zeit sinnvoll überbrücken konnte. Ich sagte ihm, er solle alles anschließen und einen kompletten Systemcheck durchführen. „Halt die Augen nach jeder Art von Spyware auf. Such danach bis in die kleinste Ritze. Und danach nimmst du dir das Smartphone vor. Da wirst du höchstwahrscheinlich was finden. Ich will nur wissen, was es ist. Auf keinen Fall darfst du es löschen."

Er nickte und gab sich zwei Stunden für die Arbeit. Dann erwähnte er noch, dass er jetzt kurz vor dem Abschluss seines Studiums stand. Noch zwei Prüfungen, und er wäre ein diplomierter Compi-Checker.

„Dann kann ich mir dich sicher nicht mehr leisten", sagte ich und ging zu Tür. „Ich muss kurz weg. Ich verlass mich drauf, dass niemand, hörst du, niemand mein Büro betritt, solange ich abwesend bin. Hier ist der Zweitschlüssel für den Fall, dass du die Bude abfackelst. In spätestens zwei Stunden bin ich zurück."

Ich schloss die Bürotür hinter mir ab und fuhr mit dem Glasaufzug eine Etage höher. Im obersten Geschoss der Faktorei 21 hatte mein Lieblingsanwalt seine Kanzlei. Ihm verdankte ich fast ein Viertel meiner Mandanten. Wie konnte er da nicht mein Lieblingsanwalt sein? Sein Spezialgebiet waren Haftpflichtfälle. Keiner schlug höhere Entschädigungssummen raus als er. Dank meiner Hilfe.

Alles in allem gab es Dutzende von Anwälten rund um den Innenhafen. Man sah jeden Tag kleine Gruppen von ihnen in den Restaurants, wo sie gemeinsam spachtelten. Sie waren leicht zu erkennen, an ihren Anzügen und ihren Haarschnitten. Für einige von ihnen hatte ich schon gearbeitet. Ich wusste, die Brüder steckten gern die Köpfe zusammen, ich war selbst bei ein paar solcher Essen dabei gewesen. In ihrer selbstverliebten Art neigten sie gelegentlich dazu, ein bisschen auf den Putz zu hauen und die großen Frauenhelden raushängen zu lassen. Die anwaltliche Schweigepflicht wurde zu einem recht schwammigen Begriff, wenn das Testosteron mit ihnen durchging. Nie hätte einer von ihnen ausgeplaudert, was Vicky De Winter von ihm wollte, aber wenn sie bei ihm gewesen wäre, hätte er beim Essenfassen damit angegeben.

Es kostete mich genau dreizehn Minuten Smalltalk und vier gedruckste Entschuldigungen für meine unverschämte, seinem Berufsethos absolut widersprechende Anfrage, bevor ich selbige überhaupt gestellt hatte. Dann wusste ich, dass Vicky De Winter bei Rechtsanwalt Dr. Jürgen Kronhagen in Mandat gewesen war. Einem Spezialisten für Vertragsrecht.

Kronhagens Kanzlei befand sich auf der anderen Seite des Hafenbeckens. Ich machte mich unverzüglich auf den Weg. Am Himmel über dem Innenhafen türmten sich gerade ein paar fette Regenwolken auf. Das sah nicht gut aus. Jeden Moment drohte ein Gewitter loszubrechen, und ich hatte keinen Schirm dabei. Trotzdem hielt ich an der Stelle des Damms inne, wo mir Vicky De Winter gegenübergestanden hatte. Ich berührte sanft die langsam abheilenden Kratzer in meinem Gesicht und gedachte ihrer Seele. Ich hätte für sie gebetet, wenn ich an so'n Zeug glauben würde. Stattdessen sang ich ein kleines Lied für sie, eines mit Tiefgang. Es hieß „I don't want nobody to give me nothing". Und war natürlich von James Brown. Ich wünschte mir nur, mein Englisch wäre besser gewesen. Aber ich wusste, was es bedeutete, und ich sang es so leise, dass niemand meine fürchterlich falsche Aussprache mitbekam.

Zehn Minuten später saß ich in Kronhagens Kanzlei auf der Besucherseite seines Schreibtischs. Er hatte mich höflich empfangen und mir fünfzehn Minuten seiner kostbaren Zeit angeboten. Er kannte mich, mir dagegen war sein Gesicht völlig fremd. Ich saß allein dort. Kronhagen hatte mich gebeten, schon mal Platz zu nehmen, er musste noch kurz was mit seiner Sekretärin besprechen. Ich schaute auf eine Wand aus Glas, die einen Blick auf die schönen Backsteingebäude am anderen Ufer des Hafenbeckens erlaubte. Es regnete immer noch nicht, und vereinzelt durchstießen Sonnenstrahlen die abziehende Wolkenfront. Sie trafen die alten Mühlen und Getreidesilos wie glitzernde Pfeile, die vom Himmel schossen. Es war ein schönes Bild, auch wenn es hauptsächlich eines in Grau und Weiß war. Ich fühlte Stolz in mir keimen, dass ich es mir leisten konnte, in so einem geilen Bau wie der Faktorei da drüben meine Detektei zu betreiben. Ich beneidete Kronhagen keine Sekunde um sein Büro mit dem ganzen hypermodernen, luftigen und lichtdurchfluteten Ambiente. Wenn überhaupt, dann beneidete ich ihn nur um seinen Ausblick auf meine geile Fassade.

Er hatte wirklich nur kurz etwas mit seiner Sekretärin zu besprechen. Im Nu saß er mir gegenüber und lächelte mich fragend an.

„Es ist sehr freundlich von Ihnen, mich so kurzfristig zu empfangen", bedankte ich mich artig.

„Schön, dass wir uns endlich persönlich kennenlernen. Bisher hatte ich nur von Kollegen über Sie gehört. Wie kann ich Ihnen denn helfen?", fragte er interessiert.

„Es geht um Vicky De Winter. Sie waren ihr Anwalt?"

„Ach? Und Sie waren ihr Privatdetektiv? Ich selbst habe ihr bei ihrem letzten Besuch dazu geraten, sich an einen privaten Ermittler zu wenden. Sie hatte mir von dem Stalker erzählt und mich gefragt, ob ihr ein Detektiv in dieser Sache helfen könne. Aber dieses Problem dürfte sich doch wohl erledigt haben?"

„Nicht so ganz."

„Ach nein? Verstehe! Sie sind immer noch an dem Fall dran. Hat bestimmt was mit Ihrem Berufsethos zu tun. Keiner kommt Ihnen ungeschoren davon, oder? Ich bin Anwalt, ich verstehe das. Und sicher brauche ich Ihnen keine langen Vorträge über anwaltliche Schweigepflicht zu halten."

Bei seinem letzten Satz sah er mich abschätzend an. So langsam begann ich mich zu fragen, was er alles über mich gehört hatte. Ich legte den Kopf auf die Seite, um möglichst niedlich auszusehen. Der clevere Anwalt verstand den Wink. „Darüber hinaus", fuhr er in gespielt juristischem Ton fort, „ist Hauptkommissar Kirch hier schon vor zwei Tagen mit einem richterlichen Beschluss aufgetaucht, der mich gewissermaßen von meiner Schweigepflicht entbindet. Die Polizei hat in Frau Driesens Haus Schriftverkehr aus meiner Kanzlei gefunden. Die Katze ist also längst aus dem Sack. Und! Ihr Ruf, Herr Zibulla, eilt Ihnen voraus. Ihre Methoden sind effektiv, zwar nicht immer legal, aber Sie sind hundert Prozent loyal gegenüber Ihren Auftraggebern. Ich mochte Frau Driesen, sie war eine in jeder Hinsicht reizende Person. Was möchten Sie wissen?"

Kirch hatte mir gegenüber seinen Besuch im Innenhafen nicht erwähnt. Da hatte er wohl nicht dran gedacht. Kronhagen erzählte mir, dass Vicky De Winter sich Sorgen um den Fluss ihrer vertraglich zugesicherten Tantiemen gemacht hatte. Sie wollte wissen, wie es damit aussah, wenn sie aus dem Geschäft aussteigen würde. Mein Schuss ins Blaue bei Hannemann war also ein Volltreffer. Und der glatzköpfige Pornoproduzent hatte doch glatt vergessen zu erwähnen, dass die prozentuale Beteiligung seines Stars am Abverkauf ihrer DVDs mit ihrem Ableben aufhörte. Das war garantiert ein satter Sprung nach oben auf Hannemanns Ertragskurve und gab dem Schmuddelfilmer ein grandioses Motiv.

„Ja!“, sagte Kronhagen, der mich wissend ansah. „Das fand Kommissar Kirch auch sehr interessant.“

Kapitel 16

Mein Compi-Checker hatte sich in der Zwischenzeit voll ins Zeug gelegt. Der Systemcheck an meinem Apple stand kurz vor dem Abschluss und hatte bisher noch keinerlei Warnmeldungen abgegeben. Die Telefonanlage war installiert und mein Smartphone analysiert. Er grinste mich aus seinem mokkafarbenen Gesicht breit an und sagte: „Der Check dauert noch zwanzig Minuten. Sieht aber so weit okay aus. Telefone sind alle am Start. Aber auf Ihrem Smartphone habe ich einen verdammt raffinierten Trojaner gefunden. Beinahe wäre er mir durch die Lappen gegangen. Aber dann habe ich ihn doch erwischt.“

„Du hast ihn doch nicht angerührt?“

„Nein! Der Virus ist immer noch im System. Aber ich kann nur dringend dazu raten, die Speicher zu formatieren und die Software neu zu installieren.“

„Kannst du mir was über den Trojaner sagen?“

„Der kleine Bastard sendet Gesprächsdaten inklusive Aufzeichnungen der Mailbox, das Surf-Verhalten, alle SMS, MMS, Mails und so weiter an einen unbekannten Empfänger. Ich hab Ihnen doch schon erzählt, dass diese Smartphones permanent ihren jeweiligen Standort an den Hersteller senden. Damit wird der Trojaner zusätzlich zum Peilempfänger. Der perfekte Spion. Was allerdings diesen speziellen Virus so interessant macht, ist die Tatsache, dass es das Teil überhaupt schon gibt. Bisher gab es nur Trojaner für Android-Systeme bis Eclair 2.1, aber Sie haben ein Honeycomb 3.0 mit Inkognito-Modus. Meine Fresse, das geht auch immer schneller."

Er sah mich an, als wüsste ich, wovon er sprach. Ich hatte lediglich kapiert, dass es um das Betriebssystem auf meinem Smartphone ging, aber was da immer schneller gehen sollte, war mir ein Rätsel. „Was geht immer schneller?"

„Die Virenentwicklung. Honeycomb 3.0 ist erst vor ein paar Monaten auf den Markt gekommen. Eclair 2.1 gibt es schon seit über einem Jahr. Durch den Inkognito-Modus von Honeycomb, also das unerkannte Surfen im Netz, glaubte man, für längere Zeit Ruhe zu haben. Schwerer Irrtum. Mann, das hier könnte glatt ein Prototyp sein. Er ist auch ziemlich groß von der Datenmenge her. Den haben Sie sich sicher nicht beim Surfen im Netz eingefangen. Das ist jedenfalls kein Virus, den man sich auf Pornoseiten holt. Der ist direkt über eine Schnittstelle auf dem Telefon installiert worden."

„Wer schreibt solche Viren?"

„Hacker."

Ich sah ihn an wie einen ganz Schlauen. Er zog die Schultern hoch, als wollte er sagen: Was soll ich sagen? Ich präzisierte meine Frage dahin gehend, dass es mir um den Schwierigkeitsgrad der Programmierung ging, und er nahm die Schultern wieder runter. „Sehen Sie, das Problem ist nicht, ein Programm zu schreiben, was dieses oder jenes tut. Man muss erst die Sicherheitslücken in der neuen Software ausfindig machen, durch die der Virus unbemerkt in das System eindringen kann, und das dauert. Also, entweder ist dieser Trojaner hier ein Riesenglückstreffer, oder jemand hat sich beim Architekten der Software reingehackt und ihm die Konstruktionspläne geklaut. Was in diesem Fall niemand Geringeres als Google ist. Und auf deren Zentralrechner schaut nicht jeder Wald-und-Wiesen-Hacker einfach so mal vorbei."

„Könntest du das?"

„Nee! Dafür geht man in den Knast. Schon für den Versuch. Ey, ich gehör zur Allianz, nicht zur dunklen Seite der Macht. Ich geh nach dem Studium in die USA und mach schön Karriere im Valley. Linke Dinger? Nicht mit mir!"

„Ist doch nur theoretisch."

„Theoretisch würde ich vielleicht reinkommen, aber wohl kaum unentdeckt bleiben. Googles Firewall würde mir on the fly in den Arsch treten. Es gibt auch nicht viele auf der Welt, die so was können. Die meisten von denen arbeiten längst für die Geheimdienste oder als Sicherheitschefs in großen Konzernen. Die Mafia soll angeblich auch zunehmend Interesse am Hackerwesen zeigen. Warum auch nicht? Internetkriminalität ist ein verdammt lohnendes Geschäft. In den einschlägigen Kreisen geht auch das Gerücht um, dass allein der deutsche Verfassungsschutz ein Team von fünfzehn Hackern beschäftigen soll. Davon gehören zwei sogar zu den Top Ten auf der Welt. Aber das sind natürlich alles nur Verschwörungstheorien, Online-Geschwafel."

Mein Compi-Checker linste neugierig zu mir herüber. Zu hundert Prozent war er nicht davon überzeugt, dass ich nicht vom Geheimdienst beobachtet wurde. Er hielt es zumindest für möglich. Anscheinend brannte ihm die Frage auf den Nägeln, wie ich zu dem Virus gekommen war. Aber ich hatte nicht vor, ihm das zu erzählen. Ich schnippte mit den Fingern und zeigte auf meinen Apple. Sich fügend, konzentrierte er sich auf den Rechner.

„Noch sieben Minuten", informierte er mich. „Dann ist der Check durch. Ich pack schon mal zusammen."

Beim Zusammenpacken erzählte er mir, was für einen fantastischen Arbeitsplatz er in den USA ergattert hatte. Bei Microsoft. Mit allen Vergünstigungen, die man sich nur denken konnte. Und einem Gehalt, das für einen Anfänger schon ein ordentlicher Schluck aus der Pulle war. Ich hörte ihm mit einem Ohr zu, während ich meine Telefonanlage auf Wanzen prüfte und danach meine neue Handynummer für die Rufweiterleitung einspeiste. Kurz darauf war auch der Systemcheck am Computer durch. Mein Apple war sauber wie das Laken einer Jungfrau. Es brauchte noch einen letzten Neustart, dann war ich wieder voll vernetzt mit der Außenwelt. Der zukünftige Big Mac von Microsoft hörte nicht mehr auf, mir was vom Silicon Valley vorzuschwärmen. Schließlich schickte ich meinen Compi-Checker mit einem Extrahunderter in der Tasche in die Wüste. Den hatte er sich verdient. Ich wünschte ihm viel Glück in Amiland und riet ihm, sich Bill Gates' Tochter zu angeln.

Er dampfte zufrieden ab. Ich setzte mich auf mein Chesterfield-Sofa und überlegte, was einen Pornostar in den Fokus des Geheimdienstes bringen könnte. Es sprach schon so einiges dafür, dass eine gut ausgerüstete Organisation hinter dem Mord steckte. Da war die professionelle Überwachung mit Prototypen von Trojanern. Die eiskalte Tat, präzise durchgeführt, mit nur dem kleinen Schönheitsfehler, mich nicht lange genug ausgeschaltet zu haben. Und das spurenlose Besorgen von rezeptpflichtigen Narkosemitteln. All das sprach nicht gerade für emotionale Motive beim Täter. Aus Wut oder aus Eifersucht oder aus sexuellem Frust mordet kaum einer so überlegt. Aber warum sollte der Verfassungsschutz einen Pornostar killen? Andrea Driesen war doch nie und nimmer eine Spionin. Und auch als Vicky De Winter sicher keine Doppelagentin, wie ihr Vorbild aus dem Roman. Aber vielleicht hatten sie ja auch nur jemandem einen Gefallen getan? Jemandem mit Einfluss, dem sie dann später im Weg war.

Für mein weiteres Vorgehen entschied ich, der Polizei zunächst den Gefallen zu tun, um den Kirch mich gebeten hatte, und mir Hannemanns IT-Experten Guido Riedinger zur Brust zu nehmen. Ich wäre ja blöd gewesen, die Gelegenheit ungenutzt zu lassen. Es konnte nie schaden, wenn man bei der Polizei etwas gut hatte, selbst wenn man nicht mitten in einem Mordfall steckte. Aber im Gegensatz zu den Bullen glaubte ich nicht, dass der Täter im Pornomilieu zu finden war. Meine heiße Spur hieß Athos. Athos aus einflussreichem Hause.

Kapitel 17

Am Nachmittag schüttete es wie aus Eimern. Ich war mit meinem SUV direkt in das dicke, fette Frühlingsgewitter hineingerauscht, das sich vormittags schon angekündigt hatte. Auf der A2 waren es noch nur heftige Schauer gewesen. So richtig in Fahrt kam es erst auf der A31, als der Regen sich in Hagel verwandelte und ich mir ernsthaft Sorgen um den noch jungfräulichen Metalliclack meines Wagens machte. Guido Riedinger wohnte im Vierten Bezirk, hoch oben im Norden von Ruhrstadt, da, wo die Zivilisation endete. Alles, was nördlich der Lippe lag, war in meinen Augen absolutes Hinterwäldlergebiet. Dort gab es Scheunenfeste, und in den Kneipen hingen Hörner von abgeknallten Viechern an den Wänden. Also Tanzen im Kuhstall und beim Saufen einem toten Elch in die leeren Augen gucken. Wer so was geil fand, konnte doch nicht ganz dicht sein. Zwar reichte rein verwaltungstechnisch der lange Arm Ruhrstadts noch einige Kilometer weiter hinein in das Land jenseits des Flusses, aber für mich war die Lippe auf ganzer Länge die nördliche Stadtgrenze. Alles, was danach kam, war Hinterwäldlerhausen.

Im dunkelgrauen Licht der Gewitterfront wirkte die Landschaft wie eine alte Schwarz-Weiß-Doku aus den Sechzigern über Landwirtschaftskolchosen in der DDR.

Nass und kalt und dreckig und scheiße. Dort möchte man auch im Cerruti-Anzug nicht tot überm Zaun hängen. Überall Bauernhöfe, stinkende Weiden, Matsch und Kuhscheiße. Auf dem letzten Stück der Landstraße fuhr ein Trecker mit sage und schreibe zwanzig Stundenkilometern vor mir her. Er kam zwar nicht voran, dafür aber stank er nach Diesel wie 'ne ganze Raffinerie. An Überholen war nicht zu denken, und der Bauernheini am Steuer des Treckers kam natürlich nicht auf die Idee, mich bei diversen Gelegenheiten vorbeizulassen. In solchen Momenten erträumte ich mir immer, eine Bazooka läge auf dem Beifahrersitz. In meinem Traum hatte ich keine Probleme damit, das Ding mit nur einem Arm aus dem Seitenfenster abzufeuern. Den Rückschlag der Monsterwaffe steckte ich stets locker weg. Und der Bauernheini könnte ja ruhig überleben, nur sein Scheißtrecker müsste ein paar Saltos die Böschung hinunter schlagen. In der Realität jedoch kroch er vor mir her, Minute für Minute, bis ich nach fünf Kilometern endlich rechts abbiegen musste und in dem Stadtteil landete, der den seltsamen Namen Zweckel trug. Und das war nicht das einzig Seltsame an dem Kaff.

In Zweckel gab es nur Häuser aus rotem Backstein, allesamt von porösem Mörtel zusammengehalten, mit schiefen Dächern und jeder Menge Rissen im Putz. Die Gegend hatte absolut nichts Nostalgisches. Eher war sie so was wie ein Überbleibsel aus längst vergangenen Tagen, in denen Bergmänner ihre Familien raus aufs Land verfrachteten, während sie selbst tausend Meter darunter Stollen gruben, die dann nach und nach absackten, was wiederum ihre Häuser im Grünen in Schiefstellung brachte. Die folgenden Generationen hatten nun die

Aufgabe, ihre geerbten Hütten vor dem Kollaps zu bewahren. In meinen Augen taten sie das in Zweckel nicht besonders erfolgreich.

Ich blieb im Wagen sitzen und nahm Guido Riedingers Wohnhaus in Augenschein. Es hatte nur ein Erdgeschoss, dazu einen Extrazugang zum Souterrain. Die schrägen Fenster im Dachboden waren mit Jalousien verdunkelt. Im Vergleich zu den anderen Häusern war es noch richtig gut in Schuss. Das Dach sah sogar brandneu aus. Vor der Garage parkte ein hellgrüner Lupo. Eine Weile wartete ich auf ein Zeichen, ob sich jemand im Haus aufhielt, ein Gardinenwackeln oder so was. In Wahrheit schindete ich mit meiner albernen Beobachtung aber nur Zeit, denn ich hoffte insgeheim, dass der verdammte Regen endlich aufhören würde. Ich hatte keinen Bock, mir unnötig den Anzug zu versauen.

Widerwillig erinnerte ich mich daran, dass weder ich noch der Anzug aus Zucker war, schnappte mir das Telefon und rief Riedinger auf seiner Festnetznummer an. Er ging sofort ran.

„Riedinger!"

„Spreche ich mit Guido Riedinger?"

„Ja. Wer ist denn da?"

„Ich habe Ihre Nummer vom Heiko bekommen. Er hat Sie mir wärmstens empfohlen."

„Heiko Hannemann?"

„Genau, der Porno-Heiko."

„Was kann ich für Sie tun?"

„Mein Filmprojekt retten. Ich zahle Ihnen einen Tausender pro Tag. Aber Sie müssen sofort anfangen."

„Worum geht es denn bei dem Projekt?"

„Details können wir vor Ort besprechen. Mein Angebot steht. Wenn Sie in einer halben Stunde in den Filmstudios sein können, verdienen Sie heute noch einen Tausender. Und die ganze nächste Woche auch noch."

Riedinger überlegte nicht lange.

„Wo und welche Produktion?"

„Halle zwei, J. B. Productions."

„Noch nie gehört."

„Dann sind Sie wohl doch nicht der Richtige für den Job."

Ich raschelte lautstark mit dem Zettel, auf dem die Adressen aller vier ITler von Hannemann standen. Ich pickte wahllos einen Namen heraus. „Dann rufe ich halt Florian Bracke an. Schönen Tag noch, Herr Riedinger."

„Warten Sie! Warten Sie! Sagten Sie J. B. Productions? Ich habe A. C. Productions verstanden. J. B. Productions kenne ich natürlich. Ihr macht klasse Arbeit."

Es war beinahe zu leicht. Den meisten Leuten musstest du nur mit ein paar Scheinchen vor der Nase herumwedeln, und sie machten sofort Männchen. Dabei reichte bei Riedinger schon die bloße Andeutung von fettem Reibach, und er kam aus den Puschen. Er hatte mich nicht einmal nach meinem Namen gefragt. Zwei, drei Atemzüge ließ ich ihn noch am Telefon zappeln, dann jagte ich ihn aus dem Haus. „Ich sehe Sie in einer halben Stunde?"

„Ich mach mich sofort auf den Weg."

Keine fünf Minuten später kam er aus dem Haus. Er trug ein Regencape von den Ausmaßen eines Zirkuszeltes. Riedinger war ein unglaublicher Fettsack. Als er den hellgrünen Lupo vor der Garage sah, hob er wild gestikulierend die Arme und rief ins Haus: „Mama, ich muss los!"

Augenblicklich erschien eine rüstige Alte in der Haustür. Sie hantierte mit einem Regenschirm herum, zog die Tür hinter sich lediglich zu, umkurvte etwas hüftsteif die tieferen Pfützen, winkte ihrem Sohn zu und stieg in den Lupo. Als wären die Schutzheiligen der Schnüffler alle auf meiner Seite, stoppte die Alte noch mal und rief durchs halb offene Autofenster: „Ich bin nicht vor acht zu Hause, mein Hase. Dein Essen steht in der Mikrowelle. Sauerbraten mit Klößen. Das magst du doch so gern."

Ihr Sohn nickte ungeduldig und forderte sie mit hektischen Gesten auf, abzudampfen. Muttchen machte sich vom Acker, und Riedinger öffnete die Garage. Der schicke Audi, mit dem er zurücksetzte, hatte sicher noch nicht viele Kilometer auf der Uhr. Es war ein silbergrauer Kombi mit Alufelgen und Sonnendach. Die Garage schloss sich automatisch, während Riedinger rückwärts in die Straße einfädelte. Ich duckte mich weg, damit er mich nicht im parkenden SUV entdeckte. Am Geräusch beim Anfahren erkannte ich die Sechszylinder-Ausstattung des Audis. Und da der Fettsack den ersten Gang viel zu hoch zog, erhaschte ich auch noch das leichte Fiepen des Turboladers. Mit der Karre würde er es sicher schaffen, in einer halben Stunde bei den Filmstudios zu sein. Selbst wenn der Dicke dort sofort kapieren würde, wie es um J. B. Productions bestellt war, gab mir das über eine Stunde, um einen ungestörten Blick ins Haus zu werfen.

Ich verlor keine Zeit. Mit hochgestelltem Kragen, die Kreditkarte im Anschlag, stieg ich aus dem Wagen und war eine Minute später im Haus. Wenn die Alte die Tür abgeschlossen hätte, wären es zwei Minuten geworden. Das hätte keinen großen Unterschied gemacht. Klatschnass war ich so oder so. Ich sah mich um und ging zunächst in die Küche, wo es lecker nach Sauerbraten roch und ich mir ein Spültuch schnappte, um mich abzutrocknen. Die Küche war alt, aber sauber. Furniertes Sperrholz in Blassbeige, die Arbeitsplatte schon ganz matt geputzt. Ich zog mein Sakko aus und breitete es auf der abgewetzten Eckbank zum Trocknen aus. Ich machte mir keinen Kopf wegen der Wasserspur, die ich legte. Es lag eh nicht in meiner Absicht, mein Erscheinen im Gesamten geheim zu halten. Wenn Riedinger zurückkäme, würde er J. B. Productions schon noch kennenlernen. Ich bewegte mich also halbwegs frei und ungezwungen im Haus seiner Mutter. Mit dem Souterrain fing ich an.

Sohnemanns Reich war so weit okay. Durchaus angemessen für einen Mittdreißiger, der eine teure Scheidung hinter sich hatte. Es war fast eine eigenständige Wohnung, mit separatem Schlafzimmer, abschließbarem Klo und einer XXL-Nasszelle. Nix, womit man Eindruck schinden konnte, aber ein akzeptables Dach über dem Kopf, wenn gerade alles richtig scheiße lief. Eine eigene Küche brauchte der fette Guido sowieso nicht. Oben kochte ja Mama Klöße für ihren Klops von Sohn. Einen Wohnraum gab es nicht. Sein mittelgroßer Fernseher stand am Bett, daneben eine Festplatte und darunter eine Reihe noch in Zellophan verschweißter Porno-DVDs. Den großen Raum nutzte er zum Arbeiten. Aktenschrank, Schreibtisch, Computer, monströser Drucker, Telefon, teurer Kaffeeautomat und eine Kühlschrankvitrine, rappelvoll mit Cola und Schokolade, für den kleinen Snack zwischendurch. Sein Arbeitsplatz wirkte einigermaßen aufgeräumt, wenngleich die Touchpad-Tastatur im Schein seiner Schreibtischlampe leicht fettig schimmerte. Das Ambiente passte wie Arsch auf Eimer zu einem verlassenen, fetten Computerfummler. Nur der ziemlich neue silbergraue Sechszylinder-Turbo-Audi passte nicht so richtig ins Bild. Wo der wohl herkam?

Ich durchsuchte den Schreibtisch, fand dort nichts. Ging rüber zum Aktenschrank, wühlte lustlos in den Hängeregistern, nahm willkürlich eine Akte heraus, blätterte sie durch und steckte sie gelangweilt wieder zurück. Ich war nicht von der Steuerfahndung, seine Geschäfte interessierten mich nicht. In einem der Schränke stapelte sich eine Reihe externer Festplatten. Alle fein säuberlich beschriftet. Ich schnappte mir die, auf der „Backup Vicky De Winter" geschrieben stand, und ging rüber ins Schlafzimmer.

In seinem Kleiderschrank fand ich nur Klamotten, die einem Elefanten gepasst hätten, und zwar einem ausgewachsenen, nicht so einem Babyelefanten. Im Nachttischchen lagen eine Tube Handcreme, ein Bottich Vaseline, Desinfektionsspray und eine Maxi-Packung Einweg-Gummihandschuhe. Interessanterweise waren in der Packung kaum noch linke Handschuhe. Die rechten waren alle noch da. Guido Riedinger war also ein Linkswichser. Ich nahm mein Handy aus der Westentasche und rief Kirch an. Ohne lange um den Pudding zu labern, sagte ich ihm, dass er nicht wissen wollte, wo ich gerade war, ich aber unbedingt wissen müsste, ob der Mörder Linkshänder war. Er verneinte. Ich legte sofort wieder auf.

Ich nahm einen rechten Gummihandschuh aus der Nachttischschublade, weil ich ohne Schutz diese Matratze nicht anfassen wollte. Der Fettsack hatte eine tiefe Mulde in Form eines Walrossschattens in sie gepresst, und in den Tälern hatte sich der Stoff durch seinen

Schweiß dunkel verfärbt. Es war ratsam, einen Handschuh anzuziehen, zumal einige Flecken auf dem angegilbten Teil ziemlich eindeutig zuzuordnen waren. Mit einem Ruck riss ich das Ding vom Bett und war ganz froh, dass ich nichts unter Riedingers Furzmatte fand, was ich mir näher hätte ansehen müssen. Aber durch den Lattenrost sah ich einen Karton unten auf dem Boden stehen. Das interessierte mich.

Die Schachtel war etwas größer als ein Schuhkarton. An den Ecken verstärkt und Eingriffritzen an den Seiten. Eine dieser üblichen IKEA-Presspappenkisten, davon hatte ich selber ein paar zu Hause rumstehen. Ich stellte sie auf das Bett und öffnete den Deckel. Das, was darin lag, war etwa so groß wie ein Rugbyball und hatte auch dieselbe ovale Form. Es war in einer verschließbaren Frischhaltetüte verpackt. Ich nahm es vorsichtig heraus und hielt es gegen das Licht. An den Rändern war es hautfarben, im Zentrum blutrot, allerdings war die Farbe an allen Stellen schon ordentlich abgewetzt. Die Verpackung von dem Ding lag zusammengeklappt auf dem Boden des Kartons. Es war die Vagina „Penelope 2000". Jetzt aus besonders weichem Plastik und mit verstellbarer Mösenweite. Kostete nur fünfundvierzig Euro das Teil, machte mir aber irgendwie Angst, deshalb ließ ich es angewidert fallen. Ich maß mir kein Urteil über Riedingers Sexualleben an. Ich lachte nicht über ihn, und ich verurteilte ihn nicht, nur weil er sich beim Wichsen eine Plastikmöse überstülpte. Er tat mir hauptsächlich leid, der einsame Fettsack.

Ich rief das Menü seines Fernsehers auf und sah mir an, was auf der angeschlossenen Festplatte war. Eine endlose Liste mit Filmtiteln erschien auf dem Flatscreen.

Riedinger war nicht besonders anspruchsvoll, was sein Fernsehprogramm anging. Ein Terabyte Pornos reichte ihm völlig. Die Filme von Vicky De Winter steckten gar in einem eigenen Ordner, für den extraschnellen Zugriff. Es waren alle ihre Werke. Ich spielte jede Datei kurz an, skippte weiter, gab Vollgas mit dem Schnellvorlauf und war binnen zehn Minuten überzeugt, dass es sich dabei um Vickys handelsübliche Fickfilmchen handelte und nicht um heimlich mit einer Webcam aufgezeichnete Privatvorstellungen.

Dann stöpselte ich die „Backup Vicky De Winter"-Festplatte in den Fernseher. Wie erwartet, sendete die Glotze nur Fragezeichen. Mit dem Dateiformat konnte die Kiste nix anfangen. Ich warf noch schnell einen Blick in die XXL-Nasszelle, wo gleich mehrere langstielige Bürsten und ein Fässchen Duschgel an Seilen auf Griffhöhe baumelten. Die gute Nachricht dabei lautete: keine weitere Plastikmöse im Bad. Ich sah mich noch ein bisschen bei ihm um, nahm Bilder ab, klopfte hier und da mit dem Knöchel die Wände nach Hohlräumen ab. Dann ging ich wieder hoch in Muttis Reich.

Ich wollte nur einen Blick in ihre Schränke werfen, um auf Nummer sicher zu gehen. Alles war vollgestopft mit Bettwäsche, Handtüchern, Kitteln und Liebestötern. Kein Hinweis auf irgendwas. Die alte Frau Riedinger lebte in bescheidenen Verhältnissen. Ihre Möbel gehörten durchweg zum guten alten Ruhrpott-Barock, waren mindestens fuffzig Jahre alt, aber erfüllten noch astrein ihren Zweck. Der Fernseher war neu und das filigrane Kaffeeservice im Wohnzimmerschrank ebenfalls. Sie hatten sich kürzlich was gegönnt, die Riedingers. Neues Dach, neues Auto, neue Tassen im Schrank. Sah doch ganz so aus, als wenn sich neulich eine passable Geldquelle für Mutter und Sohn aufgetan hätte. Vielleicht eine Erbschaft? Oder die Lebensversicherung der Alten kapitalisiert? Nee, das sah doch eher so aus, als wenn die Kohle schnell wieder unters Volk gebracht werden musste, bevor das Finanzamt davon Wind bekam. Ich war sehr zuversichtlich, dass der fette Guido mir das später alles persönlich erklären würde.

Von der Dielendecke hing ein Seil herunter, das oben mit einer Falltür verbunden war. Ich zog dran, und eine Hühnerstiege fiel geschmeidig zu Boden. Die Leiter war nagelneu, aber ich glaubte nicht, dass der Fettsack mit seiner dicken Nocke oben durch die Luke gepasst hätte. Und für die Alte war das Ding viel zu steil. Die hätte sich den Hals darauf brechen können. Wozu also die neue Stiege, wenn keiner der Riedingers den Dachboden betreten konnte? Das Holz der Stufen knarrte unter meinem Gewicht beachtlich, dabei brauchte ich nur drei davon zu erklimmen, um meine Rübe durch die Luke zu stecken. Ich konnte kaum glauben, was ich unter dem Dach geboten bekam.

Auf dem Fußboden lag ein kuscheliger Teppich aus dickem hellblauem Velours. Die schrägen Wände waren in Zartrosa gestrichen. An der Stirnfront des Dachbodens hing ein Poster, direkt über dem Futon. Es war ein Filmplakat von „Die drei Musketiere“, mit Michael York und Faye Dunaway in den Hauptrollen. Das Bett war gemacht und sah richtig kuschelig aus. Es gab nur Raum für ein Nachttischchen, das stand links. Darauf lagen eine gebundene Ausgabe von den „Drei Musketieren“ und eine dicke Kerze in einem bauchigen Glas. In den Schubladen befanden sich Handschellen und eine Auswahl an

Dildos und Vibratoren. Das war wirklich mein Glückstag. Die Schutzheiligen der Schnüffler hatten mich direkt in das Liebesnest von Vicky De Winter und Athos aus gutem Hause geführt. Und wie Birgit Buchecker angedeutet hatte, lag es tatsächlich mitten in der Pampa.

Hauptkommissar Kirch hatte mit Riedinger den richtigen Riecher gehabt. Der Fettsack hatte allen Grund, bei seiner Vernehmung nervös zu sein. Ob das neue Dach, der Audi, die niedlichen Tassen im Schrank oder Muttis nagelneuer Hightech-3-D-Fernseher, man musste kein Sherlock Holmes sein, um eine Verbindung zwischen dem Liebesnest und den Neuanschaffungen zu ziehen. Das hätte sogar Furzkommissar Fröhlich geschafft. Die Frage war nur, hatte er für sein Liebesnest so viel Miete kassiert, um sich das alles leisten zu können, oder hatte er die beiden Turteltauben erpresst? So oder so würde er entweder das Finanzamt samt Exfrau am Hals haben, oder sein fetter Arsch landete direkt hinter Gittern. Wie auf Kommando hörte ich unten den Audi vorfahren.

Ich verhielt mich still, wartete ab, wohin Riedinger zunächst gehen würde, und war froh, als er im Souterrain verschwand. Elfengleich kraxelte ich die Hühnerstiege hinunter, schlich mich zur Kellertreppe und hörte ihn unten telefonieren. „Und Sie kennen ganz bestimmt keine Firma mit dem Namen J. B. Productions? Der Kerl hat Sie als Referenz genannt."

Er war etwas außer Atem. War ja auch schwer für so eine Speckschwarte, gleichzeitig zu laufen und zu reden. Außerdem war der Dicke hörbar angepisst. Sein kleiner, unnötiger Ausflug zu den Filmstudios hatte ihm wohl keinen Spaß gemacht. Plötzlich ertönte ein tiefes Grummeln aus dem Souterrain. Es hörte sich an, als würde jeden Moment ein Vulkan ausbrechen.

„Ich muss auflegen“, sagte Riedinger. „Da bin ich dann wohl einem üblen Scherz aufgesessen. Auf Wiederhören, Herr Hannemann.“

Dann grollte es wieder, und er stampfte durch seine Kellerwohnung. Es musste die Klotür gewesen sein, die aufflog und wieder zuknallte. Stöhnend brach kurz darauf dahinter tatsächlich ein Vulkan aus. Ich konnte die Lava hören, wie sie sich spratzend und klatschend ihren Weg in die Schüssel bahnte. Riedinger hatte wohl einen empfindlichen Magen. Er untermalte alles mit einem herzergreifenden Stöhnen, was dem Ganzen einen tragischen, fast schon menschlichen Anstrich verlieh. Ich hatte es nicht eilig und war auch nicht besonders scharf drauf, mir den kackenden Fettsack anzugucken. Ob es wohl meinem Karma half, dass ich ihn noch in Ruhe scheißen ließ?

Es dauerte ein Weilchen, bis das Gestöhne auf dem Donnerbalken abebbte. Ich hatte mich hinter seinen Schreibtisch gepflanzt und es mir in seinem Chefsessel bequem gemacht. Mit den Füßen auf dem Tisch nahm ich vorsichtshalber das Magazin aus der 38er. Beim Entladen der Waffe vergaß ich auch nicht, die Patrone im Lauf zu entfernen. Ich wollte nicht, dass ein dummer Unfall passierte. Die Munition steckte ich in meine Hosentasche, die Knarre zurück ins Halfter. Dann hörte ich, wie Riedinger mit dem Klopapier rang. Allein der Gedanke war gruselig, wie er seine fetten Arme lang machte, um mit dem Papier hinter seine fetten Hüften zu kommen, bevor er sich mit der Hand zwischen seine fetten Arschbacken fuhr. Oh Gott im Himmel, mir wurde ganz mulmig, und erste Würgereflexe plagten mich. Ich war echt erleichtert, als die Spülung betätigt wurde und Riedinger sich geräuschvoll seine Elefantenbuxe hochzog.

Er fummelte noch an seinem Hosenlatz herum, als er um die Ecke kam. Die untersten Knöpfe seines verschwitzten Hemdes waren geöffnet, durch den Schlitz drängte seine Plauze ans Tageslicht. Riedinger war so sehr mit seinem Kuhstall beschäftigt, dass er mich gar nicht sah, obwohl er keine zwei Meter von mir entfernt stand. Es sah verdammt ulkig aus, wie der mächtige Körper zusammenzuckte und er einen kurzen, weibischen Kiekser ausstieß, als ich zu ihm sagte: „Mahlzeit Fettsack!"

Er stand da wie angewurzelt. Einen Augenblick dachte ich, ihn hätte vielleicht der Schlag getroffen, aber seine Augen verrieten, wie sein Denkapparat rotierte. Ich hatte schon so oft Leute dabei beobachtet, wie sie versuchten, aus einer ausweglosen Situation einen Ausweg zu finden, dass es mich nicht mal mehr amüsierte. Riedinger war nicht der Typ, der sich auf mich stürzen würde. Er war mehr der weinerliche, der Bitte-bitte-tu-mir-nichts-Typ. Man könnte so eine Einstellung sicherlich für Feigheit halten, ich tendierte aber mehr dazu, es schlau zu finden. Besonders, wenn man wie er bei knappen eins achtzig deutlich über zweihundert Kilo auf die Waage brachte und einen Wendekreis wie ein Flugzeugträger hatte. Meine Füße lagen immer noch auf seinem Schreibtisch. Ein paar Sekunden gab ich ihm noch, um sich für die einzig richtige Reaktion seinerseits zu entscheiden. Fetti stand einfach nur da, wie bestellt und nicht abgeholt. Vielleicht hoffte er auch, ich wäre nur eine Halluzination.

Ich nahm die Füße vom Tisch und gestattete ihm beim Aufstehen einen Blick auf meine 38er im Schulterhalfter. Sofort hob er die Arme und zeigte mir seine frisbeegroßen Schweißflecken unter den Achseln. Ich bugsierte den Chefsessel um den Schreibtisch herum und rollte ihn mit einem Fußtritt zu ihm hinüber. „Setz dich!“, befahl ich.

Umständlich hockte er sich hin. Ich besah mir den Fleischberg in aller Ruhe und machte dabei ein Gesicht, als würde ich überlegen, ob er eher Sondermüll war oder doch nur stinknormaler Hausmüll.

„Wer sind Sie?“, fragte er ängstlich.

„J. B. Productions, Blödmann. Ich interessiere mich für Muttis Dachboden.“

Er machte ein Gesicht, als wären gerade eben seine schlimmsten Befürchtungen wahr geworden. Und mein Blick verriet ihm, dass er das völlig zu Recht befürchtete. Er schluckte angestrengt, und sein fetter Wanst fing an zu zittern. Bluthochdruck, Zuckerspiegel am Anschlag und Schiss in der Buxe, Riedinger war eindeutig gesprächsbereit. Er machte noch ein nervöses Bäuerchen, dann bibberte er: „Das musste ja so kommen. Immer fall ich auf die Schnauze. Hören Sie, bitte, es ist mir völlig egal, wer Sie sind. Ehrlich. Ich werde Ihnen alles freiwillig erzählen. Es braucht keine Gewalt. Bitte tun Sie mir nichts.“

Das war ein vielversprechender Anfang. Und der Fettsack hielt Wort. Er plapperte wie ein Wasserfall, ohne dass ich irgendwas dazu tun musste. Es überraschte mich immer wieder, wie einfach manchmal alles war.

Riedinger hatte Vicky De Winter zufällig in Hannemanns Büro kennengelernt, da stand sie noch ganz am Anfang ihrer Karriere. Normalerweise hatte er nie Kontakt zu den Darstellern. Er bekam immer nur den fertigen Film von Hannemann ausgehändigt, fuhr damit nach Hause und zauberte die kleinen Makel an den Körpern weg. Aber Vicky De Winter war ein Vollprofi gewesen. Sie wollte die Kontrolle über die digitale Nachbearbeitung ihres Astralleibes behalten. Dafür hatte sie ihm über die Schulter geguckt, wenn er Hand an ihre Filme legte. Da Riedinger schon immer von zu Hause arbeitete, war sie zu Beginn noch regelmäßig zu ihm in den Ersten Bezirk gefahren, wo er mit seiner Exfrau gewohnt hatte. Nachdem seine Alte, die ein echtes Biest gewesen sein musste, ihn vor zwei Jahren rausgeschmissen hatte, war Vicky immer ins Haus seiner Mutter gekommen. Riedinger schwärmte von dem Pornostar und erzählte, wie gut sie zusammengearbeitet hätten. Natürlich war er verknallt in sie, malte sich aber null Chancen aus. Dann, eines Tages im letzten Herbst, hatte sie ihn angerufen und um ein Treffen gebeten. Das war das erste und einzige Mal, dass sie sich trafen und es nicht um einen ihrer Filme ging. Sie hatte ihm ein Angebot gemacht.

Ihr Arrangement sah vor, dass Vicky De Winter die komplette Sanierung des Dachstuhls bezahlte und für jede einzelne Nutzung des Dachbodens eine Miete in Höhe von zweihundert Euro bar auf die Kralle hinblätterte. Dafür durfte sich dann niemand sonst im Haus aufhalten. Mutter und Sohn mussten eine halbe Stunde vor dem Zeitpunkt ihres Erscheinens verschwunden sein. Und sollte je einer der beiden darüber quatschen, wäre der Deal gestorben. Die Aussicht auf ein neues Dach und regelmäßige Schwarzkohle war für Riedinger überzeugend genug, um seine alte Mutter mehrmals die Woche aus dem Haus zu scheuchen. Es geschah sowieso immer nachmittags, da konnte sie in ihrem Seniorenklub Bingo spielen gehen. Er hatte ihr von dem Geld den Lupo gekauft und den Fernseher und das Kaffeeservice. Die Alte war in den Deal eingeweiht und kam damit bestens klar. Ihren Freundinnen hatte sie erzählt, sie hätte fünf Richtige mit Zusatzzahl im Lotto gehabt.

Ein Dreivierteljahr lang kam manchmal bis zu vier Mal die Woche eine SMS von Vicky, auf die hin beide Riedingers sofort das Haus verließen. Erst wenn eine weitere Kurznachricht Entwarnung gab, durften sie wieder zurück in ihr Heim. Die einzige Sorge Riedingers in dieser Zeit war, dass sein Exweib von seinen steuerfreien Nebeneinkünften erfahren könnte. Er war sich sicher, die hätte sich sofort die Hälfte der Knete unter den Nagel gerissen und ihm permanent gedroht, das Finanzamt einzuweihen, wenn er nicht blechte. Schon allein deswegen war er sehr vorsichtig vorgegangen. Den Audi hatte er über seine Firma geleast, das Dach ging offiziell auf Muttis Kappe, und die kleineren Anschaffungen fielen eh niemandem auf. Dreitausend hatte er noch gebunkert. Er bot mir das Geld an, wenn ich darauf verzichten würde, ihn abzuknallen. Ich sagte ihm: „Für die paar Kröten soll ich drauf verzichten, dir Fettsack ein paar Löcher in den Pelz zu brennen? Mehr ist dir dein Leben nicht wert? Ich pisse auf dein Geld. Sag mir, mit wem sich Vicky hier getroffen hat, dann kommen wir vielleicht ins Geschäft."

„Ich weiß es nicht! Wirklich nicht. Ich kann nicht mal sagen, ob sie sich hier überhaupt mit jemandem getroffen hat. Ich hab mich immer an die Vereinbarung gehalten. Ich hab auch den Dachboden nie betreten. Ich passe ja gar nicht durch die Luke. Das müssen Sie mir glauben."

Ich wollte ihm nicht glauben, ich wollte Gewissheit. Deshalb zog ich die ungeladene 38er und stopfte sie ihm ins Maul.

„Rede, Fettsack, oder ich baller dir 'ne Kugel ins Maul! Und danach knöpf ich mir Mutti vor! Wer war mit ihr hier?"

Riedinger schielte panisch auf den Abzug, der unter seiner Knubbelnase jeden Moment loszugehen und ihm die Birne wegzublasen drohte. Schweiß lief ihm in Strömen über die Schläfen. Er versuchte etwas zu sagen, konnte aber mit der Knarre zwischen den Zähnen nur die Laute H, O und L von sich geben. Ich zog die Waffe ruckartig aus seinem Mund, spannte den Schlitten und presste ihm das Ding zwischen die Augen. Jetzt konnte ich ihn verstehen. „Bitte nicht! Bitte, bitte nicht! Ich weiß es doch nicht. Ich wollte doch nur ein bisschen was nebenbei verdienen."

„Wer?", schrie ich ihn an.

Er fing an zu weinen und ergab sich seinem Schicksal. Riedinger glaubte wirklich, sein letztes Stündlein hätte geschlagen. In solchen Momenten lügen nur noch Helden, aber der dicke Guido war kein Held. Die arme Sau wusste nix. Ich steckte die Waffe wieder ein, und Riedinger konnte sein Glück kaum fassen. Er bedankte sich eine Million Male, während ihm die Tränen über seine Fressbäckchen kullerten. Durch das Schluchzen waberten seine drei Kinne wie Wackelpudding, und der Rotz baumelte von seiner Oberlippe. So sahen garantiert keine Helden aus.

Ich drehte ihm den Rücken zu und gab ihm ein paar Momente, um sich wieder zu fangen. Es wurmte mich, dass ich nicht den geringsten Hinweis auf die Identität von Athos aus gutem Hause hatte. Er hatte hier gevögelt und gekuschelt. Die Bullen würden ganz sicher Spuren von ihm finden. Aber die würden nichts nutzen, wenn Athos nicht erkennungsdienstlich registriert war, was bei Bewohnern von guten Häusern eher selten vorkam. Als Riedinger sich halbwegs beruhigt hatte, sagte ich, ohne mich umzudrehen: „Nix für ungut, Schwabbelbacke. Aber da kommt was auf dich zu. Etwas weitaus Schlimmeres als ich. Die Steuerfahndung."

Ich ging nach oben, schnappte mir mein Sakko von Muttis Kücheneckbank und machte mich vom Acker. Es hatte endlich aufgehört zu regnen. Das Frühlingsgewitter war abgezogen. Dafür erwartete mich ein strahlend blauer Himmel über Zweckel. Die Nachmittagssonne gab noch mal richtig Vollgas und holte nach, was sie in den letzten Stunden versäumt hatte. Das ganze Nest bekam eine Schnelltrocknung von ihr verpasst. Da, wo die Straße nicht von tropfenden Bäumen überschattet wurde, war der Asphalt bereits wieder getrocknet. Ich warf einen letzten Blick auf die alte Bergmannssiedlung, die auch im gleißenden Sonnenlicht einfach nur kacke aussah. Ich konnte es kaum erwarten, wieder zurück in die Zivilisation zu kommen.

Auf dem Rückweg ins richtige Leben rief ich über die Freisprechanlage Kirch an, der inzwischen auch was rausbekommen hatte. Er und Fröhlich hatten Birgit Buchecker einen Besuch abgestattet und dabei von Athos aus gutem Hause Wind bekommen. Der Hauptkommissar war ziemlich ungehalten darüber, dass ich ihm diese Nuance verschwiegen hatte. Aber dafür hatte ich ja was, womit ich das wiedergutmachen konnte. „Aber Herr

Hauptkommissar!", flötete ich. „So derbe Worte von einem deutschen Beamten. So kenn ich Sie gar nicht."

„Sie werden mir alles sagen, was Sie über diesen Verlobten wissen. Sonst werfe ich Sie jetzt gleich der Presse zum Fraß vor und verhafte Sie vor den Augen der Meute wegen Mordverdachts an Vicky De Winter. Haben Sie das verstanden, Herr Zibulla?"

„Gemach, gemach! Sie müssen nicht gleich mit Kanonen auf Spatzen schießen. Wie fänden Sie es, wenn ich stattdessen Athos der Polizei zum Fraß vorwerfe. Wie klingt das in Ihren Ohren?"

„Was soll das heißen?"

„Sie hatten recht mit Riedinger. Er hatte was zu verheimlichen. Auf seinem Dachboden haben sich Vicky De Winter und ihr Athos regelmäßig zum Schäferstündchen getroffen. Sie hatten einen Deal. Riedinger und seine Mutter räumten jedes Mal das Feld, wenn die beiden poppen wollten. Hat sich gut dafür bezahlen lassen, der Fettsack. Leider hat er überzeugend versichert, nicht zu wissen, mit wem Vicky sich dort getroffen hat. Schicken Sie die Spurensicherung hin, die werden bestimmt reichlich Anhaltspunkte für die Identität des heimlichen Lovers finden."

„Was meinen Sie mit überzeugend versichert?"

„Wollen Sie das wirklich wissen?"

„Ist er verletzt?"

„Ach was! Wofür halten Sie mich? Es geht dem Dicken gut. 'ne Tablette gegen Bluthochdruck und 'ne Ladung Insulin, dann ist der wieder fit. Ich wette, wenn Sie mit ihm fertig sind, geht's ihm nicht mehr so gut. Sie sollten übrigens unbedingt die Nachbarschaft befragen. Vielleicht hat von denen jemand etwas mitbekommen, ein fremdes Auto bemerkt oder merkwürdige Geräusche aus dem Hause Riedinger gehört. Aber ich brauche Ihnen ja wohl nicht Ihren Job zu erklären."

„Sonst noch was?"

„Sagen Sie ihm nicht, wer ich bin. Erzählen Sie ihm, ein anonymer Anrufer hätte Sie über seine Machenschaften informiert."

Ich interpretierte Kirchs Schweigen als Zustimmung. Es war ja auch in seinem Interesse, dass mein Name aus der Sache rausblieb. Spätestens wenn er sah, wie quicklebendig der dicke Guido immer noch war, würde Kirch einen Teufel tun und riskieren, dem Staatsanwalt erklären zu müssen, wieso er einen eiskalten Schweinehund wie mich auf den Verdächtigen angesetzt hatte. Vielleicht war er noch böse auf mich, weil er meine Absichten beim Verschweigen des heimlichen Verlobten falsch interpretierte, aber eigentlich hielt ich den Hauptkommissar für zu schlau, um nachtragend zu sein. Ich startete einen Versuch, das herauszufinden.

„Sagen Sie mir Bescheid, wenn Sie was gefunden haben."

„Wir werden sehen, Herr Zibulla. Wir werden sehen."

Er legte in dem Moment auf, als ich die Lippe überquerte. Die Zivilisation hatte mich wieder. So sehr, dass ich direkt erst mal zwei Stunden im Feierabendverkehr feststeckte. Aber der Tag war leichter verlaufen als gedacht. Ich musste den Fettsack Riedinger nicht mal anfassen und hatte trotzdem einiges herausgefunden. Ich vertrieb mir die Zeit im Stau mit schönen Gedanken, dann rief ich Anna an, um ein bisschen Schönwetter bei ihr zu machen.

Kapitel 18

Ich war zweifellos der ungekrönte Weltmeister im Schönwettermachen. Als am Donnerstagmorgen die Sonne über Ruhrstadt aufging, lag ich wach in Annas Bett und wähnte mich im Paradies. Durchs offene Fenster drang Vogelgezwitscher hinein, und die Laken rochen nach Sex. Und zwar genau nach dem Hammersex, den wir letzte Nacht miteinander hatten. Anna lag neben mir, das Gesicht ins Kissen gemummelt, und schlief den Schlaf der Erschöpften. Über drei Wochen war es her, dass ich das letzte Mal im Paradies vorbeischauen durfte, eine verdammte Ewigkeit. Ich hatte 'ne Menge nachzuholen, und Anna anscheinend auch. Es war sogar relativ leicht, sie am Telefon zu überreden, den Abend gemeinsam mit mir zu verbringen. Sie hatte sich nur kurz geziert, und später, nach 'nem Fläschchen rotem Vino, dann gar nicht mehr. Mein Leben war wieder im Lot.

Ich hatte einen Lauf. Vickys und Athos' Liebesnest war mir in den Schoß gefallen und meine Herzdame direkt hinterher. Ich bekam das Grinsen überhaupt nicht mehr aus dem Gesicht. Der gestrige Tag bekam von mir eine glatte Eins plus. So konnte es ruhig noch 'ne Weile weitergehen. Bei so viel Glück hielt ich es sogar für möglich, dass der Mordfall Vicky De Winter schon gelöst war, während ich im warmen, weichen Bett der tollsten Frau der Welt lag. Ich zweifelte keine Sekunde daran, dass die Polizei Spuren von Athos aus gutem Hause auf Riedingers Dachboden in Hinterwäldlerhausen gefunden hatte. Fingerabdrücke, Haare, Hautschuppen, Sperma, die ganze Palette. Nur was waren sie wert? Wenn der Kerl nie polizeilich erfasst worden war, würden sie ihn auch nicht identifizieren können. Aber ey, ich hatte einen Lauf. In solchen Phasen war alles möglich. Der Beweis dafür lag neben mir.

Anna vergrub ihr Gesicht tiefer ins Kissen und grummelte was von wegen Scheißvögel und ewiges Gepiepse. Ich schnappte mir eine von ihren rotbraunen Locken und kitzelte sie damit im Ohr. Nur aus dem Handgelenk schlug sie träge danach, dann versteckte sie ihr Ohr im Kissen. Das Laken verrutschte etwas und legte ihre nackte Schulter frei. Der Anblick reichte völlig aus, um einen verliebten Gockel wie mich dahinschmelzen zu lassen. Ich konnte nicht anders, ich musste diese Schulter küssen.

„Ich will noch schlafen!“, quengelte sie.

Sie war so weich und warm und roch nach gehabter Lust und befriedigter Gier. Dennoch riss ich mich zusammen. Die Lady wollte noch schlafen. Um ihr zu zeigen, wie sehr ihr Wille mein Befehl war, summte ich meiner Süßen die Melodie von „It’s a man’s world“ ins Ohr, um das Vogelgezwitscher von draußen zu verdrängen. Anna liebte es, wenn ich ihr James Brown vorsummte. Ich machte das immer nach dem Sex. Ich fühlte mich dann auch immer wie der Godfather selbst. Anna entspannte sich sofort und murmelte: „Hmmh!“

Ich summte das Lied bis zum zweiten Refrain, dann zwang mich meine Blase, den magischen Moment zu beenden. Ich musste schiffen.

Es war noch keine sieben Uhr. Nachdem ich brav im Sitzen gepinkelt hatte, setzte ich Kaffee auf und sah nach, was fürs Frühstück im Haus war. Anna hatte so einen kleinen Ernährungsspleen. Sie aß nur Grünzeug und Körnergedöns. Hauptsächlich aus Protest gegen industrielle Tierhaltung. Aber auch wegen der Panik davor, dick zu werden. Sie fand sich eh schon etwas pummelig, was ich für maßlos übertrieben hielt. Aus meiner Sicht konnte Anna nicht perfekter gebaut sein. Wie erwartet war außer ein paar Naturjoghurts und vergammeltem Obst nix Gescheites in ihrem Kühlschrank. Kein Schinken, keine Salami, keine Leberwurst. Dafür immerhin Eier und Käse. Ich brutzelte uns Omelettes, deckte das Klapptablett und wartete in der Küche, bis ihr Wecker klingelte. Wir frühstückten im Bett, dann schoben wir noch 'ne schnelle, geile Morgennummer, bevor wir uns um halb neun schweren Herzens voneinander trennten, um uns auf den Weg zur Arbeit zu machen.

Es war nicht wirklich eine Entscheidung, die ich traf. Es war mehr eine Selbstverständlichkeit, dass ich nicht in meine Detektei im Innenhafen fuhr, sondern direkt ins Polizeipräsidium. Ich wollte Kirch die Möglichkeit geben, sich persönlich bei mir dafür zu bedanken, dass ich ihm das Liebesnest des Mordopfers frei Haus geliefert hatte. So war ich halt, wenn ich einen Lauf hatte, großzügig bis zum Abwinken.

In Sheriff-City war Hochbetrieb. Erst stand ich im Stau, dann fand ich keinen Parkplatz, und dann pflaumte mich ein Fußgänger an, weil ich ihm beinahe über die Füße gefahren wäre. Ja, ich war ein klein wenig unkonzentriert am Steuer. Ich hatte immer noch den süßen Geruch von Morgensex in der Nase. Es war mir scheißegal, dass ich gefühlte achtundzwanzig Mal um den Pudding fahren musste, bis ich endlich eine freie Parklücke fand. Der unfreundliche Fußgänger durfte sogar unbehelligt seiner Wege ziehen, obwohl er mich Schwachmat genannt hatte. Ich war high und so vollgestopft mit good vibrations, dass mir selbst Furzkommissar Fröhlich an diesem wunderschönen Donnerstagmorgen nicht auf die Eier gehen konnte.

Die beiden Kommissare waren nicht sonderlich erfreut, mich zu sehen. Irgendwie hatte ich einen freundlicheren Empfang erwartet, nach allem, was ich für sie erledigt hatte. Aber Kirch sah mich an, als wäre ich ein Kinderschänder. Und Fröhlich, na ja, Fröhlich guckte eh immer gleich dämlich aus der Wäsche. Auf ein Zeichen seines Chefs schloss Fröhlich die Bürotür hinter mir und blieb dort mit verschränkten Armen stehen. Ich musste lächeln, weil es so aussah, als wenn die beiden mich aufmischen wollten, aber Fröhlich bewachte nur die Tür, damit niemand einfach so ins Büro stolpern konnte, während ich mich darin aufhielt. Den Fakt stellte Kirch ziemlich schnell klar. „Haben Sie noch alle Tassen im Schrank? Hier einfach so aufzutauchen!“

„Wieso?“

„Riedinger ist hier! Wenn er Sie hier sieht, haben wir ein Riesenproblem.“

„Ah, verstehe! Wieso ist der Fettsack immer noch hier? Der weiß nix!“

„Wir konnten ihm ja keine Waffe ins Maul schieben.“

Es war Fröhlich hinter mir, der das sagte. Ich drehte mich zu ihm um und erwiderte: „Sie könnten ihm nur eine Waffe ins Maul schieben, wenn Sie sich vorher auf 'ne Kiste Bier stellen würden, Sie Witzfigur.“

Kirch war am Ende seiner Geduld. Er stand auf und kam mit ausgestrecktem Zeigefinger auf mich zu. „Sie haben einem Zeugen mit Hinrichtung gedroht. Ich will jetzt sofort wissen, was das für eine Waffe ist, wo sie ist und auf wen sie registriert ist. Auf Ihren Namen ist sie es jedenfalls nicht!"

„Aber Herr Hauptkommissar, Sie wissen doch, ich hantiere nur mit Spielzeugknarren."

„Ich dachte, Ihr Spielzeug wäre Ihnen in der Mordnacht abhandengekommen?"

„Es waren zwei in einem Pack, mit Cowboygurt und Sheriffstern. Für fünfzehn Euro bei Karstadt."

Er glaubte mir kein Wort, aber ich hatte so gute Laune, dass ich ihm einen kleinen Einblick in meine Methoden gönnte. Ich packte den Hauptkommissar unvermittelt hart an der Gurgel und schob seinen Kopf in den Nacken. Dann hielt ich ihm den ausgestreckten Zeigefinger der anderen Hand direkt vor sein linkes Auge und machte dabei ein Gesicht, als würde ich mir gerade Hundekacke aus den Schuhsohlen pulen. Vier Sekunden fixierte ich ihn mit eiskalten Augen. Er wollte was sagen, sich wahrscheinlich beschweren, aber mein Griff an seiner Gurgel blockierte auch seine Kauleiste. Als Fröhlich hinter mir endlich aufwachte und reagierte, war der Grundkurs in Sachen überzeugendem Auftreten schon fast vorbei. Ich knurrte Kirch ins Gesicht: „Geben Sie zu, dass Ihr Kollege eine Bratwurst ist, oder ich ramme Ihnen den Scheißfinger durch Ihr Scheißauge bis in Ihr Scheißgehirn."

Hinter mir hörte ich, wie eine Waffe durchgeladen wurde. Noch bevor Fröhlich mich mit der Knarre in der Hand dazu auffordern konnte, löste ich von selbst meinen Griff um Kirchs Gurgel. Ich entspannte meine Gesichtszüge und trat einen Schritt von ihm zurück. Ich sah nach Fröhlich, der mit gezogener Waffe hinter mir stand. Er machte keine Anstalten, das Ding zu entschärfen. Ich nahm die Hände auf den Rücken und stand da, als könnte ich kein Wässerchen trüben. Kirch war empört, aber auch beeindruckt von der kleinen Vorstellung. Er drehte ein bisschen seinen Hals herum, rieb sich den Nacken und wischte sich zu guter Letzt mit einem Taschentuch über die blanke Stirn. Ich vergaß keineswegs, mich bei ihm zu entschuldigen. „Nix für ungut, Herr Hauptkommissar. Ich wollte Ihnen nur beweisen, dass entsprechendes Charisma jede Waffe lebensbedrohlich macht. Selbst einen Finger. Ich brauchte für Riedinger keine echte Knarre. Specki war auch so Wachs in meinen Händen. Und dafür haben Sie mich doch schließlich dahin geschickt."

Kirch war immer noch empört und immer noch beeindruckt. Er hatte mir aufmerksamer zugehört, als es nötig gewesen wäre. Dabei nickte er die ganze Zeit. Der Bulle hatte sicher die eine oder andere Fantasie, was man seiner Meinung nach alles mit mir anstellen sollte. Vielleicht hoffte er auch nur, dass mir eines Tages einer über den Weg lief, der mit mir so umspringen konnte. Das wünschten mir eh schon sehr viele Menschen. Allerdings hatte keiner von denen die Möglichkeiten, die ein Hauptkommissar hat.

„Knall ihn ab!", sagte er zu Fröhlich.

„Oh, nur zu gern!", antwortete der.

Ich breitete die Arme aus und zwinkerte Kirch zu. Den Spaß hatte er sich verdient. Fröhlich zielte auf meine Eier, und es war aus seinem Möchtegern-Pokerface alles andere als glasklar abzulesen, ob er sie mir lieber abschießen oder ablecken wollte. Ich wusste genau, dass selbst Furzkommissar Fröhlich nicht so dämlich war, im Polizeipräsidium auf einen unbewaffneten Mann zu schießen. Der Bluff funktionierte nicht. Der Ältere sah das schnell ein, der Blödere hatte immer noch meine Klöten im Visier.

„Sie sind ein Arschloch, Herr Zibulla!", sagte Kirch voller Überzeugung, nahm seine Brille vom Schreibtisch, putzte sie ausgiebig, setzte sich in seinen Stuhl, kontrollierte im einfallenden Sonnenlicht noch mal die Sauberkeit der Brillengläser, setzte sich dann das Ding umständlich auf die Nase und sagte jetzt erst zu Fröhlich: „Nimm die Waffe runter. Wir dürfen ihn ja doch nicht abknallen. Leider!"

Die Situation entspannte sich wieder. Fröhlich steckte seine Automatik wieder ein, und Kirch schüttelte enttäuscht den Kopf. An meiner Laune änderte das alles gar nix. Ich gab mich gönnerhaft. Zeigte auch ausreichend Verständnis für die Empörung des Beamten. Dann schlug ich einen noch freundlicheren, fast kumpelhaften Ton an. „Nachdem die Frage nach meinen Methoden nun geklärt ist, kommen wir doch zu den Ergebnissen meiner Methoden. Was haben Sie auf Riedingers Dachboden gefunden?"

Kirch zögerte. Er lehnte sich zurück und sah mich grübelnd an. Schließlich sagte er: „Riedinger ist eine Sackgasse. Er hat seinen Dachboden an das Mordopfer vermietet, die, wie die Spuren beweisen, sich dort mit einem Mann getroffen hat. Fingerabdrücke, Sperma, DNA in Hülle und Fülle. Aber kein Treffer. Der Unbekannte ist weder bei uns noch beim BKA noch bei Interpol registriert. Mutter und Sohn Riedinger haben ihn auch nie gesehen. Keinem Nachbarn ist je irgendwas aufgefallen. Wir haben also keine Ahnung, wer er ist. Es gibt auch keine Übereinstimmung mit den spärlichen Spurenfunden im Mordhaus. Wenn Athos am Tatort gewesen war, dann gibt es keinen stichhaltigen Beweis dafür. Wir haben ein Liebesnest ausgehoben und einen übergewichtigen Steuerhinterzieher dingfest gemacht. Viel Rauch um nichts."

„Immerhin haben wir Athos' DNA! Irgendwas Verdächtiges auf Riedingers Festplatten?"

„Wir haben noch nicht alles gesichtet, aber sieht alles koscher aus."

„Verdammt!"

Ich sah rüber zu Fröhlich, der immer noch die Tür bewachte. Kaum zu glauben, aber in diesem Moment waren wir tatsächlich einer Meinung. Er presste enttäuscht die Lippen zusammen und nickte zustimmend.

„Das wäre ein Glückstreffer gewesen, was?", stellte ich in den Raum.

„Zumindest hätte es eine große Lücke in Vicky De Winters geheimem Privatleben geschlossen", erwiderte Kirch.

„Sie glauben nicht, dass Athos der Mörder ist?"

„Er ist verdächtig, aber nicht zwangsläufig der Mörder. Sehen Sie, wenn er dahinterstecken würde, dann hätte er einen Riesenfehler begangen. Er hätte uns niemals das Liebesnest finden lassen dürfen. Der Mord an Vicky De Winter wurde blitzsauber durchgeführt. Eiskalt berechnend und absolut professionell. Wer so vorgeht, vergisst nicht, seine Spuren zu beseitigen. Wenn ihr Liebhaber ihr Mörder ist, hätte er Riedingers Dachboden in Schutt und Asche gelegt und mögliche Zeugen für immer zum Schweigen gebracht. Meiner Meinung nach handelt es sich bei Athos um ein verzogenes Millionärssöhnchen, das seinen Spaß mit einem Pornostar hatte, dem jetzt aber der Arsch auf Grundeis geht. Deshalb gibt er sich nicht zu erkennen."

„Vielleicht haben Sie recht. Aber wir sollten da trotzdem am Ball bleiben."

„Wir? Nein, Herr Zibulla! Hiermit ist unsere inoffizielle Zusammenarbeit offiziell beendet. Ich wünsche noch einen schönen Tag."

Ich zog meine Mundwinkel nach unten und nickte sarkastisch. Kirch fragte am Telefon nach, wo sich der inhaftierte Riedinger zurzeit aufhielt. Er nickte Fröhlich zu, der für mich die Tür öffnete. Nicht mehr nickend, aber immer noch mit heruntergezogenen Mundwinkeln setzte ich mich in Bewegung. Ich wollte damit ausdrücken, dass es ein großer Fehler war, mich aus der Sache auszuschließen. Es kann aber auch gut sein, dass ich stattdessen wie eine beleidigte Leberwurst gewirkt habe.

Kapitel 19

Um Punkt Mittag saß ich in meinem schicken Büro und starrte auf mein virenverseuchtes Smartphone. Es hatte zwei neue Nachrichten für mich. Mein Lieblingsanwalt lockte mich mit einem interessanten Auftrag, der mir ordentlich Kohle einbringen würde. Ich rief ihn vom Festnetz aus an, um zähneknirschend abzusagen. Es war nicht die Zeit, um vermeintlichen Versicherungsbetrügern die Hammelbeine lang zu ziehen. Die zweite Nachricht interessierte mich da im Moment wesentlich mehr. Sie war von einem ehemaligen Mandanten. Stefan „Stevie" Nauth, ihm gehörte die Gastronomie in der Küppersmühle, nur zwei Getreidesilos von meinem Büro entfernt. Ich hatte ihm damals bei einem Missverständnis mit drei Polen geholfen, die irrtümlich geglaubt hatten, sie wären eine Bande und könnten Schutzgeld von ihm erpressen. Er hatte auf meine Mailbox gequatscht, dass ihn gestern Abend jemand nach mir gefragt hätte. So'n Knilch wäre mit 'nem unscharfen Foto von mir durch die Kneipen gezogen und hätte jeden gefragt, ob er den Typ auf dem Foto kenne. Natürlich hatte Stevie mich nicht ans Messer geliefert, versicherte er ausdrücklich. Aber für seine Belegschaft, insbesondere die ewig plappernde studentische Aushilfskraft Natalie, würde er seine Hände nicht ins Feuer legen. Immerhin war Stevie so clever gewesen, den Knilch zu fotografieren, ohne dass der es mitbekam. Den Schnappschuss schickte er mir per MMS.

Ich überlegte kurz, ob es sinnvoll war, mir die Datei anzusehen. Aber dann fiel mir ein, dass der Virus auch freien Zugriff auf meine Postfächer erlaubte. Also war es scheißegal. Stevies Nachricht war schon fünfzehn Stunden alt. Ich musste also davon ausgehen, dass ich nicht der Erste war, der sich das Foto ansah.

Auf Stevies Foto stand ein junger Typ, Mitte zwanzig, gut aussehend, stylish, mit Sneakers zum billigen Anzug, dazu eine hippe Kopfsocke über der Rübe, an einem Stehtisch in der Küppersmühle. Er zeigte gerade der geschwätzigen Kellnerin Natalie etwas. Er war etwa eins achtzig groß, eher hager, brachte es vielleicht auf siebzig Kilo, wenn überhaupt. Die Aufnahme war von der Seite gemacht worden, deshalb war sein leicht abstehender Ziegenbart gut zu erkennen. Ich hatte den Knilch noch nie zuvor gesehen. Aber Stevie hatte recht, was Natalie betraf. So verzückt, wie die Plappertante den hübschen Kerl anlächelte, war sie bestimmt hocherfreut, ihm helfen zu können. Wie auf Kommando schlug just in diesem Moment auf meinem Computermonitor die Software meiner Videoüberwachung Alarm. Bewegungsmelder draußen auf dem Flur aktivierten sie. Natalie hatte geplappert. Der Knilch mit dem Ziegenbart hatte mich gefunden.

Ich legte das Smartphone zur Seite und lud die 38er durch, bevor er meine Bürotür erreicht hatte. Auf dem Monitor beobachtete ich ihn. Er machte keine Anstalten, sich gewaltsam Zutritt zu verschaffen. Höflich, aber bestimmt klopfte er an die Tür. Ohne eine Reaktion meinerseits abzuwarten, rief er: „Herr Zibulla? Mein Name ist Karsten Katz. Ich bin von der RAZ. Ich würde gern mit Ihnen über Ihr Zusammentreffen mit dem ermordeten Pornostar Vicky De Winter reden. Sie wissen schon, letzte Woche Dienstag, hier auf dem Damm. Als Sie die Jungs ins Hafenbecken geworfen haben."

Mit der Waffe zielte ich auf die Tür und behielt ihn gleichzeitig am Monitor im Auge. Er wartete auf eine Antwort von mir. Ein klein wenig schien er mir zu jung, um als Reporter für die größte Tageszeitung in Ruhrstadt zu arbeiten. Ungeduldig verlagerte er sein Gewicht von einem Bein auf das andere und wieder zurück. Schließlich klopfte er erneut und rief: „Kommen Sie, ich weiß, dass Sie da sind. Ich habe Sie selber reingehen sehen. Nur ein paar Fragen. Ist vielleicht ja auch in Ihrem Interesse."

Ich googelte ihn schnell, und tatsächlich spuckte die Suchmaschine sofort eine Verbindung zwischen der RAZ und einem Karsten Katz aus. Er war dort Online-Redakteur. „Alles für den Katz" hieß seine tägliche Kolumne. Mit Foto. Der Knilch sagte die Wahrheit. Dennoch konnte ich nicht wissen, ob er nicht schon von Vickys Mördern kontaktiert worden war. Ich hatte nicht vor, alle Vorsicht in den Wind zu schießen. Ich war neugierig, das ja, ich wollte wissen, woher er von den Jungs wusste. Ich hatte auch schon eine ausgezeichnete Idee, wie ich ihn am besten empfangen konnte. „Ziehen Sie sich aus!", befahl ich ihm über die Gegensprechanlage. „Bis auf die Unterhose!"

„Was?", rief er irritiert. „Haben Sie ein Rad ab, oder was?"

Er zeigte der geschlossenen Tür den Vogel. Noch hatte er nicht geschnallt, dass ich ihn beobachtete. Als er genug davon hatte, der Tür den Vogel zu zeigen, stemmte er die Hände in die Hüften und begann nachdenklich hin und her zu laufen.

„Ich weiß nicht, wer Sie sind", half ich ihm auf die Sprünge. „Sie könnten wer weiß wer sein. Sie wollen mit mir über Vicky De Winter reden? Dann Plörren aus. Ist auch in Ihrem Interesse. Sonst denke ich womöglich, Sie wären bewaffnet."

Er schüttelte den Kopf und wollte schon abdrehen, aber er besann sich eines Besseren. Einen Moment stand er unschlüssig im Hausflur, dann sah er sich um, stellte fest, dass sich außer ihm keiner dort aufhielt, und begann sich widerwillig auszuziehen. Er trug nur noch Socken, Boxershorts von den Simpsons und seine Wollmütze, als ich ihm die Tür öffnete. Die Strickmütze nahm ich ihm ab, als er wortlos an mir vorbei ins Büro stapfte. Ich bat ihn, am Schreibtisch Platz zu nehmen. Dann holte ich blitzschnell seine Plörren rein und verriegelte wieder die Bürotür hinter mir. In seiner Jacke fand ich ein Päckchen Marlboro, ein Zippo-Feuerzeug mit Harley-Davidson-Emblem, Schlüsselbund, Notizblock und Brieftasche. Sein Smartphone war in der Hosentasche. Ich krempelte alles auf links, sah mir die Nähte genauer an und warf das Zeug dann achtlos auf das Chesterfield-Sofa.

Wir saßen uns gegenüber, er in Boxershorts, ich in Superarrogant. Der Inhalt seiner Taschen lag vor mir auf dem Schreibtisch. Gelangweilt besah ich mir seinen Pass und seinen Presseausweis. Völlig unaufgeregt sagte er:

„Okay! Ich verstehe. Sie sind ein ganz harter Hund. Und ich nur ein kleines Würstchen. Aber wenn Sie jetzt, sagen wir mal, zwei Gänge runterschalten könnten und mir die Chance geben würden, Ihnen zu erklären, was ich von Ihnen will, das wäre ganz reizend."

Fürs Runterschalten sah ich keine Notwendigkeit. Da, wo ich ihn hatte, wollte ich ihn haben: in Unterhosen einem harten Hund ausgeliefert. Das war exakt der Gesprächskontext, den ich liebte. „Deine Geschichte. In kurzen, knappen Sätzen. Jetzt!"

Er bohrte sich im Ohr. Gab vor, sich nicht mehr so sicher zu sein, ob er unter diesen Umständen jetzt überhaupt noch Bock hatte, mit mir zu reden. Ich taxierte ihn nur. Irgendwann hatte er dann eine Entscheidung gefällt. Er hörte auf, im Ohr zu popeln, und schlug einen professionellen Ton an. „Also von mir aus! Dann spiel ich halt Ihr Spielchen mit. Ich bin Online-Redakteur bei der RAZ. Uns ist ein Videostream zugespielt worden, auf dem zu sehen ist, wie Sie am Dienstagvormittag, den 11. Mai, hier unten auf dem Portsmouth-Damm Kontakt zu Vicky De Winter hatten. Drei Tage vor ihrem Tod. Das ist das letzte Bildmaterial zu ihren Lebzeiten. Es sieht aus, als würden Sie ihr helfen mit den vier Typen im Cabrio. Wir würden es gern veröffentlichen, mit einer kleinen Geschichte über Sie drum herum."

„Woher kommt das Video? Wer hat es gemacht?"

„Ulkige Geschichte. Wir hatten zunächst nur zwei Fotos, die uns Montagmorgen mit der ganz normalen Post erreichten. Darauf ein unkenntlich gemachter Kerl mit dem Pornostar. Im Begleitschreiben standen ein paar Details zur Handlung und das Angebot, den ganzen Film für tausend Euro zu kaufen."

„Und ihr habt bezahlt?"

„Na klar! Haben Sie 'ne Ahnung, wie viele Klicks unsere Homepage dank des Streams bekommen wird? Hunderttausende. Hier in Ruhrstadt schmieden wir das Eisen, solange es heiß ist. Und die Zeit läuft. Eigentlich sollte es gestern schon online gestellt werden. Entgangene Werbeeinnahmen, Sie verstehen?"

„Wer hat es euch verkauft?"

„Ja, das ist der ulkige Teil. Der Typ war so bescheuert, der hat sich bei der Übergabe komplett verkleidet. Echt wahr, so richtig mit Perücke, angeklebtem Bart und so einer Brille mit integrierter Rübennase. Hab ich noch nie erlebt, so was. Also ein Paparazzo war das nicht."

„Wann und wo war die Übergabe?"

„Wie wäre es, wenn ich mir meine Hosen wieder anziehen würde und mein T-Shirt, vielleicht sogar die Schuhe. Dann könnte ich mich bestimmt besser erinnern."

Ich warf ihm seine Kopfsocke hin, weiter kam ich ihm nicht entgegen.

„Wann und wo?"

„In der Nacht von Dienstag auf Mittwoch in dieser Woche. Am Haus Scheppen am Baldeneysee im Ersten Bezirk. Er kam auf einem Klapprad. Das Ganze dauerte keine fünf Minuten. Er zeigte mir den Film auf seinem Telefon, nahm die Speicherkarte raus, ich gab ihm das Geld, er mir die Karte. Und er verschwand auf seinem Fahrrad über das Hardenbergufer in Richtung Stauwehr."

„Was ist dir sonst an ihm aufgefallen?"

„Nichts, Mann! Das war ein Bekloppter. Ich war froh, dass mir in der dunklen Ecke nicht ein noch Beklopptererer den Schädel eingeschlagen hat, nur um an die tausend Euro zu kommen."

„Zeig mir das Video!“

„Es ist auf meinem Smartphone. Kann ich mich jetzt anziehen?“

Ich gab ihm eine seiner Kippen und sagte:

„Hier muss man sich alles schwer erarbeiten.“

Seinem Gesicht nach zu urteilen, dauerte ihm das zu lange. Er steckte sich eine an und sagte:

„Die Bilder hier an der Wand, von James Brown, die passen zu Ihnen, wissen Sie das? I got soul, and I am superbad! Ist doch von ihm, oder? Also superbad, finde ich, das hatten wir jetzt zur Genüge. Wie wäre es, wenn wir langsam mal auf Soul umsteigen? Ich tue Ihnen schon nicht weh. Aber das hier, das ist doch absurd!“

Während er rauchte und versuchte, mir Honig ums Maul zu schmieren, sah ich mir auf seinem Smartphone das Video an. Es setzte abrupt da ein, wo der Schlacks gerade die unanständige Geste machte. Ich war hinter ihm zu sehen, perfekt gekleidet im dunkelbraunen Cerruti-Dreiteiler, zu dem meine neuen hellbraunen Doppelmonk-Santoni-Slipper aus Kalbsleder mit Flügelkappe ausgezeichnet passten. Nebenbei fielen mir noch andere Dinge auf. Zum einen wirkte der Film geschnitten, weil er so abrupt anfing. Zum anderen war die Perspektive eine andere, als ich erwartet hatte. Das Video war nicht aus dem Fenster eines Büros auf der Innenhafenseite des Damms gemacht worden, sondern von der anderen, der Rheinseite. Interessant war auch, dass, obwohl das Video gegen das Licht der Sonne, die gerade über die Ziegel der Faktorei 21 geklettert kam, aufgenommen wurde, die Bildqualität doch ausgesprochen gut war. Das war nicht spontan mit einem Handy gefilmt worden, da war ziemlich gutes Equipment am Start gewesen. Selbst der volle

Zoom machte das Bild nicht sonderlich pixelig. Das Ende war dann wieder genauso abrupt wie der Beginn. Nachdem Vicky De Winter mit dem Kerl im perfekt sitzenden dunkelbraunen Maßanzug gequatscht hatte, lief sie aus dem Bild, und Cut und Over and Out.

Geduldig fummelte ich die Speicherkarte aus dem Telefon, was bei den winzigen Teilen mit meinen dicken Fingern immer ein Geduldsspiel ist. Aber letzten Endes gelang es mir. Ich gab Karsten Katz sein Smartphone wieder.

„Sie wissen, dass es von dem Film eine Kopie auf unserem Server gibt?", fragte er klugscheißerisch.

„Kennt die Polizei das Video?"

„Nein! Die würden es wahrscheinlich sofort beschlagnahmen. Und futsch wären die hunderttausend Klicks."

„Und die fünfhundert Euro", testete ich ihn.

„Tausend Euro", verbesserte er.

„Hat dich irgendjemand nach mir gefragt, nachdem du gestern Abend in der Küppersmühle Natalie ausgequetscht hast?"

„Woher wissen Sie das? Äh, nein! Es war andersrum, ich habe die Leute gefragt, ob sie Sie kennen."

„Zieh dich an."

Alles in seinem Ausdruck schrie: Na endlich! In weltrekordverdächtigem Tempo schlüpfte er in seine Klamotten. Dann sammelte er sein Zeug auf dem Schreibtisch ein und setzte sich wieder, seinen Notizblock im Anschlag.

„Wo das jetzt geklärt wäre, kommen wir doch zu Ihrer Geschichte. Sie und Vicky De Winter. Erzählen Sie mal!"

Dazu hatte ich aber keine Lust. Alles sprach dafür, dass hier nicht ein zufälliger Beobachter eine witzige Begebenheit auf dem Damm festgehalten hatte, sondern dass gezielt observiert worden war.

Merkwürdig war nur, dass bisher von Seiten der Täter versucht wurde, die Observierung des Opfers geheim zu halten. Alle Überwachungstechnik in Vicky De Winters Haus war spurlos verschwunden, und jetzt wurden plötzlich Aufnahmen aus der Observierung für tausend Euro an die Presse verschleudert. Da passte was nicht zusammen. Es sei denn, meine Mandantin war zweifach überwacht worden. Einmal hochmodern observiert und einmal klassisch gestalkt. Wobei der eine nichts von dem anderen wusste. Sollte mich der Teufel holen, das könnte auch erklären, wieso jemand vom Tatort die Polizei angerufen hatte.

Plötzlich hatte ich es eilig. Meine Erkenntnis war mir nur von Nutzen, solange ich der Einzige war, der sie hatte. Das Video durfte also vorerst nicht an die Öffentlichkeit. Niemand hatte wegen mir oder dem Video Kontakt mit Karsten Katz aufgenommen. Das schränkte die Anzahl der Eingeweihten auf den Reporter, mich und vielleicht ein paar Leute in der Redaktion der RAZ ein. Ich musste die Chance im Genick packen. Beinahe tat es mir leid, dass mir nur ein möglicher Weg zur Verhinderung der Veröffentlichung einfiel. Mir persönlich hätte es ja nichts ausgemacht, wenn die Welt sofort sehen könnte, wie ein gut aussehender, fantastisch angezogener, groß gewachsener Soulbruder einer holden Schönen in Nöten beisteht. Das hatte doch absolut Vorbildcharakter. Ein wenig bedauerte ich aber Karsten Katz, denn was dann folgte, gefiel ihm gar nicht.

Ich hatte ihm erklärt, dass es sein musste. Aber meine Worte stießen auf taube Ohren. Er zappelte auf meinem Chesterfield-Sofa und simulierte Erstickungsanfälle, weil er durch den geknebelten Mund keine Luft bekam. Fast eine ganze Rolle Universal-Klebeband war draufgegangen, um den Reporter zu einem zappelnden, prustenden Päckchen zu verschnüren. Bevor ich ihm den Mund zugeklebt hatte, waren seine letzten Worte: „Das ist Freiheitsberaubung!"

„Nein!", hatte ich erwidert. „Das ist mehr so 'ne Art Schutzhaft."

Mein Gedanke war, dass die bei der RAZ erst mal weiter auf den Artikel ihres Reporters warten würden, bevor sie das Video online stellten. Wie viel Zeit mir durch die Schachmattsetzung von Karsten Katz tatsächlich blieb, war reine Spekulation. Ich hoffte auf zwei, vielleicht drei Stunden. Das könnte reichen. Ich konnte den Damm von meinem Bürofenster aus sehen. Das Video war von der Westseite aufgenommen worden. Alles, was es da gab, war Five Boats, der Jachthafen mit den glitzernden Türmen. Vom Parkplatz vor Five Boats konnte man den Damm ausgezeichnet beobachten. Nur hundert Meter Luftlinie lagen dazwischen. Die Position passte auch perfekt zum Aufnahmewinkel im Video. Ich schnappte mir das Fernglas von der Anrichte und hielt nach einem blauen Renault Laguna Ausschau. Die Karre stand da. Ich machte mich unverzüglich auf die Socken, hatte aber noch ein paar tröstende Worte für den Reporter. „Nix für ungut, Zeitungsmann. Verhalt dich ruhig, dann kriegst du auch keine Krämpfe. Er wäre nicht klug von dir, jetzt draußen auf der Straße rumzulaufen. Böse Menschen könnten sich für dich interessieren. Mein Sicherheitssystem wird dich vor ihnen beschützen."

„Hmmpf!", antwortete er.

Kapitel 20

Holger Brand stand auf französische Mittelklassewagen. Der blaue Laguna war schon sein dritter innerhalb von sieben Jahren. Den ersten hatte seine Frau platt gefahren, den zweiten er selbst. Immer sofort nach einem Crash hatte er einen neuen Laguna geleast. Er war zufrieden mit dem Gesamtpaket, und wie er aus eigener Erfahrung nur zu gut wusste, schrieben die Typen von Renault Sicherheit immer groß. Holger Brand redete immer gern über sein Auto, wenn ich alle drei Monate rüber zu Five Boats kam, um deren Überwachungssystem zu warten. Er war dort der Facility Manager, was ihn gleichzeitig zum Sicherheitsbeauftragten machte. Letzteres begrenzte sich jedoch darauf, dass regelmäßig das Save-House-Rundum-sorglos-System upgegradet und rebootet wurde. Zum Glück für ihn erwartete sein Brötchengeber nicht, dass er das sündhaft teure Hightech-Sicherheitspaket selbst upgradete und rebootete. Dafür hatte man ja extra einen Wartungsvertrag mit der Firma abgeschlossen, die er ihnen letztes Jahr aufs Auge gedrückt hatte.

Ich traf ihn in seinem Büro, wo er gerade eine Stulle aß und sich dabei auf einem briefmarkengroßen Fernseher eine Soap ansah. Bei meinem Anblick kniff er die Augenbrauen zusammen und schielte mit einem Auge auf seinen Kalender.

„Mahlzeit, Herr Brand. Und guten Appetit", flötete ich.

„Herr Zibulla? Haben wir heute einen Termin?"

„Nein. Nur ein kleiner Routine-Check außer der Reihe. Das gehört zum Full-Service. Essen Sie in aller Ruhe Ihr Brot. Ich logge mich nur schnell in den Computer ein."

Er hatte keinen Grund, argwöhnisch zu sein, und ich keine Zeit für lange Erklärungen. Als hätte eine Taube mitten auf das Glasdach seines Lagunas gekackt, was keine Katastrophe, sondern nur eine Unannehmlichkeit wäre, verzog er sein Gesicht, zuckte mit den Schultern und sagte: „Ich kann mein Brot auch da drüben essen."

Er räumte das Feld hinter dem Schreibtisch, auf das ich sofort meinen Hintern parkte. Mit drei Mausklicks war ich im Archiv. Herr Brand hatte sich gerade erst woandershin gesetzt, da hatte ich schon die Aufzeichnung der Parkplatzkameras von Dienstag vor neun Tagen auf dem Schirm. Im vierfachen Schnellvorlauf spulte ich bis Viertel nach elf. Ungefähr zu der Zeit flog der Schlacks ins Hafenbecken. Insgesamt standen mir drei Perspektiven zur Verfügung. Da der Filmemacher ungehinderten Blick auf den Damm brauchte, sah ich mir zunächst die vordere Kameraaufzeichnung an. In der dritten Reihe stand ein dunkelroter Sierra Kombi. Aus der erhöhten Kameraposition konnte ich nur schemenhaft die Person auf dem Fahrersitz sehen. Er saß da wie angewurzelt, machte keine Anstalten, auszusteigen oder wegzufahren. Er hätte natürlich auf jemanden warten können, aber dann hatte er entweder den längsten Zinken der Welt, oder aber er hielt sich ein Teleobjektiv vors Gesicht.

Ich zoomte Kamera eins auf, die Übersichtskamera. Das Sicherheitssystem war so brillant, dass ich ohne Mühe in messerscharfer HD-Qualität das Nummernschild des dunkelroten Ford Sierra Kombi ablesen konnte.

„Sagen Sie, Herr Brand, kennen Sie einen dunkelroten Ford Sierra Kombi mit dem Nummernschild RST-SW 1902?"

„Sierra? In Dunkelrot? Nee! Ich hab ja damals überlegt, den Laguna auch in Rot zu nehmen. Steht ihm gar nicht schlecht. Aber ich hab mich dann doch für Blau entschieden, wie immer."

„Blau ist ja auch schöner. Sie haben nicht zufällig Listen mit Kennzeichen von den Leuten, die hier arbeiten?"

„Nur von denen, die einen Parkplatz reserviert haben. Aber die kenn ich alle, da ist kein Sierra dabei. Die fahren alle Mercedes oder Audi. Wussten Sie, dass Renault das wesentlich bessere Sicherheitspaket hat als alle deutschen Automobile? Ja, da denkt keiner drüber nach."

Ich nuschelte irgendwas von wegen ja, ja, die Franzosen. Das Kennzeichen allein nutzte mir nicht viel. Alles, was ich darauf ablesen konnte, war die Zulassung des Wagens im Zweiten Bezirk von Ruhrstadt. Für die Bullen wäre das nur ein Anruf, und sie hätten die Personalien des Halters. Wir einfaches Volk mussten dafür die Tücken der Technik nutzen – oder jemanden kennen, der einen kannte, der einen Schwager hatte, dessen schwuler Cousin liiert war mit einem, der sich gut mit Computern auskannte. Nur so kamen wir an Adressen von Internetsites, auf denen Datenschutz mehr als eine Art Herausforderung verstanden wurde. Die Adressen waren nicht einfach zu bekommen, aber für einen Privatdetektiv außerordentlich nützlich. Namen zu Telefonnummern,

Adressen zu Payback-Karten, zum Teil mit Fotos vom letzten Urlaub des Kartenbesitzers, und natürlich Personalien des Halters durchs Autokennzeichen, alles kein Problem. Man musste nur die richtigen Leute kennen und die Bekanntschaft mit ihnen immer gut schmieren.

Der Facility Manager von Five Boats hatte seine Stulle aufgefuttert und sein Sakko wieder angezogen. Es war aus dickem dunkelblauem Leinen mit gelb eingewobenem Anker auf der Brusttasche. Die Joppe gehörte zur Matrosenmütze, die noch am Haken hing. Wann immer er sein Büro verließ, musste er die Mütze tragen, das war in seinem Arbeitsvertrag festgeschrieben. Er sollte die Philosophie von Five Boats jederzeit verkörpern. So lautete sein Auftrag. Ansonsten verwaltete er nur das Gebäude, was ihn nicht gerade aus der Puste brachte.

„Kommen Sie voran?“, fragte er optimistisch.

„Nur noch schnell online ein Update downloaden. Dann bin ich wieder weg.“

„Nur keine Eile. Ich bin echt froh, dass Sie sich so gut kümmern. Wenn da mal was schiefläuft, stünde ich voll in den Möhren. Ich bin ja schon froh, dass ich das Ding benutzen kann. Machen Sie nur, ich sehe mir noch das Ende meiner Soap an. Bin ganz gespannt, ob Lydia schwanger ist.“

Er meinte das ernst. Ich akzeptierte das und betete, dass die Domain, die ich kannte, immer noch aktuell war. Die Adressen der Sites änderten sich alle paar Wochen. Immer dann, wenn Sicherheitslücken in Datenservern vorübergehend geschlossen werden konnten. Die Seite war noch offen. Ich gab das Kennzeichen ein und musste einen Augenblick warten. Meine Anfrage ging zigmal um den ganzen Globus, damit kein Signal einer bestimmten IP-Adresse zugeordnet werden konnte. Das dauerte ein paar Sekunden, dann hatte ich Namen und Adresse des Halters mit dem amtlichen Kennzeichen RST-SW 1902. Es freute mich zudem, dass auch für Holger Brand der Nachmittag mit einer guten Nachricht weiterging. Lydia war tatsächlich schwanger und wollte nicht abtreiben, obwohl der eigene Stiefsohn ihr den Braten in die Röhre geschoben hatte.

Kapitel 21

Die Spur führte mich nach Westende, einer Trabantenstadt, die nur ein paar Autobahnminuten von Five Boats entfernt lag. Dort wohnte der Halter des dunkelroten Sierras mit dem amtlichen Kennzeichen RST-SW 1902. Sein Name war Oliver Beck, seine Adresse lautete Flottenstraße 18b, Zweiter Bezirk rechtsrheinisch. Eine typische Arbeitergegend. Wer in dieser Ecke von Ruhrstadt seine Zelte aufgeschlagen hatte, der konnte in der Regel jeden Tausender gut gebrauchen. Die Gegend passte demnach zu Karsten Katz' Geschichte vom Erwerb des Videos. Oliver Beck lebte in einem grau gekalkten Mehrfamilienhaus mit achtundzwanzig Parteien unter einem Flachdach, auf dem eine ganze Schwadron von Mobilfunkantennen montiert war. Wer auf einen Tausender scheißen konnte, hatte nicht so viele Nachbarn. Es sei denn, er wollte sich in der Masse verstecken. Aber dann würde er wohl kaum seine Klingel mit Namen und Stockwerk beschriften.

Oliver Becks Wohnung befand sich mit drei weiteren im sechsten Stock. Ich hatte mir Zutritt zum Haus verschafft, indem ich einfach irgendwo geschellt und lauthals „Mobilfunk" in die Sprechanlage gegrölt hatte. Ich war überrascht, wie gepflegt der Hausflur war, denn in vielen von diesen Wohnklötzen sieht es aus wie bei Hempels unterm Sofa. Aber dieses hier hatte sogar Blümchen im Treppenhaus und Namenschilder an den Wohnungstüren. Der Aufzug funktionierte nicht nur, es roch nicht mal muffig darin. Auch im sechsten Stock war alles tipptopp. Nachdem ich mehrmals an der Wohnungstür geklingelt und sich in der Wohnung nichts gerührt hatte, brauchte ich noch knappe drei Minuten für das Türschloss, weil ich es nicht beschädigen wollte, und natürlich, um unnötigen Lärm zu vermeiden.

Nachdem ich mich vergewissert hatte, dass sich tatsächlich niemand in der Wohnung aufhielt, begann ich Becks Bude auf den Kopf zu stellen. Das Erste, was ich fand, war eine Visitenkarte von Furzkommissar Fröhlich in der Schale auf dem Schuhschrank in der Diele. Die Bullen waren bei ihm also auch schon aufgeschlagen. Ich war sehr gespannt darauf, wie er in deren Raster geraten war. Wenn ich weniger ungeduldig gewesen wäre, hätte ich bei meiner Durchsuchung vielleicht etwas mehr Rücksicht auf die museumsreife Ordnung in der Wohnung genommen. Der Typ musste so eine Art Ordnungsfimmel haben. Alle seine Unterlagen waren genauso akkurat sortiert wie sein Geschirr in der Küche und seine Klamotten im Kleiderschrank. Seine Hütte sah aus wie eine Musterwohnung in einem Maklerkatalog. Natürlich tat sie das nicht mehr, nachdem ich mir einen Überblick verschafft hatte.

Von Beruf war Oliver Beck Klempner. Er arbeitete für eine Firma, die ihren Sitz im Gewerbepark Niederrhein hatte, direkt um die Ecke von Vicky De Winters Haus. Er ging mit vierzehnhundert im Monat nach Hause, zahlte sechsfuffzig Miete und legte von seinem Nettolohn hundert Euro auf einem City-Bank-Sparbuch an. Nach Abzug aller Nebenkosten und der Leasingrate für den roten Sierra Kombi blieben ihm etwa vierhundert Euro zum Leben. Damit nagte er nicht am Hungertuch, aber die größeren Sprünge machte man damit auch nicht. Zumal Oliver Beck obendrein ein teures Hobby hatte.

In einem mit „Handbücher – Garantien – Rechnungen“ versehenen Ordner fand ich jede Menge Belege für sündhaft teures Foto-Video-Equipment, das er im letzten Jahr angeschafft hatte. Außerdem hatte er sich ein neues Smartphone gegönnt und kürzlich erst eine Hundertachtundzwanzig-Megabyte-Speicherkarte. Nur leider befand sich nix von dem Zeug in seiner Wohnung. Auch das Laptop konnte ich nicht finden. Dafür aber einen Stapel originalverpackter Profi-Software zur Bildbearbeitung im Vitrinenschrank. Auf der Anrichte daneben stand der Achtundvierzig-Zoll-Plasmafernseher mit Computerschnittstelle. Im selben Ordner waren auch Quittungen für einen sieben Jahre alten Wasserkocher, einen Staubsauger aus dem letzten Jahrtausend und eine relativ moderne Kaffeemaschine. Was ich nicht fand, waren Belege für den Ankauf von Webcams.

Ich durchsuchte die Wohnung sehr gründlich, klopfte die Badezimmerkacheln einzeln ab und untersuchte mit einem Küchenmesser jede Ritze, in der er so etwas wie eine Speicherkarte hätte verstecken können. Alles Fehlanzeige. Außer dass Oliver Beck nur einen Steinwurf von Vicky De Winters Haus entfernt arbeitete und er die gebundene Gesamtausgabe von Alexandre Dumas' Werken, inklusive „Die drei Musketiere“, im Regal stehen hatte, fand ich keine Verbindung zwischen ihm und dem ermordeten Pornostar. Wahrscheinlich hatte sein Job ihn ins Visier der Kripo gebracht. Gut möglich, dass er Vicky De Winters Klempner war. Mein letztes Seidenhemd hätte ich verwettet, dass die Bullen keinen blassen Schimmer hatten, was der Klempner letzte Woche Dienstag an Five Boats zu suchen gehabt hatte. Und wieso war in seiner Bude nicht ein einziges Foto zu finden? Bei einem, der fast dreitausend Euro für eine Kamera samt Zubehör hingeblättert hatte, sollte doch der eine oder andere Schnappschuss in der Schublade liegen. Ich hätte es wirklich gut gefunden, wenn ich wenigstens gewusst hätte, wie der Typ überhaupt aussah. Blind Dates konnten immer ins Auge gehen.

Es war zwanzig nach drei, als ich überzeugt war, nichts in der Wohnung übersehen zu haben. Laut seinem Arbeitsvertrag musste Beck von acht bis siebzehn Uhr knechten. So lange wollte ich nicht warten. Ich rief also bei seiner Firma an und erzählte denen was vom Pferd. „Firma Koltke GmbH. Mein Name ist Koltke. Was kann ich für Sie tun?“, meldete sich eine freundliche Frauenstimme.

„Ja, schönen guten Tag, Kowalski mein Name. Ich müsste mal dringend mit Oliver Beck sprechen.“

„Der ist noch unterwegs. Hinterlassen Sie doch Ihre Nummer, dann ruft er Sie schnellstmöglich zurück.“

„Können Sie mich nicht direkt mit ihm verbinden?“

„Wer sind Sie? Wenn ich fragen darf?“

„Ein extrem genervter Obergerichtsvollzieher! Sagen Sie Ihrem Mitarbeiter, entweder er ist innerhalb der nächsten dreißig Minuten zu Hause, oder ich lasse die Polizei seine Wohnungstür aufbrechen. Danke!“

Die Nummer zog immer. Einem Obergerichtsvollzieher, noch dazu einem genervten, ging man nur dann aus dem Weg, wenn sein Besuch gerechtfertigt war. Andererfalls war man äußerst bemüht, das Missverständnis direkt aus dem Weg zu räumen. Laut seinen Unterlagen schuldete Beck niemandem was. Ich wartete ihre Antwort vom anderen Ende der Leitung nicht ab, sondern legte mit der Gewissheit auf, dass Beck in weniger als dreißig Minuten hier auftauchen würde.

Es dauerte dreiundzwanzig Minuten, bis unten vor dem Haus ein weißer Lieferwagen mit der Aufschrift „Koltke GmbH – Ihr Fachmann für Elektro-Sanitär“ auf den Parkplatz fuhr. Ich sah ihn vom Küchenfenster aus. Auf den ersten Blick war nichts Auffälliges an Beck festzustellen. Durchschnittsgröße, Durchschnittsgewicht, Kurzhaarschnitt ohne Schnickschnack, alles in allem eher der unscheinbare Typ, was sein Klempner-Blaumann noch zusätzlich unterstrich. Er stieg aus dem Lieferwagen und schaute rauf zu seiner Wohnung. Ich stand seitlich hinter der Gardine, er hätte schon Adleraugen haben müssen, um mich auf die Entfernung sehen zu können. Spontan entschied ich mich, die 38er doch stecken zu lassen. Nachdem mein Blind Date nun kein Blind Date mehr war, hielt ich den Elektroschocker für meine Zwecke für geeigneter.

Zwei Minuten später betrat Oliver Beck seine Wohnung, legte den Schlüssel in die Schale auf dem Schuhschrank und stellte fest, dass Fröhlichs Visitenkarte nicht mehr darin lag. In diesem Moment trat ich hinter ihm aus der Küche, besagte Visitenkarte zwischen den Fingern der linken Hand. Er machte ein Geräusch, das sich anhörte wie ein Oah!. Seine Knie sackten ihm vor Schreck kurz weg. Er stammelte: „Wer …? Wie …? Was …?“

Als er mich endlich erkannte, sagte er noch: „Oje!", ein Augenzwinkern später lag er zappelnd auf dem Boden.

Ich hatte den Elektroschocker auf die höchste Stufe eingestellt. Wenn man so ein Ding unmittelbar am Hals verbrutzelt bekam, dann war für denjenigen erst mal Schluss mit Schönschreiben. Noch acht Minuten später, als er gefesselt auf einem Küchenstuhl saß, durchzuckten ihn weiter kurze Krampfwellen. Er war immer noch leicht benommen, wirkte apathisch, als schien er sich zu wundern, was zur Hölle gerade mit ihm geschehen war. Es dauerte ein Weilchen, bis er wieder den vollen Durchblick hatte. Ich saß ihm gegenüber, er mit dem Rücken zur Tür, und spielte gelangweilt mit dem Elektroschocker vor seiner Nase herum. Als ich den Eindruck hatte, dass er wieder gut genug bei Sinnen war, stellte ich ihm eine ganz leichte Frage: „Wer bin ich?"

Er schielte auf den Elektroschocker. Um ihm zu verdeutlichen, wie wichtig es für ihn war, von mir nicht beim Lügen erwischt zu werden, hielt ich ihm das Teil an die Klöten. Er zuckte heftig zurück, sodass die Stuhlbeine krachend über die Bodenfliesen schrammten. Aber er hatte keine Chance, seine Eier aus der Schusslinie zu kriegen. Panisch sah er mich an. Ich zog die Augenbrauen hoch, was ihm signalisierte, dass es allein bei ihm lag. Er nickte hektisch und sagte zwischen zwei Zuckungen: „Sie sind derjenige, der die Jungs ins Hafenbecken geworfen hat."

„Und?"

„Und derjenige, der in Vickys Bett schlief, während sie tot auf dem Teppich lag."

„Na sieh mal an! Du bist also tatsächlich der Bastard, der den Mord anonym bei den Bullen gemeldet hat."

Er nickte. Ich auch. Meine Vermutung war damit so gut wie bestätigt. Oliver Beck war Vicky De Winters Stalker, aber nicht ihr Mörder. Der Klempnerbursche dachte wahrscheinlich immer noch, ich hätte sie umgebracht. Er hatte keine Ahnung, dass noch andere hinter ihr her gewesen waren. Und die wiederum hatten keinen Schimmer, dass der Klempner ihr auf der Lauer gelegen hatte. Denn sonst würde er sicher nicht mehr leben oder wegen Mordes unschuldig im Knast sitzen, weil sie es ihm in die Schuhe geschoben hätten. Es war müßig, darüber nachzudenken, wessen Verfolgung Vicky De Winter letztlich bemerkt hatte. Wahrscheinlich Becks, weil die andere wesentlich professioneller durchgeführt wurde. So war ich ins Spiel gekommen. Und verdammt, zum ersten Mal seit Spielbeginn war ich am Ball.

„Die ganze Geschichte. Bis ins kleinste Detail. Oder ich schwöre, ich jage dir den ganzen verfickten Akku in deinen stinkenden, dreckigen Sack."

Dieses Mal nickte er eifriger und verlor keine Zeit, mich von seinen guten Absichten zu überzeugen.

Oliver Beck war Vicky De Winters Gas-Wasser-Scheiße-Installateur gewesen. Als sie damals das Haus in Rheinpreußen gekauft hatte, schloss sie einen Rundum-sorglos-Wartungsvertrag mit Becks Arbeitgeber, der Koltke GmbH. Jedes halbe Jahr musste er zu ihr, wegen routinemäßiger Wartungsarbeiten. Er konnte nicht genau sagen, wann seine Obsession begonnen hatte, der Grund dafür aber war relativ einfach: Er hatte sich verliebt. Ihm troff förmlich der Schmalz aus den Ohren, als er von ihr schwärmte. Es überraschte mich, dass er sich nicht etwa in den Pornostar verknallt hatte, sondern tatsächlich in die Privatperson Andrea Driesen. So nett und herzlich und verständnisvoll sei sie immer gewesen. Und wie hübsch sie war. Alles Papperlapapp. Da er seine Chancen, bei ihr zu landen, ganz realistisch irgendwo zwischen null und minus hundert eingeschätzt hatte und es ihm nicht reichte, seine Angebetete nur zweimal im Jahr zu sehen, fing er an, kleinere Reparaturen notwendig zu machen.

Er manipulierte ihre Heiztherme, verstopfte absichtlich Abflüsse, demolierte den Schwimmer in der Klospülung und was ihm sonst noch alles einfiel, um in ihr Haus geschickt zu werden. Natürlich hatte er auch nie das richtige Ersatzteil dabei, deshalb musste er für jeden Scheiß mindestens zweimal rauskommen. Mit der Zeit wurde er so was wie ihr Hausmeister, der sich um alles Mögliche kümmerte, wenn er ja eh gerade da war. Persönlich aber hatte sie ihn nie zu sich gerufen, immer über die Firma. Beck hatte es ihr angeboten, ihr seine private Telefonnummer gegeben, aber sie hatte nie Gebrauch davon gemacht. Ein wenig aus Frust heraus, wie er selber zugab, brachte er sein Nachstellen auf die nächsthöhere Stufe. Das war, als es ihm gelang, sich unbemerkt einen Schlüssel zu ihrem Haus zu verschaffen.

Das Gästeklo war verstopft, was nicht mal sein Werk gewesen war. Bei der Reparatur konnte er einen Abdruck von ihrem Hausschlüssel machen, der unbeaufsichtigt am Schlüsselbrett in der Diele hing. Sein handwerkliches Geschick reichte aus, um sich aus der Vorlage einen eigenen zu feilen. Regelmäßig schlich er sich von da an in ihr Haus. Beck versicherte, er habe immer nur auf der Couch im Wohnzimmer gesessen und ihre Aura eingeatmet. Ich fragte nicht extra nach, ob er dabei seine Hosen anbehalten hatte.

Die nächste Stufe kam praktisch von selbst. Sie bestand darin, dass er sich letztes Jahr eine teure Kamera gekauft hatte und von da an Andrea Driesen in jeder freien Minute verfolgte. Die Frau, die in ihm nur ihren Klempner sah, wurde zu seinem Lebensinhalt. Bis ihm vor ein paar Wochen eine Veränderung an ihr aufgefallen war. Sie drehte sich häufiger um, war schreckhafter und wirkte verstört auf den gewissenhaften Stalker. Beck musste einsehen, dass er ihr zu nah auf die Pelle gerückt war. Sie war dabei, ihn zu bemerken, deshalb verzichtete er schweren Herzens für eine Weile auf die Hausbesuche, nicht aber auf die Observierung. Zwei Wochen vor ihrem Tod hatte er zuletzt auf ihrer Couch rumgelümmelt. Erst als sie letzten Donnerstag in der Firma anrief, um den für Freitag vereinbarten Wartungstermin für ihre Heizung zu verschieben, gönnte er sich noch mal einen Abstecher in ihre Privatsphäre. Eine ganze Woche wollte sie wegbleiben. Nach zwei Wochen kaltem Entzug war die Nachricht für ihn ein Geschenk des Himmels.

Das mit dem Himmel hatte sich dann aber schon Freitagabend erledigt. Er war absichtlich schon gegen 18 Uhr 30 nach Rheinpreußen gefahren. Für Vickys Nachbarn war er ein gewohnter Anblick. Wenn sie um die Zeit noch da gewesen wäre, hätte er eine Ausrede gehabt und eben noch schnell ihre Heizung gewartet. Er klingelte, niemand machte auf. Er huschte hinein. Erst an der Treppe hörte er von oben ein Schnarchen. Er wollte schon abdrehen und sich schnell aus den Staub machen, aber dann sah er sich noch mal vorsichtig um. Alle Jalousien waren geschlossen, die Stecker aus den Steckdosen gezogen, das Heizungsthermostat stand nicht wie sonst auf achtzehn, sondern nur auf zehn Grad. Das waren alles Tipps, die er ihr gegeben hatte für den Fall, dass sie für ein paar Tage das Haus verließ. Alles deutete darauf hin, dass Andrea Driesen tatsächlich weggefahren war. Langsam wurde Beck neugierig, wer da oben schnarchte. Er dachte sogar, ein möglicher Konkurrent könnte da oben ratzen, ein anderer Stalker. Er nahm all seinen Mut zusammen und schlich, so leise es ihm möglich war, die Wendeltreppe hinauf.

Der Anblick oben verschlug ihm glatt den Atem. Für ihn war ich ein riesiger, nackter Mongole, der rücklings auf dem Bett lag und selig vor sich hin schnarchte. Daneben, auf dem Boden, Andrea Driesen, den nackten Körper verrenkt, ausgeblutet und mausetot. Beck geriet in Panik. Er musste würgen, konnte mit Mühe und Not gerade noch eine Kotzattacke verhindern. Für ihn war die Sache eindeutig. Der Mongole hatte sie gekillt und sich dann neben der Leiche schlafen gelegt. Seine Andrea war einem Perversen in die Hände gefallen. Kurzfristig waren die Wut und das Entsetzen stärker als seine Angst. Aber das gab sich wieder, als ihm klar wurde, dass er im Grunde Zeuge eines Mordes geworden war. Natürlich konnte er nicht einfach zur Polizei gehen. Wenn die Bullen ihn in die Mangel nehmen würden, da machte er sich keine Illusionen, käme sein mieses Hobby ganz sicher ans Tageslicht. Dann würde er selbst in den Knast wandern. Aber er wollte mich auch nicht ungeschoren davonkommen lassen.

Es war schon helle von ihm, die Bullen von Vicky De Winters Festnetz anzurufen anstatt von seinem Handy. Auch dass er daran gedacht hatte, überall seine Fingerabdrücke abzuwischen, war sehr umsichtig, in Anbetracht seiner Lage. Er wusste ja nicht, dass ich nicht schlief, sondern betäubt gewesen war und erst zwanzig

Minuten später wieder zu mir kommen würde. Den Nachschlüssel hatte er für die Polizei auf die Fußmatte gelegt, bevor er sich hurtig vom Acker machte. Alles war für ihn auch gut gelaufen. Die Kripo hatte ihn zwar inzwischen verhört, aber nur wegen des Klempner-Kontaktes zum Mordopfer. Er glaubte, aus der Nummer raus zu sein, deshalb auch das Risiko mit dem an die RAZ verkauften Video. Natürlich glaubte Beck mittlerweile nicht mehr, dass ich Vicky De Winters Mörder war. Die Bullen hatten mich ja laufen lassen. Nur nutzte es ihm nix, mir das zu versichern.

Alles, was er mir erzählt hatte, passte wie Arsch auf Eimer zum tatsächlichen Ablauf. Um halb sieben hatte er das Haus betreten, um Viertel vor sieben war der Notruf bei der Polizei eingegangen. Um fünf nach sieben war ich aufgewacht. Unfassbar, was Oliver Beck bis dahin für ein Glück gehabt hatte. Wenn er nur zwanzig Minuten später am Tatort aufgekreuzt wäre und er hätte in der Tür gestanden, als ich aufwachte, was hätte ich da wohl gedacht? Es hätte Monate gedauert, bis er wieder vernehmungsfähig gewesen wäre. Aber das war nicht sein einziger Dusel. Er wusste nichts von den Webcams im Haus, und trotzdem war er nicht von ihnen aufgenommen worden, was ihm seine armselige Klempnerhaut gerettet hatte. Für mich hieß das, zwei Wochen war Beck nicht im Haus gewesen, am Freitagabend dann waren die Kameras bereits wieder abmontiert; das war das Zeitfenster für die Planung des Mordes. Höchstens zwei Wochen Beschattung des Opfers, dann Exekution. Was Beck anging, so konnte ich mit Gewissheit feststellen, dass sein Glück sich verabschiedet hatte, als er mit dem Video vom Damm Geld machen wollte. Nur deswegen war die Katze aus dem Sack. Ich fand es nachvollziehbar, dass sich am Schicksal anderer zu bereichern, das Karma gehörig in Schwulitäten brachte. Allerdings war Oliver Becks nun folgende Pechsträhne wirklich eine von der ganz bösen Sorte.

Der Elektroschocker zwischen seinen Beinen hatte ihn motiviert, mir seine Story schnell, deutlich und sachlich aufzusagen. Blieb nur noch die Frage nach dem Verbleib der Aufzeichnungen seiner Observierungen.

„Das ist alles in meinem Wagen. Ein silberner Koffer hinter dem Fahrersitz. Das Auto steht auf dem Parkplatz am Gewerbepark Niederrhein. Ein roter Sierra Kombi. Die Schlüssel liegen in der Schale im Flur."

Alles in seinem Gesicht strahlte die Hoffnung aus, durch seine motivierte Bereitschaft zur Auskunft dem Stromschlag in seine Eier zu entgehen. Und tatsächlich gab ich ihm Grund zur Hoffnung. Ich entspannte meine Gesichtszüge und entschärfte mein Starren in seine Augen. Als wäre ich bereit, mich so weit zufriedenzugeben, fragte ich ihn in einem leidlich besänftigten Ton: „Hast du sie je mit einem Mann gesehen?"

„Ja. Ihr heimlicher Lover. Mit dem hat sie sich oft oben in Zweckel getroffen. Die beiden machten wirklich auf supergeheim. Parkten kilometerweit vom Haus entfernt, immer in entgegengesetzten Richtungen, und waren jedes Mal total unauffällig angezogen. Wie zufällige Spaziergänger."

„Kennst du ihn?"

„Nein! Aber ich hab ihn auf Video."

„Hat er einen Namen?"

„Ich weiß ihn nicht."

Ich glaubte ihm das. Er war noch etwas angespannt,

was wohl daran lag, dass der Elektroschocker immer noch auf seine Klöten gerichtet war. Auch zuckten hier und da noch einzelne Körperteile unkontrolliert. Ich wollte, dass er sich entspannte, deshalb sagte ich zu ihm:

„Okay, was haben wir denn jetzt hier für eine Situation. Ich bin dank deiner Hilfe ein ganzes Stück vorwärtsgekommen. Das ist gut. Und was ist mit dir? Durch den Stromschlag weißt du nun, dass dein Herz völlig in Ordnung ist. Das ist doch auch gut, oder?"

„Ja, ja, klar!", beeilte er sich zu sagen. „Ist gut zu wissen, dass man gesund ist. Ich nehme Ihnen das auch nicht übel."

„Heute ist wohl unser Glückstag. Pech hingegen ist, dass auch ich nun weiß, dass dein Herz völlig in Ordnung ist. Und du mir so billig nicht davonkommst."

Ich jagte ihm drei volle Ladungen in die Klöten. Beck versteifte sich total. Mit einem Ruck hing sein Körper nur noch auf der Stuhlkante wie ein angelehntes Bügelbrett. Die Holzbeine des Küchenstuhls krachten wieder mit Karacho über den Boden, weil er durch die Wucht, mit der Beck plötzlich stramm stand, noch weiter Richtung Tür gerückt wurde. Kurz darauf begannen die Zuckungen. Ich lehnte mich zurück, um nicht von einem unkontrollierten Arm oder Bein getroffen zu werden. Es hatte ein klein wenig was von Breakdance, was der Drecksack da veranstaltete. Es grenzte nahezu an ein Wunder, dass der Stuhl bei dem Gezappel nicht umkippte. Ich hatte es Vicky De Winter versprochen, ihren Stalker bei seinen Eiern zu packen. Und er tat mir keine Sekunde leid. Ganz im Gegenteil, ich spornte ihn noch an:

„Yeah man, get up-a!"

In meiner anderen Hand hatte ich immer noch Fröhlichs Visitenkarte. Das, was von Oliver Beck noch übrig war, gedachte ich ihm zum Fraß vorzuwerfen. Ich zögerte aber noch und überlegte, ab wann es sinnvoll sein würde, die Polizei einzuschalten. Ich musste erst runter nach Rheinpreußen, um aus Becks Karre den Koffer zu holen. Dann in mein Büro, wo immer noch der gefesselte Karsten Katz auf meinem Sofa lag. Eine Stunde veranschlagte ich für die Sichtung des Materials. Am cleversten schien es mir, Beck für zwei Stunden aus dem Verkehr zu ziehen und dann erst die Polizei anzurufen. Ich hätte ihn gern k. o. gelegt, aber es war schwierig, das so auf den Punkt zu bringen, dass er erst in zwei Stunden wieder wach würde. Ich überlegte, dann fiel mir die Visitenkarte herunter. Ich bückte mich danach, und alles, was dann geschah, spielte sich innerhalb von Sekunden ab.

Zwischen den Stuhlbeinen sah ich aus den Augenwinkeln seine Beine. Schwarze Schuhe zu grauer Hose. Im selben Moment fiel ein gedämpfter Schuss, und Beck brach über mir zusammen. Wie einen zusammengerollten Teppich hatte ich ihn über der rechten Schulter liegen. In meinem Kopf rasten die Gedanken. So gut es ging, versuchte ich mich hinter Becks Körper zu verstecken. Um an meine 38er zu kommen, hätte ich meine Deckung aufgeben müssen. Das schien mir keine gute Idee zu sein. Ich konnte den Schützen nicht sehen, wusste aber, wo er in etwa stehen müsste. Zwei Schritte zur Seite, dann hätte er freie Schussbahn auf mich. So schnell bekäme ich die Waffe nicht gezückt. Ich dachte, Beck wäre tot, aber das war er nicht. Mit letzter Kraft röchelte er mir ins Ohr: „Musketiere."

Dann erwischte ihn die zweite Kugel. Becks Pechsträhne hatte ihren Höhepunkt erreicht. Mit einem dumpfen, kaum hörbaren letzten Seufzer schied er für immer aus dem Leben. Derweil machte der Schütze den ersten Schritt zur Seite, um mich ins Visier zu nehmen. Ich sah nur noch eine Chance und nutzte sie.

Samt Stuhl hob ich den toten Beck in die Höhe und rannte mit meiner Ladung wild schreiend auf den Penner zu. Er feuerte zweimal. Keine Ahnung, was er traf, aber mich nicht. Ich verfehlte ihn auch knapp, weil der Feigling sich mit einem Sprung in den Flur gerettet hatte. Alle vier Stuhlbeine steckten in der Wand aus Gipskarton fest. Becks toter Körper polterte auf den Fußboden. Ich ging in die Hocke. Das Adrenalin am Anschlag, zog ich die 38er und ballerte zwei Dinger blindlings in den Flur. Als Nächstes hörte ich, wie eine Tür gegen eine Wand schlug. Es war die Wohnungstür, durch die der Hosenscheißer getürmt war. Rennen konnte der Wichser offenbar besser als schießen. Bis ich im Treppenhaus war, hatte er es schon vom sechsten bis runter in den zweiten Stock geschafft. Ich rief ihm hinterher: „Du feige Ratte! Deinen Arsch kauf ich mir noch!"

Dann rannte ich zurück in die Küche, um vom Fenster aus einen Blick auf ihn zu werfen. Er trug einen grauen Anzug mit weißem Hemd. Eindeutig der athletische Typ, groß mit breiten Schultern. Blonder Bürstenhaarschnitt, nicht stylish, eher pragmatisch. Sein Gesicht zeigte er mir leider nicht, dafür aber den Stinkefinger, als er um die Ecke verschwand. Von der Statur her hätte es der Penner sein können, der mir in jener Nacht auf dem Trampelpfad das Licht ausgeknipst hatte. Erst jetzt bemerkte ich, dass ich einen Puls von mindestens vierhundertdreißig hatte, am ganzen Leib zitterte und wie ein Schwein schwitzte. Es brauchte einige tiefe Atemzüge, um meinen Kreislauf von Amok auf halbwegs normal herunterzufahren. Ich setzte mich einen Moment. Mit jedem Atemzug schlug mein Herz langsamer. Komischerweise beruhigte mich der Anblick von Becks verrenktem Leichnam auf dem Küchenboden noch zusätzlich. Ich konnte mir selber nicht erklären, wieso das so war. Allerdings war ich mir ganz sicher, dass es nix mit Mitleid zu tun hatte. Wahrscheinlich war ich nur froh, dass er den Löffel abgegeben hatte und nicht ich.

Kapitel 22

Oliver Beck war der dritte Mensch, den ich sterben sah. Der erste war ein Verkehrsopfer, da war ich gerade zwölf. Ein Nachbarsjunge war von einem Auto angefahren worden. Pickelfresse, so hatten wir ihn getauft, starb auf einem Bürgersteig, irgendwo in den Straßen des Fünften Bezirks. Der zweite war ein Arbeiter bei der Lippe-Chemie. Die arme Sau war von einem zwölf Meter hohen Gerüst geflogen und direkt vor meinen Füßen gelandet. Sein Blut war auf meine Wachdienstuniform gespritzt. Er hatte mich noch angesehen, mit seinen ungläubigen Augen, bevor er abnippelte. Und nun Oliver Beck. Der Erste, der umgebracht worden war. Für mich machte das erstaunlicherweise keinen großen Unterschied. Ich hätte lieber zehn Becks beim Sterben zugesehen, als neben einer toten Vicky De Winter aufzuwachen. Es hatte aber gedauert, bis mir diese Einsicht kam. Unmittelbar nach der Schießerei war ich nur froh, dass ich mich selbst noch am Kacken gehalten hatte.

Auch wenn ich Beck für sein aufdringliches Verhalten rein menschlich verabscheute, so hatte er mit seinem letzten Atemzug doch noch etwas Gutes getan. „Musketiere“ war nicht gerade ein Rätsel für einen Nobelpreisträger. Zwischen den Seiten von „Die drei Musketiere“

fand ich die Hundertachtundzwanzig-Megabyte-Speicherkarte. Das sparte mir viel Zeit, da ich nun nicht mehr nach Rheinpreußen zu seinem Sierra musste. Vor dem Verlassen seiner Wohnung rang ich mit mir. Ich stand schon in der Diele und fragte mich, ob ich seiner Seele etwas mit auf den Weg geben sollte. Einen coolen Satz von Mister James Brown vielleicht? Ich blickte in die Küche und sah seinen Leichnam auf dem Boden liegen. Über ihm der von mir in die Wand gebohrte Stuhl. Der zweite Schuss hatte ihn direkt im Genick getroffen, wie bei einer Exekution. Blut rann aus dem Loch in seinem Nacken. Dass ich ihn als Rammbock benutzt hatte, sah man ihm kaum an. Es wurde letztlich nur ein kurzes Kopfnicken zum Abschied. Einen coolen Spruch hatte Beck einfach nicht verdient.

Auf dem Weg raus aus Westende kamen mir schon jede Menge Streifenwagen mit Blaulicht und viel Tatütata entgegen. Krach genug hatten wir ja auch gemacht. Vor allem meine beiden ungedämpften Schüsse blindlings in die Diele hatten sicher den ein oder anderen Nachbarn aufgeschreckt. Noch auf dem Weg in meine Detektei rief ich Hauptkommissar Kirch an, um ihm in groben Zügen zu erzählen, was passiert war. Er war verständlicherweise alles andere als begeistert. Eindringlich ermahnte er mich, sofort zurück zum Tatort zu fahren. Ich ignorierte das. „Schicken Sie umgehend eine Streife nach Rheinpreußen. Auf dem Parkplatz des Gewerbeparks Niederrhein steht Becks roter Sierra. Darin liegt Beweismaterial, das dringend sichergestellt werden muss. Ich muss jetzt erst zurück in mein Büro, dort wartet jemand sehnsüchtig auf mich. Wir reden später!“

Er hatte keine Chance, etwas zu erwidern. Fünf Minuten später erreichte ich den Innenhafen.

Karsten Katz freute sich tierisch, mich wiederzusehen. Zumindest interpretierte ich so die Laute, die er bei meiner Rückkehr ins Büro von sich gab. Da ich nur vage Vermutungen anstellen konnte, wie viel Zeit mir Kirch wirklich ließ, kümmerte ich mich zunächst um den Journalisten. Ein gefesselter und geknebelter Pressevertreter auf meinem Chesterfield-Sofa hätte sicher keinen guten Eindruck auf die Polizei gemacht. Ich setzte das verschnürte Bündel aufrecht auf die Couch und sagte zu ihm: „Du musst mir jetzt ganz genau zuhören. Vor weniger als einer halben Stunde ist der ulkige Typ mit der Verkleidung auf dem Fahrrad, der dir das Video verkauft hat, hinterrücks erschossen worden. Sein Name war Oliver Beck. Derselbe, der das getan hat, hätte auch hinter dir her sein können. Deshalb musste ich dich hier festhalten. Hast du das verstanden?“

Er kräuselte skeptisch die Stirn und nickte.

„In Kürze wird die Polizei hier auftauchen. Die wollen mich befragen, weil ich Augenzeuge des Mordes war. Du wirst ihnen bestätigen, wie ich auf Beck gekommen bin.“

Mit einem Ruck riss ich das Klebeband von seinem Mund und rupfte ihm dabei gleich ein paar Fussel seines Ziegenbarts raus. Das tat weh. Aber er nahm den Schmerz tapfer. Als Knebel hatte ich ihm einen Radiergummi und einen Bleistiftanspitzer ins Maul gesteckt. Was anderes hatte ich nicht zur Hand gehabt. Er spuckte mein Büromaterial auf den Boden und atmete in gebückter Haltung tief durch. Ich befürchtete, er würde mir aufs Nussparkett kotzen, deshalb brachte ich meine Schuhe in Sicherheit. Mithilfe einer Schere befreite ich ihn von seinen Fesseln. Er streckte seine Glieder durch, während ich schon Becks Speicherkarte auf dem Computer unter die Lupe nahm.

Die Dateien waren getrennt nach Video und Foto chronologisch geordnet. Das erste Foto war im Mai letzten Jahres gespeichert worden. Die letzte, eine Videodatei, war neun Tage alt. Es war die Szene auf dem Portsmouth-Damm. Das Originalvideo war wirklich gut doppelt so lang wie die Kopie, die Beck der RAZ verkauft hatte. Er hatte Vicky De Winters ganzen Weg über den Damm gefilmt. Dann fiel mir eine einzelne Excel-Datei zwischen den vielen Bildformaten auf der Speicherkarte auf. Ich öffnete sie. Minutiös hatte Beck darin über jede Bewegung seines Stalkingopfers Tabellen angelegt und damit einen perfekten Wegweiser durch seine Sammlung geschaffen. Wann, wo, mit wem, wozu, welches Outfit, vermuteter Gemütszustand. Unter Zweckel lautete der letzte Eintrag:

Wann	**Montagnachmittag 10. Mai; 16:30 Uhr**
Mit wem	**Wieder der Schnösel**
Wozu	**Sex**
Outfit	**Grauenhaft**
Stimmung	**Geil**

Den Ordner mit den richtigen Bildern zu finden war damit ein Kinderspiel. Mit einem Klick hatte ich eine ganze Bildserie von Athos aus gutem Hause auf meinem Bildschirm. Gekommen war er zu Fuß. Seine Kleidung war unauffällig. Boots zur Cordhose, das Hemd am Kragen offen, beige Allwetterjacke. Auf dem Kopf trug er einen Altherrenhut. Von Weitem konnte man ihn glatt für einen Frührentner auf Spaziergang halten. Aber sein Gesicht war jung. Anfang dreißig, glatt rasiert. Beck hatte ihn mit seiner Kamera von allen Seiten erwischt. Er schien nervös, blickte sich oft um, aber auch entschlossen und voller Vorfreude.

Das Lächeln in seinem Gesicht, als Vicky De Winter ihm die Tür öffnete, war eines von der charmanten Art. So ein Ding, das jede Schwiegermutter aus den Latschen haute. Athos war ein smarter Bastard, richtig mit Grübchen in den Backen und Lachfältchen um die Augen. Wenn man bedachte, dass er gerade auf dem Weg war, Ruhrstadts größten Pornostar zu vögeln, konnte man sein Lächeln durchaus nachvollziehen. Scheiße war nur, dass ich keine Ahnung hatte, wer der Kerl war.

Karsten Katz hatte inzwischen seine steifen Knochen wieder sortiert. Er kam vom Sofa rüber, setzte sich mir gegenüber an den Schreibtisch und steckte sich eine Marlboro ins Gesicht. Den ersten Zug sog er genüsslich ein, dann fragte er mit viel Nachdruck in der Stimme:

„Wer ist wieso hinter mir her?“

„Vergiss es! Das ist nicht mehr aktuell. Mit Becks Tod bist du unwichtig geworden.“

„Warum ist er erschossen worden?“

„Weil er zu viel wusste. Viel interessanter ist allerdings die Frage, wie er so schnell in deren Visier geraten konnte. Sieh dir mal das Foto hier an. Kennst du den Typen?“

Ich drehte den Monitor zu ihm.

„Klar, ich bin Reporter! Das ist Patrick Wolfgang Dorn. Ein Spross des Dorn-Clans.“

Kapitel 23

Neben meinem ausgeprägten Talent, anderen Angst einzujagen, war ich von jeher ein echtes Genie darin, Leute so richtig auf die Palme zu bringen. Leck mich am Arsch, war Hauptkommissar Kirch angepisst, als ich ihm in seinem Büro die Begleitumstände von Oliver Becks Ermordung schilderte. Immer wieder fuhr er mich an, fragte mich, wie ein Mann allein nur so behämmert sein konnte. Er drohte sogar damit, mich für unbestimmte Zeit in U-Haft zu stecken, nur um mir eine Lektion zu erteilen. Meine schwammige Geschichte über die Herkunft der 38er-Automatik würde völlig ausreichen, um einen vorläufigen Haftbefehl gegen mich zu erwirken, versicherte Kirch mir lautstark. Ich sah das ein bisschen anders, hatte aber Verständnis für seine miese Laune.

Mit Oliver Becks Tod schwieg ein wichtiger Zeuge im Mordfall Vicky De Winter nun für immer. Wahrscheinlich hatte Kirch auch recht, dass der Stalker noch leben könnte, wenn ich sofort die Polizei benachrichtigt hätte, anstatt wieder einmal auf eigene Faust den Rambo zu spielen. Aber auch vier Stunden nach der Schießerei in Westende, als sich mein Adrenalinspiegel längst wieder auf Normalnull eingependelt hatte und mein Kreislauf komplett im grünen Bereich gemütlich vor sich hinplätscherte, wollte bei mir keine rechte Trauer um Oliver Beck aufkommen. „Um Beck ist es nicht schade“, klärte ich den Hauptkommissar auf, „der Blödmann hat sich mit dem Verkauf des Videos an die RAZ selbst ins Spiel gebracht. Sein Karma war scheiße, wissen Sie?“

„Sein Karma? Wollen Sie mich verarschen, Zibulla? Der Mann ist tot! Warum um alles auf der Welt sind Sie allein dorthin gefahren?“

„Ich konnte ja nicht ahnen, dass die Sache so unschön enden würde. Ich wollte nur meinen Auftrag erfüllen und Vicky De Winters Stalker stellen.“

„Stellen? Sein Leichnam unten in der Pathologie zuckt immer noch von den Stromstößen, die Sie ihm verpasst haben. Das verstehen Sie unter Stellen?“

„Nein, das war die Strafe fürs Stalken.“

Kirch schüttelte ungläubig seinen fast kahlen Kopf. Mehr zu sich selbst sagte er: „Der Kerl glaubt tatsächlich, er wäre Richter und Henker in einer Person. Und so was läuft frei rum.“

Ich fühlte mich nicht angesprochen, deshalb schwieg ich. Ein paar Sekunden sah ich ihm zu, wie er kopfschüttelnd hinter seinem Schreibtisch saß und verzweifelt versuchte, eine Welt zu verstehen, in der ich Größenwahnsinniger unbehelligt meiner Wege gehen konnte. Schätzungsweise zehn Sekunden dauerte das, dann nahm er den Kampf gegen diese Ungerechtigkeit wieder auf. „Also, noch mal von vorn. Die Geschichte, wie Sie auf Beck als vermutlichen Stalker des Mordopfers gekommen sind, hat der Reporter bestätigt. So weit, so gut. Allerdings ist das Video vom Damm von der RAZ erst nach Becks Ermordung online gestellt worden. Nur sehr wenige Menschen kannten es bis dahin. Also, woher wusste der Mörder von Beck? Und wie konnte er so schnell seinen Wagen in Rheinpreußen finden? Das Auto ist weg. Und mit ihm auch das Beweismaterial, das sich, wie Sie sagen, in einem silbernen Koffer hinter dem Fahrersitz befunden haben soll."

„Sehen Sie, das ist mal eine gute Frage!", lobte ich seinen messerscharfen Kriminalistenverstand. „Meine einzig plausible Erklärung dafür lautet, dass der Reporter auch ihm mein Foto gezeigt haben muss, als er jeden im Innenhafen nach mir gefragt hat, um mich ausfindig zu machen. Das kann Zufall gewesen sein. Vielleicht wollte er da nur ein Bier trinken. Schätze, er hat Lunte gerochen, ist mir bis in Becks Wohnung gefolgt und hat dann die Gelegenheit beim Schopf gepackt, direkt zwei Zeugen zu beseitigen. Das hat Gott sei Dank nur zur Hälfte geklappt. Und wo Becks Auto stand, kann er mitgehört haben, als Beck es mir erzählt hat. Ich habe keine Ahnung, wie lange er schon in der Wohnung war, bevor er losgeballert hat."

„Hmh!" war alles, was Kirch zu meinen Ausführungen sagte.

So richtig mochte der Hauptkommissar mir nicht glauben. Das mit dem Zufall machte ihn völlig zu Recht stutzig. Das glaubte ich selber nicht wirklich. Nachdenklich klopfte Kirch mit dem Daumen auf die Schreibtischplatte.

„Das ist nur eine Theorie", erinnerte ich ihn.

Das wäre wohl der richtige Zeitpunkt gewesen, um ihm von dem Virus auf meinem Smartphone zu erzählen, aber das schien mir in diesem Moment keine gute Idee zu sein. Er hätte mich sofort rund um die Uhr überwachen lassen. Das konnte ich jetzt gar nicht gebrauchen, wo ich nach dem Verschwinden von Becks Wagen der einzige Ermittler war, der über die Identität von Athos aus gutem Hause Bescheid wusste. Denn was ich in der Kürze der Zeit über Patrick Wolfgang Dorn in Erfahrung gebracht hatte, reichte aus, um die Sache lieber selbst in die Hand nehmen zu wollen. Dieser Dorn-Clan besaß mit absoluter Sicherheit ausreichend Einfluss auf unsere Justiz, um einen kleinen Beamten wie Kirch an die ganz kurze Leine nehmen zu lassen. Dem zweifelnden Kommissar gab ich also lediglich eine Kostprobe meiner Bereitschaft zur Einsicht, um ihn milde zu stimmen. „Hören Sie, es tut mit leid, dass Ihnen durch mein eigensinniges Handeln wichtiges Beweismaterial durch die Lappen gegangen ist. Ich wollte doch nur meinen Auftrag zu Ende bringen und den Stalker schnappen."

Ich zeigte Reue, so gut ich konnte. Ich presste die Lippen zusammen, drehte den Kopf zur Seite und spannte die Nackenmuskulatur leicht an. Ob es was half? Keine Ahnung. Furzkommissar Fröhlich beglückte uns just in diesem Moment mit seiner Anwesenheit. Ohne anzuklopfen, kam er ins Büro gestürmt und signalisierte seinem Chef dringende Neuigkeiten. Sie gingen beide vor die Tür. Das war für mich das Zeichen, mit dem gespielten Reuebekenntnis aufzuhören.

Ein paar Minuten später, die ich nun meinerseits mit Daumenklopfen auf der Schreibtischplatte verbracht hatte, kamen Kirch und Fröhlich gemeinsam zurück ins Büro. Kirch setzte sich wieder mir gegenüber an seinen Schreibtisch, sein Spannmann hockte sich verkehrt herum auf einen Stuhl zu meiner Linken. Beide starrten mich eindringlich an, der eine von vorn, der andere von der Seite. Ich verstand, dass jetzt der endgültige, absolut humorlose Moment gekommen war, in dem ich meine allerletzte Chance für die Wahrheit bekam. Was immer für Neuigkeiten Fröhlich seinem Chef auf dem Flur des Polizeipräsidiums mitgeteilt hatte, sie schienen es beide für eine brandheiße Spur zu halten. Ich zeigte mich überrascht über die plötzliche Stimmungsänderung und blickte von Kirch zu Fröhlich und wieder zurück. Da keiner was sagte, zuckte ich fragend mit den Schultern. Schließlich fragte Kirch: „Ein letztes Mal frage ich Sie nun nach der Herkunft der 38er-Automatikwaffe, die Sie in Ihrem Besitz hatten. Und ich warne Sie, sollten Sie lügen, landen Sie im Knast."

Ich war überrascht, wie wichtig Kirch plötzlich Salmans 38er nahm. Irgendwas war da im Busch. Aber es war töricht von ihm, anzunehmen, ich würde deswegen meine Aussage ändern. „Wie oft denn noch", klagte ich gelangweilt. „Ich habe sie in Becks Schublade gefunden. Ich habe sie an mich genommen, bevor er nach Hause kam. Und später dann damit zweimal in den Flur gefeuert."

„Ich werde die Waffe Riedinger zeigen, und wenn er die Pistole als diejenige identifiziert, mit der Sie ihn bedroht haben, mache ich Sie fertig."

Kirch meinte das ernst. Seinem sturen Gesichtsausdruck nach hätte er mich dafür noch lieber gekreuzigt als nur eingebuchtet. Ich aber lächelte ihn an, als wäre mir gerade der Friedensnobelpreis überreicht worden. Wegen Riedinger machte ich mir nicht ins Hemd. Selbst wenn der Fettsack die Waffe identifizieren könnte, was schon sehr zweifelhaft war, glaubte ich nicht, dass er es überhaupt wagen würde, mir Probleme zu machen. Kirch konnte mir aus der 38er keinen Strick drehen. Aber meinem Soulbruder Salman würde ich erklären müssen, wo die Knarre abgeblieben war, die er mir geliehen hatte.

„Ich habe meiner Aussage nichts hinzuzufügen!", sagte ich vielleicht ein klein wenig zu pathetisch.

Kirch musterte mich, und Fröhlich konnte oder wollte nicht mehr aufhören, mich von der Seite stumm anzustarren. Ich schob die Unterlippe vor, um zu zeigen, dass für mich das Thema damit durch war. Schließlich sagte Kirch: „Ich hoffe für Sie, das ist die Wahrheit! Jetzt gehen Sie mir aus den Augen, bevor ich es mir anders überlege und Sie doch noch hierbehalte."

Kapitel 24

Ein ereignisreicher Donnerstag neigte sich dem Ende entgegen. Der Abend dämmerte. Es war einer von der lauen Sorte, so ein richtiger Frühlingsabend. Am Himmel warfen Schäfchenwolken ein orange schimmerndes letztes Tageslicht auf die inzwischen fast leer gefegten Straßen von Sheriff-City. Die Fahnen auf dem Dach des Ruhrstädter Senats wehten träge in der seichten Brise, die von Westen herüberblies. Ich stand gegenüber vom Senat auf dem Parkplatz des Präsidiums und grinste mir eins. Als Kind war ich dort drüben mal mit der Schulklasse auf Besichtigungstour gewesen. Ruhrstadts Machtzentrale hatte damals keinen besonderen Eindruck auf mich gemacht. Es muffelte modrig dadrin, und meine Schuhe quietschten auf dem abgewetzten Linoleum. Das war Mitte der Achtziger, ungefähr zu der Zeit, als der alte Dorn beinahe Bundeskanzler geworden wäre. Später hatten sie den Bau dann aufwendig restauriert, ihm eine schicke Glasfassade verpasst und den ganzen Stall mal ausgemistet. Dafür, dass die Familie Dorn für den Umbau ordentlich in ihre Privatschatulle gegriffen hatte, war am Eingangsportal eine Gedenktafel angebracht worden. In Marmor gemeißelt stand dort schlicht geschrieben: „Die Bürger von Ruhrstadt danken der Familie Dorn."

Ich freute mich drauf, den Dorns auf den Sack zu gehen. Mein Grinsen wurde noch eine Spur breiter. Patrick Wolfgang Dorn hatte den Pornostar Vicky De Winter zuletzt drei Tage vor ihrem Tod gevögelt. Ob die Bürger von Ruhrstadt ihm wohl dafür dankbar wären, wenn sie es erführen?

Meine Geheimwaffe gegen die Dorns saß drüben beim Spanier und wartete auf mich. Ich hatte ihm empfohlen, dort unbedingt die Tapas zu probieren. Als kleine Entschädigung für die paar Stunden Freiheitsberaubung, die er erdulden musste, sollte er sich auf meine Kosten so richtig vollfuttern. Das hatte sich Karsten Katz redlich verdient.

In meinem Büro hatte ich mir nur einen schnellen Überblick über Becks gesammelte Foto- und Videosammlung verschaffen können. Keine Viertelstunde, nachdem ich Karsten von seinen Fesseln befreit hatte, standen wieder einmal die Wachtmeister Krumme und Holzschuh auf der Matte. Sie nahmen uns beide mit. Dieses Mal aber waren die zwei Schaumlöffel wesentlich freundlicher zu mir, was sicherlich damit zusammenhing, dass Karsten ihnen seinen Presseausweis unter die Nasen gerieben hatte. Polizeigewalt machte sich nicht gut in der Außendarstellung. Das wussten sogar diese beiden Experten.

Im Präsidium hatte Karsten dann meine Aussage so weit bestätigt, wie er es konnte, und über alles weitere geschwiegen. Anstatt gefesselt und geknebelt, hatte er in der Polizeiversion aus freien Stücken in meinem Büro auf mich gewartet. Auch die Speicherkarte erwähnte er mit keinem Wort. Er war scharf auf die Story, deshalb spielte er mit. Es war nicht so, dass ich ihn nicht ausdrücklich gewarnt hätte. Karsten, hatte ich zu ihm gesagt, das wird kein Kindergeburtstag. Aber er wollte nicht hören. Die ehrbare Familie Dorn verwickelt in den Mord an einem Pornostar, das war alles, was noch in seinem Journalistengehirn herumspukte.

Gegen halb acht war beim Spanier schon kurz vor Schicht im Schacht. Hinterm Tresen wurde schon fleißig sauber gemacht, und der Kellner zählte missmutig sein Trinkgeld. Seinem Gesicht nach zu urteilen, war es kein guter Tag für ihn gewesen. Hinten links, an der Wand mit dem riesigen gemalten Porträt vom spanischen König Juan Carlos in Galauniform, saß als einziger Gast Karsten Katz. Er schleckte gerade die letzten Reste Creme Catalan aus einer Dessertschale. Vor ihm auf dem Tisch stapelten sich bereits zwei sauber geleckte Schalen. Mein Erscheinen unterbrach sein Gelage nur kurzzeitig. Er reckte das Kinn zum Zeichen, dass er mich gesehen hatte. Ich setzte mich zu ihm. „Schmeckt's?", fragte ich überflüssigerweise.

„Das Zeug ist der Hammer", nuschelte er mit vollem Mund.

Der Fresssack hatte in der Tapas-Theke nur eine abwechslungsreiche Beilagenplatte für sein Dreihundert-Gramm-Rumpsteak aus Argentinien gesehen. Eigentlich war er nach dem Hauptgang schon kurz vor dem Platzen, erzählte er, aber dann hatte der Kellner ihm noch diesen megageilen Nachtisch aufgeschwatzt. Ich bestellte mir auch ein Dreihundert-Gramm-Rumpsteak aus Argentinien und Karsten sich noch eine vierte Runde Pudding auf meine Kosten. Ich quittierte es mit nachsichtigem Nicken. Er leckte den Löffel ab.

„Wie ist es gelaufen?", fragte er, als er mit Ablecken fertig war.

„Alles wie geplant", antwortete ich.

„Was hat die Kripo zu Patrick Dorn gesagt?"

„Nix! Die haben keine Ahnung. Becks Wagen ist verschwunden."

„Beck hat Sie also angelogen?"

„Das glaube ich nicht. Da war jemand schneller. Aber es kann für uns durchaus von Nutzen sein, dass die Polizei nicht weiß, dass wir wissen, wer Rumpelheinzchen stieß."

Der Reporter sah mich an, als hätte ich einen Taubenschiss im Gesicht. Leicht angeekelt und auch ein wenig empört legte er den Kopf auf die Seite. „Rumpelheinzchen stieß?", fragte er sarkastisch. „Echt jetzt? Die Frau ist tot. Und ich dachte immer, Soulmen predigen Respekt, besonders Frauen gegenüber. Hab ich mich wohl geirrt!"

Da hatte die Rotznase mich erwischt. Selbstzufrieden glotzte er mich an. Ein wenig Pudding hatte sich in seinem gerupften Ziegenbart verfangen, und an seiner Nasenspitze klebte ein Pünktchen karamellisierter Zucker. Ich konnte nicht anders, ich musste grinsen. Ich nahm ihm nicht übel, dass er an meinem Charakter zweifelte. Auch seinen Blick gönnte ich ihm. Mir gefiel, wie sehr es ihn überraschte, so einen Blödsinn aus meinem Mund zu hören. Dennoch schnappte ich mir seinen Bart, zog ihn daran zu mir über den Tisch und wischte ihm mit einer von mir abgeleckten Serviette die Speisereste unsanft aus seinem Gesicht. Ihm gefiel das nicht, aber da musste er durch. Kein Dackel kläfft ungestraft eine Bulldogge an, auch dann nicht, wenn der Dackel im Recht ist. Als er wieder sauber war, fragte ich ihn: „Was hörst du für Musik?"

Er wischte sich angeekelt mit einer sauberen Serviette übers Gesicht und sah mich an, als wäre ich der totale Psycho. Zweimal holte er Luft, um etwas zu sagen, aber beide Male brach er ab. Ich kannte die Reaktion nur zu gut. Es war die Reaktion des Mannes, der seine Rolle im Rudel notgedrungen akzeptierte. Resignation gepaart mit Einsicht, so was wollen Alphamännchen von ihren Mitmenschen sehen. Ziemlich beherrscht antwortete er: „Hauptsächlich Fusion."

„Ist das eine Band?"

„Nein. Das ist eine von Miles Davis entwickelte Form des Jazz."

„Jazz!? Aha. Ich höre eigentlich nie Jazz. Hat mir zu wenig Soul."

„Das ist nicht wahr! In Miles Davis' Musik war immer viel Soul. Das ist Fusion. Zwei Genres, wobei eines immer der Jazz ist, perfekt miteinander verbinden. James Brown war für Miles Davis immer eine große Inspiration."

„Na Mensch, dann sind wir ja praktisch Brüder im Geiste. Weißt du was? Du darfst mich Tibor nennen."

„Ich platze vor Stolz."

Der Kellner kam mit unserem Essen. Er teilte uns mit, dass um acht Uhr Feierabend wäre. Das war wohl der Hinweis darauf, beim Essen nicht zu bummeln. Ich machte mich sofort an die Arbeit, während mein neuer Kompagnon noch zögerte, seine vierte Schale Creme Catalan in Angriff zu nehmen. Allem Anschein nach fragte er sich noch, ob sein Sarkasmus vielleicht eine Spur zu subtil für mich gewesen war. Aber schließlich erlag er doch dem Reiz des Puddings. Zwischen zwei Ladungen erwähnte er beiläufig: „Ich habe mir übrigens inzwischen die Dorn-Dateien vom Redaktionsserver auf mein Smartphone geladen."

„Na, dann hast du ja zumindest nicht die ganze Zeit nur auf meine Kosten gefressen. Lass mal hören!"

Karsten begann sein Referat damit, dass die Dorns damals, nach dem Krieg, den richtigen Riecher gehabt hatten. Die Flocken, die sie vor den Nazis in Sicherheit gebracht hatten, investierten sie schon Ende der Vierzigerjahre im großen Stil in Kohle, Stahl und Logistik. Als dann das Wirtschaftswunder kam, brauchten sie nur noch die Taschen aufzuhalten. Das Geld floss in Strömen. Damit es nicht plötzlich aufhörte zu strömen, nur weil sich vielleicht die eine oder andere wirtschaftspolitische Rahmenbedingung änderte, engagierten sich die Dorns schon seit den Sechzigerjahren stark in der Politik. Sie wollten ein Wörtchen mitreden, und das gelang ihnen ausgezeichnet.

In den letzten vierzig Jahren hatte die äußerst fruchtbare Familie zwei regierende Bürgermeister, jede Menge Senatoren und einige Minister im Land und sogar im Bund hervorgebracht. Dazu einige Schwippschwäger in hochrangigen Posten in der Verwaltung von Ruhrstadt und bei der Justiz. Was Vitamin B anging, hatten die Dorns davon mit Abstand das wirkungsvollste. Von ihrer weitverzweigten Struktur, die in Aufbau und Hierarchie den gängigen Mafiastrukturen nicht unähnlich war, rührte auch ihr Spitzname beim Ruhrstadtmob: die „Dorn Corleones".

Der Dorn Corleone meines Interesses war mit neunundzwanzig Jahren das jüngste von fünf Kindern, die der Innensenator von Ruhrstadt, Hans-Helmuth Dorn, in die Welt gesetzt hatte. In Politikerkreisen war es so gut wie sicher, dass Hans-Helmuth nach den nächsten Senatswahlen im März kommenden Jahres als Dritter aus der Familie Dorn unser nächster regierender Bürgermeister werden würde. Das Nesthäkchen Patrick Wolfgang Dorn hatte da nicht ganz so viel drauf. Während Patricks Geschwister, die allesamt entweder Jura oder Wirtschaft studiert hatten, schon mit den Füßen auf der Matte des Senats scharrten, vertrödelte er seine Zeit mit Literaturwissenschaften. Er war nicht verheiratet, hatte keine Kinder und keine bekannten Affären, obwohl er gut aussah und steinreich war. Mit einundzwanzig hatte er, wie alle seine Geschwister, einen Erbanteil von fünf Millionen Euro ausbezahlt bekommen. Das war für den reibungslosen Weg der Kinder in eine rosige Zukunft gedacht.

Patrick lebte zurückgezogen und galt allgemein als Schöngeist der Familie. Was laut Karsten Diplomatendeutsch für Totalschwuchtel in der Dornsbrut war. Das Verhältnis zu seiner Familie war schon allein deswegen nicht das allerbeste. Er arbeitete an der Universität von Ruhrstadt. Die finanziellen Mittel seines Fachbereichs kamen zu fünfundneunzig Prozent aus der Portokasse der Dorns. Die nannten das Kultur-Sponsoring und setzten es von der Steuer ab. Sicher nicht der stilloseste Weg, um einen aus der Art geschlagenen Filius zu parken.

Aus erster Hand wusste ich nun, dass Patrick nicht schwul war. Aber seine Beschreibung passte nun auch nicht gerade auf einen Typen, der Pornostars flachlegte, um sie für Geheimdienstkram zu benutzen, bevor er sie aufschlitzte. Das klang nicht nach der Freizeitbeschäftigung eines Literaturwissenschaftlers. Aber was war er dann für ein Typ? Die Frau, die er angeblich heiraten wollte, wurde umgebracht, und er versteckte sich. War er nur ein Feigling, der nicht in einen Mordfall hineingezogen werden wollte? Oder steckte doch mehr dahinter? Bei so einem familiären Background gab es sicher Optionen für alle erdenklichen Szenarien.

Ich gratulierte mir zu dem Entschluss, der Kripo nichts von Patrick Wolfgang Dorn erzählt zu haben. Oh ja, ich konnte mir gut vorstellen, wie sein Verhör aussehen würde. Begleitet von den besten Anwälten würde Patrick Dorn nur zu Protokoll geben, was er eh zugeben musste. Nämlich, dass er ein Verhältnis mit dem Pornostar hatte. Von Heiraten wäre aus seiner Sicht nie die Rede gewesen. Und er hätte sich nach der Ermordung seiner Bettgeschichte nicht gemuckt, weil er seiner Familie einen peinlichen Skandal ersparen wollte. Danach würden sich alle die Eier schaukeln und ihrer Wege gehen. Wahrscheinlich hätte Patrick Dorn nicht einmal persönlich zum Verhör erscheinen müssen. Ein Cousin von ihm war leitender Staatsanwalt in Ruhrstadt. Da brauchte man nur eins und eins zusammenzuzählen.

Um Punkt acht Uhr zahlte ich die Rechnung. Ich ließ mir einen Bewirtungsbeleg fürs Finanzamt ausstellen und ging noch mal schnell pinkeln. Karsten und ich waren uns einig, dass wir zunächst wieder in mein Büro fahren würden, um uns dort gemeinsam weiter Becks Aufzeichnungen anzusehen. Ich flötete beim Pinkeln die Melodie von James Browns „I feel good“, was für sich allein schon bewies, dass ich reinen Herzens handelte. Mir kam nicht mal in den Sinn, dass ich etwas Wichtiges vergessen haben könnte. Ich schüttelte ab, wusch mir die Hände und fuhr mit Karsten in den Innenhafen. Oh, wie ich das noch bereuen sollte.

Um Viertel nach acht waren wir in Sheriff-City losgefahren. Wir waren gerade auf dem Ruhrschnellweg, als mein Telefon klingelte und meine Welt wie ein Kartenhaus in sich zusammenfiel. Anna war am Apparat.

Ohne irgendwelche Begrüßungsfloskeln vorweg erklärte mir Anna mit nur äußerst mühevoll unterdrückter Stimme, dass sie seit dreißig Minuten im „Tudor" auf mich wartete. Allein an einem Tisch im vollgestopften Restaurant. Und der Nächste, der sie mitleidig ansehen würde, hätte ihren Fuß samt High Heels bis zum Knöchel im Arsch stecken. Sie forderte eine sofortige Erklärung, und ich sollte besser zum lieben Gott beten, wenn ich sie schon wieder wegen irgendwas Beruflichem versetzt hatte.

„Süße!", winselte ich in die Freisprechanlage. „Es tut mir soooooo leid. Es ist etwas passiert, weißt du? Ich musste bei der Polizei eine Aussage machen, das hat so lange gedauert. Und jetzt steck ich im Stau auf dem verdammten Ruhrschnellweg. Ich bin auf dem Weg zu dir. Ganz ehrlich. Sei bitte nicht böse."

„Was ist passiert?"

In Lichtgeschwindigkeit durchforstete ich mein gedankliches Ablagesystem auf der Suche nach einer plausiblen Antwort. Zur Auswahl hatte ich einen Verkehrsunfall, einen an mir begangenen Taschendiebstahl und die Rettung einer holden Jungfrau, die sich lebensmüde in die Ruhr gestürzt hatte. Obwohl meine Rübe so schnell wie das Licht arbeitete, zögerte ich mit meiner Antwort zu lange.

„Alles klar!", schnaufte Anna, nun noch mehr um innere Ruhe ringend. Es wäre immer dasselbe, warf sie mir zum x-ten Mal vor. Immer war mir mein Beruf wichtiger. Alles, was ich von mir gab, waren nix als leere Phrasen. Wenn ich wenigstens einen anständigen Beruf hätte. Arzt oder Manager oder wenigstens ein beschissener Fliesenleger wäre und kein blöder Privatschnüffler, der lieber im Dreck anderer wühlt, als seine Versprechungen ihr gegenüber einzuhalten. Ich wäre ein Arschloch, ein Penner und ein Flachwichser mit einem Pfannkuchengesicht. Ihre letzten Worte hatten sicher einige im Restaurant mitbekommen. Ihre Stimme war während des Redens stetig lauter geworden. Zur Verabschiedung schrie sie ins Telefon: „Du kannst mich mal!"

Damit war das Telefonat beendet.

Anna hatte sich so richtig in Rage geredet. Ihre Verabschiedung hatte sie so laut gebrüllt, dass sogar Karsten auf dem Beifahrersitz zusammenzuckte.

Er sah mich abschätzend an. Ein bisschen Schiss hatte er wohl, dass ich mitten auf der Autobahn komplett ausrasten könnte. Aber meine Wut richtete sich nach innen. Der Tag war für mich gegessen. Pfannkuchengesicht nannte Anna mich nur, wenn sie richtig sauer auf mich war. Ich hatte es wieder verbockt. Die nächsten drei, vier Wochen würde sie kein Wort mit mir reden. Ich hätte mir selbst auf die Schnauze hauen können.

Kapitel 25

Ich hatte die ganze Nacht kaum ein Auge zugekriegt. Bis in die Puppen hatten Karsten und ich uns zusammen alles angesehen, was auf Becks Speicherkarte war. Der Kerl hatte wirklich einen Lattenschuss. Vicky beim Friseur, Vicky beim Aldi, Vicky im Fitnessstudio, Vicky hier und Vicky da. Wie krank musste ein Hirn sein, um mit so was seine Zeit zu verplempern? Es gab auch noch jede Menge Fotos von Patrick Wolfgang Dorn in seiner Rolle als Athos aus gutem Hause. Aber leider keine weiteren Erkenntnisse darüber, warum der Pornostar so ein jähes Ende finden musste. Wahrscheinlich wäre das Durchsehen auch schneller gegangen, wenn ich nicht zwischendurch so oft den Kopf hätte baumeln lassen. Es fiel mir schwer, mich auf die Arbeit zu konzentrieren. Immer wieder polterte Anna in meine Gedanken. Und ich bekam diesen Song nicht aus dem Kopf: „Please! Please! Please!“

Augenränder wie eine Mumie, die Visage vor Gram verknittert, stand ich morgens um zehn vor dem Badezimmerspiegel und warf einen Blick auf die Kratzer in meinem Gesicht. Sie heilten. Vor exakt sieben Tagen war ich damit neben einer ausblutenden Vicky De Winter aufgewacht. Mittlerweile waren die Kratzer nur noch dünne, rosa Streifen, die in ein paar Tagen ganz verschwunden sein würden. Ich hatte Anna erzählt, eine streunende Katze hätte mich erwischt. Nie und nimmer hatte sie das geglaubt, aber sie konnte damit leben. Für zwölf Uhr war ich mit Karsten verabredet. Wir wollten uns auf der Gedenkfeier in den Filmstudios treffen. Das gab mir zwei Stunden, um meine Gesichtsruine wieder auf Vordermann zu bringen.

Hannemann hatte groß aufgefahren. Eigentlich sollte die Gedenkfeier draußen auf dem Rasen neben der Halle stattfinden, um auch den Fans die Möglichkeit zu geben, sich von ihrem Idol zu verabschieden. Aber das Wetter war zu unbeständig, deshalb wurde alles nach drinnen verlagert, wo dann leider selbst für die treusten Voyeure kein Platz mehr war. Im vorderen Viertel der riesigen Halle sieben waren dafür extra die Filmkulissen abgebaut worden. So gab es Platz für etwa drei Dutzend Stühle vor einem schlichten Rednerpult. Am anderen Ende der Halle war der Leichenschmaus aufgebaut. Richtig gutes Zeug, wie ich später feststellen durfte. Kein Streuselkuchen, sondern Lachsschnittchen und Cremetörtchen in rauen Mengen. Es gab auch Security, an der man vorbeimusste, wenn man reinwollte. Ein halbes Dutzend russischer Stiernacken bewachte die Eingänge. Einlass gab es nur mit Einladung oder mit Presseakkreditierung. Oder, wie in meinem Fall, übermüdet und mit akut schlechter Laune.

„Ich nix Einladung! Ich nix Presse-Aggetierung! Du verstehen? Du sibirischer Vollpfosten!“, raunzte ich ihn an. „Du hast doch bestimmt ein Mikro im Ärmel. Los, ruf deinen Brötchengeber! Deine Cheffe! Kapiertikow? Arschloch!“

Der hatte keine Angst vor mir, der war einfach nur ratlos. Seine niederen Instinkte sagten ihm: Oh wow! Ein fremdes Alphamännchen dringt in mein Territorium ein. Und jetzt ist mein Alphamännchen nicht da, um mir zu sagen, was ich machen soll. Er brabbelte was in das Mikrofon an seinem Handgelenk, dann wartete er auf Anweisungen. Ich wollte ihn dabei nicht stören, also ging ich an ihm vorbei. Aber der Döskopp hielt mir die Hand, an der sein Mikro war, vor die Brust, um mich aufzuhalten. Er dachte wohl, ich würde mit ihm warten. Ich krallte mir sein Handgelenk, drehte es um neunzig Grad gegen seine Körperachse, und ganz überraschend hatte sich seine Situation extrem verschlechtert. Er kniete vor mir, den Oberkörper weggedreht. Der Stiernacken konnte mich nicht mal sehen. Da halfen ihm auch seine Muskeln nicht weiter. In aller Ruhe erklärte ich ihm seinen Fehler. „Nix anfassen. Das ist italienische Schurwolle mit Kaschmiranteil, du Proletensack! Oder ich muss brechen Ärmchen hier, hier und hier. Und das ist Prawda, du schwerfälliges Pissgesicht."

Um nicht den Eindruck zu erwecken, ich wüsste mich auf einer Gedenkfeier nicht anständig zu benehmen, verzichtete ich darauf, den ausgehebelten Arm des überraschten Russen zu meinem Mund raufzuziehen. Das hätte ihm sehr wehgetan, und der Dullmann hätte sicher aufgeschrien. Um unnötige Aufmerksamkeit zu vermeiden, beugte ich mich also ein Stück weit hinunter, um in sein Handmikrofon zu sprechen.

„Sagt Hannemann, Tibor Zibulla betritt soeben das Haus!"

In der Halle lief mir als Erstes East Clintwood über den Weg. Sein Rollbraten in der Hose hatte den Job bei

Hannemann bekommen. Stolz erzählte er mir, dass der Heiko ihn ganz behutsam zum Megastar aufbauen wollte. Erst ein paar kleinere Rollen, und dann, „wuusch“, würde die Luzie so richtig abgehen. Allein die Tatsache, zum erlesenen Kreis der Pornogrößen mit Einladung zu gehören, war schon eine Riesensache für East.

„Ich komm mir jetzt schon wie ein Star vor“, gestand er mir. „Boah ey, so viel Presse hier, unglaublich! Ich könnt’ mir vor Aufregung glatt in die Buxe strullen.“

Ich riet ihm, seine Blase in Zaum zu halten, wünschte ihm viel Glück und allzeit einen Steifen. Er zwinkerte mir optimistisch zu, dann machte er sich auf die Suche nach dem nächsten Journalisten.

Ein paar Meter von mir entfernt sah ich Hannemann, der irgendwie angestrengt traurig aus der Wäsche guckte. Er unterhielt sich gerade mit zwei Grazien in prall gefüllten Chanel-Kostümchen. Ich schlenderte rüber zu ihm. Der Pornoproduzent wusste schon, dass ich es auf seine Party geschafft hatte. Der Knopf in seinem Ohr verriet ihn. Er nickte mir zustimmend zu, aber bevor er sich bei mir für die Unannehmlichkeit am Eingang entschuldigen konnte, stellte ich mich erst den Ladys vor.

„Tibor Zibulla, meine Damen. Stets zu Ihrer Verfügung.“

Als würden sie immer so begrüßt, reichten sie mir ungerührt ihre kleinen Patschehändchen, die ich aus Rücksicht auf ihre angeklebten Krallen mit äußerster Sanftheit schüttelte.

„Darf ich vorstellen?“, mischte sich Hannemann aufklärend ein. „Das sind Eva Vagina und Bitchy Boobs! Kolleginnen von Vicky.“

„Natürlich!“, erwiderte ich charmant. „Wären die Ladys wohl so freundlich, mir den Heiko mal kurz zu überlassen? Wir haben was zu besprechen."

Frau Vagina und Frau Boobs rauschten ab. Ich sah ihnen nach, Hannemann nicht. Er sah zu Boden. Immer noch die beiden Grazien mit den bescheuerten Namen im Blick, schaltete ich zurück von charmant in humorlos. Ich sagte zu ihm:

„Schicke Party! Können Sie bestimmt alles von der Steuer absetzen, oder? Ich mein, so als PR-Event."

Hannemann hob seinen Kopf und machte nicht das Gesicht eines Mannes, der mir seine Steuertricks verraten wollte. Er schien sich gerade ganz andere Sorgen zu machen.

„Haben wenigstens Sie was herausgefunden?", fragte er mit Betonung auf dem „Sie" und wenig Hoffnung in der Stimme.

„Was soll ich herausgefunden haben? Dass Sie ein Lügner sind?"

„Wieso bin ich ein Lügner?"

„Weil Sie mit keinem Wort erwähnt haben, dass alle Tantiemen Ihres Superstars an Sie fallen, wenn sie tot ist."

„Ach das! Wenn ich mich recht erinnere, haben Sie auch nicht danach gefragt."

„Fangen jetzt schon die Glatzköpfe damit an, Haare zu spalten?"

„Nein! Ist auch egal. Hören Sie, ich habe das Gefühl, dass die Kripo sich völlig auf mich eingeschossen hat. Seit gestern lässt Kirch mich sogar beschatten. Und heute Morgen lese ich in der Zeitung was von einer Schießerei gestern in Westende, bei der Vickys Stalker ums Leben gekommen ist. Irgendwas ist doch da im Busch. Aber ich habe Vicky nicht umgebracht! Ich war mit meinem Sohn beim Pokalspiel, als es geschah."

Es klang durchaus glaubhaft, dass er erst aus der Zeitung von den Vorfällen in Westende gelesen haben wollte. Aber es war interessant, dass Kirch seine Bemühungen, ihm etwas nachzuweisen, verschärft hatte. Ich fand den Fickfilmchenproduzenten auch nicht koscher. Wenngleich er nach Athos aus gutem Hause nur meine zweite Wahl war.

„Sie können sich Ihr Scheißalibi an die Glatze tackern, Hannemann. Sie haben die Tat in Auftrag gegeben. War bestimmt teuer. Da war kein abgefuckter Junkie vom Bahnhof Monopol am Werk. Dafür ist bestimmt ein fetter Batzen von Ihrer gebunkerten Schwarzkohle draufgegangen, oder nicht?"

„Ich habe nichts mit dem Mord zu tun!"

Pornoheiko kniff vehement die Lippen zusammen. Ihm wäre sicher eine Zentnerlast vom Herzen gefallen, wenn ich ihm von Athos aus gutem Hause erzählt hätte. Aber es war nicht meine Aufgabe, dem Glatzkopf das Leben leichter zu machen. Es war durchaus möglich, dass Hannemann hinter allem steckte. Sollten Kirch und Fröhlich ihm ruhig genau auf die Finger sehen. So konnte ich mich auf Patrick Wolfgang Dorn konzentrieren.

„Alle Hinweise deuten auf Sie, Hannemann", blaffte ich ihn an. „Wir warten alle nur darauf, dass Sie einen Fehler machen."

„Sie irren sich. Sie alle!", sagte er und rauschte ab.

Ich grinste ihm schadenfroh hinterher. Ein klitzekleines bisschen besserte es meine Laune, zu sehen, wie dem großen Filmproduzent Heiko Hannemann der Arsch auf Grundeis ging. Aber das war nur ein kurzes Aufflackern im Gemüt. Grimmig sah ich mich in der Halle nach Karsten um. Er stand hinten beim Catering. Wo sonst?

Karsten verputzte gerade ein Cremetörtchen, als ich hinter ihm auftauchte. Er stopfte sich den letzten Bissen in den Hals, danach wischte er sich in aller Ruhe mit einer Serviette den Puderzucker vom Ziegenbart.

„Soll ich dran lecken?“, fragte ich ihn und meinte die Serviette.

„Nee, lass mal!“, antwortete er argwöhnisch.

Er gab mir ein schnelles Update bezüglich der Gästeliste auf der Gedenkfeier. Alles, was in Porno Rang und Namen hatte, tummelte sich hier. Stars und Sternchen, Produzenten, Verleiher, Regisseure, dazu jede Menge Fußvolk wie Beleuchter, Tontechniker und andere Ein-Euro-Filmcrew-Jobber. Unter die Gäste hatten sich etwa zwanzig Presseleute gemischt. Reporter, Fotografen und einige Fernsehteams. Grob überschlagen, mit Security und den Kellnern vom Catering, die pausenlos mit Sektflöten durch die Gegend rannten, hielten sich gut und gern hundertfünfzig Personen im vorderen Teil der Halle auf. Ich dankte Karsten für seine Kalkulation, die mich einen Scheiß interessierte. Nicht wie viele gekommen waren, um Vicky De Winters zu gedenken, interessierte mich. Auch nicht, wer sich alles im Detail die Cremetörtchen einverleibte. Ich wollte dort hauptsächlich Flagge zeigen.

Wer immer mir im Nacken saß, sollte wissen, dass ich wegen der Schießerei in Westende nicht die Hosen voll hatte. Hannemanns PR-Gedenk-Event gab mir die Gelegenheit, von Patrick Wolfgang Dorn abzulenken. Ich ermittelte im Pornomilieu, sollten das ruhig alle glauben. Karsten sah mich skeptisch von der Seite an. Mein Anblick machte ihm sichtbar Sorge.

„Mannomann, du siehst echt ‚ready to rumble' aus. Als würdest du gleich in eine Schlacht ziehen. Connor MacLeod vom Clan der MacLeods, es kann nur einen geben. Komm mal wieder runter. Vergiss den Scheiß mit Anna für eine Weile und konzentrier dich auf deine Arbeit. Also, mit wem reden wir zuerst? Hannemann? Oder mischen wir uns unters Volk?"

Ich sah ihn genervt von oben an. Ich war ja selber schuld. Ich hatte ihm im Vorfeld nur die halbe Wahrheit darüber gesagt, warum wir unbedingt zur Gedenkfeier mussten. Er glaubte, hier ginge es um die Routinearbeit eines Privatdetektivs. Leute befragen, Hintergrundinformationen sammeln, so'n Zeugs halt. Und genau das würden wir auch tun. Wenn auch nur zum Schein. Ich wusste das. Karsten nicht.

„Also gut!", instruierte ich ihn. „Du machst jetzt deinen Reporterjob. Sprichst mit jedem, interviewst sie, machst dir Notizen, alles, was du sonst hier auch machen würdest. Auf keinen Fall dürfen wir den Eindruck erwecken, wir hätten hier zusammen etwas am Kochen. Das ist wichtig! Wir kennen uns, sind aber keine Kompagnons. Hab ein Auge auf mich, ruhig auffällig. Und frage jeden Pornofuzzi, mit dem du sprichst, ob er oder sie gewusst hat, dass Vicky De Winter zum Ende des Jahres in Rente gehen wollte. Wenn sie Nein sagen, lies in ihren Gesichtern, ob sie die Wahrheit sagen. Sagen sie Ja, gibst du mir ein Zeichen."

„Okay! Was machst du derweil?"

„Meinen Job!"

Karsten sah mich stirnrunzelnd an, erwiderte aber nichts. Ich gab ihm einen Schubser, ganz so, als würde ich ihn wegscheuchen, weil er nervte. Er machte sich an die

Arbeit, was mir die Gelegenheit gab, nun auch endlich ein Cremetörtchen zu vernaschen.

Ich hatte keinen Plan oder so was. Ich schlenderte einfach schlecht gelaunt durch Halle sieben, sah mich um, sprach mit niemandem, lehnte angewidert alle Sektflöten ab, die mir irgendeine Kellnerin pausenlos anbot, und verbreitete wohldosiert eine Aura des Schreckens um mich. So erregte ich Aufsehen. Ich wurde erschreckt angeglotzt, und jeder, der mir im Weg stand, machte augenblicklich Platz. Selbst die vielen prall gefüllten schwarzen Chanel-Kostüme, an denen ich vorbeikam, lenkten mich nicht von meiner Mission ab. Ich schlug eine Schneise durch die Menschenmenge, nur mit meinem Gesichtsausdruck.

Die drei Dutzend Stühle vor dem Rednerpult waren allesamt noch frei. Gerade mal ein Drittel der anwesenden Gäste würde einen Sitzplatz bekommen. Auf den Sitzflächen lagen Karten mit Namen drauf. Es würde also keine Rangelei um einen Stuhl geben, die waren alle reserviert. Ich pflanzte mich genau in der Mitte der Stuhlreihen auf eine Karte, auf der der Name Olaf Gerke geschrieben stand. Ich saß nur rum und guckte schlecht gelaunt durch die Gegend. Das tat ich, bis zwanzig Minuten später Olaf Gerke kleinmütig seinen Platz beanspruchte. Zu seiner Überraschung stand ich einfach auf. Die Erleichterung stand ihm ins Gesicht geschrieben.

Innerhalb weniger Minuten füllten sich die Stühle, hauptsächlich mit alten Männern und Frauen auf Hochhackigen. Ich stand am Rand, in erster Reihe, als Hannemann hinter das Rednerpult trat. Es wurde ruhig in der Halle. Das Stimmenwirrwarr ebbte ab, die Fotografen und Kameramänner brachten sich in Position. Selbst die unermüdlichen Kellnerinnen machten eine Pause. Hannemann sortierte noch die Notizen für seine Rede, da brach auch schon das Unheil über ihn herein.

Über den Köpfen der mir gegenüberstehenden Gäste sah ich, wie Kirch und Fröhlich dem sibirischen Vollpfosten am Eingang ihre Polizeiausweise zeigten. Hinter ihnen drängten mehrere Uniformierte in die Halle. Sie überrumpelten den Stiernacken, der überhaupt nicht mehr wusste, wo die Glocken hingen. Strammen Schrittes, mit Überzeugung im Gesicht, marschierten alle Mann direkt zum Rednerpult. Hannemann sah sie erst, als die Bullen schon fast vor ihm standen. Er wurde bleich, blickte verwirrt umher. Aber schnell wurde klar, dass seine vorbereitete Abschiedsrede für Vicky De Winter niemand mehr hören würde.

„Heiko Hannemann! Sie sind verhaftet wegen Anstiftung zum Mord an Andrea Driesen."

Kirch sagte das direkt ins Mikrofon. Nach einem kurzen Moment kollektiver Verwunderung unter den Gästen brach plötzlich ein Blitzlichtgewitter los. Die Reporter knipsten, was das Zeug hielt. Sie zwängten sich zwischen die Stuhlreihen, um einen Schuss von vorne zu bekommen. Dabei traten sie auf die Füße der dort Sitzenden, was wiederum für einige kleinere Tumulte sorgte. Die Stimmung war jedenfalls hinüber. Ein Uniformierter legte Hannemann Handschellen an. Es war Arschgeigenwachtmeister Krumme, dem die Ehre zuteilwurde. Sein Arschgeigenkollege Holzschuh stand daneben. Beide bauten sich mit ihrem Fang extra noch mal breit grinsend für die Presse auf. Dann brachten sie den völlig konsternierten Fickfilmproduzenten weg.

Ich war mindestens so überrascht wie beeindruckt.

Nicht von den beiden Arschgeigen, sondern von dem Risiko, das Kirch mit der öffentlich inszenierten Verhaftung Hannemanns einging. Für so eine Nummer musste er echt was auf der Pfanne haben. Erdrückende Beweise zum Beispiel. Die mediengerechte Verhaftungsshow würde den Gesetzeshütern von Ruhrstadt in den Abendnachrichten und in den morgigen Zeitungen ganz bestimmt fabelhafte Kritiken einbringen. Nur wenn dann rauskommen sollte, dass ein Unschuldiger die Hauptrolle gespielt hatte, würde sofort ein ganz anderer Wind wehen. Kirch musste sich mit Hannemann als Täter sicher sein. Oder aber sein Chef, der mediengeile Staatsanwalt, hatte es genau so angeordnet. Dann würde eh alles auf seine Kappe gehen.

Kirch stand mit Fröhlich noch oben am Rednerpult. Sie sahen beide relativ entspannt runter auf die herumstehenden Gäste, die teilweise geschockte und teilweise ungläubige Fratzen zogen. Sie machten beide nicht den Eindruck, als zweifelten sie an ihrer Ermittlungsarbeit. Sie waren sich ihrer Sache sicher. Ich hätte zu gern gewusst, welches Detail sie von Hannemanns Schuld überzeugt hatte. Es musste etwas sein, von dem ich noch nichts wusste. Mir fiel kein vernünftiger Grund ein, warum Kirch es mir nun nicht sagen sollte, jetzt, wo der Fall für ihn gelöst war. Ich fing seinen durchs Publikum schweifenden Blick auf. Er hatte offensichtlich erwartet, mich hier anzutreffen. Er zeigte mit dem Finger auf mich. Dann drehte er die Hand und krümmte den Zeigefinger mehrmals. Antanzen, hieß das. Ich tat ihm den Gefallen.

Es war nicht so leicht, mich durch die Menschen bis zum Rednerpult zu zwängen. Alles lief durcheinander, keiner der Gäste war sitzen geblieben, und die, die am

Rand der Stuhlreihen standen, wichen nicht zurück. Meine altbewährte Aura des Schreckens war hier nutzlos. Die Leutchen waren wegen Hannemanns Verhaftung so vor den Kopf gestoßen, dass sie mich glatt ignorierten.

„Das gibt's doch nicht!", sagten einige zu mir.

Andere fragten mich: „Nicht der Heiko, oder?"

Ich zeigte allen eine lange Fresse und schob sie aus dem Weg. Bis ich die Kommissare erreichte, hatte sich die Pressehorde längst um Kirch und Fröhlich zusammengerottet. Karsten war auch dabei. Sie brüllten alle gleichzeitig irgendwelche Fragen, aber Kirch verwies in stoischer Ruhe immer nur auf die Pressekonferenz um drei Uhr in der Staatsanwaltschaft. Ich nutzte den Augenblick, bis alle Journalisten kapiert hatten, dass hier nichts für sie zu holen war, und schnappte mir Karsten für ein kleines Briefing. „Das ist ja wohl der Hammer, oder?", frohlockte er. „Redest du jetzt mit Kirch? Ich warte hier auf dich. Dann bin ich der Erste, der weiß, wie Hannemann überführt wurde."

„Hast du die Leute befragt?"

„Ist das jetzt noch wichtig? Ja, hab ich! Nicht alle, aber einige. Sagen eh alle denselben Schmus. Und keiner wusste, dass Vicky De Winter aus dem Pornogeschäft aussteigen wollte."

Da immer noch einige nimmermüde Reporter Kirch mit ihren Fragen bombardierten, stellte ich Karsten noch eine Frage: „Sonst irgendwas?"

„Nö! Absolut negativ. Außer, ey, sag mal, was verdient eigentlich so ein Security im Monat?"

„Wieso?"

„Na, ich wollte dahinten gerade einen Blick in den abgesperrten Bereich werfen. Aus Neugier. Da hat mich so ein Security aufgehalten. Hat mir mit seinem Arm den Weg versperrt und mich zurückgedrängt. Weißt du, was der Spacko am Handgelenk hatte?“

„Was?“

„Eine Jäger-LeCoultre-Armbanduhr. So ein Teil für gut und gern fünftausend Euro. Ich bin mir sicher, das war kein Blender.“

„Eine Reverso? Braunes Armband? Goldenes Gehäuse?“

„Ja!“

„Wo ist der Kerl?“

„Der steht da hinten. An der Bretterwand. Da, wo es in den hinteren Teil der Halle geht. Was ist mit der Uhr?“

Ich beantwortete seine Frage nicht mehr. Wer mir in diesem Moment in die Quere kam, hatte selber Schuld. Ohne Rücksicht auf Verluste stürzte ich in die Richtung, die Karsten mir gewiesen hatte. Der Security, wieder so ein gedrungenes Kraftpaket, sah mich kommen, und zum Teufel, er erkannte mich sofort. Hals über Kopf rannte er durch die schmale Gasse, die er eigentlich bewachen sollte, in den hinteren Teil der Halle. All die Wut, die sich in mir angestaut hatte, brach aus mir heraus, und ich hetzte ihm nach, hinein in die finstere Gasse, wo er für alles würde bezahlen müssen. Für den Mord, für die Falle, die sie mir gestellt hatten, für die Tage im Knast, für die Schüsse auf mich in Westende und für den Ärger mit Anna. Ganz besonders für den Ärger mit Anna!

Die Gasse war kaum breiter als meine Schultern. Ich rannte, so schnell ich konnte. Hin und wieder geriet ich beim Spurten aus dem Tritt, dann dengelte ich gegen die Holzwand, die unter meinem Gewicht polternd nachgab. Beide Seitenwände steckten unten in Laufschienen.

Sie waren etwa zwei Meter fünfzig hoch, und alle paar Meter gingen rechts und links geschlossene Türen ab. In dem schwachen Licht, das von der Hallendecke in die Gasse fiel, konnte ich das Ende der Halle nur erahnen. Dennoch war ich mir sicher, dass niemand mehr vor mir herlief. Ich stoppte meinen Spurt. Er musste durch eine der Türen verschwunden sein. Rückwärts, um die Gasse nicht aus den Augen zu verlieren, ging ich zurück zu der Tür, an der ich zuletzt vorbeigelaufen war. Ich berührte die Klinke und war auf alles gefasst.

Ich ging in die Hocke, in der Hoffnung, wenn der Penner dort drin war, würde er, mit was auch immer, auf meinen Kopf zielen. Bereit, jederzeit zur Seite zu springen, gab ich der Tür einen leichten Schubs. Sie schwang weit genug auf, um mich zu überzeugen, dass drinnen niemand auf mich wartete.

Mit der natürlichen Geschmeidigkeit einer Hundertfünfzehn-Kilo-Kante schlüpfte ich geräuschlos durch die Tür. Dahinter befand sich das Sprechzimmer eines Gynäkologen. Obwohl die Praxis keine eigene Decke hatte, war die Illusion trotzdem ziemlich perfekt. Die Holzwände waren von innen tapeziert und mit medizinischen Bildern behängt. An der einen Seite stand ein Schreibtisch, auf der anderen der Pflaumenbaum samt Beinstützen mit Fesselmöglichkeit. Daneben lag ein Sortiment an Dildos, fein säuberlich aufgereiht wie medizinische Instrumente. Der Boden war mit Teppich ausgelegt. Nicht mal die Tür konnte man ohne Weiteres von innen erkennen. Hannemanns Kulissenbauer hatten echt was drauf.

Ich stieg auf den Schreibtisch, blieb aber in der Hocke. Ein Durchstrecken des Oberkörpers hätte gereicht, um einen Blick über die Kulissenwände hinweg zu werfen. Ich lauschte. Es war nichts zu hören außer dem gedämpften Stimmengewirr der Leute, die sich im vorderen Teil auf der Gedenkfeier aufhielten. Vorsichtig, Zentimeter für Zentimeter, streckte ich mit gesenktem Haupt meinen Körper, bis mein Nacken ungefähr Wandhöhe erreicht hatte. Ein kurzes Zögern noch, ein letzter Melodiefetzen von „Sex Machine" aus dem Gedächtnis abgerufen, dann reckte ich ruckartig den Schädel raus und war heilfroh, dass der Uhrendieb nicht dieselbe Idee gehabt hatte und meine Runkelrübe bereits mit gezogener Knarre erwartete.

Bereit, mich beim geringsten Anzeichen von Gefahr sofort wieder abzuducken, machte ich einen langen Hals, dazu schob ich noch ein bisschen mit den Oberschenkeln nach, um mir einen Überblick zu verschaffen. Die Kulissen funktionierten nach dem Baukastenprinzip. Mobile Wände, die flexible Raumgrößen ermöglichten. Unter der Hallendecke schwebten Kranträger, an denen auch fahrbare Scheinwerfer hingen. Von meiner Position bis zum hinteren Ende der Halle gab es links und rechts noch jeweils sechs weitere Räume. Die Gasse selbst führte wie an der Schnur gezogen bis ganz nach hinten. Zwischen den Räumen und den seitlichen Hallenwänden befanden sich ebenfalls schmale Durchgänge, von denen auch Türen in die jeweilige Kulisse hineinführten.

Ich zog die Rübe ein, um nach der zweiten Tür in der Gynäkologenfantasie zu suchen. Sie war da, gut versteckt. Dann plötzlich hörte ich Ketten rasseln. Es kam aus der hintersten linken Kulisse. Ohne zu überlegen, richtete ich meinen Oberkörper auf. Gebannt starrte ich auf den Ursprung des Geräusches. Mit meinen Arschbacken hätte ich Kokosnüsse knacken können, so angespannt war ich.

Keine Bewegung durfte mir entgehen. Die Ohren gespitzt, die Augen im Adlermodus, rührte ich mich nicht, atmete nicht und achtete nicht auf das Jucken in meiner Nase. Alles, an was ich dachte, war: „Komm schon, Arschloch! Zeig dich!"

Und dann zeigte er sich. Seine Hand griff über die Holzwand, als würde er sich daran hochziehen wollen. Sofort ging ich in Deckung. Jetzt wusste ich, wo er war. Wie eine Katze glitt ich lautlos vom Schreibtisch. Nach kurzem Überlegen, ob ich die mittlere oder die äußere Gasse nehmen sollte, entschied ich mich für die mittlere. So konnte er nicht ungesehen in eine der Kulissen rechts vom Gang schlüpfen, um mir dort aufzulauern. Ich zog meine Schuhe aus, weil die Ledersohlen auf dem nackten Beton des Gassenbodens lauter waren als das Stimmengewirr. Auf Socken huschte ich raus aus dem Sprechzimmer. Nach der Hälfte des Weges hörte ich wieder das Kettenrasseln. Ich verlangsamte mein Tempo, lauschte, duckte mich. Es war kein verräterisches Geräusch mehr zu hören. Ich nahm wieder Tempo auf, erreichte in null Komma nix die entsprechende Tür, griff zur Klinke und holte noch mal tief Luft. Pures Adrenalin und Unmengen Testosteron brodelten in mir. Ich bündelte meine Energien, war bereit, alles niederzuwalzen, was sich dadrin versteckte. In dem Augenblick flog hinter mir mit Karacho eine Tür auf. Ich schnellte herum, blickte aber nur noch in den schallgedämpften Lauf einer Pistole.

Der Penner hatte sich hintenrum an mich rangeschlichen. Ich dachte, er würde in der Kulisse auf einem Stuhl oder so was stehen, um von oben nach mir zu suchen. Stattdessen hatte er die Außengasse genommen und war so in meinen Rücken gelangt. Er war zu weit von mir entfernt, um ihn anzugreifen. Das wusste er. Ganz entspannt zielte er auf mich. Aber er drückte nicht ab.

„Was habe ich mir an dir fettem Motherfucker einen Bruch gehoben!", warf er mir angenervt vor. „Alle vier haben wir mit anpacken müssen, um dich Klotz sauber über diesen Scheißzaun zu hieven. Und was machst du, du Motherfucker? Du wachst zu früh auf. Fuck, alles für'n Arsch!"

Mein Herz pochte. Schweiß tropfte mir von der Stirn ins Gesicht. Wie das Kaninchen vor der Schlange blickte ich stocksteif auf die Waffe, mit der er direkt zwischen meine Augen zielte. Im Grunde blieb mir nur noch die Wahl, mich einfach abknallen zu lassen oder wie ein Held zu sterben, der sich mit seinem letzten Atemzug noch auf seinen Mörder stürzte. Aber ich konnte mich nicht entscheiden. Alles, an was ich im Angesicht des Todes noch denken konnte, waren zwei einfache Worte: Mehr Zeit!

„Was ist los, Motherfucker?", fragte er mich zynisch. „Geht dem obercoolen Zibulla jetzt etwa die Düse? Fuck, das kann doch wohl nicht sein?"

Er lachte verächtlich. Ein klein wenig half mir seine megaarrogante Art aus meiner Schockstarre. Meine Wut meldete sich zurück. War schön zu wissen, dass meine Instinkte noch funktionierten. Mit seinem dämlichen Hollywood-Motherfucker-Gehabe hatte er sich längst als Amateurgangster geoutet. Richtige Gangster machten ihren Job und quasselten nicht lange herum. Er aber wollte quasseln.

Ich hob feige beide Arme und ging kriecherisch auf die Knie. Obwohl meine Nebenhöhlen absolut rotzfrei waren, zog ich weinerlich die Nase hoch.

„Ah, fuck you!“, klagte er enttäuscht. „Du wirst doch jetzt nicht heulen, Motherfucker!“

Abgesehen von seinem Hang zum Wort Motherfucker war sein Deutsch einwandfrei. Nur ein kleiner russischer Akzent war noch rauszuhören. Sein Gesicht konnte ich nicht sehen, er versteckte es hinter der Waffe, mit der er permanent beidhändig auf mich zielte. Er machte einen Schritt auf mich zu. Da ich aber nun auf Knien rutschte, war die Entfernung für einen Angriff immer noch zu groß. Außerdem musste ich berücksichtigen, dass er ein ziemlich kräftiges Paket war. Kleiner als ich, auch schmaler, aber mit einem tiefen Schwerpunkt, den man nur mit voller Wucht ins Schwanken bringen konnte. Ich entschied mich für die Rückzugsvariante und wich ebenfalls einen halben Meter zurück.

„Bitte töten Sie mich nicht!“, bettelte ich. „Was habe ich denn getan? Ich wollte doch nur meine Uhr zurückhaben.“

„Fuck, die Uhr“, sagte er verstehend. „Die ist echt schick. Konnte nicht widerstehen. Für die ganze Schlepperei hatte ich die auch verdient, ey! Nur mit zwei Mann haben wir dich Motherfucker über diese fuckenge Wendeltreppe bis ins Schlafzimmer der Fotze geschleppt. Dabei durfte ich nirgendwo mit deinem fetten Arsch anecken. Wegen der Spuren, haben die gesagt. Immer wieder. Mach hier keine Spuren, mach da keine Spuren. Und, fuck, ey, ich hab keine motherfucking Spuren gemacht. Damit habe ich die Uhr doch verdient, oder nicht? So als kleinen Bonus. Die haben gar nicht mitbekommen, dass ich sie mir gekrallt habe.“

„Wer sind die?“, fragte ich bibbernd.

„Die? Das sind eiskalte Motherfucker. Ein superspezielles Mordkommando. Mit allem Schnickschnack ausgerüstet. Abgefuckt cool und abgefuckt abgezockt. Du wärst denen nie auf die Schliche kommen. Das hast du nicht drauf, Zibulla. Ist auch egal. Du bist jetzt sowieso ein toter Motherfucker."

Er legte die Waffe noch mal neu an. Panisch wich ich weiter vor ihm zurück. Ich kniete nun auf Höhe der halb offen stehenden Kulissentür. Sie war mein einzig möglicher Fluchtweg. Ich änderte meinen Tonfall abrupt von Mimose in klugscheißerisch. „Na, so toll kann das Motherfucker-Mordkommando ja nun auch wieder nicht sein. Immerhin haben sie mit mir einen Fehler gemacht. Sind bestimmt alles nur saudämliche Russen."

Ich wollte ihn mit dem Wechsel in der Tonlage überraschen. Das war mir gelungen. Anstatt abzudrücken, schaute er an der Waffe vorbei und schüttelte den Kopf.

„Fuck you, Motherfucker! Du hast keine Ahnung, wovon du redest."

„Du bist doch Russe. Hör ich doch sofort. Auch zehn Jahre Sonderschule in Ruhrstadt haben dir Weichbirne deinen Akzent nicht austreiben können. Wer steckt hinter deinem Scheißmordkommando? Die Mafia? Wie kommt so eine Tröte wie du zu einem Mafiajob?"

Ich wollte ihn provozieren, das war meine einzige Chance, noch ein paar Sekunden Zeit zu gewinnen. Ich wusste nicht, was mir das bringen sollte, aber es bewies unmissverständlich, was für ein hoffnungsloser Optimist ich war.

„Und immer noch reißt der Motherfucker das Maul auf", zischte er angepisst. „Ich bin kein Russe. Ich bin ein freischaffender Usbeke, du kleinpimmeliger Hurensohn. Ich hab gesehen, was du für ein Mann bist. Ich hab dir im

Schlafzimmer der Pornoschlampe nicht nur die Kratzer in deiner Fresse verpasst, ich war es auch, der dich Motherfucker ausziehen musste. Der ausgeleierten Pornomöse hättest du es sowieso nicht besorgen können, mit deinem mickrigen Schwänzchen."

„Zu meiner Verteidigung, es war kalt, und du und dein Schwuchtelkommando, ihr wart sicher nicht besonders zärtlich zu mir."

„Halt deine Fresse!", keifte er. „Du, du arschgefickte Homoschwuchtel. Nur damit du es weißt, Motherfucker, bevor du krepierst! Ich arbeite immer nur für den Höchstbietenden. Gern auch für Russen, die zahlen richtig gut für einen ausgebufften Profi wie mich. Aber dich, Motherfucker, dich schick ich gratis in die Hölle. Du bist jetzt tot."

Das war ich nicht. Ich hatte ihn gehasst, verflucht, bedroht und ihm sogar ins Gesicht gefurzt, aber ich war so schweineglücklich, als Fröhlich plötzlich mit der Waffe im Anschlag hinter dem Penner aus einer der Kulissen gesprungen kam und aus vollem Halse schrie: „Polizei! Waffe fallen lassen! Oder ich schieße!"

Blitzschnell wuchtete ich mich hoch, rammte mit der Schulter die halb offene Tür und hechtete hindurch. Ich rollte mich ab, wollte den Schwung nutzen, um auf die Füße zu kommen, was mir auch recht gut gelang. Mitten im Move hatte es draußen auf dem Gang geknallt. Es war ein ungedämpfter Schuss. Kommissar Fröhlich hatte den Motherfucker kein zweites Mal gewarnt.

Kapitel 26

Es war Ehrensache, dass ich mich angemessen bei Kommissar Fröhlich für seine Rettungsaktion bedankte. Als fleißige deutsche Beamte traf ich sie am nächsten Morgen beide in Kirchs Büro an. Es war zwar Samstag, aber sie hatten alle Hände voll zu tun. Berichte mussten geschrieben, Pressekonferenzen vorbereitet und Senatorenhände medienwirksam geschüttelt werden. Für die Bullen war die vermeintliche Aufklärung des Falls ein großer Erfolg, besonders was die Öffentlichkeitsarbeit anging. Und ganz sicher hatten die beiden Kommissare schon aus mieseren Gründen am Wochenende schuften müssen.

Als Ausdruck meiner Dankbarkeit überreichte ich Fröhlich eine Kiste handgedrehter Cohiba-Zigarren und eine Flasche zwanzig Jahre alten Single Malt Whiskey aus den schottischen Highlands. Ich erklärte ihm, dass sich von meiner Seite jeder Groll gegen ihn in Luft aufgelöst, ich offiziell das Kriegsbeil begraben hätte und ich hoffen würde, dass wir beide noch mal bei null anfangen könnten. Das gefiel ihm. Auch Kirch zeigte sich beeindruckt von meiner Großzügigkeit. Kommissar Fröhlich und ich schüttelten uns die Hände, zum ersten Mal überhaupt. Er hatte mein kostbares Leben gerettet, dafür hätte ich ihn sogar knutschen können.

Alles, was ich ihm sagte, kam aus tiefster Seele. Die vergangene Nacht war ein noch schlimmerer Albtraum gewesen als die Nacht davor. Und der gestrige Nachmittag auch. Und der Abend erst. Es hatte angefangen, als ich den Kopf aus der Kulisse rausstreckte und den toten Motherfucker auf dem schmalen Gassenboden liegen sah. Fröhlich hatte noch auf ihn gezielt, da war alles von mir abgefallen. Mein ganzer Körper fing an zu zittern. Nicht mal eine Tasse Kaffee konnte ich trinken, ohne die Hälfte zu verschütten. Mir war eisekalt. Abends hatte ich im Baumwolljogger unter einer dicken Decke auf meiner Couch gelegen und trotzdem gezittert wie Espenlaub. Die Handvoll Beruhigungstabletten, die mir ein Sani mitgegeben hatte, brachten überhaupt nix. Irgendwann in der Nacht obsiegte dann mein mittlerweile sechsunddreißig Stunden andauernder Schlafentzug über meine angespannten Nerven. Ich fiel in einen unruhigen Schlaf, aus dem ich im Morgengrauen aufschreckte, weil ich den totalen Scheiß zusammengeträumt hatte.

Kommissar Fröhlich fühlte sich geschmeichelt. Die schmalen Lippen anerkennend zusammengepresst, nickte er gerührt. Auch an ihm waren die gestrigen Ereignisse in den Filmstudios nicht spurlos vorbeigegangen. Er hatte einen Menschen auf dem Gewissen. Einen Motherfucker zwar, aber dennoch einen Menschen. Um ihn darin zu bestärken, dass den Kerl abzuknallen die einzig richtige Entscheidung war, hätte ich ihm gern mehr als nur Zigarren und Whiskey mit auf den Weg gegeben. Aber außer meinen Geschenken fiel mir nur noch ein zu sagen: „Nix für ungut. Ich steh in Ihrer Schuld. Wann immer Sie glauben, ich könnte Ihnen von Nutzen sein, zögern Sie nicht. Rufen Sie mich an.“

Instinktiv wusste Fröhlich, dass es ganz gewiss nicht schaden konnte, bei mir etwas gut zu haben. Zwar zeigte er kaum eine Reaktion auf meine Worte, aber ich war mir sicher, der Anruf würde kommen. Ein paar Augenblicke standen wir alle drei nur drucksend in der Gegend herum. Dann brach Hauptkommissar Kirch das Schweigen. „Ich muss zugeben, mir war gestern bei Hannemanns Verhaftung nicht ganz wohl in meiner Haut. Die Beweislage gegen ihn war doch recht dünn. Aber dank Ihnen und Ihrer Uhr haben wir jetzt einen direkten Kontakt zwischen Hannemann und einem der Täter."

Ich nahm das Lob anerkennend zur Kenntnis. Zu diesem Zeitpunkt hatten die Medien Hannemanns Verhaftung schon längst von vorne bis hinten durchgekaut. Was der Hauptkommissar mit dünner Beweislage umschrieben hatte, war in Wirklichkeit ein „All in" mit zwei Siebenern. Aus Salmans 38er wollten sie dem Pornoproduzenten einen Strick drehen. Die ballistische Untersuchung der Waffe hatte ergeben, dass damit vor ein paar Jahren eine Reihe von Morden in ganz Europa begangen wurde. Die Opfer, alles Albaner, waren echte Hochkaräter im organisierten Verbrechen. Da die Albaner seinerzeit versucht hatten, den Russen in die Prostitutionssuppe zu spucken, glaubte die Polizei, dass mit der Waffe eine Todesliste der Russenmafia abgearbeitet wurde.

Die Morde an den Albanern wurden aber nie aufgeklärt. Es gab in den Fällen genau null Komma null Spuren. Bis plötzlich die Tatwaffe in Becks Wohnung aufgetaucht war. Die Polizei hatte es dann tatsächlich geschafft, eine Verbindung zwischen dem Stalker Oliver Beck und der russischen Mafia herzustellen. Er war Stammgast im „Parc Ferme" gewesen, einem Etablissement für den

Kenner slawischer Schönheiten. Die ganze Welt wusste, wer sich die Taschen mit dem Puff vollmachte. Beck war dort nur der Olli, der sogar auf Pump vögeln durfte. Wie ein deutscher Freier in einem russischen Puff an eine 38er-Automatik gekommen war, würde nun nach Becks Tod niemand mehr erfahren. Kirch sah darin auch das Motiv für Becks Ermordung. Seine Auftraggeber hatten sich ihn vom Hals geschafft. Dabei passte es dem Hauptkommissar recht gut in den Kram, dass der Stalker mit einer bisher unbekannten russischen Armeepistole erschossen worden war. Das hatte die Ballistik ergeben. Für ihn war das kein Zufall.

„Hannemann ist immer noch der Einzige, der ein Motiv hat?“, fragte ich den Hauptkommissar, obwohl ich die Antwort kannte.

„Ja. Vicky De Winter hatte unseres Erachtens keinen Kontakt zum organisierten Verbrechen. Deshalb gibt es auch keinen Grund, warum die Mafia sie aus Eigennutz hätte töten sollen. Hannemanns Name hingegen ist schon seit Jahren im Kommissariat gegen das organisierte Verbrechen aktenkundig. Er hat sich das Startkapital für seine Produzentenkarriere von der russischen Mafia geliehen und brav alles samt horrender Zinsen zurückgezahlt. Bleibt unterm Strich ein Motiv, weil Hannemann seinem Star keine Tantiemen mehr auszahlen muss. Und die Gelegenheit, weil er wusste, wen er dafür engagieren konnte. Wobei, das sei nochmals erwähnt, wir nur dank Ihnen und dem toten Uhrendieb alle Verknüpfungen jetzt auch tatsächlich beweisen können.“

Kommissar Fröhlich hatte gestern das Ende des Gesprächs zwischen mir und dem Motherfucker mitangehört. Es war nicht so, dass er angehechelt gekommen war, um mich im letzten Moment zu retten. Erst als er gehört hatte, was er hören wollte, war er zur Tat geschritten. Nachdem der Usbeke mir gegenüber schon zugegeben hatte, am Mord an Vicky De Winter beteiligt gewesen zu sein, hatte er obendrein mit seinen letzten Worten noch prahlerisch erwähnt, auch für die russische Mafia zu arbeiten. Erst danach hatte mein Held eingegriffen. Natürlich hatte Fröhlich gehofft, den Motherfucker lebend zu erwischen. Aber der wollte nicht die Hände hochnehmen. Letztlich war es für die Aufklärung des Falls auch egal, dass er ihm das Hirn weggeblasen hatte. Die Kripo hatte genug gehört.

Hauptkommissar Kirch war davon überzeugt, dass Hannemann die Russen beauftragt hatte, Vicky De Winter umzubringen, um an ihre Tantiemen zu kommen. Die Russen hatten den Vollzeitklempner, Teilzeitstalker und obendrein noch vermeintlichen Profikiller Oliver Beck geschickt und ihm den Motherfucker zur Seite gestellt. Neben der Aussage des Usbeken reichte ihm die 38er, die ich, wie er immer noch glaubte, in Becks Schublade gefunden hatte, als Beweismittel aus. Durch meine glaubhafte Aussage, dass Beck Vicky De Winter observiert hatte, existierte auch eine Verbindung zwischen Beck und der Ermordeten. Alles, was die Kripo jetzt noch brauchte, war eine Verbindung von Hannemann zu Beck oder zu den Russen. Da war die aktenkundig gewordene Kreditaufnahme von Hannemann bei der Mafia nur noch das fehlende Puzzleteilchen.

„Und wer hat Beck erschossen?“

„Die Russen natürlich. Wir glauben, er wurde eliminiert, weil Sie ihm auf die Schliche gekommen sind.“

Kirch war sich seiner Sache sicher. Viel zu sicher. Beck

war kein Profikiller der Mafia. Er war ein Geistesgestörter, ein unglücklich Verliebter. Es war mir beinahe peinlich, dass ich den Hauptkommissar wegen der 38er angelogen hatte. Außerdem hatte Fröhlich nicht mitangehört, dass der Motherfucker von insgesamt vier Tätern gesprochen hatte und nicht nur von zwei Killern. Aber es spielte mir auch in die Karten, dass in der Presse die ganze Geschichte genau so dargestellt wurde. Das verschaffte mir Freiraum. Sollte ruhig alle Welt für ein Weilchen glauben, dass es sich so abgespielt hatte. Nun konnte ich in aller Ruhe den Dorns auf den Zahn fühlen.

„Wie geht es jetzt weiter?", fragte ich beiläufig.

„Es ist nur eine Frage der Zeit, bis Hannemann einknickt und alles gesteht. Bis dahin werden wir weiter den Russen ordentlich Dampf machen. Die werden spüren, dass wir es ernst meinen."

„Tja, viel Spaß dabei! Ich glaub, ich mach jetzt erst mal Urlaub."

Kapitel 27

Ich nahm mir tatsächlich den Rest des Tages frei. Mit konstanten hundert Stundenkilometern fuhr ich auf dem Ruhrschnellweg nach Osten, dann über die Fünfundvierzig ein Stück nach Norden und schließlich über den Emscherschnellweg wieder zurück. Das letzte Stück über die Neunundfünfzig führte dann am Innenhafen vorbei. Das war meine übliche Runde, einmal quer durch Ruhrstadt, wenn ich abschalten wollte. Für mich war das keine Sightseeingtour. Ich hatte auf dem Weg nie ein Auge für die Sehenswürdigkeiten wie unberührte Natur, auf Kultur getrimmte Schachtanlagen oder moderne Kunstwerke auf alten Kohlehalden. Dafür sah ich aber auch nicht die Drecksecken, wo Naziparolen auf die Lärmschutzwände gekritzelt waren oder Mietskasernen direkt an der Autobahn standen, deren Fassaden vom Ruß der täglich vorbeiziehenden Lkw-Karawane dunkelgrau gefärbt waren und wo mindestens drei Satellitenschüsseln auf jedem der unzähligen Balkone angeschraubt waren. Es war Samstag, der Berufsverkehr machte Pause, deshalb fuhr ich die Strecke in etwas über einer Stunde. Gerade Zeit genug, um die ersten zwanzig Songs des Best-of-Albums von James Brown zu hören. Am Ende der Tour ging es mir für gewöhnlich wieder gut. Die Gedanken waren dann sortiert und das Ego wieder startklar. Aber dieses Mal war es nicht ganz so einfach, die Birne freizukriegen.

Ich wäre beinahe gestorben. Das warf unwillkürlich die Frage auf: Ist es das wert? Nach reiflicher Überlegung musste ich mir eingestehen, dass ich nicht völlig unüberlegt und absolut unbewaffnet Vicky De Winters Mörder hinterhergejagt war, sondern wutentbrannt meiner Jäger-Le Coultre Reverso. Ich hatte den Kopf verloren. Nur mit Glück war ich lebend aus der Sache rausgekommen. Zusammen mit der zu geringen Narkosedosis war das innerhalb einer Woche der zweite fette Papst, den ich in der Tasche gehabt hatte. Ich war nicht blöd. Ich wusste, was mit einem geschieht, der sein Glück überstrapaziert. Wer bereits nur mit Dusel dem Knast und dem Sarg entgangen war, der hatte bereits ein tiefes Loch in seine Glücksreserven geschaufelt.

Das Resümee meines Hundert-Kilometer-Langstreckendenkens lautete, mich in naher Zukunft lieber nicht mehr auf mein Glück zu verlassen, sondern mit kühlem Kopf und messerscharfem Verstand zu handeln. Ich kam zu dem endgültigen Schluss, dass es klug war, die Polizei im Dunkeln tappen zu lassen. Auf dem offiziellen Weg konnte man keinen aus dem Dorn-Clan so richtig unter Druck setzen. Aber ein Kerl wie ich, geduldig, überzeugend, mit gutem Geschmack, der war genau der Richtige dafür. Es gab schlechte Neuigkeiten für Athos aus gutem Hause. T-Bone – The Sex Machine – Brown hatte ihn auf dem Kieker.

Auf dem Anrufbeantworter in meinem Büro waren siebzehn Nachrichten von Karsten. Er saß auf glühenden Kohlen, wollte die neusten News. Mein trojanerverseuchtes Smartphone hatte ebenfalls zwölf Anrufe in Abwesenheit zu melden. Ich hörte die Mailbox ab. Acht waren von Karsten. Zwei Anwälte boten mir einen Job an. Die Hausverwaltung ließ mich wissen, dass nächste Woche der Aufzug gewartet werden würde. Und mein Soulbruder Salman erwartete meinen Rückruf. Seine Stimme klang sehr verhalten, irgendwie unverbindlich. Absolut untypisch für ihn. Ich schickte Karsten eine SMS von meinem Smartphone aus. Sie lautete:

„Alles klar! Hannemann ist der Mörder. Erzähl dir später alles."

Dann rief ich Salman vom Festnetz an.

Der Gotteskrieger klang besorgt. Er hatte im Fernsehen gesehen, dass seine 38er zu einem Beweismittel in einem angeblich von der russischen Mafia begangenen Auftragsmord geworden war. Das setzte bei ihm ein paar Dinge in Gang, die auch mich betrafen. Er wollte mich warnen. „Ich habe keine Wahl, T-Bone. Ich muss den Russen sagen, wo die Knarre herkam. Wenn die es selber rausfinden, bin ich im Arsch gekniffen."

„Die Waffe ist nicht mehr wichtig. Der tote Usbeke reißt die Russen rein."

„Hör gut zu, T-Bone! Hier geht es nicht um deine tote Pornoqueen. Mit der Knarre sind Albaner gekillt worden, vergiss das nicht. Ich kann mich noch erinnern, was die Russen damals für einen Riesenhals auf dieses Pack hatten. Das passt jetzt alles wie Arsch auf Eimer. Der Typ, der den Koffer bei mir ‚vergessen' hat, war ein Auftragskiller. Ein Arschloch von außerhalb, der die Schmutzarbeit erledigt hat. Keine Ahnung, was mit ihm geschah, vielleicht ist er aus dem Mordgeschäft ausgestiegen, oder er ist umgelegt worden. Vielleicht hat ihn auch sein schlechtes Gewissen in den Selbstmord getrieben, was weiß ich. Jedenfalls ist der Kerl seitdem weg vom Fenster."

„Verstehe! Über die toten Albaner war längst Gras gewachsen. Aber jetzt taucht plötzlich die Tatwaffe auf. Noch dazu mitten in den Ermittlungen wegen eines Auftragsmordes an einem Pornostar."

„Genau. Und ich hab die Knarre ins Spiel gebracht. Das ist scheiße, aber macht mich noch nicht zu Fischfutter. Man erwartet von mir, dass ich Stillschweigen bewahre, egal was ich sehe, höre oder finde. Also ist es kein Problem, dass ich all die Jahre über nie die Waffen erwähnt habe. Und ich hatte einen guten Grund, dir mit der 38er auszuhelfen. Dafür werden die hoffentlich Verständnis haben. Aber, T-Bone, ich muss es ihnen sagen. Sie werden es sowieso rausfinden. Alter, die haben Kanäle, das glaubst du nicht. Wahrscheinlich wissen die auch als Einzige, wer Kennedy wirklich abgeknallt hat. Ich könnte mir gut vorstellen, dass die, wenn ich gebeichtet habe, mit dir reden wollen."

„Klar musst du ihnen das beichten. Sieh bloß zu, dass du deinen Arsch aus der Schusslinie kriegst. Du kannst ihnen was von mir ausrichten. Sag ihnen, kein Mensch wird je von mir erfahren, dass ich die 38er nicht in Becks Schublade gefunden habe. Sag ihnen, ich wäre es dir schuldig, dass es niemals eine Verbindung zwischen toten Albanern und dem ‚Palace Os' geben wird. Und sag ihnen, wenn sie, in wessen Auftrag auch immer, Vicky De Winter auf dem Gewissen haben, krieg ich sie dafür am Arsch. Sollten die dann immer noch mit mir reden wollen, gib ihnen meine Nummer."

„Alles okay bei dir?"

„Geht so! Hab schlecht geschlafen. Hab schon wieder Knatsch mit Anna. Ach ja, und ein usbekischer Motherfucker, der für die Russen Leute killt, wollte mich gestern abknallen."

„Dieser Sergej? Verdammtes Arschloch. Ich kannte ihn. Du weißt schon, dass er ein Freischaffender war? Ist schon 'ne Weile her, dass ich ihn zusammen mit den Russen gesehen habe."

„Was meinst du?"

„Denk doch mal nach. Womit verdienen die Russen ihr Geld?"

„Prostitution. Schutzgeld."

„Richtig! Prostitution! Schutzgeld! Ein bisschen Glücksspiel! Nicht Auftragsmord! Alter, die machen mehr als eine Million am Tag mit ihren Puffs in und um Ruhrstadt. Wenn die Ärger haben, engagieren die Leute, die den Ärger für sie aus dem Weg räumen. Warum sollten die ins Mordgeschäft einsteigen? Der Markt ist viel zu klein, und die Erträge pro Auftrag lohnen kaum das Risiko."

„Du meinst, die Russen waren es nicht?"

„Ich mein, versteif dich nicht auf die Russen. Was ich dir hier erzähle, ist nix als gesunder Menschenverstand gepaart mit guter Beobachtungsgabe. Was weiß ich, was ich alles nicht mitkriege. Aber Sergej war ein Vorzeigewichser. Selbst den Russen ging sein ewiges ‚Motherfucker' gehörig auf den Sack. Im Grunde war er ein Mitläufer am äußersten Rand. So habe ich ihn zumindest immer wahrgenommen. Deshalb musste er ja auch noch nebenbei als Security arbeiten, um über die Runden zu kommen. Der Scheißkerl war 'ne Hure. Für Geld hat der alles gemacht."

„Wer könnte ihn sonst engagiert haben?“

„Was weiß ich! Du bist T-Bone – The Sex Machine – Brown, der beste Privatdetektiv von Ruhrstadt. Finde es heraus.“

„Scherzkeks. Übrigens, wenn der Gotteskrieger beim Beichten heute Abend Hilfe brauchen sollte, ist The Sex Machine für ihn da! Das weißt du! Egal, was es mich kostet. Du bist mein Soulbruder. Ich schick dir gleich eine Handynummer, auf der ich rund um die Uhr erreichbar bin.“

„Soulpower, Soulbruder!“

Kapitel 28

Nach dem Telefonat mit Salman stand mir nicht der Sinn nach Ermittlungsarbeit. Dorn konnte warten. Wenn es nicht die Russen gewesen waren, würde Patrick Wolfgang zu gegebener Zeit bestimmt jemand Neuen ins Spiel bringen. Den restlichen Samstagnachmittag verbrachte ich damit, Anna einen Brief zu schreiben. Erst hatte ich die vier Seiten in den Computer getippt, wegen der Korrekturmöglichkeiten, dann das Ganze noch mal mit der Hand in bestmöglicher Schönschrift abgeschrieben. Ich hatte ihr mein Herz ausgeschüttet. Schon wieder. Es war nicht der erste handgeschriebene Zwölf-Seiten-Brief, den Anna von mir bekam. Meistens sülzte ich darin, wie wunderhübsch sie war, wie sexy und wie begehrenswert ich sie fand. Dieser Brief aber hatte ein anderes Thema. Nach drei Seiten Entschuldigungen für das Versetzen im „Tudor“ folgten neun Seiten über all die verlorene Zeit, in der wir nicht zusammen waren. Ich schrieb ihr, das Leben sei zu kurz, um auch nur einen Augenblick davon zu verschwenden. Schon morgen könnte der Verlust unwiederbringlich sein. Sergej, der tote usbekische Motherfucker, hatte mir eine Lektion erteilt: Nichts im Leben war so kostbar wie Zeit!

Es war kurz vor fünf, als ich mein Büro verließ, den Brief an Anna im Foyer in den Hauspostkasten warf und durch das Café auf der Promenadenseite der Faktorei 21 in einen herrlichen Frühlingsnachmittag rausspazierte. Die Sonne brutzelte aus einem stahlblauen Himmel von Five Boats herüber. Die Menschen auf der Promenade trugen bunte Shorts und Badelatschen. Pärchen gingen Händchen haltend am Ufer spazieren. Kinder tobten zwischen kläffenden Hunden an den Wasserspielen, bis alle patschnass waren. Am Uferrand hofften aufdringliche Möwen, verwöhnte Schwäne, vorsichtige Enten und, gut versteckt, auch ein paar Ratten, dass von dem Menschenauflauf etwas zu fressen für sie abfallen würde. Ich beobachtete das Treiben von der Terrasse der Faktorei. Ich hätte mich gern für einen Kaffee gesetzt, aber es war kein Platz mehr frei. Nach fünf Minuten Rumstehen und Glotzen machte immer noch keiner der Gäste Anstalten zu gehen. Also pfiff ich auf den Kaffee, ging durch das Gebäude zum Vordereingang an der Straße und lief ihnen direkt in die Arme.

Alle drei trugen schwarze Anzüge und Pilotensonnenbrillen. Keiner von ihnen war unter eins neunzig. Als wären sie Synchronschwimmer, legten sie bei meinem Anblick gleichzeitig ihre Hände an ihre Waffen in den Schulterhalftern. Zwischen uns lagen keine drei Meter. Ich hatte keine Chance, ihnen zu entkommen. Ich wusste genau, was das für welche waren. Ohne mit der Wimper zu zucken, hätten die mir in die Beine geschossen, wenn ich versucht hätte zu türmen. Auch die vielen Passanten hätten sie nicht davon abgehalten. Wir standen uns reglos gegenüber, sie warteten auf eine Reaktion von mir. Ich dachte in diesem Moment hauptsächlich an Salman. Es sah danach aus, als wenn seine schlimmsten Befürchtungen wahr geworden wären. Die Russen hatten mich gefunden, bevor er beichten konnte.

Es verstand sich von selbst, dass ich mir innerlich schwor, kein Wort über die 38er zu verlieren, bis mein Soulbruder es ihnen persönlich erklärt hatte. Das würde nicht leicht werden. Die drei „Men in Black" sahen nicht so aus, als wenn sie besonders geduldig wären. Es gab nur einen Weg, die nötige Zeit rauszuschlagen. Ich musste ihnen zeigen, dass ich ein härterer Hund war als sie.

Gelangweilt signalisierte ich Kooperationsbereitschaft. Öffnete sogar mein Spitzfassonsakko, um ihnen zu zeigen, dass ich unbewaffnet war. Das entspannte die drei nicht die Bohne. Einer von ihnen nuschelte etwas in sein Handgelenk, nur Sekunden später fuhr ein schwarzer 5er-BMW vor.

„Einsteigen!", sagte der Mittlere mit knochenhartem russischen Akzent.

Ich sah sie genervt an, was bei zweien ein drohendes Zucken in der Hand an der Waffe auslöste. Ich erklärte ihnen mein Problem, während ich langsam auf das Auto zuging.

„Fünf Leute? Ein Fahrer und vier Kleiderschränke in einem 5er-BMW? Ich sitz vorn!"

Das gestatteten sie mir nicht. Trotz der verdutzten Blicke der vorbeiflanierenden Leute durchsuchten sie mich erst gründlich mit meinen Händen auf dem Wagendach, dann nahmen sie mich auf dem Rücksitz in ihre Mitte. Während der Fahrt drückten sie mir ihre gezückten Knarren in die Seite. Der Typ, der vorne saß, hatte sich umgedreht. Seine Riesenwumme auf meine

Eier gerichtet, starrte er mich an, als wartete er nur darauf, dass ich ihm einen Grund lieferte, abzudrücken. Ich tat nichts dergleichen. Stoisch erwiderte ich seinen Blick. So fuhren wir rauf auf die Neunundfünfzig, kreuzten den Ruhrschnellweg und weiter nördlich den Emscherschnellweg. Nach circa fünfzehn Minuten Fahrt klingelte das Telefon des Typen auf dem Beifahrersitz. Sein Blick änderte sich von aufmerksam in bedrohlich. Ich nickte verständnisvoll und verschränkte die Arme vor der Brust. Das machte den vorhandenen Platz auf dem Rücksitz des BMW noch knapper. Das spürte ich deutlich am zunehmenden Druck der beiden Waffen, die sich in meine Taille bohrten. Zur Vorsicht richtete er weiterhin seine Knarre auf meine Eier, als er ans Telefon ging.

Es gab ein neues Reiseziel. An der nächsten Ausfahrt fuhren wir runter von der Autobahn und auf der anderen Seite wieder drauf. Dann bogen wir auf den Emscherschnellweg Richtung Osten ab. Immer nur so schnell wie erlaubt, zockelten wir quer durchs nördliche Ruhrstadt. Wir nahmen die Abfahrt Victor. Da wusste ich, worum es in dem Telefonat gegangen war. Der Gotteskrieger hatte gebeichtet. Ich entspannte mich.

Das „Palace Os" war in Zeiten des Kohlebooms eine amtliche Schlosserei gewesen. Das war lange her. Nach jahrzehntlangem Dahinsiechen und schließlicher Stilllegung Anfang der Neunziger lag hier erst mal lange Zeit alles brach. Dann war Salman gekommen, hatte der alten Schlosserei eine neue Seele gegeben und die nach dem Umbau übrig gebliebenen tonnenschweren Maschinenteile zu Denkmälern erkoren. Sie standen dekorativ auf dem Parkplatz herum, rosteten da weiter langsam vor sich hin und wurden nachts von farbigen Strahlern angeleuchtet. Der Getriebedeckel eines Monsterbaggers, die Kurbelwelle eines Förderturms und das Pleuel einer Lokomotive leuchteten bereits grün, gelb und rot, als wir auf Salmans Hof vorfuhren. Nur die Strahler für den mächtigen rundum stahlbezahnten Kopf eines Einwalzenladers brannten nicht. Bei keinem der Dinger hätte ich gewusst, wofür sie irgendwann einmal zunutze gewesen waren. In Wahrheit hatte ich keine Ahnung, was ein Pleuel überhaupt war. Aber Salman hatte mir bei Gelegenheit jedes seiner Parkplatzdenkmäler ausführlich erklärt. Der Fahrer parkte den Wagen in der dunklen Ecke neben dem Walzenkopf.

Einer vorneweg und zwei hinter mir, betraten wir den Empfangsbereich des „Palace Os". Der Fahrer war beim Walzenkopf geblieben. Eine bildhübsche Türkin empfing uns mit dem süßesten Lächeln zwischen Bosporus und Rhein-Herne-Kanal. Sie sagte kein Wort. Ein bisschen bekifft wirkte sie, wie sie so stumm dastand, den Kopf freundlich geneigt, und uns mit der Hand den Weg in Salmans Büro wies. Ich war der Einzige von uns vieren, der sich im Vorbeigehen bei ihr für ihre Freundlichkeit bedankte. Immerhin klopften die Mafiabanausen an die Tür, bevor wir Salmans Büro betraten.

Zwei saßen auf dem Sofa, einer im Sessel. Alle drei Mitte fünfzig und verdammt gut angezogen. Salman hockte hinter seinem Schreibtisch, er nickte mir beruhigend zu. Der Typ, der vor mir stand, sagte etwas auf Russisch zu dem Trio in den Polstermöbeln, dann schickte er die beiden hinter mir raus. Er selbst baute sich vor der Tür auf, die Riesenwumme beidhändig auf den Boden gerichtet, aber bereit, in Bruchteilen von Sekunden jedes andere Ziel anzuvisieren.

Ich wurde von den drei Herrschaften gemustert. Im Halbdunkeln sah ich noch bedrohlicher aus als gewöhnlich. Das lag an den Schatten in meinem Gesicht. Nur eine Schreibtischfunzel brannte in Salmans Büro und ein gedimmter Deckenfluter hinten in der Ecke. Salman wollte was sagen, aber eine Handbewegung vom Sofa reichte aus, um ihn zu stoppen. Sie waren mit meiner Musterung noch nicht fertig. Der auf dem Sessel sagte etwas auf Russisch zu den beiden anderen, woraufhin der Linke mit den Schultern zuckte und der Rechte anerkennend nickend die Unterlippe vorschob. Ich sah wieder rüber zu Salman, der weiterhin entspannt wirkte.

„Wissen Sie, wer wir sind, Herr Zibulla?“, fragte der auf dem Sessel fast akzentfrei.

„Nein!“, log ich.

„Sie haben einmal für mich gearbeitet. Ist schon ein Weilchen her.“

„Wer weiß, wenn Sie mich besser bezahlt hätten, würde ich vielleicht immer noch für Sie arbeiten.“

Er schnaufte amüsiert. Die beiden auf dem Sofa verzogen keine Miene. Ich wusste nicht, was er meinte, aber ich hatte ganz sicher keinen Lohnstreifen der russischen Mafia in meinen Unterlagen abgeheftet. Er interpretierte meinen nachdenklichen Gesichtsausdruck absolut richtig. „Sie waren mein Türsteher, damals im ‚Tao‘. Natürlich haben wir uns nie persönlich kennengelernt. Unser Freund Salman hier hält große Stücke auf Sie. Er hat damals für Sie gebürgt, damit Sie den Job an der Tür kriegen, und jetzt schon wieder.

Salman sagt, niemals würden Sie jemandem erzählen, wo Sie die 38er-Automatik in Wahrheit herhatten."

Ich sah ihm direkt in die Augen. „Das ist Ehrensache!", erklärte ich ihm. „Kein Wort zu niemandem darüber."

Nach unzählig langen Sekunden nickten sie alle drei. Dann baten sie mich höflich, auf dem zweiten Sessel in ihrer lauschigen Runde Platz zu nehmen. Salman wurde rausgeschickt. Der Typ mit der Riesenwumme öffnete ihm die Tür. Ich konnte sehen, dass die beiden, die sich mit mir auf die Rückbank des BMW gequetscht hatten, draußen Wache schoben. Erst als die Tür wieder geschlossen war, knöpfte ich meinen Zweireiher auf und setzte mich. Die Riesenwumme war jetzt nicht mehr direkt auf den Boden gerichtet, sondern im Fünfundvierzig-Grad-Winkel dazu. So konnte er mich noch schneller abknallen, sollte ich auf dumme Gedanken kommen. Die auch aus der Nähe betrachtet wirklich verdammt gut angezogenen Mitfuffziger warteten, bis ich es mir gemütlich gemacht hatte. Sie waren echte Gentlemen.

„Eigentlich sollten Sie jetzt gerade gefoltert werden", erwähnte der Gentleman auf dem Sessel zu meiner Linken. „Wir wissen seit heute Mittag, dass Sie es waren, der in Westende mit der 38er rumgeballert hat. Das hat einige Fragen aufgeworfen, wie Sie sich denken können. Nun, die wichtigste Frage, nämlich wie ein Privatdetektiv in den Besitz einer so brisanten Waffe gelangen konnte, hat Ihr Freund Salman uns schon zu unserer Zufriedenheit beantwortet. Er war es im Übrigen auch, der uns überzeugt hat, dass man mit Ihnen reden kann, auch ohne Daumenschrauben. Sie schulden ihm was. Sagen wir, Sie schulden ihm, dass Sie uns vertrauen."

„Salman ist mein Soulbruder. Er braucht bei mir keine Schulden einzutreiben. Was wollen Sie?"

„Jaaaa, sehen Sie, das ist alles sehr unerfreulich. Keiner von uns ist begeistert davon, dass diese alten Geschichten von toten Albanern wieder aufgerollt werden. Und stellen Sie sich vor, gestern hat die Polizei eine Riesenrazzia im ‚Parc Ferme' veranstaltet. Wussten Sie das? Wir mussten das Etablissement für drei volle Stunden schließen. Unsere Straßenmädchen wurden auch verhaftet. Alle, die sie finden konnten. Dieser Verdacht, einen Auftragsmord an einem Pornostar durchgeführt zu haben, ist sehr schlecht fürs Geschäft. Und das alles haben Sie uns eingebrockt. Unter normalen Umständen würde das ausreichen, um Sie gleich zweimal zu töten. Aber da ist ja auch noch Sergej, der sich als unser eigentliches Problem in dieser Pornosache erweist. Nun, wir glauben, wenn die wahren Mörder dieser Vicky gefunden würden, dann würde sich der Wind um die toten Albaner auch schnell wieder legen. Dieser Beck hat nie für uns gearbeitet. Es gibt keinerlei Verbindung zwischen ihm und uns, außer dass er hin und wieder unsere Huren gebumst hat. Da er tot ist, sind Sie und Salman die Einzigen, die eine Verbindung zwischen der 38er und uns herstellen können. Ein Grund, Sie ein drittes Mal zu töten. Aber wir vertrauen Salman. Er bürgt für Sie, und wie es scheint, können Sie uns in dieser Vicky-Sache noch von Nutzen sein."

Die Neugier war in mir erwacht. Ich hätte mich täuschen können, aber es klang, als wollte die Mafia mir ein Angebot machen. Ich rutschte mit dem Hintern vor, bis auf die Kante des Sessels. Dann beugte ich mich zu ihnen und sagte: „Sie sagen mir also, ihr habt nichts mit dem

Mord an Vicky De Winter zu tun. Allerdings hängt ihr da, dank Sergej, mittendrin. Und um die Geschäfte nicht durch weitere polizeiliche Ermittlungen zu gefährden, soll ich helfen, eure Unschuld in diesem Fall zu beweisen. Damit der Rubel wieder ungehindert rollen kann. Kein Problem. Das ist mein Job. Brauchen Sie einen Dienstleistungsvertrag? Sind Sie umsatzsteuerpflichtig?"

„Nein, Herr Zibulla, ich bin nicht umsatzsteuerpflichtig. Aber, es stimmt, ich will so etwas wie einen Vertrag mit Ihnen schließen. Oder nennen wir es lieber einen Pakt, von dem beide Seiten profitieren würden."

„Nix für ungut. Aber das klingt, als würde ich nicht bezahlt werden."

„Oh doch! Das wurden Sie bereits. Sie leben doch noch, oder?"

Ein Fingerschnippen von ihm reichte aus, um mir zu zeigen, wie schmal der Grat war, auf dem ich balancierte. Der Typ an der Tür machte einen Satz nach vorn und hielt mir seine Riesenwumme direkt an die Schläfe. Es war ein Revolver, Kaliber fünfundvierzig, aus blank poliertem Edelstahl. Eine schöne Waffe, und wahnsinnig überzeugend.

„Okay, okay!", beeilte ich mich zu sagen. „Ich verstehe! Ich hau Sie raus, dafür sind wir quitt."

Noch ein Fingerschnippen, und der Typ verschwand wieder zurück auf seinen Platz an der Tür. Die Nummer wäre von null direkt in die Top Ten auf meiner internen Rangliste für einschüchternde Machtdemonstrationen eingestiegen, wenn man dafür nicht einen zweiten Mann gebraucht hätte. Ultimatives Fingerschnippen. Sehr effektiv. War aber leider nix für einen Solokünstler wie mich. Die drei verdammt gut angezogenen Mafiosi nickten mit ihren quadratischen Kantschädeln wie Wackeldackel. Es freute sie, dass ich endlich kapiert hatte, worum es ging. Ich nickte mit ihnen, bis der im Sessel mit furchtbar ernsten Gesicht sagte: „Wir wissen, wer den Mord ausgeführt hat."

Damit überraschte er mich. Verdutzt sah ich alle drei nacheinander an, und dann sogar rüber zu dem Typen mit der gezückten Riesenwumme an der Tür. In keinem der Gesichter rührte sich etwas. Das Erste, was mir einfiel, war: „Na dann, wofür brauchen Sie mich noch?"

„So einfach ist es nicht. Wir wissen, wer es war, aber nicht, wo sie sich verstecken. Und außerdem brauchen wir eine lückenlose Beweiskette für ihre Schuld. Wir können es uns nicht erlauben, weiterhin verdächtigt zu werden. Die Polizei muss also überzeugt sein. Da kommen Sie ins Spiel. Sie hatten doch schon Kontakt zu ihnen. Finden Sie sie. Für die Geständnisse sorgen wir dann."

„Ich bin gespannt wie ein Flitzebogen."

„Sergej hatte eine heimliche Freundin. Tanja! Süßes Ding. Er war so verliebt in sie, alles hat er ihr erzählt. Was er nicht wusste, wir hatten Tanja auf ihn angesetzt. Er erledigte hin und wieder kleinere Aufträge für uns, deshalb behielten wir ihn im Auge. Sie war so freundlich, uns an ihrem Wissen teilhaben zu lassen."

„Okay! Wer war es?"

„Eine Organisation, die sich NSTZ nennt, hatte den Auftrag, den Pornostar zu exekutieren. Wir wissen nicht, wer sie dafür bezahlt hat, glauben aber, dass unser ehemaliger Geschäftspartner Hannemann mit der Sache nichts zu tun hat. Die Nummer war zu groß für ihn. Zu teuer, um genau zu sein. Nach allem, was Tanja von Sergej gehört hatte, brauchte die NSTZ auf die Schnelle einen kräftigen Gangster, der keine Fragen stellte. Sergej bekam sechstausend Euro dafür, dass er Sie durch die Gegend geschleppt hat. Er war nur ein Lastesel und kassierte dafür schon so viel Holz. Wir schätzen, der gesamte finanzielle Aufwand für so einen Auftrag bewegt sich im sechsstelligen Bereich. So viel Kohle hat der Heiko nicht."

„NSTZ? Was soll das sein?"

„Terroristen. Naziterroristen. NSTZ ist die Abkürzung für Nationalsozialistische Terrorzelle. Sie sind technisch exzellent ausgestattet, skrupellos in ihrem Vorgehen und sind, wie es aussieht, allesamt Ruhrstädter Neonazi-Eigengewächse. Das ist alles, was Sergej Tanja über die Bande erzählt hat. Er wusste selbst nicht mehr."

„Naziterroristen? Das ist ein Witz?"

„Wir machen nie Witze! Finden Sie dieses Nazipack, und wir sind quitt."

„Und wenn ich sie gefunden habe, was mach ich dann mit denen?"

„Wenn eindeutig bewiesen werden kann, dass die den Pornostar getötet haben, liefern Sie das Pack an die Polizei aus. Sollten Sie Probleme mit den Beweisen haben, schicken wir Ihnen einen Spezialisten vorbei, der die Beweisaufnahme mit einem Vorschlaghammer und einer Kneifzange übernimmt. Erst wenn die im Knast sitzen, folgt die Bestrafung."

„Wie viele sind es?"

„Wir wissen von dreien. Gut möglich, dass noch weitere im Hintergrund die Fäden ziehen."

„Wie sind die auf Sergej gekommen? Ich mein, die werden ihn wohl kaum im Branchenbuch unter der Rubrik kräftiger Gangster gefunden haben?"

„Wohl kaum. Die haben Sergej gezielt auf der Straße angesprochen. Die wussten, wer er war und womit er seinen Lebensunterhalt bestritt. Als einzige Erklärung hatten sie ihm gesagt, dass die weltweite digitale Vernetzung jeden durchsichtig macht. Offenbar wissen die, wie man Computer effektiv für seine Zwecke nutzt."

„Eine Sache wäre da noch. Nach allem, was ich bisher mit denen erlebt habe, sind die echt gefährlich. Wenn ich Verstärkung brauchen sollte, haben Sie doch sicher mehr im Köcher als nur den Typen mit dem Vorschlaghammer und der Kneifzange, oder?"

„Die vier Herrschaften, die Sie hierher begleitet haben, werden von nun an, auch zu Ihrem Schutz, jeden Ihrer Schritte begleiten. Unauffällig, versteht sich. Wenn es der Sache dient, können Sie jederzeit über die Männer verfügen."

Das zauberte mir ein schiefes Lächeln ins Gesicht. Mit den vier Dobermännern im Rücken stiegen meine Aktien rapide. Schließlich hatte ich bereits mit dem Trojaner auf meinem Smartphone einen direkten Draht zu der Nazibande. Sie damit aufzuscheuchen dürfte kein Problem werden. Wenn der Russe recht hatte, was Hannemann als Auftraggeber betraf, blieb nur noch Patrick Wolfgang Dorn als einziger Verdächtiger übrig. Die Nazis wissen zu lassen, dass ich ihren Auftraggeber kannte, würde sie zum Handeln zwingen. So würde mein anfänglicher Plan, Vicky De Winters Stalker zu erwischen, doch noch aufgehen. Denn dieses Mal wusste ich, mit wem ich es zu tun hatte. Und die Wichser hatten keine Ahnung, wer mir den Rücken deckte. Ich drehte mich zu dem an der Tür, der immer noch seine Riesenwumme im

Fünfundvierzig-Grad-Winkel hielt. Mit Spaß in den Backen rief ich ihm zu: „Hey, Ivan, hast du gehört? Ich kann jetzt über dich verfügen."

„Sein Name ist Dimitri!", korrigierte mich der dritthöchste Boss der russischen Mafia in Ruhrstadt vom Sessel gegenüber.

Kapitel 29

Ich fuhr mit dem Taxi vom „Palace Os“ zurück in mein Büro. Gar nicht so ungeschickt verfolgten mich Dimitri und seine drei russischen Schergen in dem schwarzen 5er-BMW. Natürlich war es auch ein Kinderspiel für sie, dem Taxi unauffällig zu folgen. Sie wussten ja, wo es hinfuhr. Es würde aber nicht lange dauern, bis die vier Russen unter Beweis stellen könnten, was sie wirklich draufhatten. Schon zur Beginn der Fahrt hatte ich meinen Kutscher wissen lassen, dass er sich seinen Smalltalk sparen konnte. Ich hatte eine Menge zu überlegen, bevor ich die Entscheidung treffen konnte, wen ich mir zuerst zur Brust nahm. Die Auftragnehmer oder den Auftraggeber. Ich wollte beide, deshalb musste die Reihenfolge wohl überlegt werden. Ohne die Russen im Rücken hätte ich sicher erst Patrick Wolfgang Dorn auf den Zahn gefühlt. Ein schöngeistiger Literaturwissenschaftler wie er hätte mir bestimmt nicht allzu viel entgegenzusetzen. Aber der tote Stalker Beck bewies, dass die Nazis ihren Auftraggeber immer noch schützten. Das machte die Sache von vornherein gefährlich. Trotzdem wäre ich das Risiko eingegangen, weil es immer noch einfacher gewesen wäre, einen Mann zu schnappen und auszuquetschen als drei eiskalte Nazikiller gleichzeitig. Nur jetzt stand ich nicht mehr allein gegen die Bande. Wenn meine frischgebackenen russischen Bodyguards keine totalen Luschen waren, eröffneten sie mir völlig neue Möglichkeiten. Ich rief Karsten aus dem fahrenden Taxi an. „Wo steckst du?"

„Ich sitz auf der Treppe der alten Faktorei und warte seit zwei Stunden auf dich", antwortete er gereizt.

„Das trifft sich gut. Bleib, wo du bist. Ich bin in zehn Minuten da."

Er sagte noch etwas, das ich nicht mehr verstehen konnte, weil ich ihn schon abgewürgt hatte. Ich lehnte mich im Taxi zurück und genoss den Rest der Fahrt.

Als der Kutscher den Innenhafen erreichte, bog er rechts in den Philosophenweg ein, wo Karsten auf dem Bürgersteig vor der Faktorei 21 ungeduldig wartete. Das Taxi stoppte, ich zahlte, gab Trinkgeld, und als ich ausstieg, fuhr der BMW im Schritttempo an uns vorbei. Sie fuhren noch hundert Meter weiter, überquerten die Hansegracht und parkten dann gegenüber von „Legoland" in zweiter Reihe. Einer von ihnen stieg hinten aus. Er machte sich rüber zur Uferpromenade, wohl um den dortigen Eingang zur Faktorei zu überwachen. Die anderen drei saßen noch im Auto, als ich die Haustür aufschloss. Karsten und ich gingen rauf in mein Büro.

Oben angekommen, öffnete ich zunächst das Fenster, um frische Luft hereinzulassen. Die Luft war noch warm, obwohl es inzwischen kurz vor Mitternacht war. Von draußen drang Partylärm ins Büro. Es war Samstagabend, die erste richtig laue Nacht im Jahr. Die Menschen amüsierten sich in den Kneipen und Cafés auf der Hafenpromenade. Sie schlürften Cocktails in Badelatschen, spazierten in T-Shirt und Sommerkleidchen am Ufer entlang, dabei quasselten sie alle, was das Zeug hielt. Vor einer Woche hatte ich noch mit Wollmütze in der Pampa hinter Vicky De Winters Haus gehockt. Als sie ermordet wurde, war es noch deutlich frischer gewesen. Es war viel passiert in den letzten acht Tagen. Und abgesehen vom plötzlichen Sommerbeginn in Ruhrstadt ging so ziemlich alles andere auf meine Kappe.

Ich sah aus dem Fenster meines schicken Büros und hielt Ausschau nach einem Nazi, der sich unter die Party People gemischt haben könnte. Aber alles, was ich entdeckte, war ein russischer Mafiascherge, der scheinbar entspannt am Ufer eine Zigarette rauchte. Zwei Minuten, vielleicht zwei dreißig, dauerte das, dann schloss ich das Fenster wieder. Karsten saß auf meinem Besucherstuhl. Er hatte sein Notizheft gezückt und klopfte ungeduldig mit dem Kugelschreiber auf das Papier. Ich zwinkerte ihm zu, wies ihm mit der Hand aufzustehen, was er nicht tat, also unterstrich ich mein Anliegen mit beiden Händen. Resignierend erhob er sich, während ich einen Peilsender aus dem Schrank holte. Ich filzte ihn auf Wanzen. Er war sauber.

„Was sagt dir die Abkürzung NSTZ?“, fragte ich ihn, nachdem ich mich gesetzt hatte.

„Nee, Tibor! So wird das nichts“, antwortete er arrogant. „Erst Details über Hannemann und die Russen. Ich bin eh schon stinksauer. Die Pressekonferenz der Staatsanwaltschaft war vor neun Stunden, und ich bin immer noch genauso schlau wie meine Kollegen. Das war anders ausgemacht, erinnerst du dich?“

„Vergiss Hannemann und die Russen. Es gibt Neuigkeiten. Nun, nennen wir es Beweismaterial.“

Karsten sah mich an, als hätte er sich verhört.

„Du hast mir eine SMS geschickt. Darin stand, dass Hannemann schuldig ist."

„Das war nur ein Ablenkungsmanöver. Nix für ungut. Und jetzt hör auf, hier rumzusülzen. Erzähl mir was über NSTZ."

Es war lustig, wie Karsten versuchte, sich einen Hauch von Skepsis in seinem Gesicht zu bewahren, denn in Wirklichkeit stand ihm die Neugier in Neonbuchstaben auf der Stirn geschrieben. Er überlegte kurz, dann sprach nur noch der Profireporter aus ihm.

Vor gar nicht allzu langer Zeit war rausgekommen, dass Deutschland nicht nur von islamistischen Terroristen bedroht wurde, sondern auch von rechtsradikal motivierten Arschlöchern. Eine nationalsozialistische Terrorzelle aus Ostdeutschland war kürzlich aufgeflogen. Die hatten Ausländer gekillt und Nagelbomben in Türkenvierteln hochgejagt. Das war jahrelang so gegangen, ohne dass die Polizei auch nur ahnte, auf wessen Konto das ging. Dafür steckte der Verfassungsschutz bis über beide Ohren da mit drin. Viel von dem Beweismaterial wurde von denen vernichtet, angeblich um ihre V-Männer in der Naziszene weiterhin zu decken. Es galt aber als bewiesen, dass die Zelle völlig autonom operiert hatte. Sie bestand aus drei Neonazis, die ihre Ziele selber aussuchten und nach eigenem Ermessen zuschlugen.

Offen war dagegen geblieben, wie die Ossis sich finanziert hatten. Sie verfügten über ausreichend Waffen, nutzten moderne Computertechnik, fuhren Autos, wohnten in Wohnungen, aßen, nur Einkünfte hatten sie so gut wie keine. Zwar konnte man ihnen den einen oder anderen Banküberfall nachweisen, aber dabei war niemals genug Knete rausgesprungen, um jahrelang davon leben zu können. In den Polizeiberichten war immer nur von unbekannten Hintermännern die Rede, die, nicht zuletzt dank der gründlichen Beweisvernichtung durch den Verfassungsschutz, nun auch Unbekannte bleiben würden. Außerdem blieb die Frage unbeantwortet, ob die drei Faschoköppe aus Dunkeldeutschland die einzige Nazi-Terrorzelle waren oder doch nur die Spitze des Eisbergs. Leider interessierte die Struktur der Naziterroristenzellen inzwischen kaum noch eine Sau. Alles konzentrierte sich nur noch auf die Verwicklungen der Verfassungsschützer in diesem Fall. Es gab sogar einen Bundestagsausschuss deswegen, und hochrangige Beamte waren bereits in Frührente geschickt worden. Die Politiker hatten den Fall übernommen. Klar, dass dabei nix als heiße Luft rauskam.

„Auftragsmord ist keine schlechte Einnahmequelle", erwähnte ich, nachdem Karsten sein Referat beendet hatte. „Aus gut unterrichteten Kreisen weiß ich, so ein Mord kostet sechsstellige Summen."

„Du glaubst also, eine weitere Nationalsozialistische Terrorzelle hat Vicky De Winter umgebracht, um Kohle für Terroranschläge aufzutreiben?"

„Ich weiß es."

„Woher?"

„Das ist unwichtig! Du hast gerade erwähnt, dass die Rolle des Verfassungsschutzes in der Sache irgendwie anrüchig ist. Dort drüben liegt mein Smartphone. Das Teil ist mit einem Trojaner infiziert, der, nach Aussagen eines vertrauenswürdigen Fachmannes, mit nicht geringer Wahrscheinlichkeit von Hackern des Verfassungsschutzes geschrieben wurde. Sieht aus, als könnten wir, wenn wir hier fertig sind, den Herren Politikern im Ausschuss ein paar kitzlige Fragen an ihre Spezis mit auf den Weg geben. Aber zunächst, wie passt Dorn in die ganze Nazischeiße?"

Karsten sah aus wie einer, der gerade die Eine-Million-Euro-Frage gestellt bekommen hat und nicht glauben kann, wie leicht die Antwort ist. Er hatte das überhebliche Grinsen des sicheren Siegers. „Wem untersteht der Verfassungsschutz? Na, im Politikunterricht nicht aufgepasst? Dem Innenminister! Und wer ist gerade Innensenator von Ruhrstadt?"

„Hans-Helmuth Dorn, der Vater von Patrick Wolfgang Dorn. Letzterer auch bekannt als Athos aus gutem Hause."

„Bingo!"

„Aber ein Innensenator von Ruhrstadt? Hat der was mit dem Verfassungsschutz zu schaffen?"

„Absolut möglich! Verfassungsschutz ist auch Ländersache. Unser Innensenator ist öfter in Düsseldorf als in Sheriff-City. Der sitzt in unzähligen Ausschüssen und Kommissionen. Alter Schwede, wenn das stimmt, was du mir hier verklickerst, dann krieg ich für meine Story den Medienpreis des Deutschen Bundestages. Weißt du, was das heißt? Ich hab demnächst eine Festanstellung beim Spiegel."

„Freut mich, dass du so motiviert bist. Nun zu dem, was du auf deinem steilen Weg die Karriereleiter hoch noch zu erledigen hast. Die SMS, die ich dir wegen Hannemann geschickt habe, ist die noch auf deinem Telefon?" Er nickte. „Gut! Gib es mir! Du kriegst es wieder, wenn ich zurückkomme. Während ich weg bin, bleibst du zu deiner eigenen Sicherheit hier in meinem Büro, bis ich wieder da bin. Hier gibt es Internet, ein Telefon, und du bist in Sicherheit. Logg dich in den RAZ-Server ein. Finde Verbindungen zwischen Innensenator Dorn und dem Naziterroristengesocks. Ich verschwinde jetzt. Ach so, ich schick später irgendwann eine SMS von deinem Smartphone auf das Smartphone da drüben auf dem Tisch. Es ist wichtig, dass du sie liest! Mehr nicht, nur lesen."

„Wo gehst du hin?"

„Nach Rheinpreußen, ein paar Nazis aufscheuchen."

Kapitel 30

Wie ein geduldiges Raubtier, mir meiner Sache absolut sicher, und allein schon deswegen ruhig bis ins Blut, wartete ich in Vicky De Winters Büro unterm Dach ihres Hauses in Rheinpreußen auf meine Beute. Es war angerichtet für die Nazis. Ein Russe war im Treppenhaus der Faktorei geblieben, um für alle Fälle auf Karsten aufzupassen. Ich hatte dessen Mikrofon am Handgelenk und seinen Knopf im Ohr, so stand ich die ganze Zeit über mit den anderen dreien in Kontakt. Zu viert waren wir im 5er-BMW nach Rheinpreußen gefahren. Dort angekommen, behielt der Fahrer vom Auto aus den Oleanderweg im Auge. Dimitri hatte ich im Erdgeschoss postiert, versteckt hinter dem Mauervorsprung im Wohnzimmer. Der dritte Mann lauerte im ersten Stock, direkt gegenüber der Wendeltreppe im begehbaren Kleiderschrank. Ich saß oben, im einzigen Raum im Haus, in dem Licht brannte, und wartete. Es war Punkt zwei Uhr morgens gewesen, als ich die SMS von Karstens Smartphone auf meines geschickt hatte. Sie lautete:

„Bin in Vickys Haus. Habe Beweise für Unschuld von H. gefunden. Dorn ist der Täter. Bin noch ca. 1 Std. hier. Komm so schnell wie möglich. Gruß Karsten."

Inzwischen hatte Karsten in meinem Büro die Nachricht sicher längst gelesen und der Trojaner auf meinem Smartphone die nötigen Stellen informiert. Das Nazipack war ganz bestimmt schon auf dem Weg. Für die musste es so aussehen, als wenn Karsten allein im Haus saß, mit brisantem Material über die Dorns in den Fingern. Da die SMS in meinem Büro gelesen wurde, mussten die Penner davon ausgehen, dass ich unterwegs nach Rheinpreußen war. Ich hätte meinen Arsch darauf verwettet, dass das Pack richtig Kniegas gab, um bloß vor mir hier zu sein. So hätten sie mit Karsten allein leichtes Spiel gehabt und mir dann auflauern können. Es war exakt 2 Uhr 12, da meldete sich der Fahrer aus dem BMW über Funk: „Grauer Opel Astra. Zwei Männer. Beide steigen aus und gehen auf Haus zu."

Es war damit zu rechnen gewesen, dass sich nicht die gesamte Naziterrorzelle auf den Weg machte. Motherfucker Sergej hatte von drei Nazis gesprochen. Einer hielt also irgendwo die Stellung. Ihr Hauptquartier ausfindig zu machen war das Hauptziel der Aktion. Wenn es Beweise für eine Verwicklung des Dorn-Clans in den Mord an Vicky De Winter gab, dann waren sie dort zu finden.

Die Haustür mit der Hausnummer 85a war geschlossen, aber das Polizeisiegel daran zerstört. Ich hatte mir extra Mühe gegeben, um beim Eindringen ins Haus an der Tür möglichst viel Schaden anzurichten. Der Bruch sollte dilettantisch aussehen. Die beiden Nazis machten praktisch keinerlei Geräusch, als sie die Tür öffneten. Sofort begann ich oben Rabatz zu machen. Ich öffnete irgendeine Schublade bis zum Anschlag und warf eine andere mit Schwung zu. Mit viel Getöse durchwühlte ich den Inhalt. Zu meinem Glück waren jede Menge Schlüssel in der Schublade, damit konnte ich hervorragend klimpern. Ich wollte die uneingeschränkte Aufmerksamkeit der beiden. Wenn da unten Hundebabys anstatt Nazis gewesen wären, hätte ich „Kooomm! Koomm!" gerufen, um sie anzulocken. So aber klimperte ich mit Schlüsseln und machte mich bereit, der Beute meine Klauen ins Fleisch zu jagen.

Nur einer schlich leise die Treppe hoch, der andere blieb im Parterre. Ich schmiss nacheinander ein paar herumliegende Bücher auf den Fußboden. Das machte genug Krach, um ihn zu ermutigen, die Treppe schneller in Angriff zu nehmen. Ich hörte, wie er den ersten Stock erreichte. Dort stoppte er. Einen Moment lang herrschte absolute Stille im Haus. Ich saß an Vicky De Winters Schreibtisch, hatte aber ihren Bürostuhl gedreht, sodass ich die Treppe im Auge hatte. Sollte der Nazipillemann zum Sturmangriff übergehen, hatte ich immer noch genug Zeit für einen Hechtsprung in den toten Winkel. Aber er zögerte. Noch glaubte er, das Überraschungsmoment auf seiner Seite zu haben. Ich fing an, ein Liedchen zu flöten. „I feel good" von James Brown, nur etwas langsamer im Takt und auf die Highlights beschränkt. Dazu klopfte ich mit dem Finger rhythmisch auf die Tischplatte.

Das lockte ihn an. Meine Sinne waren derart geschärft, dass ich förmlich spüren konnte, wie Stufe für Stufe unter seinem Gewicht nachgab. Dann sah ich sein blondes Haar am Treppenabsatz auftauchen. Kurz geschoren, militärisch schnittig. Ich pfiff ganz normal weiter. Noch konnte er mich nicht sehen. Nur ein paar Zentimeter, dann hatte er freies Sichtfeld. Das war der Zeitpunkt, dem Naziblödmann zu zeigen, auf wessen Seite das Überraschungsmoment tatsächlich lag.

„Na, Blondie? Warum so schüchtern?", rief ich ihm zu.

Erschrocken zog er die Rübe wieder ein. Ich sagte nur noch ein einziges Wort ins Mikrofon an meinem Handgelenk: „Dawai!", und die Falle schnappte zu.

Fast gleichzeitig fielen zwei gedämpfte Schüsse. Einer im Parterre, der zweite im Stockwerk unter mir. Blondie vergaß seine Deckung, vor Schmerzen stöhnend richtete er seinen Oberkörper auf. Im Erdgeschoss fiel noch ein Schuss, deutlich hörbar ging unten jemand zu Boden. Auf der ersten Etage rutschte etwas Metallisches über die glatt polierte Holzstufe und flog den Treppenschacht hinunter. Mit einem lauten Klonk landete es unten auf den Fliesen in der Diele. Zwei Wimpernschläge später gab Dimitri über Funk Entwarnung fürs Erdgeschoss. Unmittelbar nach ihm der andere Russe für den ersten Stock. Ich stand auf und schlenderte rüber zum Treppenabsatz. Blondie krümmte sich um die Mittelstange der Wendeltreppe und sah mit schmerzverzerrtem Gesicht zu mir hoch. Er hatte ein Loch im rechten Schulterblatt, aus dem Blut quoll. Sein rechter Arm lag eng an den Körper gepresst. Hinter ihm stand der Russe, seine Waffe immer noch auf den Nazi gerichtet. Es sah aus, als wenn Blondie versucht hätte, das Hinunterfallen seiner Waffe zu verhindern. Sein linker Arm war ausgestreckt, fast bis zum Ellenbogen verschwand der Arm zwischen den offenen Stufen. Er hatte nicht mehr die Kraft, den Arm zurückzuziehen. Er hatte Schmerzen, keine Frage, aber er war auch verdammt angepisst. Sein Stöhnen klang wütend, und sein Blick schwor Rache.

„Bist du der Wichser, der in Westende auf mich geschossen hat?“, fragte ich ihn mit exakt null Emotionen in der Stimme.

Die Erinnerung amüsierte ihn, was für mich eindeutig Ja bedeutete. Weite Sprünge mit punktgenauen Landungen gehörten zum Wrestling wie Funk zum Soul. Es war eine meiner leichtesten Übungen, und es hatte durchaus was von einem Lap-Dance, wie ich mich im Flug um die Mittelstange drehte und mein Absatz perfekt auf seiner ausgestreckten Schulter landete. Sein Unterarm steckte zwischen den Stufen fest, was es ihm unmöglich machte, die Kraft, die es sich auf seiner Schulter bequem gemacht hatte, abzufedern. Es machte echt ein fieses Geräusch, als sein Gelenk aus der Schulterpfanne krachte. Wenn ich richtig interpretierte, was ich da unter meinen Schuhsohlen spürte, war sein Gelenk nur noch Gehacktes. Das Geräusch, das Blondie daraufhin von sich gab, kam aus den tiefsten Tiefen seines Körpers, lang gezogen, nicht zu laut, etwas abgehackt und mit einem Kratzen im Bass. Als wäre nichts gewesen, stieg ich die Stufen wieder hoch und setzte mich wieder an Vicky De Winters Schreibtisch. Von dort gab ich über Funk die Anweisung, Stufe zwei zu beginnen. Die Russen verfrachteten die Nazis runter in die Kellersauna. Ich wartete derweil auf Nachricht vom Fahrer.

Um mir die Zeit zu vertreiben, besah ich mir das Bild von Vicky De Winter bei der Preisverleihung, das auf dem Board neben den Trophäen stand. Ich fragte sie, was ich mit ihren Mördern anstellen sollte. Als wir alle noch dachten, sie würde nur gestalkt, wollte sie einen Bonus springen lassen, wenn ich ihm die Eier abreißen würde. Eine zermalmte Schulter und eine Kugel in der anderen waren da doch schon mal ein guter Anfang. Der ein oder andere Knochen käme ganz sicher noch hinzu. Schließlich hatten die Russen auch noch eine Rechnung mit dem Nazipack offen. Es war eine absolut realistische Annahme, dass zumindest die beiden in der Sauna die ersten Jahre ihrer Haft im Krankenhaus verbringen würden. Auf dem Foto strahlte die Pornoqueen vor Glück. Vielleicht tat sie es ja in diesem Augenblick auch. Verträumt auf einer Wolke sitzend, Harfe spielend, in wallenden weißen Gewändern, einfach glücklich darüber, dass ihre Mörder die letzten Stunden in Freiheit echt derbe Schmerzen erleiden mussten.

Im selben Augenblick, als die Russen im Haus über Funk Entwarnung für alle Ebenen gegeben hatten, war der Fahrer aus dem BMW ausgestiegen und in den Opel Astra, mit dem die Nazis gekommen waren, eingebrochen. Es ging um ihr Navi. Es hing viel davon ab, dass sie den Speicher nicht gelöscht hatten. Denn eines war mir sofort klar geworden, als mich Blondie wütend angesehen hatte: Reden würden die nie! Weder über ihren dritten Mann noch über ihren Auftraggeber. Aber irgendwo in Ruhrstadt mussten sie Quartier bezogen haben. Ein Navigationsgerät speicherte jede Fahrt. Die Bande kannte sich mit der Technik aus, das hatten sie ausreichend bewiesen. Wenn sie nur dieses eine Mal vergessen hatten, den Speicher zu löschen, weil sie so sehr in Eile waren, wüsste ich zumindest, von wo sie gekommen waren. Die Chancen standen meines Erachtens nicht schlecht, dass dort auch der Standort ihres Quartiers war. Blondie wurde noch am Kragen die Treppe runtergezogen, der andere war schon im Keller, da kam die Meldung des Fahrers:

„Letzter Standort von Auto vorhanden. Hat sieben Stunden im Essenberger Bruch geparkt."

Besser konnte die Nachricht kaum sein. Das lag nur ein paar Ecken entfernt. Die Sache lief gut, richtig gut.

Ich zwinkerte Vicky De Winters Foto zu, dann schaffte ich meinen Hintern die Treppe runter. Unten in der Diele war Blut auf den hellen Fliesen. Eine rot verschmierte Spur zog sich bis zur Kellertür. Ich folgte ihr, ging nach unten, sah, dass auch der zweite Nazi noch lebte, und belohnte meine russischen Spannmänner mit einem zufriedenen Vorschieben der Unterlippe. Jeder von ihnen zielte auf einen Nazi, die beide auf dem Boden der geräumigen Haussauna kauerten.

Wie Blondie trug auch sein Nazikumpel ein schwarzes T-Shirt zum grauen Anzug. Nur seine Hosenbeine bluteten. Dimitri hatte ihm in beide Beine geschossen. Man konnte gut die Eintrittslöcher der Kugeln im Stoff sehen. Er war mehr der hagere Typ, sehnig muskulös, mit fiesen Aknenarben in der Fresse und gemeinen, tief liegenden dunklen Augen, die mich voller Hass anblitzten. Seine gelochten Beine zuckten unkontrolliert, aber er zeigte keine Angst. Ich stand an der Saunatür, deren Ausmaße für meinen Körper nicht ganz ausreichten. Ich musste mich ducken, um einen Blick auf ihn zu werfen. Ohne sein Opfer aus den Augen zu lassen, zeigte Dimitri mit einem kurzen Kopfzucken auf die Mitbringsel der Nazis, die er ihnen abgenommen und auf der Waschmaschine deponiert hatte. Dort lagen ihre Pistolen, Schlagringe, Butterflymesser, Nokia-Handys und schwarzen Brieftaschen aus Lederimitat, alles mal zwei und alles in jeweils identischer Ausführung. Das war waffentechnisch wohl die Grundausstattung für Naziterroristen. Daneben lag noch ein einzelner Autoschlüssel. Vor der Waschmaschine standen zwei Benzinkanister.

„Das Benzin haben die mitgebracht!", sagte Dimitri, der meinen Blick geahnt haben musste.

Außer ein paar Euro waren die Brieftaschen so leer wie die Speicher ihre Handys. Was anderes hatte ich auch nicht erwartet. Ich steckte eine der Pistolen und eines der Messer zusammen mit dem Autoschlüssel in meine Sakkotasche. Aus einem Wäschekorb fischte ich einen Waschlappen und krallte mir einen der Benzinkanister. Der Sprit hatte mich auf eine Idee gebracht. Mit dem Zeug in der Hand und meinem patentierten Jetzt-ist-Schluss-mit-lustig-Gesicht betrat ich die Sauna.

Drinnen stellte ich gelangweilt den Kanister auf der untersten Bank ab. Daneben breitete ich den Waschlappen aus. Dann öffnete ich den Kanister und goss so viel Benzin darüber, bis er gut vollgesogen war. Zuletzt schloss ich den Kanister wieder ordentlich. All das tat ich mit größter Sorgfalt. Als meine Vorbereitungen abgeschlossen waren, nahm ich mein Seidentuch aus der Weste. In aller Ruhe wischte ich mir damit die Finger sauber. Dann bat ich Dimitri, die Saunatür zu schließen. Er wies seinen Kumpel an, draußen Wache zu schieben, kam selber herein und schloss die Tür hinter sich. Soweit es ihre bisherigen Verletzungen zuließen, sahen die beiden Nazis meinem Treiben interessiert zu. Wenn sie Angst hatten, sah man es ihnen nicht an. Ich steckte das Seidentuch fein säuberlich gefaltet zurück in die Brusttasche meiner Weste, erst dann eröffnete ich das Gespräch. „Ihr Pissgesichter wolltet die Bude abfackeln, he? Aus eurer Sicht keine schlechte Idee. Aber daraus wird nun nix mehr. Nun, ihr Dödel seht aus, als wenn man euch mit Folter keine Antworten entlocken könnte. Ihr seid harte Burschen, nicht wahr? Keine Angst vorm Tod, egal wie qualvoll er ist. Das imponiert mir. Fordert mich aber irgendwie auch heraus. Im Grunde geht es hier auch nur noch um ein paar kleine Details. Ihr braucht euren dritten Mann im Essenberger Bruch nicht zu verraten. Das habt ihr schon längst getan. Auch für die Tatsache, dass Dorn euer Auftraggeber ist, brauche ich nicht eure Bestätigung. Von euch will ich nur eins wissen! Wer von euch Wichsern hat Vicky De Winter die Kehle durchgeschnitten?“

Schweigen in der Sauna. Der hagere Nazi beugte sich desinteressiert an meinen Worten vor, um die Wunden in seinen Beinen besser sehen zu können. Ich trat ihm volles Rohr in seine hässliche Narbenvisage. Sein Schädel flog mit voller Wucht zurück und prallte dumpf gegen die Holzpaneele der Saunawand. Blut spritzte, Zähne flogen durch die Gegend. Blondie bekam auch Spritzer ab. Er drehte sich weg, was seiner geschredderten Schulter nicht gut bekam. Beide stöhnten um die Wette, wobei Narbenvisage obendrein mit dem Blut in seiner Schnauze gurgelte. Der Anblick hätte Vicky De Winter garantiert gefallen.

Zu meiner Überraschung fing Narbenvisage an zu lachen, nachdem er genug Blut ausgekotzt hatte und wieder Luft bekam. Der Typ war völlig irre. Er schmierte sich das Blut quer übers Gesicht, riss sein blutendes Maul auf und streckte seine Zunge raus.

„Arrgh-hahaha!“, röchelte er. „Du bist so eine Wurst, Zibulla. Hackfresse. Ha! Ha! Ha! So nennen wir dich. Weil du eine gottverdammte Hackfresse hast. Ha! Ha! Ha!“

„Dimitri! Zerschieß ihm das Knie.“

„Welches?“

„Das linke."

Es machte „pfft", und Narbenvisage würde nie wieder richtig laufen können. Sein Lachen blieb ihm im Hals stecken. Er drehte sich auf die Seite, die Arme eng an den Körper angelegt. Er biss die verbliebenen Zähne zusammen. Ich konnte hören, wie sie knirschten. Blondie stand kurz vor der Schnappatmung. Wie die Löffelchen lagen sie nebeneinander, der eine wild zuckend, der andere schwer atmend.

„Okay, Blondie! Jetzt bist du dran. Hast du mir was zu sagen?"

Hatte er nicht. Ein Anfänger hätte glauben können, dass Blondie zu sehr mit seinen verletzten Schultern zu kämpfen hatte, um mir zu antworten. Ich war mir aber sicher, dass er mich gehört hatte, dass er wusste, jetzt war er dran. Eine kleine Entscheidungshilfe gab ich ihm noch, während ich das Butterflymesser aus der Innentasche meines Sakkos holte.

„Es geht mir hier hauptsächlich ums Prinzip. Für mich seid ihr eh alle gleich schuldig."

Mit viel Geklapper öffnete ich beim Reden das Butterflymesser. Ich war nicht besonders geschickt im Umgang mit dem Ding. Ich wirbelte es nicht durch die Luft, bis es stichbereit in meiner Hand lag. Dabei hätte ich mir nur einen Finger abgeschnitten. Ich klapperte nur so lange damit rum, bis Blondie, auch ohne hinzusehen, wusste, womit ich rumspielte.

„Also! Wenn du mir nicht sagst, wer von euch hier welchen Scheiß gebaut hat, dann schnitz ich dir eben nette, kleine Kerben in deine Achillessehnen. Du wirst dann nie wieder laufen können. Deine Schulter kannste jetzt schon vergessen. Wird ungemütlich für dich im Knast.

Oder glaubst du, die haben da barrierefreie Scheißhäuser?“

Da er immer noch keinen Piep von sich gab, kniete ich mich auf seine Beine. Er versuchte zu strampeln, ächzte dabei wie ein Ackergaul, allein schon wegen der hundertfünfzehn Kilo, die es sich auf seinen Waden bequem machten. Er trug halbhohe Schuhe, durch seine Socke zeichnete sie die Ferse deutlich ab.

„Letzte Chance!“

„Ich hab dich betäubt!“, schrie er, so laut er konnte. Es war immer noch so leise, dass ich ihn kaum verstehen konnte.

„Na, das ist doch ein Anfang“, freute ich mich. „Und weiter!“

„Halt die Schnauze!“, giftete Narbenvisage seinen Kumpel an. „Vergiss nicht den Eid!“

„Es ist doch jetzt eh egal!“, giftete Blondie zurück.

„Richtig!“, ermunterte ich ihn. „Du hast es geschnallt. Ich höre!“

Ich verringerte etwas den Druck auf seine Unterschenkel, um ihm das Reden zu erleichtern. Einen Teil meines Gewichts verlagerte ich auf die Hand, die seinen Fuß in Schneideposition hielt. Mit der anderen drückte ich fester das sauscharfe Messer gegen seine Ferse. Er verstand den Wink.

„Wir haben die Schlampe in Düsseldorf abgefangen und zusammen mit ihr im Haus auf dich gewartet. Ich war als Einziger nicht den ganzen Tag im Haus. Ich habe dir draußen aufgelauert und dich betäubt. Dann haben wir dich hochgeschleppt, das Schlafzimmer präpariert und sie ermordet.“

„Wer?“

„Ich war es“, keifte Narbenvisage wütend. „Ich habe der Fotze die Kehle aufgeschlitzt. Die hat jedenfalls ihren letzten Schwanz gelutscht.“

Ich nahm das zur Kenntnis, kümmern wollte ich mich später darum. Blondie war gerade in Erzähllaune, ich wollte ihn nicht unterbrechen.

„Stimmt das?“

„Ja!“

„Warum seid ihr danach nicht sofort abgehauen?“

„Der Plan hat nicht funktioniert. Die Betäubungsdosis für dich war zu gering. Wir mussten sichergehen, dass du uns nicht auf die Schliche kommst.“

„Euch oder eurem Auftraggeber?“

Nur einen winzig kleinen Moment passte ich nicht richtig auf. Wobei ich unmöglich damit rechnen konnte, was die durchgeknallte Narbenvisage noch in petto hatte. Seinen Schmerzen zum Trotz gelang es ihm, seinen Oberkörper blitzschnell aufzurichten und Blondie ein heftiges Ding mit dem Ellenbogen gegen die Schläfe zu verpassen. Der war sofort tot. Seine leeren Pupillen blickten nach oben, der Mund stand offen. Speichel tropfte heraus. Ich war echt kurz von den Socken. Nicht nur überrascht, sondern durchaus richtig konsterniert blickte ich rüber zu Dimitri, der nur gleichgültig mir der Schulter zuckte. Missmutig zog ich eine Schnute, was Narbenvisage sichtbar gefiel. Er grinste böse aus seinem blutverschmierten Gesicht.

„So viel zur Kameradschaft unter Nazis“, sagte ich.

„Treue bis in den Tod!“, erklärte mir Narbenvisage.

„Mir soll es doch nur recht sein, wenn ihr Dreckspack euch gegenseitig umlegt. Ein Nazi weniger ist eine gute Sache.“

„Es gibt genug von uns. Da kommt es auf einen Einzelnen nicht an."

„Laber doch hier nicht rum! Es gibt genau drei von euch. Eure bekloppte Terrorzelle wurde soeben um ein Drittel reduziert."

Narbenvisage lachte dreckig, was zwar mit höllischen Schmerzen einherging, ihm die Sache aber wert war. In seiner rechten Kauleiste fehlten ein paar Zähne. Aus dem Zahnfleisch floss Blut, das sich im Mund sammelte. Er verschluckte sich beim Lachen, hustete, rotzte sich selbst im hohen Bogen den roten Matsch aufs Sakko und lachte weiter, sobald er wieder ausreichend Luft bekam. Ich hatte in meinem Leben schon viele Typen ausrasten sehen, aber der Spinner übertraf sie alle um Längen.

„Euer flotter Dreier ist so was von aufgeflogen. Was, glaubst du, wird Dorn alles ausposaunen, wenn er erst am Pranger steht? Der wird jeden Deal eingehen, den sie ihm anbieten. Wie ein Vögelchen wird der singen."

„Dorn? Wer soll das sein?", fragte Narbenvisage gleichgültig.

„Bist du so dämlich, oder tust du nur so? In der SMS, die euch hierher gelockt hat, wurde nur der Name Dorn erwähnt. Nicht deine Scheiß-NSTZ. Ihn wolltet ihr schützen. Das allein bringt Dorn schon ausreichend in Erklärungsnöte. Außerdem bin ich mir sicher, dass ich im Essenberger Bruch Aufzeichnungen finden werde. Ihr Nazis seid doch berühmt für euren bürokratischen Eifer. Dorn ist im Arsch. Nicht so sehr wie du, aber auch für ihn wird es ein freier Fall. Dann, nach und nach, werden immer mehr Terrorzellen auffliegen oder von sich aus den Betrieb einstellen, weil ihnen der Boden unter den Füßen zu heiß wird. Was immer ihr für beknackte Ziele hattet,

Deutschland den Deutschen oder Sadomaso für alle oder was weiß ich, was in euren kranken Hirnen so rumspukt; jedenfalls, daraus wird nun nix mehr. Und wer hat's geschafft? Meine Wenigkeit!"

Narbenvisage war das Lachen vergangen. Ganz sicher war er nicht der Denker in der Gruppe. Er presste die Lippen zusammen, in seinen Augen blitzte blanker Hass.

„Da kannste glotzen, du hässliches Nazifrettchen! Du siehst aber auch scheiße aus. Meine Güte, du siehst aus wie 'ne Pizza. Die Mädels müssen sich ja alle vor deiner Pickelfresse geekelt haben. Die sind bei deinem Anblick sicher kreischend in Deckung gegangen, wie inner Geisterbahn. Bist du deshalb Nazi geworden, aus Frust, weil du keine abgekriegt hast?"

Er wollte was sagen, kam aber nicht dazu, weil jetzt der mit Benzin vollgesogene Waschlappen zum Einsatz kam. Mit einem Satz saß ich auf seiner Brust, was ihm die Lungen leer pumpte. Er riss das blutende Maul auf, um nach Luft zu schnappen. Ich stopfte ihm möglichst viel von dem nassen Stoff in den Rachen. Jetzt geriet auch er in Panik. Atmen ging gar nicht mehr. Die ätzende Flüssigkeit an den offenen Wunden im Mund war sicher auch nicht gerade angenehm. Ich packte ihn mit einer Hand am Hals, fixierte seinen Schädel, holte mein Dupont-Feuerzeug aus der Tasche und lauschte verzückt dem sanften, metallischen „Pling", als ich es öffnete.

„Das wird 'ne ziemliche Sauerei", warnte mich Dimitri, der das alles interessiert mit angesehen hatte.

„Das ist mir egal!", antwortete ich ruhig.

Ich schwenkte die Flamme des Feuerzeugs vor den Augen des Nazis hin und her. Dabei kam ich dem Waschlappen gefährlich nahe. Sein panischer Blick folgte dem

Feuer. Er zappelte und röchelte, was das Zeug hielt. Von innen zu verbrennen war dann wohl doch auch für ihn eine Spur zu heftig. Narbenvisage schiss sich vor Angst in die Hosen. Mehr wollte ich gar nicht. Nachdem ich seine Todesangst eine Zeit lang genossen hatte, schloss ich das Feuerzeug wieder, zog ihm den Waschlappen aus dem Maul und stand auf. Der Nazi war mal so richtig erleichtert. Er schien sogar seine gelochten Beine vergessen zu haben. Dimitri war auch froh, dass ich mich beherrschen konnte. Es wäre auch wirklich eine Riesensauerei geworden, wenn ich den Pisser abgefackelt hätte.

Noch mehr als zuvor war ich mir sicher, im Essenberger Bruch alles zu finden, was ich brauchte, um Dorn am Schlafittchen zu kriegen. Narbenvisage hatte mich durch sein wütendes Schweigen dahin gehend bestärkt. Ich war fertig mit ihm. Den Rest überließ ich den Russen.

„Brecht ihm jeden einzelnen Knochen im Leib", befahl ich ihnen. „Benutzt am besten ihre Schlagringe dafür. Vergesst nicht, eure Arbeit zu signieren. Ich sag Bescheid, wenn ich im Essenberger Bruch so weit bin. Dann ruft ihr die Bullen und macht euch aus dem Staub. Seht zu, dass Narbenvisage nicht auch abkratzt."

„Wir haben unser eigenes Werkzeug dabei", erwiderte Dimitri.

Er fing an, mich zu mögen, das stand ihm deutlich ins Gesicht geschrieben.

Mittlerweile war es Viertel nach vier am Sonntagmorgen. Die ersten Vögel zwitscherten schon, aber es war noch stockdunkel. In der Nachbarschaft rührte sich nichts. In keinem Fenster brannte Licht, kein Mensch war auf der Straße. Vicky De Winters Nachbarn schienen von den erneuten Vorfällen im Haus Nummer 85a schon wieder nichts mitbekommen zu haben. Auch unmittelbar an der Haustür war nichts davon zu hören, was unten im Keller abging. Die Sauna war für ein Brettergestell richtig gut schallisoliert. Selbst die typische Signierung der Russen, mit der sie anzeigten, von wem das Opfer gemaßregelt worden war, würde keinen hörbaren Lärm verursachen. Da konnte Narbenvisage noch so schreien, wenn sie ihm beide Daumen abhackten.

Zufrieden mit meiner Arbeit sog ich die frische Nachtluft tief in meine Lungen. Es tat mir gut, nach dem ätzenden Benzingestank in der Sauna. Dann marschierte ich den Oleanderweg entlang, bis zur ebenfalls menschenleeren Hauptstraße, wo einzig der russische Fahrer im 5er-BMW wartete. Nur ein paar Meter davon entfernt parkte der graue Opel Astra. Die Autotür war fachmännisch aufgebrochen worden, das Zündschloss war so sauber geknackt, dass ich keine Probleme hatte, den Schlüssel zu benutzen. Eine kleine Drehung, und das Display des Navis leuchtete auf. Es war ein Kinderspiel, dem Ding die Koordinaten des Standpunkts zu entlocken, von dem aus die Nazis gestartet waren. Ich wollte den Zündschlüssel gerade ganz umdrehen, als plötzlich Blaulicht die Nacht erhellte.

Eine Streife kam mit Schmackes um die Ecke. Ich zog meine Birne ein, damit die Bullen mich nicht sehen konnten, als sie an mir vorbeirasten. Ich erhaschte einen kurzen Blick auf den Innenraum des Polizeiwagens. Drinnen saßen doch tatsächlich die Arschgeigenwachtmeister Krumme und Holzschuh. Sie bogen in den Oleanderweg ein. Man musste kein Prophet sein, um zu erraten, wo die Bullen hinwollten. Es hatten wohl doch nicht alle Nachbarn nix mitbekommen. Über Funk warnte der Fahrer seine Kumpels, die noch im Haus mit Narbenvisage beschäftigt waren. Was dann geschah, sah ich zum Glück mit eigenen Augen. Es war der Moment, als sich endlich ihr unausweichliches Arschgeigenschicksal erfüllte.

Die Streifenbullen fuhren nicht rechts in die Sackgasse bis vor die Tür von Hausnummer 85a. Sie rangierten den Wagen mit der Schnauze Richtung Sackgasse, so blockierten sie den gesamten Oleanderweg und konnten gleichzeitig die Haustür im Scheinwerferlicht ihres Wagens beobachten. Über den Knopf in meinem Ohr hörte ich russische Anweisungen. Dann ging die Tür des BMW auf, der Fahrer stieg aus, sah sich kurz um und entschied sich für einen dunkelblauen Mercedes. Ruckzuck saß er drin. Nur Sekunden später startete der Motor. Er parkte aus, setzte zurück und wartete an der Straßenecke noch einen Moment, bis über Funk aus dem Haus grünes Licht gegeben wurde.

Ich stieg extra wieder aus dem Astra aus, um mir das anzusehen. Der Russe setzte zurück, stand nun in Fahrtrichtung zum Oleanderweg, prügelte den ersten Gang rein und gab Vollgas. Er verpasste dem Streifenwagen eine volle Breitseite am Heck. Blech verformte sich mit unglaublichem Getöse, Airbags knallten auf, Scheiben platzten, oh, das war Musik in meinen Ohren. Der Streifenwagen drehte sich um neunzig Grad um seine eigene Achse. Die Insassen wurden vom Feinsten durchgeschleudert. Sie bissen in ihre Airbags, die Arschgeigen, während Dimitri und sein Mafiakollege aus dem Haus huschten und über den Trampelpfad die Hauptstraße erreichten. Sie richteten vor Schreck ihre Waffen auf mich, erkannten mich aber zum Glück rechtzeitig. Dimitri zeigte mir den erhobenen Daumen, dann ließ er ihn in der geschlossenen Faust verschwinden. Das hieß, die Nazis waren signiert. Beide sprangen in den BMW. Die Rückfahrscheinwerfer des dunkelblauen Mercedes leuchteten grell auf. Der Fahrer raste rückwärts mit quietschenden Reifen bis zur Ecke, trat dort volles Rohr auf die Bremse, stieg aus, rannte rüber zum BMW, startete die Karre, und weg waren sie, meine russischen Bodyguards.

Holzschuh und Krumme krabbelten schwerfällig aus dem schrottreifen Polizeiwagen. Geschockt torkelten sie durch die Nacht. Natürlich gingen inzwischen überall in den Häusern die Lichter an. Bei dem Radau mussten die denken, ein Flugzeug wäre in ihre Nachbarschaft gecrasht. Die Wachtmeister waren offensichtlich nicht ernsthaft verletzt, aber so wie sie sich beide die Nacken rieben, dürften sie in den nächsten Wochen mit einer Halskrause rumrennen. Ein sattes Schleudertrauma und ein Satz mächtiger Kopfschmerzen. Es hatte doch immer was Erhabenes, wenn Arschgeigen bekamen, was Arschgeigen verdienten.

Bevor der Trubel richtig losging – die ersten Nachbarn öffneten schon im Bademantel die Haustüren –, machte ich mich vom Hof. Der Essenberger Bruch war keine fünf Autominuten entfernt. Die Aussicht, dort den dritten Nazi zu zerpflücken, verbesserte meine Laune noch zusätzlich. Oh, ich liebte es, wenn sich alles perfekt fügte. Wer in solchen Momenten nicht an Karma glaubte, sondern immer noch das galaktische Gleichgewicht anzweifelte, dem wir allesamt unterworfen waren, dem war, in meinen Augen, nicht mehr zu helfen.

Kapitel 31

Es war der 23. Mai, Sonntagmorgen halb fünf, vierzehn Grad Außentemperatur. Am östlichen Horizont durchbrach gerade das erste schwache Licht des neuen Tages die Nacht. Vicky De Winter war seit neun Tagen tot. Das Fenster des Opel Astra war runtergekurbelt. Den Ellbogen aufgestützt und ein laues Lüftchen um die Nase, fuhr ich langsam durch den Essenberger Bruch. Ich spürte Müdigkeit in mir. In den letzten Tagen hatte ich verdammt wenig Schlaf abbekommen. Und wieder hatte ich die Nacht durchgemacht. Aber ich war kilometerweit davon entfernt, jetzt schlappzumachen. Mein Akku war mindestens noch zwei Striche vor Reserve. Allemal genug Druck, um Unheil im Essenberger Bruch zu stiften.

Nur wenige Autos parkten am Straßenrand. Die Fenster in den Häusern waren ausnahmslos dunkel. Die Gegend war nur spärlich bebaut. Im direkten Vergleich war selbst das beschauliche Rheinpreußen nebenan ein Ballungszentrum, obwohl es auch da weder Kneipen noch Supermärkte noch Dönerbuden gab. Nicht mal einen Kiosk an der Ecke. Ein paar graue Mehrfamilienhäuser entlang der Straße, alle mit ausreichend Abstand voneinander und keines höher als drei Etagen. Das war der Essenberger Bruch.

„Das Ziel ist in hundert Metern erreicht!", teilte mir das Navi mit.

Ich hatte einfach die gespeicherten Punkte, von denen aus die Nazis losgefahren waren, als neue Zielkoordinaten ins Navi eingegeben. Das zweite Haus auf der rechten Seite, das musste es sein. Ich fuhr rechts ran, das letzte Stück ging ich zu Fuß.

In der Wohnung rechts im Parterre leuchtete das blaue Licht eines Fernsehers. Es war das einzige Fenster im ganzen Bruch, das nicht dunkel war. Mit meinen eins achtundneunzig brauchte ich mich nur auf die Zehenspitzen zu stellen, um zwischen den Falten der vergilbten Oma-Gardine einen Blick hineinzuwerfen. Der Nazi war vor dem Fernseher auf dem Sofa eingepennt. Auf dem Tisch stand ein aufgeklapptes Laptop, das mit einem Smartphone verkabelt war. Nach dem zu urteilen, was ich auf dem Display des Computers erkennen konnte, wurden Daten des Telefons auf das Laptop übertragen. Waffen sah ich keine, weder in Reichweite des Nazis noch auf dem Vitrinenschrank an der hinteren Wand. Im Fernsehen lief ein uralter Western, noch in Schwarz-Weiß. Cowboys lieferten sich darin eine unglaublich schlecht inszenierte Schlägerei in einem Saloon. Man konnte deutlich sehen, dass ihre Fäuste immer danebentrafen. Dem pennenden Naziwichser auf dem Sofa würde es in wenigen Minuten anders ergehen. Der Schwinger, der ihn gleich aus dem Reich seiner Herrenrassenträume direkt hinein in die zibullische Hölle katapultieren würde, träfe ganz sicher ins Schwarze.

Drei Minuten später stand ich über ihm im Wohnzimmer der Nazibude. Er lag auf dem Rücken, war vielleicht eins fünfundsiebzig groß, hatte dunkle, kurze Haare, einen ansehnlichen Bauchansatz und Schwabbelarme mit ätzenden Gesinnungstattoos. Er trug ein T-Shirt, auf das vorne eine brennende 88 gedruckt war. Von der Taille an abwärts war er mit einer Wolldecke zugedeckt. Seine Hände ebenfalls, sodass ich nicht sehen konnte, ob er darin etwas festhielt. Neben dem Wohnzimmer gab es in der Wohnung noch eine Küche, ein mickriges Bad und ein Schlafzimmer mit zwei Betten. Ich hatte nachgesehen, nirgendwo lagen Waffen offen herum. Ich musste davon ausgehen, dass er vielleicht doch eine bei sich trug. Das hieß, unsanftes Wecken mit null Chance auf Gegenwehr. Oh ja, es wurde ein böses Erwachen für ihn.

Ich passte den Moment ab, in dem er ausatmete. Exakt in dem Augenblick, als er wieder einatmen wollte, verpasste ich ihm ein ordentliches Ding mit der Faust direkt auf den Brustkorb. So von oben herab waren das schon einige Doppelzentner, die ihm da pro Quadratzentimeter die Lungenflügel zusammenquetschten. Er war sofort wach und machte dicke Backen. Das Holzskelett des Sofas knirschte bedenklich. Seine Arme schnellten unter der Wolldecke hervor. Bis zum Handgelenk waren beide Seiten mit Nazisymbolen tätowiert, in den Händen hielt er nix. Die Laute, die er von sich gab, hörten sich alles andere als gesund an. Wie eine Gruft, die nach tausend Jahren geöffnet wurde. Panisch Luft in gequetschte Lungen zu ziehen funktionierte eben nicht. Die Augen quollen ihm aus dem Kopf, sein Mund war aufgerissen, als wollte er East Clintwoods Rollbraten lutschen. Ich steckte ihm drei Finger auf einmal ins Maul, so konnte er nicht zubeißen. Ich kniff ihm von innen in die Backe und zog ihn vom Sofa. Er landete seitlich auf dem Boden. In der Couchritze lag seine Knarre. Ich nahm sie an mich.

Der Nazi hatte keine Hosen an. Außer T-Shirt trug er nur Boxershorts und Tennissocken. Seine dünnen, behaarten Beine waren auch vollgekritzelt mit Nazischeiß. Brennende Stahlhelme, blutende Eiserne Kreuze und so'n Käse.

„Sind das Hakenkreuze auf deiner Unterhose?", fragte ich ihn.

Er antwortete mir nicht, stattdessen versuchte er röchelnd weiter einzuatmen. Ich sah selber genauer hin, und tatsächlich, es waren Hakenkreuze auf seiner Unterbuxe.

„Gibt es die im Naziplörrenversandkatalog? Oder hast du dir die selber geklöppelt?"

Ich packte mir eine seiner Waden, suchte mit dem Daumen den Muskel und quetschte ihn mit meinem vollen Gewicht gegen die Kante des Wadenbeins. Das war ein alter Wrestlertrick. Mit dem letzten Rest Sauerstoff in seinem Körper krächzte der Nazi: „Ahhhahah!"

Reflexartig zuckten seine Beine zurück, das eine mit Erfolg, das andere steckte fest in meinem Daumenschraubstock. Er trat schwächlich nach mir, schaffte es sogar, seinen Oberkörper irgendwie aufzurichten und den Arm nach mir auszustrecken. Flehend sah er mich mit seinen Glubschaugen an. „Jaa!", sagte ich ihm eiskalt ins bettelnde Gesicht. „So geht es immer aus, wenn man sich mit mir anlegt."

Er schaffte es noch, sich so zu verbiegen, dass er nach meiner Hand greifen konnte. Mit den Fingerspitzen berührte er das Armband meiner Jäger-Le Coultre Reverso, dann ging ihm die Kraft aus. Er konnte das Gewicht seines Oberkörpers nicht mehr tragen, er rollte zur Seite und zuckte nur noch wie ein Fisch im Netz.

Ich spielte ernsthaft mit dem Gedanken, ihn einfach abnippeln zu lassen. Verdient hätte er es allemal. Stellte sich nur die Frage: Brauchte ich ihn noch? Ohne den Schraubstock an seiner Wade zu lösen, checkte ich das Laptop, brach die laufende Datenübertragung vom Smartphone ab und warf einen Blick ins Computerverzeichnis. Das war einfach kein Glückstag für Nazis, denn ich konnte problemlos auf jede x-beliebige Datei zugreifen. Ich brauchte ihn also nicht, um mir Passwörter zu verraten. Ich steckte in einem Dilemma. Alles, was ich noch hätte tun müssen, um unbehelligt mit Totschlag an einem Naziterroristen durchzukommen, war, ihm die Daumen abzuschneiden. Den Russen wäre das sicher egal gewesen, die hätten das locker auf ihre Kappe genommen. Aber verdammt, am Ende obsiegte dann doch meine gutmütige Seele. Ich packte den Penner bei den Hüften und schüttelte ihn so lange hoch und runter, bis er wieder Luft bekam.

Um gleich keine Missverständnisse darüber aufkommen zu lassen, wie weit meine Gutmütigkeit reichte, nutzte ich seine unvorteilhafte Position für einen zugegebenermaßen dreckigen, aber effektiven Einsatz seiner Knarre. Mit einer Handbewegung hatte ich seinen Hintern aufgerichtet, ihm die Hakenkreuzbuxe runtergerissen und stocherte mit dem eckigen Lauf der russischen Armeepistole nach seinem Arschloch. Beim dritten Versuch landete ich einen Volltreffer. Bis zum Abzug stopfte ich ihm das kalte Eisen hinein. Der Nazi kniff die Arschbacken zusammen. Ich spannte den Schlitten. Er kapierte sofort.

„Wenn du furzt, drück ich ab!“, erklärte ich ihm. „Und wenn ich abdrücke, wirst du nicht sterben. Du wirst nur für den Rest deines erbärmlichen Lebens richtig Probleme beim Kacken haben. Stell dir vor, du bist im Knast beim Morgenappell und dir läuft die Scheiße in Strömen an den Beinen runter. Deine Knastkollegen werden sicher ganz begeistert von dir sein. Immerhin wird dich keiner in deinen ausgefransten Arsch ficken wollen. Oder findest du das schade?"

Richtig sprechen konnte er immer noch nicht. Er murmelte etwas, das sich anhörte wie: „Nimm das Ding da weg."

„Schön der Reihe nach. Du beantwortest erst mal meine Fragen, während ich aufpasse, dass mir mit der Knarre kein Missgeschick passiert. Ich zähl bis drei. Sieh besser zu, dass du schnell wieder labern kannst, sonst kriegst du gleich einen Einlauf von der radikalen Sorte. Eins! Übrigens, solltest du hoffen, dass gleich deine Nazikumpels hier hereingestürmt kommen, um dich zu retten – Irrtum. Zwei! Blondie ist tot. Vom eigenen Mann um die Ecke gebracht. Tja, scheint ein hartes Gewerbe zu sein, das Nazigeschäft. Narbenvisage ist von den Russen durchgewalkt worden. Wenn er ein Glückspilz ist, hat er noch einen oder zwei heile Knochen im Leib. Dafür aber keine Daumen mehr. Drei!"

„Nicht! Nicht!", winselte er.

„Also! Ich weiß, dass Narbenvisage den Mord begangen hat. Blondie hat mich ausgeschaltet, und Motherfucker Sergej war zum Schleppen engagiert worden. Was hast du gemacht?"

„Die Planung. Ich habe die Zielperson zwei Wochen lang observiert, habe ihre Routinen studiert. Dann plötzlich bist du aufgetaucht. Ich habe beobachtet, wie du die Jungs vom Damm ins Hafenbecken geworfen hast. Du hast noch auf dem Damm mit ihr geredet, da wusste ich schon, dass du kein Anstreicher bist. Sie war verwanzt. Ich habe auch mitangehört, wie du ihr deinen Plan unterbreitet hast, um den Stalker zu schnappen. Das war die Chance für uns."

„Was genau geschah in Westende?"

„Kurzschlussreaktion. Der Reporter hat ausgerechnet mich am Abend zuvor im Innenhafen nach dir gefragt. Ich wurde neugierig und habe mich in den RAZ-Server gehackt. Da fand ich das Video vom Damm. Das war eindeutig nicht von uns. Erst da habe ich kapiert, dass es auch noch einen Stalker gab. Wir mussten handeln. Kevin, Blondie, ist dir nach Westende gefolgt. Er hat euch belauscht und selbstständig entschieden, euch beide zu erschießen."

Ich drehte die Waffe um neunzig Grad, weil ich das Gefühl hatte, er fing an, es zu genießen, sie ruhig im Arschloch stecken zu haben. Er grunzte, aber ganz sicher nicht vor Wonne. Ich musste zugeben, der einzige Fehler, den die Nazis begangen hatten, war, mich nicht lange genug ausgeschaltet zu haben. Den Stalker Beck konnten sie nicht auf dem Schirm haben. Der hatte Riesenglück gehabt, abgesehen davon, dass er tot war. Selbst so eine Flitzpiepe wie Motherfucker Sergej mit ins Boot zu holen, könnte man im Nachhinein auch als dummes Missgeschick bezeichnen. Konnte ja keiner ahnen, dass er mir die Uhr stehlen würde, die dann später erst ihm, dann der Russenmafia und schließlich den Nazis selbst zum Verhängnis wurde. Manchmal waren es eben die kleinen Dinge, die einen an sich guten Plan durchkreuzten. Was die Auftragnehmerseite des Mordkomplotts anging, hatte ich keine Fragen mehr. Ich war gespannt, ob mein Argument in seinem Arschloch ihn auch über alles andere so offenherzig quatschen lassen würde. „Ist das so ein Rundum-sorglos-Paket von der Nazikiller GmbH, dass ihr euren Auftraggeber weiter schützt? Kundenservice für die Kundenpflege zur Kundenbindung? Alles Marketing, oder was? Wer hat euch den Auftrag gegeben? Der junge oder der alte Dorn? Und warum war es euch so wichtig, dass euer Auftraggeber unbehelligt bleibt?"

Er zögerte mit der Antwort, aber er war schlau genug, zu wissen, dass er Dorn jetzt sowieso nicht mehr schützen konnte.

„Der Alte! Wir wollten ihn damit erpressen. Deshalb ist auf dem Laptop da eine Videodatei über ihn. Ein Mitschnitt von unserem Gespräch. Völlig ausreichend, um ihm den Mordauftrag anzuhängen."

„Wie kam der Kontakt zu Dorn zustande?"

„Wir sind alle beim Verfassungsschutz registriert. Die kennen uns seit Jahren. Und wir die. Als Innensenator waren es für Dorn nur zwei Mausklicks an seinem Computer, dann hatte er freie Auswahl unter allen Neonazis in der Stadt."

„Willst du mir erzählen, dass Dorn dich einfach so angerufen hat, um zu fragen, ob du eine Pornoqueen für ihn umbringen könntest?"

„Nicht mich!"

„Wen dann?"

„Den Kevin! Er war früher eine Zeit lang V-Mann des Verfassungsschutzes. Zumindest dachten die, er würde für sie arbeiten. Er hat in der Zeit viel gelernt, was uns geholfen hat."

„Kevin? Du meinst Blondie, den abgekratzten Nazi. Du solltest dich was schämen, einen toten Kameraden noch in die Pfanne zu hauen. Ein Innensenator kennt persönlich einen V-Mann? Dass ich nicht lache. Ich ballere dir jetzt sofort in dein Arschloch, Wichser, wenn du nicht auf der Stelle mit der Wahrheit rausrückst."

„Meine Ehre heißt Treue! Meine Ehre heißt Treue!", nuschelte er gebetsmühlenartig, während er seinen ganzen Körper anspannte, als wenn er so die Kugel daran hindern könnte, ihm den Darm zu zerfetzen.

Ich musste kurz nachdenken, bevor ich begriff, was er damit meinte. Er wusste, dass seine beknackte Terrorzelle nicht mehr existierte. Dorn war ihm ziemlich scheißegal. Aber auch um den Preis seines Arschlochs wollte er keinen aus der NSTZ ans Messer liefern. Sicher war es irgendeine Art von Führungskraft des nationalsozialistischen Terrors, über den der Kontakt mit Dorn zustande gekommen war. So eine graue Eminenz, die auf höchster Ebene im Hintergrund die Fäden zog. Den Namen würde er nie verraten. Lieber würde er sterben. Ich sah es ohnehin nicht als meine Aufgabe an, den ganzen beschissenen Terrorring zu sprengen. Darum konnten sich die Bullen oder die paar übrig gebliebenen aufrechten Spione vom Verfassungsschutz kümmern. Sie hatten gute Chancen, über Dorn an die Hintermänner zu kommen. Ich wollte nur die Mörder meiner Mandantin aufspüren. Die Pisser, die mich für den Mord büßen lassen wollten, die mich betäubt, zerkratzt und nackt auf den Präsentierteller gelegt hatten. Verdrehte Gehirne mit fanatischem Gedankengut, die mich in Westende und vor knapp einer Stunde in Rheinpreußen umbringen wollten. Und der Wichser, der das alles eingefädelt hatte, faselte hier was von wegen „Meine Ehre heißt Treue". Was war das für eine verkackte Ehre, Frauen für Geld abzuschlachten? Der Drecksack kotzte mich richtig an. Ich hätte ihm wirklich gern ins Arschloch geschossen. Aber es wäre zu schwierig geworden, den Bullen einen Schuss direkt in die Luke als Notwehr zu verkaufen. Ich war mir auch nicht sicher, ob dann nicht seine ganze Scheiße auf mein Cerruti-Sakko spritzen würde.

Ich warf einen schnellen Blick in die Computerdatei. Dazu brauchte ich nicht mal die Knarre aus seinem Arsch zu ziehen. Sofort war klar, dass dieser Beweis dicke ausreichte, um Hans-Helmuth bei den Eiern zu packen. Es wurde Zeit, einige Rechnungen zu begleichen.

Ich sicherte die Waffe, ohne dass er es mitbekam. Dann erhob ich mich, indem ich mich auf die Knarre stützte. Das Ding verschwand noch tiefer in seinen Gedärmen. Er stöhnte wieder auf, dieses Mal eindeutig vor Schmerz. Es war eine fließende Bewegung, das Loslassen der Pistole und das gleichzeitige Hochspringen. Mit allem, was ich an Kraft und Masse aufbringen konnte, trampelte ich ihm das Eisen ins Arschloch. Kein Scherz, es verschwand wesentlich mehr davon in ihm, als ich gedacht hatte. Sogar ein Teil des Griffes bohrte sich hinein. Echt elastisch, so'n Arschloch. Er schrie auf, bog seinen Rücken durch, spreizte die ausgestreckten Finger und warf den Kopf in den Nacken. Ich nahm das mit Genugtuung zur Kenntnis.

Eigentlich war der Fisch damit für mich gegessen. Meine Rachegelüste waren so weit besänftigt. Aber irgendwie dachte ich, es wäre doch viel besser, so einen gefährlichen Faschisten gleich komplett aus dem Verkehr zu ziehen und nicht nur für ein paar Jahre. Stimmte doch? Wer weiß, wie viele Attentate er geplant hatte, wie viele Menschen sinnlos sterben mussten, wie viele Familien er auseinandergerissen hatte und wie viele Herzen wegen diesem Arschloch brachen. Es war doch wirklich besser, wenn er nie wieder irgendwas planen könnte.

In Fachkreisen nannte man so einen Move den ultimativen Brainbuster. Wenn der Gegner ihn kommen sah und entsprechend trainiert war und der Ausführende sich obendrein bemühte, den anderen nicht mit voller Wucht zu treffen, dann war der Move ein guter Showeffekt. Bei einem, bei dem keine der oben genannten Voraussetzungen gegeben war, fingen sofort die Ohren zu bluten an. Ein Mighty-Slam auf seinen Schädel, und seine Karriere als Vordenker einer Naziterrorzelle fand ein jähes Ende. Schädelbruch, üble Sache, besonders für Gehirnzellen. Ich zog dem bewusstlosen Nazi die Knarre aus dem Arsch und die Hakenkreuzunterbuxe wieder hoch. Das machte es einfacher, den Bullen später die Notwehrsituation glaubhaft zu schildern.

Direkt danach rief ich Hauptkommissar Kirch auf seinem Handy an. Er war in Vicky De Winters Haus und wunderte sich noch über das, was er dort in der Sauna vorgefunden hatte.

„Die russische Mafia hat uns hier eine Riesensauerei hinterlassen. Ein Toter, ein Schwerverletzter, beide ohne Daumen. Wissen Sie vielleicht warum?"

„Ja, das weiß ich. Die Russen sind sauer, weil ihnen der Mord untergeschoben wurde. Sie haben die Sache selbst in die Hand genommen. Die beiden ohne Daumen gehören zur NSTZ. Sie wissen, was die NSTZ ist?"

„Natürlich!"

„Ich bin gerade bei dem Dritten zu Hause. Dem geht's nicht gut. Wollte mir an die Wäsche, der Blödmann. Der Kampf war kurz, aber für ihn folgenschwer. Verschwenden Sie nicht Ihre Zeit in Rheinpreußen. Schnappen Sie sich einen Notarzt und kommen Sie in den Essenberger Bruch. Hier gibt es haufenweise Beweise. Ach übrigens, Hannemann ist unschuldig! Ich melde mich, wenn ich mir den Auftraggeber gekrallt habe."

„Sie werden ...!"

Ich wusste, was er wollte, deshalb brach ich das Gespräch ab. Unter keinen Umständen würde ich auf ihn warten. Zunächst musste ich sicherstellen, dass Hans-Helmuth Dorn sich aus dieser Nummer keinen Millimeter würde rausdealen können. Ich schnappte mir das Laptop, sah zu, dass es nicht runterfuhr, und machte mich auf die Socken zu Karsten, der mir vermutlich die Füße küssen würde, wenn er erst sah, was ich ihm mitbrachte.

Kapitel 32

Der Russe, der zu Karstens Sicherheit mein Büro überwacht hatte, war längst verschwunden, als ich um kurz vor sechs wieder die Faktorei betrat. Der zukünftige Starreporter der RAZ saß noch immer an meinem Rechner und recherchierte über Dorns Verbindungen zur Neonaziszene. Er war ziemlich aufgedreht, hatte zwar dicke Ränder unter den Augen und machte einen ziemlich übernächtigten Eindruck, aber er war noch voll am Ball.

„Du wirst nicht glauben, wie viel Zeit unser Innensenator auf die Ruhrstädter Neonaziszene verwand hat", begrüßte er mich. „Es gibt kaum einen Ausschuss, kaum eine Kommission, in der er nicht federführend dabei war. Der hat gewissermaßen den Rundum-Blick von ganz oben auf alles, was die Faschoszene hier bei uns betrifft. Und ganz nebenbei ist Dorn auch Leiter der Hackerabteilung beim Verfassungsschutz von Nordrhein-Westfalen. Oh Mann, ich kann es kaum erwarten, ihm ein paar unangenehme Fragen zu stellen."

Mich amüsierte seine jugendliche Euphorie. Bevor ich etwas erwiderte, schloss ich das Laptop wieder an den Strom an.

„Was hast du da?", fragte Karsten.

„Ein Mitbringsel von Vicky De Winters Mördern.

Von den vier Tätern sind jetzt, inklusive Motherfucker Sergej, zwei übern Jordan. Die anderen beiden sind schwer verletzt und in Polizeigewahrsam. Das Laptop hier gehörte dem Nazi, der die ganze Scheiße geplant hat. Es wird die Fragen, die du Dorn stellen willst, um ein Vielfaches verschärfen. Komm! Wir haben nicht viel Zeit. Wir müssen es uns jetzt sofort ansehen."

„Hast du den zweiten Toten auf dem Gewissen?"

„Nein."

„Aber du bist für die Schwerverletzten verantwortlich, oder?"

„Nur für einen."

Der Dateiordner, unter dem die Kontakte zwischen der NSTZ und Hans-Helmuth Dorn gespeichert waren, hieß „Operation Kriemhild". Darin befand sich lediglich eine einzige audiovisuelle Aufzeichnung vom 26. April diesen Jahres. Es hatte wohl nur diesen einen Kontakt gegeben, aber verdammt, der hatte es in sich.

Sie hatten sich nicht in irgendeiner Hinterhofbaracke im Vierten Lahmarschbezirk getroffen. Auch nicht auf einer abgeschiedenen Waldlichtung oder an einer Autobahnraststätte außerhalb von Ruhrstadt. Sie waren einfach den ganz offiziellen Weg gegangen. Hans-Helmuth Dorn, ganz Staatsmann im schicken Zwirn, hatte den Auftrag, Vicky De Winter zu ermorden, von seinem Arbeitsplatz aus erteilt, im Büro des Innensenators, mitten in Sheriff-City. Das Bild war ordentlich verwackelt, der Nazi musste die Minikamera an seiner Kleidung befestigt haben. Auch das raschelnde Reiben am Stoff, das den Ton störte, wies auf seine Jacke als Versteck hin. Eine Vorzimmerdame begrüßte den Kameraträger mit: „Guten Tag, Herr Schmidt! Der Senator erwartet Sie bereits. Sie können direkt durchgehen. Hier entlang bitte."

Herr Schmidt war der Schlaumeiernazi, der Planer, der mit dem geknackten Schädel. Ich konnte sein Spiegelbild in der mannshohen Fensterscheibe sehen. Er trug einen Anzug, sah seriös aus. Von seinen hässlichen Tätowierungen war nix zu sehen. Und er war allein. Die Vorzimmerdame klopfte kurz, und, ohne abzuwarten, öffnete sie ihm die Tür zum Büro des Innensenators von Ruhrstadt.

Die gediegene Einrichtung des Büros war auch verwackelt immer noch eines Senators würdig. Schwere antike Eichenmöbel auf dickem Teppich. Dorn saß hinter einem Monstrum von Schreibtisch, von wo aus er den Nazi aufforderte, näher zu treten. Er setzte sich dem Senator gegenüber, der ihn skeptisch ansah. Dorns grau melierter Schädel befand sich direkt auf Kamerahöhe. Er sagte: „Wir können hier frei reden. Der Raum ist hundert Prozent abhörsicher. Sie, Herr Schmidt, sind mir wärmstens von einem gemeinsamen Bekannten empfohlen worden. Ich gehe davon aus, dass ich Ihnen genauso trauen kann wie meinem Freund. Das zumindest hat er mir versichert."

„Herr Senator, meine Ehre heißt Treue. Unser gemeinsamer Bekannter hat mir aufgetragen, Ihnen zu Diensten zu sein. Was liegt an?"

„Meine Wahl zum regierenden Bürgermeister im nächsten Jahr. Ich will, nein, ich muss diese Wahl gewinnen. Das ist meine letzte Chance. Danach bin ich für das Amt zu alt. Nun, wie das Schicksal so spielt, hat mein missratener Jüngster sich leider ausgerechnet jetzt in den Kopf gesetzt, eine Pornodarstellerin zu ehelichen. Sie werden sicher verstehen, dass ein Mann wie ich, der für konservative Werte wie Moral und christliche Ethik steht, sich keine Schwiegertochter erlauben kann, die für Geld, na, Sie wissen schon, was diese Dame für Geld tut. Ihr Name ist übrigens Andrea Driesen, besser bekannt unter dem Pseudonym Vicky De Winter. Sie muss von der Bildfläche verschwinden."

„Das wird Ihrem Sohn nicht gefallen."

„Meinem Sohn? Der wird Ruhe geben, wenn Sie die Tat irgendjemandem in die Schuhe schieben. Einem ehemaligen Zuhälter vielleicht oder, noch besser, dem organisierten Verbrechen. Patrick scheut die Öffentlichkeit wie der Teufel das Weihwasser. Er wird vermutlich ein paar traurig-schaurige Gedichte über den Verlust seiner Liebe schreiben. Ansonsten wird er sich bedeckt halten, wenn Sie einen guten Job machen. Der will sich nicht in der Presse wiederfinden als der millionenschwere Politikersohn, dessen Liaison einem Mord im Milieu zum Opfer gefallen ist. Aber damit wir uns richtig verstehen: Sie lassen ihn in Ruhe! Sie observieren ihn nicht! Und Sie behelligen ihn nicht! Für Sie existiert er nicht!"

„Keine Sorge. Aber ein passendes Opferlamm zu finden, das braucht Zeit. Ein paar Wochen mindestens. Ich muss mir erst ein Bild von der Delinquentin machen."

„Natürlich. Aber bis Ende Mai muss die Sache über die Bühne sein. Dann beginnt der Wahlkampf."

„Das Zeitfenster wird sicher reichen. Bei so einer Dame findet sich schnell ein Sündenbock. Sie haben noch was für mich?"

Ohne zu zögern, griff Dorn in eine der Schubladen seines monströsen Schreibtisches. Nacheinander legte er ein prall gefülltes Couvert und eine Disk auf den Tisch.

„Fünfzigtausend Euro und der aktuellste Trojaner. Es wird Monate dauern, bis die erste Firewall ihn zu erkennen vermag. Bis dahin können Sie mit dem Virus auf so ziemlich jeden Server und jedes Smartphone zugreifen, der oder das Ihnen interessant erscheint. Wie Sie sehen, Herr Schmidt, ich erfülle meinen Teil der Abmachung. Jetzt sind Sie dran!"

„Herr Schmidt" erhob sich und reichte Dorn wortlos die Hand. Dann steckte er das Geld ein, ohne es zu zählen. Er griff vorsichtig, fast schon demütig, nach der Disk. Wie einen zerbrechlichen Schatz begrub er sie mit infernalischem Rascheln im Mikrofon an seiner Brust. Erst dann sagte er zum Innensenator:

„Betrachten Sie ‚Operation Kriemhild' als erledigt, Herr Senator. Unter diesem Codenamen wird auch unser gemeinsamer Bekannter die Aktion verfolgen. Jede weitere Kommunikation geht nur über ihn. Ich wünsche einen schönen Tag."

Die Aufzeichnung endete an dieser Stelle. Karsten war vor lauter Staunen glatt die Kinnlade runtergeklappt. Ungläubig starrte er mit aufgesperrter Kauleiste auf den Computermonitor. Ich wusste nicht, ob sein Staunen auf Empörung basierte oder auf nicht zu fassendem Glück. Wie sich schnell herausstellte, war es eine Mischung aus beidem.

„So ein abgewichster Schweinepriester!", schimpfte er. „Oh, den werde ich mir kaufen. Du hast noch mein Smartphone! Gib es her! Ich zieh mir sofort eine Kopie von der Datei."

„Beeil dich! Es gibt Innensenator zum Frühstück. Und ich hab Kohldampf!"

Kapitel 33

Die Dorns wohnten nicht im vornehmen Stadtteil Langenbrahm, sie residierten dort. Schon mit den ersten Millionen, die nach dem Krieg in ihre Taschen geflossen waren, hatten sie sich ein richtiges Schloss direkt an der Ruhr gekauft. Kein Quatsch, ein echtes Schloss. Die Bude war uralt, hatte einen Ost- und einen Westflügel, mittig dazwischen einen vierstöckigen Turm mit güldenem Wetterhahn obendrauf, und sie hatte Erker und Zinnen und einen trockengelegten Wassergraben. Die Dorns waren nie dafür bekannt gewesen, ihren Erfolg untern Teppich zu kehren. Es gab kein Medium in Ruhrstadt, das nicht schon ausführlich über das idyllische „Schloss Dorn" berichtet hatte. Es war also keine detektivische Meisterleistung, herauszufinden, wo Hans-Helmuth am Sonntagmorgen anzutreffen war. Jeder Taxifahrer wusste, wo die Hütte stand. Karsten und ich mussten nur eben rüberhüpfen in den Ersten Bezirk. Wir nahmen den Opel Astra der Nazis. Vielleicht erkannte Dorn ja die Karre, dann würden die Tore zum Schloss sicherlich schneller aufgehen.

Über Emscherschnellweg und die Zwovierundzwanzig erreichten wir noch vor sieben Uhr Langenbrahm. Die Straßen waren fast leer gefegt. Ich konnte richtig

Gummi geben. Unter der Bedingung, dass er meinen Namen aus allem raushalten würde, erzählte ich Karsten unterwegs alles über die Ermordung von Vicky De Winter. Natürlich wollte er danach wissen, wie ich es geschafft hatte, dem Ganzen auf die Schliche zu kommen. Ich sagte nur, dass ein Zauberer niemals seine Tricks verrät.

Ich stoppte vor dem gusseisernen Tor des Schlosses. Dahinter schlängelte sich ein Privatweg durch einen hübschen Park bis hinauf zum Hauptgebäude. Das Grundstück war komplett videoüberwacht. Dazu Bewegungsmelder, Infrarotsucher und Richtmikrofone entlang der gesamten Begrenzungsmauer. Da hatte sich ein Sicherheitsexperte eine goldene Nase verdient. So wie ich die Lage einschätzte, wäre der Alarm schon losgegangen, wenn ich nur durch die Gitterstäbe des Tores gefurzt hätte. Ich sagte Karsten, er solle im Wagen bleiben. Ich stieg aus und schellte Sturm.

Es dauerte, bis der Herr Senator aus den Puschen kam. Total verschlafen und so richtig angepisst raunzte eine männliche Stimme durch die Sprechanlage:

„Was wollen Sie?"

„Herr Innensenator?"

„Ja!"

„Kriemhild ist in Gefahr!"

„Wer zum Teufel sind Sie?"

„Ein Bekannter von Herrn Schmidt."

Nach fünfzehn bis zwanzig Sekunden Bedenkzeit summte der Toröffner. Das Tor öffnete sich automatisch in voller Breite. Ich sprang schnell zurück in den Wagen, bevor er es sich anders überlegen konnte. Hinter uns schloss sich das Tor wieder von selbst. Ich parkte direkt vor der Treppe, die rauf zum Portal führte, blieb aber zunächst im Auto sitzen. Es war unwahrscheinlich, dass Dorn allein im Haus war. Sicher gab es Personal.

„Kriegen Senatoren eigentlich Personenschutz?“, fragte ich Karsten.

„Nicht auf Kosten der Steuerzahler. Aber Dorn könnte sich das sicher leisten.“

Ich glaubte nicht, dass ein ausgebuffter Geschäftsmann wie Dorn sich einerseits ein perfektes Überwachungssystem leistete, aber andererseits der Technik dann misstraute und noch zusätzlich Wachleute engagierte. Alles sprach dafür, dass die Gegenwehr minimal ausfallen würde. Und tatsächlich, Hans-Helmuth Dorn öffnete uns höchstpersönlich die Pforte zu seinem Schloss.

Er trug einen Bademantel und Schlappen. Sein dichtes graues Haar war ziemlich zerzaust. Er sah alt aus, älter als im Fernsehen. Wütend kam er die Stufen runtergestapft. Mit seinen fuchtelnden Armen stellte er schon von Weitem all die Fragen, die ihm auf den Nägeln brannten. Was? Wieso? Wer? Ich wartete, bis er die halbe Treppe geschafft hatte, dann sprang ich aus dem Wagen, rannte auf ihn zu, schnappte mir den verblüfften Senator auf der Treppe, lud ihn mir wie eine Satteltasche auf die rechte Schulter und trug ihn zurück in sein Schloss. Karsten kam uns nachgehechelt. Der sonst so redegewandte Senator plapperte nur noch unvollendete Sätze, wie: „Was zur ...? Wer sind ...? Was soll denn ...?“

Innen war die Bude wie ein Museum. Überall stand nur antikes Zeugs rum. Man spürte sofort, dass man ein Haus mit Geschichte betreten hatte. Eine geschwungene Riesentreppe aus Eichenholz führte vom Foyer aus in die obere Etage. Im ersten Stock standen drei Frauen im Nachthemd an der Balustrade. Bei meinem Anblick hielten sie sich vor Schreck die Hände vor die Münder. Aus panischen Augen sahen sie zu mir runter.

„Nix für ungut! Keine Panik, meine Damen!“, rief ich ihnen zu. „Ihnen wird ganz sicher nichts geschehen.“

„Was machen Sie da mit meinem Mann?“, krächzte eine hysterische Stimme.

„Tja, Gnädigste, dem wird allerdings was geschehen. Und ganz sicher nix Gutes. Vielleicht wären Sie so freundlich, derweil die Polizei zu rufen? Fragen Sie nach Hauptkommissar Kirch, oder noch besser, nach Kommissar Fröhlich. Dem schulde ich noch was!“

Ich betrat das nächstbeste Zimmer. Es war mehr eine Kammer, mit einem großen Fenster hinter zugezogenen Vorhängen, einem kleinen Tisch und einer Couch seitlich daneben, von der ich mittlerweile wusste, dass es sich dabei um eine Ottomane handelte. Ich knallte den Innensenator auf das antike Stück. Er war erstaunlich ruhig, ängstlich, na klar, aber nicht panisch.

„Ich kenne Sie doch“, sagte er zu Karsten, der neben mir stand, als wir uns gemeinsam unseren auf dem Rücken liegenden Innensenator besahen. „Sie sind doch Journalist?!“

„Guten Morgen, Herr Senator!“, antwortete Karsten mit viel Ironie in der Stimme. „Kennen Sie das hier zufällig auch?“

Karsten hielt ihm sein Smartphone hin, das die Aufzeichnung vom Plausch zwischen Dorn und Herrn Schmidt abspielte. Der Alte war echt von den Socken, das zu sehen.

„Wo haben Sie das her?“, fragte er hörbar empört und wollte sich aufrichten.

Ich drückte ihn unsanft zurück auf die Ottomane.

„Deine Nazibrüder wollten dich erpressen, Arschloch!“, klärte ich ihn auf. „Deshalb haben die Penner diesen kleinen Mitschnitt angefertigt. Mann, sitzt du in der Scheiße.“

„Wer sind Sie?“

„Oh, ja richtig, ich hab mich ja noch gar nicht vorgestellt. Wie unhöflich. Ich bin der Sündenbock.“

So richtig konnte er mit der Information nix anfangen. Er schaute verblüfft durch die Gegend, vermutlich auf der Suche nach einer Idee. Einem Mann wie Hans-Helmuth Dorn fiel immer was ein, wenn er erst einmal gecheckt hatte, wo die Wurst hing. Deshalb war er ja auch Innensenator, weil er was in der Birne hatte. Seine Optionen waren jedoch sehr begrenzt. Letztlich hatte er nur einen letzten Strohhalm auf Lager. Wieder ganz Politiker, sagte er:

„Hören Sie! Es gibt doch keinen Grund, jetzt unvernünftig zu werden. Man kann doch über alles reden. Wie ich sehe, sind Sie ein Freund guter Anzüge. Der ist von Cerruti, nicht wahr? Das sehe ich doch sofort. Was glauben Sie, wie viele solcher edlen Anzüge könnten Sie sich für, sagen wir, hunderttausend Euro kaufen?“

„Da hast du wohl was missverstanden, alter Mann! Es gibt sehr wohl sogar ausgezeichnete Gründe, jetzt unvernünftig zu werden.“

Ich wollte mir gerade seine Nase krallen, um sie ihm zu brechen, aber das sollte nicht passieren. Urplötzlich stand ein bewaffneter Mann im Türrahmen. Er war im Schlafanzug. Er zielte grob in unsere Richtung und schrie.

„Hände hoch! Gehen Sie da weg! Lassen Sie meinen Vater zufrieden. Sonst schieße ich!“

Es war Patrick Wolfgang, der sich redlich mühte, einen überzeugenden Gesichtsausdruck hinzukriegen. Aber so, wie er die Waffe hielt, sah ein Blinder mit Krückstock, dass er noch nie zuvor eine in der Hand gehabt hatte. Den Arm ausgestreckt, als müsste er so viel Raum wie möglich zwischen sich und der Waffe schaffen. Dabei zitterte seine Hand so stark, dass der ganze Arm ins Trudeln kam. Beim Abdrücken, wenn er denn abgedrückt hätte, wäre die Kugel irgendwo in der Decke gelandet. Auch seine Mimik spielte verrückt. Das hektische Augenzwinkern war echt uncool.

„Ganz ruhig, Athos!“, brummte ich besänftigend.

„Warum nennen Sie mich Athos? Woher kennen Sie diesen Namen?“

Es gab nur zwei Möglichkeiten. Entweder wusste Patrick, was sein Vater getan hatte. Dann war er mitschuldig. Oder er hatte keinen Schimmer. Dann war die Frage, wie er die Neuigkeit verdauen würde.

„Athos? Aus gutem Hause? Deine Verlobte hat ihn mir verraten. Bevor dein Vater sie hat umbringen lassen.“

„Was reden Sie da?“

Ich gab Karsten ein Zeichen. Er sollte Patrick sein Smartphone überreichen. Nur mit den Spitzen von zwei Fingern, seinen Arm so weit ausgestreckt, wie die Schulter es erlaubte, den Körper bis zum Rand des physikalisch Möglichen nach vorn geneigt, reichte Karsten Patrick sein Telefon. Beide hatten sie mehr Schiss vor der Waffe als Vaterlandsliebe. Patrick nahm es und trat zwei Schritte zurück. Die Waffe richtete er weiterhin grob in unsere Richtung.

„Patrick!“, meldete sich sein Vater zu Wort.

„Halt die Fresse!“, fuhr ich ihn an.

Je länger sich Patrick das Video ansah, desto mehr vergaß er, uns mit der Waffe zu bedrohen. Tiefer, immer tiefer sank sein Arm. Am Ende der Aufzeichnung hingen seine Schultern schlaff herunter. Er suchte in seinem Kopf nach Erleuchtung, einer Idee, einem Gedanken, irgendwas, das erklären könnte, was nicht zu erklären war. Wenn ich jemals einen Mann gesehen hatte, der vor den Kopf geschlagen war, dann war das in diesem Augenblick Patrick Wolfgang Dorn.

„Patrick? Reiß dich jetzt bitte zusammen! Höre, was ich dir dazu zu sagen habe.“

„Was? Vater! Was willst du mir sagen? Dass es dir leidtut? Dass es sein musste? Dass Andrea nur ein weiteres Opfer war, das wir für den Erfolg der Familie bringen mussten? Ich wusste, dass du zu so einigem fähig bist, aber einen unschuldigen Menschen zu töten, das hätte ich dir nie zugetraut.“

„Was sollte ich denn deiner Meinung nach tun? Die Hände in den Schoß legen und zusehen, wie du mein Lebenswerk ruinierst? Wenn es einen anderen Weg gegeben hätte, ich wäre ihn gegangen. Aber wenn ich sie nur unter Druck gesetzt oder ihr Geld geboten hätte, damit sie die Finger von dir lässt, dann wäre ich Gefahr gelaufen, dass sie damit mitten im Wahlkampf an die Öffentlichkeit geht. Das konnte ich nicht riskieren!“

„Das ist deine Entschuldigung? Es ging nicht anders? Und ich Idiot habe dir noch selbst von ihr erzählt. Um dich vorzuwarnen. Damit du dich wappnen kannst, wenn sie meine Liebe gegen dich verwenden wollen. Ich habe dir erzählt, wie glücklich sie mich macht, wie mein

Herz hüpft, wenn ich sie sehe. Hier bei dir habe ich mich verkrochen, um mir aus Trauer die Seele aus dem Leib zu weinen.“

„Jetzt hör aber auf! Du immer mit deinem weinerlichen Pathos. Das hast du von deiner Mutter. Wach endlich auf! Das Leben ist kein romantischer Roman. Die Hure wollte nur, dass du sie ehrbar machst. Ihr unmoralisches Leben solltest du mit deinem Namen wieder reinwaschen. Sie wollte dich benutzen. Und dein Geld hat sicher auch eine Rolle gespielt.“

Karsten und ich staunten nicht schlecht über das Familiendrama, das sich vor unseren Augen abspielte. Auch wenn es mir zuwider war, so musste ich dennoch eingestehen, dass der alte Dorn in seiner ganzen Art ziemlich respekteinflößend war. Er war es gewohnt, die Zügel fest in der Hand zu halten. Seine Kinder konnten bestimmt ein Lied davon singen. Nur bei seinem Jüngsten hatte er soeben den Bogen deutlich überspannt.

Patrick flog die Sicherung raus. Blanker Hass verzerrte sein Gesicht. Er fing an zu knurren, steigerte das Knurren zu einem Grollen, erhöhte Atemzug für Atemzug die Lautstärke, bis seine Stimme sich überschlug. Dann kreischte er nur noch, wobei er die Arme hob, die Waffe mit beiden Händen fest umklammert hielt und im Stechschritt auf die Ottomane zusteuerte. Ich zog Karsten hinter mir her, raus aus der Schusslinie. Mir stand nicht der Sinn danach, dem Arschlochsenator das Leben zu retten und dabei womöglich selbst eine Kugel zu fangen. Ich trat höflich zur Seite, als Patrick aus nächster Nähe das ganze Magazin in seinen Vater ballerte.

Kapitel 34

Zwei Tage nachdem der Sohn den Vater erschossen hatte, brannten in der gesamten Republik die Bäume. Karsten hatte keine Zeit verloren. Hans-Helmuth Dorns toter Körper war noch auf Temperatur, da hatte er die ganze Geschichte schon online gestellt. Bis zum Abend hatten dann schon über fünfzigtausend Leute das Gespräch zwischen dem Nazi „Schmidt“ und dem Innensenator auf der Homepage der RAZ angeklickt. Das Thema war längst rum, bevor die Spätnachrichten im Fernsehen die Erlaubnis bekamen, Ausschnitte aus dem Beweisvideo zu senden. Karsten hatte dem Kanal auch ein Live-Interview gegeben. Ganz cool war er gewesen, hatte sogar auf die obligatorische Kopfsocke verzichtet, um seriöser zu wirken. Absolut professionell war er rübergekommen, als er die Fakten runterrasselte. Erst die Frage, wie es ihm gelungen war, das alles aufzudecken, brachte ihn etwas ins Schlingern. Nach kurzem Rumdrucksen hatte er mit einem frechen Grinsen geantwortet: „Ein Zauberer verrät nie seine Tricks.“

Es war Dienstag, der 25. Mai, kurz nach elf Uhr am Vormittag. Fast auf die Minute genau vor zwei Wochen hatte ich Vicky De Winter auf dem Portsmouth-Damm kennengelernt. Vor elf Tagen war ich neben ihrer Leiche aus der Narkose erwacht. Jetzt wurde sie beerdigt. Es war eine schmucklose Urnenbestattung bei Schmuddelwetter, auf einem abgelegenen Friedhof im tiefsten Süden des Sechsten Bezirks. Hier war Andrea Driesen aufgewachsen, als richtiges Landei, bevor sie zu der berühmten Vicky De Winter wurde, nach deren scharfem Fahrgestell sich alle Männer die Finger leckten. Sie selbst hatte in ihrem Testament verfügt, so beerdigt zu werden, im engsten Kreis, ohne viel Tamtam. Dass ich dort sein durfte, verdankte ich Birgit Buchecker. Sie hatte mich am Tag zuvor angerufen und zur Beisetzung eingeladen. Ihr ging es gut, so weit. Von ihrem Ex hatte sie nie wieder etwas gehört. Bei ihrer Trauerarbeit um ihre beste Freundin waren die Enthüllungen um ihren Tod ein herber Rückschlag für sie gewesen. Sie konnte einfach nicht fassen, weshalb Andrea sterben musste. Ich sollte ihr bei der Beisetzung Kraft und Halt geben; hauptsächlich Halt. Für mich war das eine Selbstverständlichkeit.

Außer Birgit Buchecker und meiner Wenigkeit geleiteten nur sechs weitere Personen den Pornostar auf ihrem letzten Weg. Eigentlich sogar nur vier, weil die beiden Polizisten in Uniform sich dezent im Hintergrund hielten. Sie waren nur dabei, um zusätzlich zu den Kommissaren Kirch und Fröhlich auf Patrick Wolfgang Dorn aufzupassen. Der saß in U-Haft, hatte aber eine Sondergenehmigung, weil bei ihm keine Fluchtgefahr bestand. Patrick hatte sich in sein Schicksal gefügt. Reden wollte er nicht mit mir. Aber er war auch nicht sauer auf mich. Ich hatte den Eindruck, er schämte sich vor mir. Obwohl ich ihn nie wirklich kennengelernt hatte, glaubte ich inzwischen, dass er ein guter Kerl war. Ein bisschen verweichlicht, aber mit genug Mumm in den Knochen, um dem

Mörder seiner großen Liebe ein ganzes Magazin zu verpassen. Die Tat geschah im Affekt, das hatten Karsten und ich auch bei der Polizei zu Protokoll gegeben. In vier, mit ein bisschen Glück schon in drei Jahren würde er wieder draußen sein. Nur hatte ich meine Zweifel, ob er je wieder glücklich werden könnte. Vielleicht könnte er sich ja den ganzen Scheiß auch von der Seele schreiben, schließlich war er Literaturwissenschaftler und hatte ab sofort jede Menge Zeit.

Meiner persönlichen Meinung nach hatte Patrick seinen Alten zu billig davonkommen lassen. Mir hätte es besser gefallen, wenn der große Hans-Helmuth Dorn mit eigenen Augen durch die Gitterstäbe seiner Knastzelle hätte mitansehen müssen, wie seine Familie wegen ihm den Bach runterging. Er hatte nicht mal die Zeit gehabt, sich darüber einen Kopf zu machen, dass sein eigener Sohn ihn ins Jenseits beförderte. Als Mensch ein Versager, als Vater ein Versager – war doch scheiße, dass man ihm sein Totalversagen nicht mehr unter die Nase reiben konnte.

Der Friedhof lag auf einer Anhöhe, über die ein böiger Wind blies. Es fieselte. Ich hielt den Regenschirm schützend vor Birgit. Sie hatte sich bei mir eingehakt. Wir gingen vorneweg, direkt hinter den Urnenträgern. Es war ein schlichtes Gefäß aus schwarzer Keramik, mit weißen Linien in Form eines Vogels. Es war kaum zu glauben, dass nur so wenig von einem Menschen übrig bleiben konnte, dass es da hineinpasste. Birgit weinte, ich hielt mich noch tapfer.

Hinter uns gingen Kirch und Fröhlich, Patrick Wolfgang in ihrer Mitte. Kirch war sich auch zwei Tage danach noch nicht sicher, ob er mir dankbar sein oder meinen egomanischen Arsch an die Wand nageln sollte. Die gute Nachricht war, dass in der Wohnung der Nazis jede Menge Waffen gefunden worden waren. Pistolen, Handgranaten, Sprengstoff, Anleitungen zum Bombenbau aus dem Internet, eben alles, was Terroristen im Alltag so brauchten. Die Polizei konnte am Montagmorgen noch keine konkrete Aussage darüber treffen, bei welchen Gelegenheiten die Mordwerkzeuge zum Einsatz gekommen waren, ging aber zunächst von mindestens zwölf Morden aus, die mutmaßlich auf die Kappe der Ruhrstädter Terrorzelle gingen. Ohne mich wäre der Krempel jetzt noch in Händen von skrupellosen Terroristen. Das sprach für mich.

Kirch wusste aber auch, dass ich in Vicky De Winters Sauna gewesen war, als es Blondie und Narbenvisage an den Kragen ging. Es gab dort genügend Spuren von mir.

„Die Russen haben mich gegen meinen Willen dorthin verschleppt“, hatte ich ausgesagt. „Die wollten mich unbedingt als Zeugen dabeihaben.“

Ob er mir die Notwehr beim geknackten Schädel im Essenberger Bruch glaubte, hätte ich nicht mit Gewissheit sagen können. Er bemühte sich, es zu glauben. Es kam ihm jedoch komisch vor, dass man an der Pistole des Nazis Spuren von seinen eigenen Fäkalien gefunden hatte. Ich hatte ihn daraufhin nur gefragt:

„Woher soll ich wissen, mit was für perversen Späßchen sich geistesgestörte Naziterroristen die Zeit vertreiben?“

Ohne Umschweife hatte ich zugegeben, dass wenigstens ein vernehmungsfähiger Nazi nicht schlecht gewesen wäre. Aber das sollte nun mal nicht sein. Außerdem überzeugte ich Kirch, dass keiner von denen jemals auch nur ein klitzekleines Wörtchen zu Protokoll gegeben hätte.

„Die verrecken lieber, als das Maul aufzumachen“, hatte ich ihm erklärt.

Alles in allem kam ich recht locker aus der Sache raus. Letztlich nahmen mir die Bullen nur Dorn wirklich übel. Den hätten sie auch gern lebend geschnappt. Allerdings ging es der Polizei nicht um seine Strafe, wie bei mir, sondern um sein Wissen. Es würde schwierig werden, ohne Dorns Aussage die Hintermänner der NSTZ zu fassen. Oh ja, ich konnte mir sehr gut vorstellen, wie Hans-Helmuth mit ihnen um jeden Namen gefeilscht hätte. Das hätte dann alles schon längst nicht mehr in Kirchs Hand gelegen. Andere, wichtigere Entscheidungsträger hätten das Ruder übernommen und aus ureigenen Karrieretrieben Dorn alles geboten, um Nazigrößen überführen zu können. So gesehen, war es dann doch wieder gut, dass er tot war. So ähnlich hatte ich das auch dem Hauptkommissar gesagt, nur mit weniger Worten.

„Diesen Penner im Essenberger Bruch hätte ich auch der Polizei überlassen können. Das gebe ich zu. Aber da spielte der Faktor Zeit eine zu große Rolle. Und Dorn einfach so den Behörden zu überlassen. Nix für ungut! Aber das wäre totaler Schwachsinn gewesen. Da war Karsten Katz genau der richtige Mann am richtigen Ort. Jetzt wird nix untern Teppich gekehrt.“

„Menschen könnten noch leben“, erwiderte Kirch, „wenn Sie nicht die ganze Zeit über Ihr eigenes Süppchen gekocht hätten. Vier Tote, zwei Schwerverletzte! So sieht Ihre Bilanz aus. Sie haben verdammtes Glück, dass Sie mit Ihren Methoden Machenschaften auf die Schliche gekommen sind, die alles andere in den Schatten stellen.

Zumindest sieht das der Staatsanwalt so. Er ist der Meinung, wir sollten Ihre Person ganz aus der Sache raushalten."

„Ist mir recht! Aber jetzt mal ehrlich, Herr Hauptkommissar, die Verluste sind doch absolut vertretbar. Andrea Driesens Leben wog mehr als vierzig von diesen Arschlöchern. Und nur weil ich so denke, könnt ihr euch für euren Fahndungserfolg gegenseitig die Eier kraulen. Mit anderen Worten: Nix zu danken! Gern geschehen!"

Nach dem Verhör hatten wir uns die Hände geschüttelt.

Das Schlusslicht des kurzen Trauermarsches bildete ein sichtbar erleichterter Heiko Hannemann. Er war noch keine achtundvierzig Stunden wieder auf freiem Fuß, nachdem er sich auch einen Drei-Tage-Kampf gegen das Edelstahlloch in seiner Zelle hatte liefern dürfen. Ich konnte seine Erleichterung verstehen, wobei sie bei ihm sicher weiter ging als bis zum Donnerbalken im U-Knast. Hochoffiziell, sogar im Fernsehen, hatte ihn die Staatsanwaltschaft für unschuldig am Mord an Vicky De Winter erklärt und sich bei ihm für die ungerechtfertigte Inhaftierung entschuldigt. Damit war er rehabilitiert. Die Delle in seinem Ruf würde Hannemann mit den zusätzlichen Tantiemen seines Stars, die ihm jetzt rechtmäßig zuflossen, schon ausbeulen können. Und die Tatsache, dass seine früheren Mafiakontakte durch seine Verhaftung publik geworden waren, schadete einem Pornoproduzenten nicht wirklich. Anrüchige Geldbeschaffung für ein anrüchiges Gewerbe? Da krähte doch kein Hahn nach. Im Grunde war der Haftbefehl gegen ihn auch eine richtig spektakuläre Werbung für seine Produktpalette. Die

„Nassen Hardcore-Schlampen“ waren immer noch der Verkaufsschlager. Der warme Geldregen würde ihn schon für alles entschädigen, was er durchgemacht hatte.

Unser armseliger Trauerzug erreichte das Grab. Die Urnenträger, zwei Frührentner, die sich nebenbei was dazuverdienten, nuschelten ein Vaterunser, während der Wind ihre vom Regen durchnässten lila Umhänge aufbauschte, worunter ihre legere Freizeitkleidung zum Vorschein kam. Sie gaben sich Mühe, dem Ganzen einen würdevollen Anstrich zu verleihen. Auch beim Herablassen der Urne ins Grab zeigten sie eine routinierte Trauermiene. Birgit schluchzte und weinte, ihr kleiner Körper zitterte, und sie suchte Halt an mir. Ich legte meinen Arm um sie, streichelte ihre Schulter, versuchte sie zu trösten, dabei hatte ich auch schon Pipi in den Augen.

Ihr Blick war zunächst dankbar, als sie zu mir aufsah. Als sie dann aber meine roten Augen bemerkte, vergaß sie für den Bruchteil einer Sekunde ihre Traurigkeit. Sie war überrascht. Dann lächelte sie mich aus ihrem verheulten Gesicht heraus an, streichelte die fast verheilten Kratzer auf meiner Wange und fand so noch Trost für mich in ihrer erschütterten Seele. Ihre Kraft gab mir dann endgültig den Rest. Die Tränen liefen mir die Wangen runter, bis sie sich in meinem Bart verfingen.

Zwanzig Minuten später, auf dem Parkplatz des Friedhofs, als sich unsere Gemüter wieder halbwegs gefangen hatten, sagte Birgit:

„Wenn du magst, kannst du mich ja mal anrufen. Würde mich freuen. Vielleicht können wir mal einen Kaffee trinken gehen?“

„Im Prinzip gern! Aber ich komme nur selten nach Düsseldorf. Und meine Freundin ist sehr eifersüchtig.“

„Es stimmt wohl doch", sagte sie, „dass alle guten Männer bereits vergeben sind."

„Das weiß ich nicht! Ob alle guten Männer vergeben sind. Aber dieser hier, leider ja."

Ich zwinkerte ihr zu. Sie lächelte traurig und stieg in ihr Auto. Es würde Zeit brauchen, bis sie wieder fest im Sattel saß. Aber ich war sehr zuversichtlich, dass sie es am Ende schaffen würde. Sie war klug und hübsch und liebenswert, und ich wusste aus eigener Erfahrung nur zu gut, dass die Seelen von solchen Frauen schier unverwüstlich sind. Schließlich war ich in so eine verliebt.

Birgit winkte mir, als sie losfuhr. Ich startete mein neues Smartphone, das ich während der Beerdigungszeremonie ausgeschaltet hatte. Mein altes, virenverseuchtes hatte ich der Polizei überlassen. Die interessierten sich brennend für den Trojaner. Auf dem Display tauchte die Meldung. „4 Anrufe in Abwesenheit" auf. Alle von derselben Nummer. Einer mir sehr gut bekannten Nummer. Noch bevor ich nachsehen konnte, ob Nachrichten auf meiner Mailbox hinterlassen worden waren, klingelte es erneut. Es war wieder die Nummer. Wenn man bedachte, dass ich gerade von einer Beerdigung kam, war mein Grinsen schon extrem breit. Es war Anna.

„T-Bone? Ja, hi, ich bin's. Äh, ich habe gerade im Internet das Video von dir auf dem Damm gesehen. Das, wo du der armen Frau zur Seite stehst und diesen kleinen Wichsern in den Arsch trittst. Du bist echt unglaublich. Ein Ritter in strahlender Rüstung! Außerdem hat mir dein Brief sehr gefallen. Besonders das, was du über verschwendete Zeit geschrieben hast. Was ich eigentlich sagen will, für beides hast du eine Belohnung verdient. Also, hochoffiziell verzeihe ich dir, dass du mich im Restaurant hast sitzen lassen. Komm heute Abend zu mir. Ich koch uns was Leckeres."

Unwillkürlich fiel mir mein alter Kumpel aus dem Fünften Bezirk wieder ein. Der Zocker mit der Karmamacke. Vor ewig langer Zeit hatte er zu mir gesagt, dass ein Mann, wenn sein Karma im grünen Bereich tickt, nix weiter zu tun braucht, als dem Weg zu folgen, der vor ihm liegt. Halleluja, wie verdammt recht der Mann doch hatte.

Um mich zu vergewissern, hakte ich bei Anna nach:

„Also, nix für ungut?"

„Genau! Nix für ungut!"

„I feel good, Baby. I knew that I would!"

ARND FEDERSPIEL
Bei Hitze Mord
DROSTE ★ KRIMI
Arnd Federspiel
Bei Hitze Mord
192 Seiten, Taschenbuch
978-3-7700-1432-3
9,95 €
Ein junger Mann, eine junge Frau
und ein junger Hund auf rasanter Flucht
durchs Ruhrgebiet

PROLOG

Gut 40 Minuten bevor der Schuss die Nacht zerriss und ihm der blutende junge Mann vor die Füße kugelte, wurde Friedhelm von ein paar anderen Geräuschen geweckt.

Noch vom Schlaf benebelt setzte er sich auf seiner aus einem alten Umzugskarton bestehenden Matratze auf.

„Wat is dat denn?", knurrte er und schaute sich missmutig in seinem Domizil um. Unter dem Bogen der Brücke, die sich über die Ruhr und ihre Auen zwischen der Autobahn und den ersten zu Duisburg gehörenden Häusern erstreckte, sah alles aus wie immer. Der Einkaufswagen, der einige seiner Habseligkeiten enthielt, stand am gleichen Platz wie zuvor, und auch sein treuer alter Rucksack, den er als Kopfkissen benutzt hatte, war noch da.

„Also waren dat schomma keine Einbrecher", murmelte er.

Friedhelm räusperte sich und schüttelte den Kopf, um den Nebel ganz aus seinem Gehirn zu verscheuchen.

In diesem Moment hörte er die Stimmen. Zwei Stimmen. Ein Mann und eine Frau. Die beiden standen vielleicht 50 Meter von ihm entfernt auf der Straße, die oberhalb seines Schlafplatzes parallel zur Autobahn verlief.

„Schon wieder en Liebespaar?", knurrte er. „Ham die kein Zuhause, oder wat?"

Ein Hund bellte.

Also kein Liebespaar. Das hätte ihn auch wirklich gewundert. Bei der Bullenhitze konnte doch kein Mensch Lust auf körperliche Betätigung, egal welcher Art, haben. Außerdem wären die beiden wohl kaum ausgestiegen, um zu … na egal, ausgestiegen wären sie dafür jedenfalls nicht – und wenn doch, dann hätten sie sich sicher ein lauschigeres Plätzchen gesucht als eines direkt neben der Autobahn.

Obwohl er persönlich hier ja sehr gut pennen konnte. Wenn einen keine rücksichtslosen Typen durch das Knallen ihrer Autotüren weckten.

Vor sich hin brummend zog Friedhelm eine Taschenuhr aus seiner weiten Hose. Er ließ den Deckel aufschnappen, kniff die Augen zusammen und versuchte in der Dunkelheit unter der Brücke etwas auf dem Ziffernblatt zu erkennen. Es gelang ihm nicht. Was eigentlich auch egal war, denn die Uhr stand seit ein paar Jahren, und Friedhelm wusste auch so, welche Zeit sie anzeigte. 3.55 Uhr. Und damit ging sie, einem alten philosophischen Grundsatz folgend, ja auch wenigstens zweimal am Tag richtig.

Nicht, dass ihm das viel genützt hätte.

Ein schneller Blick zum Himmel half ihm auch nicht weiter, denn das Firmament wurde vom Schein der Lichter der Metropole Ruhr, wie sie seit Neuestem gerne genannt wurde, dermaßen erhellt, dass Friedhelm nur ein oder zwei mickrige Sterne ausmachen konnte. Definitiv nicht genug, um die Uhrzeit schätzen zu können.

„Na, wat soll et. Dem Glücklichen schlächt keine Stunde. Sagen wir also, et is Mitternacht."

Was nicht richtig war. Tatsächlich war es kurz vor 2.30 Uhr, doch darauf kam es nicht an. Worauf es ankam, war nur eines.

„Zeit für einen kleinen Mitternachtssnack."

Zielstrebig langte Friedhelm nach der Flasche Wodka, die neben seinem Bett stand. Genussvoll ließ er seine Hand über den Verschluss der Flasche gleiten und spürte die vertrauten Rillen des metallenen Schraubverschlusses unter seinen Fingerspitzen.

Dann drehte er seinem Freund entschlossen den Hals um.

Wieder ertönte Hundegebell. Dem Klang nach musste es ein junger Hund sein, und er hatte offensichtlich die Kaninchen entdeckt, die sich auf dem buschbewachsenen Hang unterhalb der Straße herumtrieben. Jemand rief ihn zur Ordnung, doch das interessierte den Kleinen anscheinend nicht.

Friedhelm grinste und nahm einen herzhaften Schluck aus seiner Flasche. Ein Lächeln breitete sich auf seinem Gesicht aus. Sein weißer Bart klaffte auseinander, und die Lachfalten um seine Augen vertieften sich.

„Ahhh … wenn ich so liege, Herr Doktor, dann geht et."

Etwas rumpelte über seine Brücke. Ein weiteres Auto.

Was war denn heute Nacht los? Er war doch extra hierher gezogen, um ein wenig Ruhe zu haben. Was nützte einem schließlich ein Sommerwohnsitz auf dem Land, wenn dann doch dauernd jemand kam, der Krach machte.

Friedhelm stellte den Wodka zur Seite und stand auf.

Oben am Hang huschten Scheinwerfer über die Büsche neben der Straße, als der neu angekommene Wagen wendete. Wieder klappte eine Autotür auf und zu, und eine zweite männliche Stimme gesellte sich zu den ersten beiden. Dann begannen die drei Störenfriede, sich zu unterhalten. Mal ruhiger, mal aufgeregter.

Sie redeten …

… und redeten …

… und redeten.

Nach Friedhelms Schätzung tickerten wohl an die 20 Minuten ins Land, und die drei quatschten noch immer.

„Dat scheint ja verdammt interessant zu sein, wat die sich da zu erzählen ham", flüsterte Friedhelm in seinen Bart und beschloss, nach dem Rechten zu sehen. Mittlerweile war er nämlich wirklich neugierig geworden, was sich zwischen den dreien dort oben abspielte, denn die Anspannung in den Stimmen war selbst auf die Entfernung nicht zu überhören, wenn Friedhelm auch keine einzelnen Worte verstehen konnte.

Ohne noch länger zu warten, verließ er daher den Schutz seiner Brücke und schlich am Hang entlang, bis er unterhalb der Stelle angelangte, an der die drei Leute miteinander sprachen. Oben knackte es in den Büschen, und der Hund kläffte aufgeregt. Anscheinend hatte einer der drei den Köter von den anderen weggeführt, und der hatte sich daran erinnert, dass es hier ja Karnickel gab.

Friedhelm wollte sich gerade so leise wie möglich auf allen vieren den Hang hinaufschieben, um dem Geschehen und damit der eigenen Erleuchtung ein wenig näher zu kommen, als die Frau aufschrie. Es klang wie eine Warnung. Gefolgt von einer zweiten.

Im nächsten Augenblick erfüllte ein scharfer Knall die Nacht.

Friedhelm warf sich flach auf die Erde, das Gesicht instinktiv nach unten gewandt, damit es sich nicht aus der Dunkelheit abheben konnte. Staub drang ihm in die Nase, doch das kümmerte ihn nicht. Über ihm schlug etwas Schweres auf dem Boden auf, brach sich krachend seine Bahn durch das trockene Gebüsch und rollte direkt auf Friedhelm zu. Dem Krachen und Bersten folgte ein erschrecktes Jaulen, das sich ebenfalls Friedhelms Versteck näherte.

Schließlich kam der sich überschlagende Körper nur ein paar Schritte von Friedhelm entfernt in einem dicht belaubten Busch zur Ruhe. Sekundenbruchteile später schlitterte ein kleines schwarzes Knäuel in den regungslosen Körper hinein.

Entsetzt starrte Friedhelm auf das, was ihm da so unvermutet vor die Füße gerollt war. Ein junger Mann, tot oder besinnungslos, und neben ihm ein junger Hund.

Schnell blickte Friedhelm nach oben.

Dort, am Rande der Straße, gerade noch in seinem Sichtfeld, tauchte der dunkle Umriss eines Mannes auf. Viel konnte Friedhelm in dem schwachen Licht nicht erkennen. Nur dass dieser gut gekleidet war und eine Pistole in seiner rechten Hand hielt.

Was nach Friedhelms Ansicht durchaus Information genug war. Verzweifelt versuchte er sich, so gut es ging, unsichtbar zu machen, während der Bewaffnete nach unten in die Dunkelheit starrte.

Dabei raste Friedhelm immer wieder nur ein einziger Gedanke durch den Kopf:

„Ach du Kacke, ach du Kacke …“